Laura Lippman, née en Georgie, est journaliste depuis 1989 au *Baltimore Sun*. Elle entretient avec sa ville le même rapport de fascination que James Ellroy pour Los Angeles ou Ed McBain pour New York. Elle s'est vue deux fois récompensée du prestigieux Edgar Award du meilleur suspense de l'année, pour *Mort à Baltimore* et *L'Inconnue de Baltimore*. *Ce que savent les morts* a été couronné par les Anthony, Barry et Macavity Awards.

DU MÊME AUTEUR

Mort à Baltimore
« J'ai lu Policier », 1999

La Colline des bouchers
« J'ai lu Policier », 1999

L'Inconnue de Baltimore
L'Archipel, 2003
et « Points », n° P1241

Petite Musique de meurtre
L'Archipel, 2004
et « Points », n° P1361

Leakin Park
Encre de nuit, 2006

Ce que savent les morts
Seuil, 2009
et « Points », n° P2435

Tes dernières volontés
Éditions du Toucan, 2011
et « Points », n° P2932

Celle qui devait mourir
Éditions du Toucan, 2012
et « Points », n° P3093

Laura Lippman

J'AI VOULU OUBLIER CE JOUR

ROMAN

Traduit de l'anglais (États-Unis) par Yoko Lacour

Éditions du Toucan

TEXTE INTÉGRAL

TITRE ORIGINAL
The Most Dangerous Thing
ÉDITEUR ORIGINAL
HarpersCollins Publishers, New York

ISBN 978-2-7578-4510-3
(ISBN 978-2-81000-537-6, 1re publication)

Pour Georgia Rae Simon

Alas for maiden, alas for Judge,
For rich repiner and household drudge!
God pity them both! and pity us all,
Who vainly the dreams of youth recall.

John Greenleaf Whittier, « Maud Muller »

Go-Go

Ils le mettent à la porte quand il tombe du tabouret. Pourtant ça n'était pas une chute, pas vraiment : il a seulement trébuché un peu en revenant des toilettes et se tenait vacillant au comptoir, mais ils lui ont dit de partir parce qu'il était ivre. Ça le rend hilare. Trop bourré pour être dans un bar ! Il lance une blague sur la chute de l'homme, chassé du paradis. Du moins, c'est ce qu'il croit. Peut-être la blague fait-elle partie de cette intimité qui n'amuse que lui. Depuis longtemps, un putain de long temps, l'esprit de Gordon est barré par une ligne épaisse et sombre, un mur qui, à la fois marque et partage sa vie. Ce qui doit rester à l'intérieur, ce qui a la permission de sortir. Mais quand il boit, la ligne a tendance à se voiler.

C'est peut-être pour ça qu'il boit. Buvait. Boit. Non, buvait. Il est cuit. Encore une fois. Une nuit, une faute. Il n'y a même pas pris tant de plaisir que ça.

– Vous prenez le volant ? demande le barman en le conduisant à la porte, son bras passé fermement quoique sans rudesse autour de la taille de Gordon.

– Non, j'habite à côté, répond-il.

Un mensonge, une vérité. Il habite bien dans le coin, mais trop loin pour se passer de la vieille Buick de son père, la bonne vieille Shitty Shitty Bang Bang comme ils l'appellent. Enfin, pas celle-ci mais celle d'avant, ou la précédente. Le bonhomme ne conduisait que des Buick et c'étaient toujours, toujours, des voitures pourries ; mais il persistait à les acheter. Du Timothy Halloran Senior tout craché, fidèle jusqu'au bout, même au plus pourri de chez pourri.

Gordon trébuche et le barman doit le rattraper. Il se rend compte qu'il ne veut pas que l'homme le lâche. Le contact lui fait du bien. Merde, est-ce qu'il a dit ça tout haut ? Il est pas pédé.

– Je suis pas pédé, dit-il.

Seulement, ça fait si longtemps que sa femme n'a pas glissé sa main au creux de son bras, si longtemps que ses filles ne lui ont pas passé leurs petites mains collantes autour du cou en chuchotant leurs petits mots collants à ses oreilles, la liste de tout ce qu'elles voulaient et que maman ne leur permettait pas, mais peut-être que papa verrait les choses autrement ? L'étreinte du barman cesse brusquement, maintenant que Gordon est dehors.

– Je t'aime, mec ! dit-il pour rigoler.

Ou pas. Ou peut-être que ça n'est pas drôle. Une chose est sûre, personne ne rit, alors que Gordon « Go-Go » Halloran les fait toujours marrer.

Il s'assoit sur le trottoir. Il avait réellement l'intention d'assister à la réunion de ce soir. Il s'en est fallu d'un virage. S'il avait tourné à gauche… Mais il a préféré aller tout droit. Ah ! Il filait le droit chemin et voilà où ça l'a mené.

Ça n'est pas sa faute. Il veut être sobre. Cette fois-ci, il a tenu le coup deux ans, le fruit de l'humiliation encaissée lors du premier anniversaire de sa fille. Il a même réussi à rester sobre après que Lori l'a foutu à la porte le mois dernier. La vérité est qu'il fait semblant depuis des mois, décrochant à chaque fois au même stade des douze étapes du programme, découragé par les déballages sans fin, cette obstination à dire la vérité, à tout passer à la grande lessive. À faire des excuses. La sobriété – la vraie, pas la suite de jours d'abstinence que Gordon arrive péniblement à mettre bout à bout – lui en demande trop. La sobriété voudrait abattre le mur dans sa tête. Mais Gordon a besoin de cette séparation. Qu'on la lui enlève et il tombera en miettes : saucisse sans peau répandue dans la poêle à frire.

De la saucisse. Il voudrait de la saucisse. Est-ce que le resto IHOP est toujours là, sur la route 40 ?

Samedi matin. De la saucisse et des pancakes, sa mère qui ne prenait jamais le temps de s'asseoir tandis qu'elle touillait la poêle et faisait des fritures, faisait des fritures et touillait la poêle, béate devant la façon qu'ils avaient tous de manger, Gordon, ses frères et leur père, les nourrissant comme si c'étaient des machines. « Come Saturday morning, I'm going away ». T'as l'bonjour de Fat Albert ho ho ho hé ho !

Quand il est revenu à la maison il y a un mois et demi, il a demandé à sa mère de lui faire des pancakes et elle lui a dit :

– La boîte de Bisquick est dans le placard.

Elle pensait qu'il s'était remis à boire et à courir les putes, raison pour laquelle Lori l'avait mis dehors. C'était plus facile de lui laisser croire. À la fin, c'est se remettre à la boisson et aux vices qui s'était avéré effectivement le plus facile.

Quand on y pense, ivresse et sobriété sont simplement les deux faces d'une même médaille ; quelle que soit la face, on reste le même, toujours aussi déglingué. Le fait que ces réunions des AA se tiennent dans son ancienne école paroissiale n'a sûrement pas aidé. Trop bizarre d'être assis là, sur les chaises en métal d'une salle de classe décatie. Il boit et la ligne se brouille. Il devient sobre et la ligne revient, à son grand soulagement. Mais alors tout le monde se met à attaquer la ligne, à lui dire de lâcher, de l'abattre. *Abattez la ligne, Monsieur Gorbatchev*. Bon sang, il a la tête à l'envers ce soir, une vraie culbute dans le temps, dans tous les sens du terme. Marrant, il associe Reagan à un souvenir agréable, mais il lui paraît dater de quand il était vraiment tout petit. Quel âge avait-il lorsque Reagan a fait son discours sur le mur de Berlin ? Seize ? Dix-sept ans ? Encore au lycée et déjà déglingué.

À croire ce que l'on dit, il a toujours été déglingué, il est arrivé au monde déglingué et en partira de la même façon. Quiconque passait derrière Sean était destiné à décevoir. Sean-le-parfait. On aurait pu penser que dans une famille de trois, les deux frères imparfaits se seraient alliés et serré les coudes pour faire front, un front ténu et minable. Mais Tim a toujours pris le parti de Sean. Tout le monde se ligue contre Go-Go, le surnom dont Gordon n'arrive pas vraiment à se débarrasser, même à quarante ans. *Go, Go-Go. Go, Go-Go. Go, Go-Go*. C'est ce qu'avaient scandé ses frères quand il avait fait sa danse, une chose sauvage et saccadée, au rythme des vibrations nasillardes d'une guitare en métal. *Go, Go-Go. Go, Go-Go. Go, Go-Go. GoGoGoGoGoGo*.

Sean, on lui accordera ça, est malgré tout le seul à employer systématiquement le véritable prénom de Go-Go. Gordon, même pas Gordy. Sans doute parce qu'il a besoin de deux syllabes pleines pour cracher toute sa déception. En fait, il lui en faut quatre. « Bon Dieu, Gordon, combien de fois comptes-tu réemménager à la maison ? » Ou : « Bon Dieu, Gordon, Lori est la meilleure chose qui te soit arrivée, et puis tu as des enfants maintenant. » Bon Dieu, Gordon. Bon Dieu, Gordon. On aurait peut-être dû l'appeler Bon-Go au lieu de Go-Go.

Il pense à se remettre debout mais ne le fait pas, bien qu'il pourrait le faire s'il le voulait. Il n'est pas si ivre que ça. La bière et le shot lui sont vite montés à la tête, la faute à presque deux ans de sobriété. Il était sur le bon chemin. Il pensait avoir trouvé le moyen de rester aux AA sans toucher à la ligne. Ils n'ont pas à *tout* savoir, lui disait sa raison. Personne n'a besoin de tout savoir. Il devait bien y avoir un moyen de raconter son histoire qui lui permettrait, enfin, d'arriver au bout des douze étapes, sans compromettre personne ni rompre cette promesse faite il y a longtemps ; sans que quiconque en sorte blessé.

Il se lève et descend l'avenue autrefois familière. Gamins, on leur avait interdit de rouler à vélo sur la route très fréquentée qui entourait la majeure partie du quartier, ce qui aurait dû leur rendre impossible l'accès à cette petite zone commerçante, d'autant plus attrayante qu'on y trouvait une pizzeria, une boulangerie et un glacier High's Dairy. Et aussi, il y avait un magasin de loisirs créatifs au nom invraisemblable qui appartenait à cette famille dont les filles avaient disparu. Il était petit à l'époque, pas même cinq ans, mais il se rappelait qu'un vent de panique avait soufflé un temps sur tout le voisinage et que tous les parents étaient devenus stricts et hypervigilants.

Puis ils s'étaient calmés. Il imagine que les parents s'étaient lassés d'avoir leurs gosses constamment pendus aux basques ; alors les enfants étaient retournés sans entraves à leur vie de liberté. De nos jours… il n'a même pas la force d'aller jusqu'au bout du cliché dans sa tête. Il pense à Lori guettant à la fenêtre de la cuisine de leur «premier» nid, une maison de ville à 350 000 dollars, dont l'accès lui est désormais interdit. Est-ce que c'est juste ? Y a-t-il quoi que ce soit de juste ? Sean est toujours parfait, et même Tim arrive à se faire passer pour quelqu'un de bien, monsieur le Procureur d'État, avec ses trois superbes filles et sa femme rondelette qui n'a jamais été si belle que ça pour commencer, pourtant Gordon sent qu'ils continuent à réellement s'aimer. Lui n'est pas sûr d'avoir jamais vraiment aimé Lori et il a l'intuition que Sean est dans le même bateau avec sa femme Vivian, aussi glacialement parfaite que Sean. Tim et Sean, toujours mariés à leur première épouse, des garçons si braves, pour l'éternité. Et quoi, il a obtenu l'annulation de son mariage, il est irréprochable sur le plan technique. À côté de ça, que l'Église aille se faire foutre ! Elle était où quand il a eu besoin d'elle ? Et maintenant c'est l'Église catholique de Corée, qu'est-ce que ça doit être bordel, probablement du sirop à la fraise et du pâté de chien sur un biscuit sec en guise de communion.

Où était-il ? Où est-il maintenant ? Il est sur Gwynns Oak Avenue, à se rappeler que Sean avait été le seul parmi eux à trouver qu'en traversant le pont jusqu'à Purnell Drive, ils pouvaient, sans enfreindre techniquement la règle – celle de ne jamais rouler à bicyclette le long de Forest Park Avenue – atteindre quand même Woodlawn, où se trouvaient les magasins. Ou peut-être Mickey avait-elle trouvé la solution ? Après tout, c'est elle qui vivait au-dessus de Purnell Drive. Elle aussi aurait connu le chemin. Même quand ils étaient gosses, elle était déjà maligne comme ça. C'est elle qui aurait dû devenir avocate, pas Tim. C'était elle le véritable cerveau.

Il marche pendant dix, vingt, trente minutes, cherchant à s'éclaircir les idées. Il marche jusqu'au ruisseau, où l'on trouvait autrefois des cygnes et des canards, puis jusqu'à l'ancien parc d'attraction, fermé avant que Go-Go soit en âge d'y aller. Comme son père disait toujours, le parc avait survécu à l'intégration mais pas à l'ouragan Agnès. Une montagne russe était cependant restée debout durant des années, suffisamment longtemps pour que Go-Go se sente floué, rejeté. Sean et Tim affirmaient y avoir été de nombreuses fois, alors qu'ils n'étaient pas beaucoup plus âgés. Sean aurait eu sept ou huit ans au moment de la fermeture du parc. Peut-être avaient-ils menti ? Gordon se sent un peu mieux à l'idée que Sean-le-parfait ait pu mentir.

Il lui faut peu de temps pour que cette idée devienne certitude, faisant bientôt place à une fureur noire. Il sort son téléphone portable et tape rageusement le nom de son frère sur la liste des contacts, prêt à chercher la bagarre. Mais ses gestes sont maladroits et ses mains laissent échapper le téléphone au moment où jaillit la voix calme et réservée de son frère. L'appareil finit par terre, sa coque noire en forme de carapace de tortue impossible à trouver dans l'obscurité. Tâtonnant au sol à quatre pattes, Go-Go entend la voix de Sean, d'où perce un dégoût évident.

– Gordon ? Gordon ? Bon Dieu, Gordon…

J'aurais dû être Bon-Go. Il a dit ça à voix haute ? Sa main se referme sur le téléphone, mais Sean a raccroché. Bon d'accord, ça n'est pas la première fois qu'il appelle son frère sous l'effet de l'alcool. Mais il est resté sobre longtemps et Sean n'aurait pas dû le juger ni faire son bêcheur. Sean n'a aucun moyen de savoir qu'il a bu un verre. Seulement, il s'attend à ce qu'il foire. C'est pas juste. De toutes façons, quel genre de personne prévoit – espère – que son petit frère va merder ? C'est ça, le petit secret dégoûtant de Sean. Sa perfection est relative, elle ne dépend que des foirades de Go-Go et de Tim. Et ce n'est pas sur Tim qu'il faut compter ces jours-ci. Dans une autre famille, Sean ne serait rien de tout ça. Dans une autre famille, Sean serait probablement l'enfant à problèmes, le raté. Surtout si, dès le départ, il avait été traité comme un raté, comme on l'a fait pour Gordon. On lui a tendu un piège. Évidemment qu'il a fait tout ce qu'on lui demandait. Ce n'était qu'un petit garçon. N'importe quel petit garçon aurait agi de la même façon. Pas vrai ?

Les idées plus claires, il marche jusqu'à la supérette, achète un café au goût de brûlé et va le boire dans sa voiture, la vieille Buick, dernière incarnation de la Shitty Shitty Bang Bang de son père, qui lui a survécu de près de quinze ans maintenant. Il se trouve à moins de trois kilomètres de la maison de sa mère. Il a exactement quatre virages à faire – deux à gauche puis deux à droite. Il compte : un, deux, trois feux ? Le premier est là, juste en face de lui, il est compliqué à cause des cinq branches à ce carrefour – cinq, comme une étoile. Il revoit Mickey traçant le dessin dans la poussière, le bâton s'abaissant et remontant, en travers et vers le bas, puis vers le haut.

Il traverse le carrefour et commence à remonter la longue et raide colline. *Je peux le faire je peux le faire je peux le faire*. Dépasse le cimetière, puis le deuxième feu. Presque arrivé. Presque arrivé. Seulement, ça n'est pas chez lui.

Au feu suivant, il tourne à droite au lieu de prendre à gauche. *Go, Go-Go. Go, Go-Go. Go, Go-Go*. S'engage sur la rampe d'accès à l'autoroute, un peu avant les appartements de Strawberry Hill. La famille de Mickey y avait emménagé juste avant le lycée et la mère de Mickey était canon. Sean et Tim juraient l'avoir vue un jour bronzer seins nus, mais sûrement que là aussi ils avaient menti. Montagnes russes, filles aux seins nus – tout n'était que mensonges.

Gordon prend l'autoroute en direction de l'ouest, puis il exécute un demi-tour complet avant l'échangeur vers Washington, cherchant à rentrer par l'autoroute tristement célèbre qui finit en cul-de-sac. Adolescents, ils utilisaient ces trois kilomètres de route comme leur piste d'accélération personnelle, mais le secret a été éventé et d'autres viennent maintenant y faire la course. Il se demande à quelle vitesse la Buick de son père peut grimper. Cent cinquante, cent soixante ? *Go, Go-Go. Go, Go-Go. Go, Go-Go.* Le son nasillard de la guitare en métal résonne aigu et atroce à ses oreilles, dans ses souvenirs. Le type jouait comme un pied, même si – putain – il adorait cette stupide guitare. *Go, Go-Go. Go, Go-Go. Go, Go-Go.* Il danse comme un fou, libre, ses petits bras bougent tellement vite qu'on dirait qu'il se fouette, auto-flagellation, et tout le monde l'aime et tout le monde rigole et tout le monde l'aime et tout le monde rigole et il traverse le ruisseau en projetant des éclaboussures, indifférent aux eaux empoisonnées, quoi que le père de Gwen dise sur le tétanos et le trismus, cherchant désespérément à fuir, à échapper à ce qu'il a fait. *Go, Go-Go. Go, Go-Go.*

À l'instant où il heurte de plein fouet le mur de béton, même l'aiguille au compteur de la vieille Buick l'a abandonné.

Nous

Chapitre un

La maison de Clement Robison est farouchement mal adaptée à quasiment tout le monde, et surtout à un vieil homme de quatre-vingt-huit ans vivant seul, même s'il se trouve être la personne qui l'a conçue. Lorsque Clem a dessiné les plans de sa maison de rêve il y a quarante ans, il n'imaginait pas avoir un jour quatre-vingt-huit ans. Qui le pourrait ? Même à quatre-vingt-sept ans, on s'imagine difficilement à quatre-vingt-huit. Sa fille cadette, aujourd'hui âgée de quarante-cinq ans et rappelée à la maison à cause de l'accident de son père, ainsi qu'elle présente les faits à tout le monde, a du mal à croire qu'elle atteindra jamais le même âge. Oh, elle s'y attend un peu, espérant jouir de l'avantage génétique de la longévité de son père. Mais le nombre lui-même, quatre-vingt-huit, est comme une sorte de vieux manteau monstrueux, rapiécé et aux relents de mites, que l'on découvre dans la penderie du couloir. *Qui a laissé ça là ? Il t'appartient ? Sûrement pas ! Première fois que je le vois.*

Il fut un temps où la maison Robison était moderne, et certains continuent à la décrire de cette façon, bien que ses appareils et équipements soient figés comme les horloges des contes de fée, série 1985 environ, date de la dernière rénovation. Mélange de blocs de pierre, de bois et de verre, elle est accolée à flanc de coteau sur des fondations en pierre, avec une porte menant à une cave de plain-pied dont la coutume familiale voulait qu'elle ne soit utilisée qu'en cas d'intempérie ; et Clem n'est pas le genre d'homme à rompre avec des habitudes de longue date. Il s'est acharné à gravir le long escalier en pierre qui crée l'illusion de grimper le long d'un sentier naturel jusqu'au sommet de la colline. Les marches en sont charmantes, quoique traîtres. Trop basses ou trop hautes, elles sont trompeuses et, au fil des ans, presque tous les membres de la famille ont fait une chute ou manqué en faire une. Gwen y a eu droit à treize ans, un jour qu'elle s'était précipitée dehors sans s'aviser que la patine sur les marches pouvait être du givre et non de la simple moisissure. Elle a dévalé tout l'escalier sur les fesses, boum badaboum, ses amis rigolant au bas des marches. À treize ans, cela s'était terminé par des bleus au coccyx et à l'ego, rien de plus.

En sortant chercher les journaux par une matinée froide mais sèche de mars, son père a raté une marche et roulé presque jusque sur le trottoir, se brisant la hanche gauche.

– Tu sais combien de personnes meurent dans l'année qui suit une fracture de la hanche ? demande Gwen à son père, toujours hospitalisé à l'University Hospital.

– Gwen, j'ai enseigné la médecine gériatrique pendant des années. Je pense être au courant des faits. La plupart n'en meurent pas.

– Mais beaucoup, oui. Quasiment un tiers.

– Sans doute, mais la plupart, non. À part ça, je suis en bonne santé. Il faut simplement que j'aille régulièrement en rééducation et en thérapie.

– Miller et Fee veulent que tu vendes la maison et emménages ailleurs avec une aide à domicile.

– Toujours ce même sujet. Qu'en penses-tu ?

– Je les fais patienter. Pour l'instant. Je leur ai dit que je jugerai par moi-même de la situation.

Ils se sourient, complices. Gwen est persuadée d'être la préférée de son père, quand bien même ce dernier ne se permettrait jamais de le formuler ainsi. Ses réfutations sont sincères lorsque Miller et Fiona, le frère et la sœur bien plus âgés de Gwen, abordent ce sujet épineux.

– J'étais seulement plus disponible quand Gwen était enfant, leur répond leur père. Moins obsédé par ma carrière.

– Papa n'a pas de chouchou, dit Gwen.

Elle sait pourtant que les sept ans qui la séparent de Fiona ne suffisent pas à expliquer l'évidente préférence de son père pour elle. Il y a son extraordinaire ressemblance avec leur mère, décédée depuis presque vingt-cinq ans. Ainsi que leur rapport à la maison et au quartier, Dickeyville, auxquels Gwen et son père sont plus férocement attachés que n'importe qui dans la famille. Enfant, elle avait l'habitude de faire de longues promenades dans les collines derrière la maison avec son père, sans qu'elle lui ait jamais révélé s'y être aventurée plus loin et plus profondément encore en compagnie de ses amis. Miller et Fee, qui vivent à des milliers de kilomètres, essaient d'extirper leur père de la maison depuis des années, voire des décennies, depuis la mort de leur mère en fait. Résidant à Baltimore, Gwen a fait tout ce qui était en son pouvoir pour que son père puisse rester dans la demeure familiale. Il y a toujours eu cet accord tacite entre eux, lorsque le jour viendrait où il ne pourrait vraiment plus y habiter, que Gwen reprendrait la maison pour sa propre famille.

– Comment ça se passe à la maison ? demande son père.

La question est ouverte, elle s'applique aussi bien à l'état matériel de la maison qu'à un problème plus vaste, sinon plus vague. Gwen choisit de répondre au problème matériel.

– Pas très bien. Le comté a tranché, le cadastre a ramené les ruines du mur de soutènement sur notre propriété en disant que c'est à nous de le reconstruire. Et même si on le fait, ça ne résoudra pas nos problèmes de fondations. Il pourrait y avoir un nouveau glissement de terrain.

– Pourquoi… Laisse tomber.

– Pourquoi est-ce qu'on a décidé d'acheter dans ce coin alors que l'inspecteur du cadastre nous avait spécialement mis en garde contre ce problème ? Je me pose la question chaque jour. En ce qui me concerne, je crois que c'est parce que Relay me rappelait Dickeyville. Isolé, tout en ne l'étant pas. Un bout de campagne proche de la ville, des maisons si typiques. Pour Karl, ça n'était qu'une question pratique – le trajet jusqu'à la gare faisable à pied, en plus de l'aéroport de Baltimore et du réseau ferroviaire Amtrak à dix minutes. Va comprendre. Pour une fois que mes fantasmes de nostalgie et son pragmatisme parvenaient à s'entendre, le résultat est une véritable catastrophe. Il y a sans doute une leçon à tirer de tout ça.

– La leçon, lui répond son père, c'est que tu as une fille de cinq ans.

– Ne t'inquiète pas, dit Gwen, feignant de ne pas comprendre. On a trouvé la solution pour ton retour à la maison. Je me lèverai à six heures du matin, préparerai le petit-déjeuner, l'emmènerai à l'école, etc. Puis je ferai l'inverse en fin de journée, et je serai avec elle à l'heure du repas et au coucher. J'ai aussi l'intention de passer mes nuits chez toi afin de t'éviter l'aide à domicile.

– Gwen, je peux facilement me payer…

– Ça n'est pas une question d'argent. Et ce ne sera que pour quelques semaines. On peut presque tout pendant quelques semaines.

Pendant des mois, des années, rectifie son esprit. C'est incroyable, ce que l'on peut endurer, ce qu'elle-même a supporté. En comparaison, ce n'est pas la pire chose au monde qu'elle contraigne Karl à mettre un frein à ses déplacements, ne serait-ce que pour lui rappeler qu'il est partie intégrante d'un ménage et non une vedette de spectacle qui va et vient comme bon lui semble.

– Il est qui il est, Gwen. Tu t'es mariée en connaissance de cause. Je t'avais prévenue à propos des chirurgiens cardiaques. Karl était déjà une star. Ce n'est pas comme si cela t'était tombé dessus. Pas comme ce poulet.

– Quoi ?

– Le poulet. C'est à cause de lui que je suis tombé. Il y avait un poulet sur les marches qui essayait de me picorer les chevilles. J'ai seulement voulu éviter de lui marcher dessus. Je me suis tordu la cheville et j'ai basculé.

Gwen tente de dissimuler à quel point elle trouve ses paroles alarmantes. *Un poulet ?* Il n'y a jamais eu de poulets dans leur quartier, jamais. Excepté… Mais ceux-là étaient bien plus loin, et il y a bien longtemps. Non, c'est impossible. Son père a sûrement imaginé ce poulet. Mais si son père se mettait à imaginer des poulets dans un coin de sa tête, qu'en était-il du reste ? Elle aurait presque préféré qu'il y ait un poulet. Peut-être y en avait-il eu un. Ces dernières années, on a vu fleurir une flopée d'histoires d'animaux faisant irruption dans des endroits incongrus : des chats sauvages dans les banlieues, un cerf fracassant la vitrine d'un cabinet dentaire et, si sa mémoire est bonne, un poulet dans l'un des quartiers de New York. Dickeyville fait partie de ces villes qui ont toujours attiré les types un peu baba cool. On imagine facilement un « locavore » bien intentionné mais incompétent, cherchant à élever des poulets et ne réussissant qu'à les laisser s'échapper de leur poulailler. Gwen compte mener son enquête quand elle sera à la maison cet après-midi afin de commencer à la mettre en ordre pour le retour de son père.

Même pour une ville comme Dickeyville, qui paraît coupée d'une grande partie de Baltimore, la maison des Robison est isolée. Officiellement, il s'agit de la dernière maison sur Wetheredsville Road, à quelques mètres seulement de l'endroit où une barrière en béton bloque désormais la rue, marquant l'entrée d'un « sentier nature » qu'on peut suivre jusqu'au centre-ville. Puisque la rue est bloquée, Gwen ne pourra pas emprunter l'ancien raccourci à travers ce qui est dénommé un parc mais qu'elle et ses amis d'enfance appelaient toujours le bois – un nom qui convient davantage. Leakin Park est une forêt vaste et touffue où il est difficile de trouver son chemin. Bien que l'ayant arpentée plus que n'importe qui, Gwen et ses amis en ont raté de larges pans.

Le trafic est étonnamment dense et le trajet plus long que prévu, apportant un démenti à ses paroles en l'air sur la rapidité des allers-retours entre ici et la maison de Relay. Malgré tout, l'opportunité d'emménager, ne serait-ce qu'un temps, à Dickeyville est providentielle. Les lois du Maryland requièrent une séparation d'au moins un an avant que le divorce puisse être prononcé – une information qu'elle a tristement apprise lors de son premier divorce et dont elle ne comptait pas se servir à nouveau. Pense-t-on jamais que l'on divorcera une seconde fois ? Pourtant, après ce premier mariage raté, le fait demeure, irréfutable : tu ne feras pas ta vie avec un seul homme. Tes chances d'atteindre la perfection sont perdues. Pour quelqu'un d'aussi parfait que Gwen dans le domaine professionnel – elle est rédactrice en chef d'un magazine à l'usage des citadins, qui enseigne aux autres comment avoir la maison, les enfants et la garde-robe parfaits – c'est particulièrement irritant.

Même si elle prolongeait son séjour chez son père, cela ne serait pas suffisant. Seul le conjoint qui *reste* peut remplir une demande de divorce pour abandon, au bout d'un an. Étant celle qui part, Gwen devra attendre deux ans si Karl ne donne pas son consentement, et ce dernier lui a clairement fait comprendre qu'il n'en fera rien, jamais. Impossible de rester séparée tout ce temps d'Annabelle, mais elle n'a pas non plus les moyens de vivre seule dans le quartier de son école actuelle. Et même si leur crédit immobilier ne les étrangle pas, ils n'ont virtuellement aucun fonds propre et, de toutes façons, on obtient difficilement un second prêt de nos jours. Karl a beaucoup d'argent mais, encore une fois, il n'a pas l'intention de s'en servir pour lui permettre de le quitter. Si elle passe ne serait-ce qu'une nuit dans la maison à Relay, le compteur se remet à zéro. Peut-être qu'Annabelle peut venir s'installer dans la maison à Dickeyville sans que l'école en soit informée ?

D'un autre côté, lorsque son père sera de retour chez lui à Dickeyville, ce sera le chaos. On aurait cru qu'un spécialiste en gériatrie concevrait une maison plus hospitalière envers les personnes âgées, mais la sienne leur est carrément hostile. Le premier niveau, la cave aux murs en pierre, contient une buanderie et des équipements divers. Puis vient le vaste premier étage fait de verre et de bois et construit pour s'intégrer au paysage, mais ne comprenant qu'une salle d'eau. Les deux étages au-dessus sont certes munis de salles de bains complètes, mais les couloirs y sont étroits et les angles serrés. Leur père, dépassé par la spirale croissante des coûts et des retards, a rogné sur les chambres à coucher de la maison de ses rêves. Il va falloir que Gwen l'installe dans la « grande chambre » du premier étage, où il jouira d'une belle vue et d'espace pour se déplacer mais non d'une baignoire. Seulement, puisque son père occupera le premier étage, elle ne pourra trouver d'intimité que dans les chambres étroites et sombres du dessus. Et comment va-t-il faire pour se laver ? De toutes façons, Annabelle se sentirait isolée, comme Gwen l'a été autrefois, et elle n'aura même pas la liberté de parcourir la forêt. Ce qui était considéré comme sûr pendant l'enfance de Gwen n'est aucunement envisageable pour Annabelle.

La tête lui fait mal. Tout est trop compliqué. *Allez-y doucement*, préconise-t-elle à ses auteurs quand ils se retrouvent dépassés par leur récit. Concentre-toi sur une chose à la fois, une seule tâche. Va à la maison, assure-toi qu'elle est propre, fais une machine, appelle un service de soins à domicile, laisse-les décider des dispositions qui conviendraient le mieux pour sa convalescence.

Une fois sur place, elle trouve trois journaux dans leur emballage jaune, plusieurs catalogues, mais presque pas de vrai courrier. Son père ne recycle pas, par principe, il est persuadé qu'il s'agit d'un artifice, d'un geste vain pour se rassurer, donc elle jette tout, ne laissant que les factures sur le comptoir de la cuisine. Celle-ci est petite, autre victime du dépassement des coûts de la maison, mais sa mère en a fait un bijou sur le plan pratique. À cette heure du jour et de l'année, la lumière y est à couper le souffle – traînées d'or et de rose par-dessus la colline. Malgré l'électroménager vétuste, les comptoirs en Formica jaunissant et les meubles de métal blanc, la pièce est chaleureuse, accueillante.

Gwen monte à l'étage. Tout est en ordre, on n'y trouve aucun signe d'un homme sur le déclin. Veuf à soixante-trois ans, son père a rapidement appris à prendre parfaitement soin de lui. Sa penderie et ses tiroirs sont mieux rangés que ceux de Gwen ; l'absence de désordre y est admirable. Une page volante du *Times* daté de la veille de sa chute est posée sur la table de nuit – les mots croisés du mercredi, remplis à l'encre, sans la moindre erreur. Le jeu, la maison impeccable, tout indique un esprit lucide et contribue à appuyer sa version des faits. Pourquoi alors continue-t-elle à y penser ainsi, comme d'une *version* ? Cette histoire de poulet la dérange.

Jetant un œil par l'étroite croisée qui donne sur la rue, elle aperçoit un homme promenant deux chiens aux pelages aussi noirs que ses cheveux. Elle le reconnaît immédiatement à sa raie au milieu, remarquablement nette et parfaite, visible malgré la distance.

– Sean ! s'écrie Gwen par la fenêtre.

Quelques secondes plus tard, elle dévale sans la moindre prudence l'escalier de pierre qui a causé la chute de son père.

– Gwennie, dit-il.

Puis :

– Vieille manie, désolé. *Gwen.*

– Qu'est-ce que tu fais ici ?

– Euh… Mon frère, bien sûr.

– Tim ? Go-Go ?

– Gordon, dit-il.

Peut-être Sean a-t-il renoncé aux surnoms. Bizarre, mais Gwen aimait bien entendre Gwennie, même si cela lui rappelle qu'elle était grosse autrefois. Gwennie la baleine. Elle a été grosse seulement jusqu'à ses treize ans. On dit que les personnes se sentent grosses pour toujours, Gwen non. À l'intérieur, elle est la sylphide qu'elle est devenue. Au contraire, elle a du mal à se rappeler qu'en prenant de l'âge, elle ne peut plus compter être la plus jolie fille dans la pièce.

– Qu'est-ce que l'incorrigible Go-Go, pardon, *Gordon*, a encore fait cette fois ?

Sean prend une mine blessée, puis confuse.

– Je suis désolé, je pensais que tu étais au courant.

– Mon père a fait une chute il y a trois jours. Il s'est cassé la hanche. Je ne suis pas au courant de grand-chose.

– Il y a trois jours ?

– Dans la matinée. Il descendait les marches pour aller chercher son journal.

– Trois jours… C'est le jour où Go-Go…

Sa voix se brise. Sean est le frère du milieu, le plus beau, le plus intelligent, le meilleur dans tout le secteur. La mère de Gwen avait coutume de dire que Tim était le galop d'essai, Sean l'idéal platonique et Go-Go un désaxé. Sans être réellement méchantes, les remarques de la mère de Gwen pouvaient être acerbes. Pourtant, sa voix était si délicate et ses manières si douces que personne ne s'offusquait.

– Qu'est-ce qu'il y a, Sean ?

– Il s'est écrasé contre le butoir en béton au bout de l'autoroute. Il allait peut-être à 130, 150 km/h. On pense que l'accélérateur s'est bloqué, ou qu'il a mal évalué l'endroit où la route prend fin. Ce que je veux dire c'est qu'on s'est tous amusés à faire de la vitesse, là-bas.

Oui, lorsqu'ils étaient adolescents et qu'ils apprenaient à conduire. Mais Go-Go avait – elle calcule, retranche quatre, non, cinq ans à son âge à elle – quarante ans. Beaucoup trop vieux pour vouloir tester la puissance de sa voiture.

– Il est…

– Mort, Gwen. Sur place, instantanément.

– Je suis terriblement désolée, Sean.

Go-Go, mort. Alors qu'elle le voyait régulièrement au fil des ans, dans son esprit il avait encore huit ou neuf ans, toujours déchaîné et désinhibé. C'était celui qui prenait des risques dans le groupe, bien qu'il n'ait peut-être tout simplement jamais compris la notion de danger et ne se rendait pas compte qu'il prenait des risques. Elle se souvient en un éclair de lui dans cette même rue, traversant follement la route à la poursuite d'un ballon, indifférent au gros camion qui lui fonçait dessus, aux cris des autres le pressant de s'arrêter.

– Merci.

– Ta mère tient le coup ?

Elle se souvient que Mr Halloran est mort des années auparavant, bien qu'elle n'ait pas été à l'enterrement, elle a seulement écrit quelques mots de condoléances aux garçons et à leur mère. Dans son souvenir, elle était très occupée à cette période de sa vie.

– Pas vraiment. Je suis rentré pour l'enterrement ; je vis à St. Petersburg maintenant.

– En Russie ?

Un sourire pincé.

– En Floride.

Gwen essaie de ne pas faire de grimace. Pas tant pour la Floride, mais parce que le Sean qu'elle a connu serait allé en Russie comme sémillant correspondant à l'étranger ou comme diplomate. Il garde une super allure. De près, elle distingue quelques cheveux blancs, mais cette dignité même qui lui donnait l'air pédant lorsqu'il était adolescent lui va bien désormais. Il fait enfin son âge.

– Je m'en veux de ne pas avoir été mise au courant. Quand est-ce qu'a lieu l'enterrement ?

– Demain. La veillée funèbre est ce soir.

Gwen réfléchit, sachant qu'elle doit trouver un moyen d'assister aux deux. Elle va devoir demander une demi-journée de congé supplémentaire au travail et s'arranger pour faire garder Annabelle ce soir. Il y a déjà tant à faire. Mais il s'agit de Go-Go ; et de Sean, son premier petit ami, même si elle pense rarement à lui de cette façon. Gwen n'est pas le genre de femme à penser avec nostalgie à son passé, ou à rechercher d'anciens amoureux sur Internet. Les Halloran, ainsi que Mickey Wyckoff, sont davantage comme ces anciennes fondations, ou dalles, qu'il leur arrivait de trouver dans les bois : abandonnées et recouvertes par la végétation, impossibles à récupérer. Pendant un ou deux étés, ils avaient formé une bande soudée de cinq, mais ça n'avait pas duré. De tels groupes s'effilochaient sans doute rapidement. Bizarre comme, jusqu'à maintenant,

Gwen n'a jamais pensé que si elle et Mickey pouvaient se séparer totalement du groupe, les frères Halloran, eux, ne pouvaient que continuer à former un tout, aussi mal assortis soient-ils. Tim la brute, Sean le sérieux, Go-Go le désaxé.

– J'y serai.

Elle songe à poser la main sur son avant-bras mais elle craint qu'il le prenne pour une avance. Elle se contente de caresser les chiens, des chiens âgés aux bajoues pendantes et à la respiration difficile, si vieux et si fatigués que cette longue pause au milieu de leur promenade ne les dérange pas. Pour aussi vieux qu'ils aient l'air, toutefois, ils ne peuvent pas avoir plus de, disons, quinze ans ? Seize ? Ça reste plus vieux que son mariage avec Karl.

– Ça va faire plaisir à maman, dit Sean, avant de reprendre le chemin vers le sommet de la colline.

Elle connaît la route, elle connaît la maison à laquelle il parviendra après avoir remonté Wetheredsville Road, puis tourné à gauche sur « New » Pickwick, une rue aux petites maisons symétriques, qui passaient à l'époque pour modernes comparées aux antiquités biscornues qui faisaient la réputation de Dickeyville, la suivant jusqu'à la rue la plus courte du voisinage, Sekots, quatre maisons seulement. La maison Halloran sentait toujours les aliments aux odeurs fortes – oignon, chou, hamburger – et elle était constamment en désordre. Il arrive que le chaos soit rassurant ; avec un tel environnement, aucun enfant n'avait peur de déranger ou de casser quoi que ce soit. Il pouvait également être terrifiant : un endroit où les parents se hurlaient dessus des horreurs et où il n'était pas rare d'entendre Mrs Halloran sangloter, quelque part au loin. Les garçons ne semblaient jamais rien remarquer et Mickey elle-même paraissait peu affectée. Pourtant, la maison Halloran effrayait Gwen, qui se débrouillait pour circonscrire leurs activités à sa propre maison ou aux bois à côté.

Go-Go, mort. Elle est surprise même d'être surprise.

La plupart des gens pensaient que le surnom de Go-Go dérivait de Gordon, alors que cela venait en fait de son comportement dément, visible dès sa prime enfance, et de son entêtement à suivre ses frères partout où ils allaient. « Go-go », disait-il, comme si cette deuxième syllabe, la répétition, constituait le point final de toute discussion. « Go-go ». Il y allait, c'est certain. Il courait dans les murs, pataugeait dans l'eau polluée des rivières, sautait de branches en balcons. Un jour, Go-Go avait passé presque tout un après-midi à foncer tête baissée contre un vieux matelas qu'ils avaient trouvé dans les bois, sans cesser de rire un seul instant.

Et voici qu'aujourd'hui il a foncé tête baissée contre la barrière en béton au bout de l'autoroute. Gwen se demande s'il était saoul. Bien que n'ayant pas vu les frères Halloran depuis des années, elle sait, comme chacun sait des choses à Dickeyville, que Go-Go a un problème. Pour n'être pas dit ouvertement, c'est visible dans les pertes d'emploi, le premier mariage raté, les cahots du second, ses retours au giron familial pour des séjours prolongés.

En même temps, qui est-elle pour juger Go-Go ? N'a-t-elle pas recours, elle aussi, à des tours semblables ? Son retour à la maison familiale, ses deux mariages ratés, sa complaisance pour l'amour sans condition d'un de ses parents. Mr Halloran était peut-être un cœur de pierre mais Mrs Halloran, lorsqu'elle ne criait pas contre ses fils en regrettant de les avoir mis au monde, était une vraie maman-gâteau, particulièrement envers Go-Go. À l'inverse, alors que la plupart des gens penseront que Gwen est une fille dévouée, certains verront clair dans son jeu. Son frère et sa sœur, c'est certain. Puis Karl.

Du moins, si Karl se donnait la peine de voir. De vraiment la regarder. Car, s'il se mettait à la regarder de cette façon, ils ne seraient pas dans une telle situation. C'est ainsi que Gwen aime voir les choses.

ÉTÉ 1976

Chapitre deux

– Je déteste cet endroit, dit Fee. On s'ennuie ici.

– Il n'y a nulle part où aller, dit Miller. Rien à faire.

– Il n'y a que les personnes ennuyeuses qui s'ennuient, répond leur père.

– Peut-être que les personnes ennuyeuses sont les seules qui ne se rendent pas compte qu'elles s'ennuient, dit Fee. Elles sont si ennuyeuses qu'il ne leur vient même pas à l'idée de faire quoi que ce soit.

– Gwen se plaît ici, dit leur père.

– *Gwen*, dit Fee en reniflant, n'est qu'une enfant.

– Bien sûr que je suis une enfant, dit Gwen doucement. J'ai dix ans.

– De toutes façons, insiste Miller, soucieux de prouver son point de vue, il y a plein d'enfants avec qui Gwen peut jouer : cette fille, Mickey ; la bande de frères…

– On ne joue PAS avec les frères Halloran. Ils sont trop violents, le coupe Gwen.

À ce moment, Gwen ne mentait pas. L'été du bicentenaire de notre nation, nous n'étions pas encore amis, tous les cinq, et les Halloran étaient perçus comme des brutes. Nous étions deux, et trois – les deux filles, Gwen et Mickey, puis les trois frères, Tim, Sean et Go-Go. Nous ne formerions une bande qu'au printemps suivant.

Cependant, nous avions conscience de l'existence des uns et des autres. Mickey était un petit personnage connu à Dickeyville, un garçon manqué terrifiant dont on supposait qu'elle était solitaire par choix, une enfant qui préférait jouer à l'extérieur, même par mauvais temps. Les garçons Halloran avaient une réputation de trublions, surtout à cause de Go-Go. De toutes façons, ils passaient leurs étés à la mer, puis en colonie de vacances.

La famille de Gwen, les Robison, était quant à elle réputée à Dickeyville pour la construction de leur nouvelle maison, qui durait depuis presque sept ans et dont les travaux avaient été à deux reprises interrompus par injonction, en raison du classement historique du quartier. Chose étonnante, Mr Robison ne semblait pas en vouloir au voisinage de faire obstacle à la construction de sa maison. C'était la maison de ses rêves, et il endurerait toutes les peines pour l'avoir. Il avait acheté le terrain à l'époque de la naissance de Gwen, une décennie auparavant, après être tombé sur Dickeyville par hasard alors qu'il se rendait au golf de Forest Park. On lui avait d'abord dit que le terrain n'était pas propice à la construction, la pente rendait les travaux impossibles. Il s'était refusé à l'admettre et avait finalement trouvé un architecte qui acceptait de les faire, à grand coût. Par la suite, le voisinage s'était ligué pour empêcher les travaux, malgré le foisonnement de maisons de type après-guerre à Dickeyville. Parmi lesquelles se trouvait, en fait, celle des Halloran, sans que ceux-ci n'aient rien vu d'hypocrite à se joindre à l'opposition. Originale, moderne, la maison Robison signifiait *quelque chose*, même si personne ne savait réellement quoi. Le changement, la subversion, un défi aux valeurs traditionnelles. Ainsi, neuf ans après que le terrain eut été acheté, cinq ans après l'ouverture du chantier, la maison avait fini par exister, grâce à la seule volonté du Dr Robison.

Voilà qui avait apparemment surpris Mrs Robison et les deux aînés, Miller, vingt ans, et Fee, dix-sept ans. Et quoique Miller ne doive supporter la maison qu'en été et qu'il ne reste seulement à Fee qu'un an de lycée avant son départ pour l'école privée Park School, celle même où allait Gwennie, ils en avaient ressenti de l'amertume. Mrs Robison n'était pas amère, pas vraiment, mais *quelque chose* dans son attitude nous le faisait pressentir. Comment dire ? Une sorte de retenue innée. Vêtue de ses beaux vêtements hippies, elle traversait le monde, tête baissée, bras croisés, semblant dire à Dickeyville : *Je refuse de t'aimer, je refuse de t'aimer*. Inévitablement, tous les pères, et certains de leurs fils, étaient un peu amoureux de Tally Robison, confondant son détachement vis-à-vis des lieux alentour avec un détachement à leur égard, ce qui ne manque jamais de séduire un homme. Gwen, toutefois, n'a jamais douté de l'amour de sa mère, rendant le reste d'entre nous secrètement verts de rage, nous qui craignions parfois que les notres ne tirent pas de satisfaction réelle à nous voir exister. La mère de Mickey, la mère des garçons – celles-là vivaient des moments de frustration. Doris Halloran, en particulier, avait une façon de demander « Pourquoi est-ce que tu es né ? », comme si elle ne savait pas vraiment, ou comme si elle débattait de la doctrine de l'Église sur l'avortement. Non que l'avortement ait été légal au moment où le plus jeune des frères Halloran, Go-Go, avait été conçu. Mais nous ressentions tous que Mrs Halloran aurait aimé avoir le choix.

On se fichait cependant pas mal de ce que pensaient les adultes, ou même le frère et la sœur plus âgés de Gwennie, pour aussi impressionnants qu'ils soient avec leur permis de conduire et leur indifférence étudiée à notre égard. La majeure partie de la journée, nous nous imaginions vivre dans un monde sans adultes. Nous avions tous, plus ou moins, les mêmes règles à respecter. Ne faites pas de vélo sur Forest Park Avenue (trafic, angles morts), soyez à l'heure pour le dîner, n'allez pas dans le ruisseau. Nous avions trouvé le moyen de contourner la première règle, n'avions aucun problème avec la deuxième, quant à la troisième, elle n'avait pas d'importance si nos vaccins contre le tétanos étaient régulièrement mis à jour. Nous n'allions jamais exprès jusqu'au ruisseau, mais nous y arrivions très souvent par accident.

C'est là que Gwen et Mickey se sont rencontrées, l'été du bicentenaire. Mickey était allongée à plat ventre sur la rive, à côté d'une canalisation où l'on trouvait parfois des écrevisses, et plongeait un long bâton dans l'eau boueuse.

– Je m'appelle Gwen, a-t-elle dit, timidement, au petit dos maigre et aux cheveux noirs emmêlés.

– Tu vis dans la grande maison au bout de la route. Tes parents sont riches ? a répondu Mickey, les yeux fixés sur l'eau brune.

– Je ne crois pas.

Gwen a songé à l'ensemble des indices possibles. Leur maison était vaste, du moins les niveaux inférieurs. Les chambres paraissaient un peu chiches. Fee et Miller avaient une voiture, mais ils se la partageaient, puis c'était une vieille Volvo. Ses parents se rendaient chaque année à New York pour aller au théâtre et faire leurs courses de Noël. Est-ce que ça faisait d'eux des gens riches ?

– Qu'est-ce qu'il fait ton père ?

– Il est docteur.

– Alors t'es riche, a dit Mickey sans lever les yeux de l'eau.

Est-ce que des écrevisses vivaient réellement là-dedans ? Gwen n'arrivait pas à s'en convaincre. Mais Mickey était formelle et, qui plus est, elle allait les ramener chez elle pour les manger… si elle en attrapait. Son filet était fin prêt, mais on pouvait douter qu'il fasse l'affaire. Il était minuscule, le genre de gadget qu'on utilise pour les aquariums tropicaux. Une seule petite écrevisse y tiendrait à peine.

– C'est le genre de docteur qui enseigne.

– Mon père est propriétaire de la station-service en haut de la colline. Enfin, c'est pas vraiment mon père, c'est mon beau-père. Il est pas mal. Il ressemble à Tom Selleck.

– C'est super. Je veux dire, le fait qu'il possède la station-service.

– Non, c'est pas super. Si j'ai envie d'un soda, ou de bonbons, ou de quelque chose du drugstore à côté, je ne peux pas y aller parce que je me ferais dénoncer par quelqu'un de la station. Avant, il y avait un magasin dans le quartier qui vendait des bonbons à l'unité, mais ils ne le font plus. Est-ce qu'il y a des friandises chez toi ?

– Quoi ?

– Des friandises. De la glace, des cookies, des bonbons, du soda ? Sans doute que non, vu que ton père est docteur.

– Oh si, on a des… friandises. Ma mère va faire les courses chaque semaine et chacun d'entre nous peut choisir les goûters qu'il veut. Mais après, c'est fini. Si on mange tout immédiatement, il faut attendre la semaine suivante.

Gwen n'a pas ajouté qu'elle avait appris toutes sortes d'astuces pour faire durer ses friandises. Elle grignotait des barres chocolatées 5th Avenue en ôtant l'unique amande, puis en enlevant le chocolat avec les dents et la langue jusqu'à ce qu'elle découvre la barre de beurre de cacahuète. Elle mangeait les M & M's en cassant les coquilles en chocolat pour en retirer les cacahuètes, qu'elle mettait dans un bol et avalait d'une bouchée. Ses combines la rendaient fière, mais elle était consciente que les gens trouveraient ça dégoûtant. De toutes façons, elle était enrobée et essayait désespérément de faire croire que les bonbons ne l'intéressaient pas et que son problème était hormonal.

Mickey s'est redressée.

– Tu ne voudrais pas prendre des Circus Peanuts, de temps en temps ?

– Des cacahuètes ?

– À la guimauve. Les gros bonbons tout mous. Un peu comme des Peeps, mais pas aussi collants.

– Bien sûr.

Le vendredi suivant, Gwen a posé un sachet des bonbons orange dans le caddie de sa mère pendant qu'elle faisait ses courses hebdomadaires.

– Vraiment ? a demandé sa mère. Tu détestes la guimauve.

Gwen a fait signe que oui. Le jour suivant, elle a offert les bonbons à Mickey. Au cours de l'été, elle lui a apporté des Smarties, des Candy Buttons et des sucres d'orge Pixy Stixs. Des bonbons aux fruits Necco Wafers et des Now & Later. La mère de Gwen a compris ce qu'il se passait au bout d'une semaine ou deux, mais cela ne la dérangeait pas. Au contraire, elle avait félicité Gwen pour son altruisme. Gwen ne voyait pas ça comme un sacrifice, mais plutôt comme une rétribution nécessaire. Mickey avait de la valeur. Elle savait des choses. Il fallait en quelque sorte payer pour savoir.

Mickey parcourait les collines boisées aux alentours de Dickeyville depuis ses huit ans, au moment où elle avait convaincu sa mère de la laisser rentrer seule de l'école élémentaire, de l'autre côté de la colline. Elle se comportait en véritable propriétaire des bois, et nous ne faisions rien pour la contredire. Nous ne nous perdions jamais lorsque Mickey ouvrait le chemin, tandis que nous autres pouvions facilement nous retrouver à tourner en rond.

Pourtant, Mickey était la seule d'entre nous à ne pas habiter à Dickeyville. Sa famille vivait un peu plus haut, dans les rangées de maisons mitoyennes de Purnell Village, de l'autre côté de Forest Park Avenue. La plupart des enfants n'auraient pas été autorisés à traverser cette rue, encore moins à faire seuls le trajet à pied jusqu'à l'école ; mais Mickey avait le droit. Du moins, c'était ce qu'elle prétendait. On ne pouvait jamais entièrement se fier à ce que Mickey disait d'elle-même. Par exemple, son beau-père n'était pas son beau-père et il n'était pas le propriétaire de la station-service. Il en était le gérant. Mais il ressemblait effectivement un peu à Tom Selleck.

Lorsque l'un de nous l'attrapait à mentir ou à se contredire, elle se contentait de hausser les épaules, comme si ces inexactitudes jaillissaient d'elle de manière accidentelle, tel un dérapage verbal, ou comme si elle confondait des faits dont elle avait parfaitement connaissance. Et, parce que Mickey était belle, malgré sa crinière hirsute et ses vêtements un peu douteux, nous nous imaginions que c'était là un des privilèges de la beauté : être libre de mentir sans que quiconque ait rien à en dire. Qui voulait se disputer avec quelqu'un d'aussi joli que Mickey ? Le fait qu'elle ne puisse pas s'apprêter davantage la rendait encore plus charmante. Elle portait des jeans et des tee-shirts, souvent les mêmes vêtements deux jours d'affilée, et ses cheveux n'étaient que rarement brossés. Il arrivait que la mère de Gwen dise : « On joue à se faire belles ? », et Gwen comprenait que c'était un prétexte pour passer un coup de peigne dans sa chevelure en bataille, qui se mettait à briller et à luire sous les doigts de sa mère. Plus tard, lorsque nous avons formé un groupe, une entité, les garçons se sont mis à souhaiter que Mrs Robison passe un coup de brosse dans leurs cheveux, qui n'étaient pas à proprement parler longs. Non qu'ils l'aient jamais exprimé. Go-Go oui, peut-être. Go-Go n'avait jamais compris qu'il existait certaines choses qu'il ne devait pas désirer, des envies dont il ne devait pas parler. Il regardait Tally Robison prendre soin des cheveux de Mickey, un bout de langue sortant du coin de sa bouche comme il lui arrivait souvent de le faire, pensant sans doute que quelque chose de savoureux, à ne pas rater, pouvait à tout moment tomber du ciel. Parfois, Go-Go essayait d'escalader littéralement Tally Robison, il se mettait à grimper le long de son corps, essayait de la forcer à le serrer dans ses bras fins.

Tout ça arriverait bientôt. Durant ce premier été, en 1976, il n'y avait que Mickey et Gwen, Gwen et Mickey, meilleures amies et tout ce qui s'ensuivait : toute la joie et l'intimité, toute la peine et le ressentiment. Nous n'utilisions pas encore l'expression « Copine Pour La Vie » ; de toutes façons, elle n'aurait pas convenu. Mickey et Gwen ont raté la partie « pour la vie». Cet été, cependant, on avait l'impression que ça durerait toujours.

Tally Robison est morte pendant la dernière année de faculté de Gwen. Elle avait été trop malade pour assister à la remise de prix de son école de journalisme, trop malade pour avertir sa fille que son splendide petit ami de faculté, à qui elle devait bientôt se fiancer, était effectivement *trop* splendide. Gwen n'arrêtait pas de penser que Mickey essaierait de la joindre. Ce qui avait pu se passer, toutes ces années auparavant, ne changeait rien au fait que la mère de Gwen s'était montrée douce et généreuse envers Mickey. Celle-ci devait très certainement avoir appris la mort de Tally, quelqu'un avait dû lui dire, même si sa famille avait quitté depuis longtemps le quartier de Purnell Village, devenu trop risqué, alors que Dickeyville demeurait pareillement placide, égale à elle-même. Gwen était sur le point de fêter ses vingt-deux ans, un âge beaucoup trop jeune pour perdre un parent, en particulier quelqu'un d'aussi charmant que sa mère. Nous étions tous très jeunes alors, et la mort et ses rituels nous étaient peu familiers – ainsi que l'importance des petits gestes. Seul Sean, l'éternel monsieur Parfait, a écrit un mot, un message un peu coincé et à contrecœur, comme s'il avait l'impression que la mère de Gwen était morte dans le seul but de l'obliger à recontacter sa fille.

Cinq ans plus tard, les deux anciennes meilleures amies se sont retrouvées face à face dans un avion. Gwen était en première classe, surclassée grâce aux miles de son mari. Mickey était l'hôtesse de l'air. Encore belle, mais son visage reflétait une certaine dureté à présent, l'impression que la vraie personne se trouvait enfouie sous plusieurs couches.

– Mickey, a dit Gwen, radieuse, lorsqu'il lui a été proposé une boisson avant le décollage.

Un regard vide.

– Mickey, c'est Gwen. Gwen Robison.

Mickey a continué à la regarder d'un œil inexpressif. Ou plutôt, à regarder à travers elle, ce qui est tout à fait différent.

– C'est McKey, maintenant.

– Mick Kay ?

– Regarde, comme ça : sans *i*, *K* majuscule. McKey.

– Officiellement ?

C'était une réponse étrange, mais Gwen ne savait pas quoi répondre.

– Tu as toujours été à cheval sur le règlement, a répondu Mickey, McKey. Je peux t'offrir quelque chose ?

Le reste des passagers, des hommes d'affaires habitués à la vie en première classe, commençaient à s'impatienter de ce rappel du bon vieux temps. Ils voulaient leur boisson, leurs cacahuètes grillées et autres friandises auquel leur statut leur donnait droit. Mais Gwen ne se décidait pas à laisser partir son ancienne amie.

– Ça fait tellement longtemps. Je n'ai pas supporté qu'on se soit perdue de vue. Pour tout dire, je pensais que tu me rappellerais après le décès de ma mère. Tu sais qu'elle est morte, n'est-ce pas ? Il y a cinq ans, d'un cancer de la vessie.

– J'ai appris, mais pas tout de suite. Je suis désolée.

Il y avait autant d'empathie dans ses mots que dans un *champagne ou jus d'orange ?*

– Tu as appris par…

C'était stupide de prolonger la conversation, puis quelle importance, la façon dont Mickey avait appris la nouvelle ?

– Par Sean.

– Vous êtes en contact ?

Gwen n'arrivait pas à savoir si ce qu'elle éprouvait était de la jalousie ou – à cheval sur le règlement comme elle l'était – le sentiment d'avoir été trahie. Ils n'étaient plus censés être amis. Cela avait été le prix à payer pour la chose affreuse qui s'était passée.

– Parfois. Il m'envoie des cartes de Noël.

– Il t'a parlé de ma mère dans une carte de Noël ?

Ça n'était pas une provocation à l'encontre de Mickey, McKey, mais un étonnement sincère, de la confusion.

– Écoute, je reviendrai pour discuter plus tard pendant le trajet, d'accord ?

Elle n'était pas revenue.

Chapitre trois

Enfant, on a épargné à Gwen les enterrements et elle a accepté cette pratique, de la même manière qu'elle en a accepté tant d'autres de ses parents : parce qu'il s'agissait sans conteste de la meilleure chose à faire. Évidemment, elle ne songe pas un instant à emmener Annabelle à la veillée funèbre pour Go-Go, aussi éprouve-t-elle un choc à la vue de tous les jeunes enfants. Fait encore plus dérangeant, ils sont rassemblés autour du cercueil ouvert, à inspecter Go-Go avec une excitation respectueuse, quoique palpable. *Un mort ! C'est à ça que ressemble un mort !* Confrontée à leur bravoure, Gwen est obligée elle aussi de s'avancer pour regarder.

C'est peut-être d'un mort qu'il s'agit, pourtant ça n'est pas le garçon dont elle a le souvenir, et pas uniquement parce qu'il a trente ans de plus que le Go-Go du temps de sa mémoire. Cette personne est trop immobile, ses traits sont trop figés. Go-Go ne se tenait jamais tranquille.

– Gwen. – Doris Halloran lui tient fermement les mains et la scrute du regard, comme si elle était myope. – Ma jolie petite Gwen. Tu es resplendissante.

L'est-elle vraiment ? Elle ne se sent pas resplendissante. Certes, elle est mince. Ces derniers temps, elle n'a aucun appétit. Elle est cependant à peu près certaine que le manque de nourriture lui a creusé le visage et a rendu ses cheveux ternes et secs. Mais, encore une fois, peut-être que tout est relatif. Par exemple, elle a meilleure mine que Go-Go. Ou que Mrs Halloran, dont le visage livide et bouffi ne se justifie pas par le seul chagrin. Ses yeux ressemblent à des petits raisins secs enfouis dans une boule de pâte à pain, sa bouche est cerclée de rides.

– Toutes mes condoléances, Mrs Halloran. Mon père serait venu s'il ne s'était pas cassé la hanche. Je reste avec lui le temps de sa convalescence.

– Qu'est-ce qui est arrivé ?

– Il a glissé sur une des marches de l'escalier. Elles ont toujours été dangereuses.

Mrs Halloran refuse de lâcher les mains de Gwen. Elle les presse, elle les serre. Ça lui fait un peu mal, en plus de l'haleine de Mrs Halloran – pas vraiment mauvaise, mais défraîchie, une odeur de naphtaline et de chambre dans la pénombre.

– Tellement d'accidents, dit-elle dans un murmure.

– Oui. Quel gâchis pour Go… – Se souvenant de la réaction de Sean au surnom de son frère, Gwen se reprend. – … Gordon.

– Oh.

Elle paraît surprise.

– Oui, j'imagine que ça aussi, c'était un accident.

Elle *imagine* ? Gwen ne pensait pas que la sempiternelle super-catholique Doris Halloran envisagerait un seul instant la possibilité d'un suicide. Doris lui lâche subitement la main, à tel point que son corps enregistre l'arrêt de la douleur comme si elle persistait. Comme si des mains fantômes continuaient à lui agripper les siennes, pressant fort, avec l'intention de lui faire mal.

– C'est peut-être un cliché, dit Gwen, mais quel que soit son âge, perdre un enfant est pour tout parent un véritable cataclysme.

– J'en ai perdu quelques-uns, tu sais.

Elle baisse la voix.

– Fausses couches. Trois. Quatre, en fait. Quoique celui-là ait été si jeune que ça compte à peine.

Il se peut que Gwen l'ait su, de cette façon vague et indifférente qu'ont les enfants de pressentir certaines choses à propos des adultes, mais cette révélation vient soudain éclairer une série d'événements mystérieux – les longues « siestes » de Mrs Halloran, les hurlements de Mr Halloran pour faire cesser le chahut des garçons, une grand-mère venue les voir pour une visite ne ressemblant à aucune de celles dont Gwen avait l'habitude (pas de dîner au restaurant ni de tour au magasin de jouets).

– Tu as des enfants, Gwen ?

– Une petite fille, Annabelle. Elle a cinq ans.

– Je suis désolée, répond-elle.

Désolée ? Pense-t-elle que c'est une honte d'avoir une fille ? Ou bien sait-elle qu'Annabelle n'est pas sa fille biologique ? Les époux Halloran n'ont jamais été très ouverts d'esprit, ils appelleraient sûrement sa fille une Chinetoque, ou pire. Gwen rougit, elle manque répliquer à Mrs Halloran qu'elle-même n'a pas fait mieux, seul un de ses fils vaut quelque chose. À ce propos, où est Sean, et tant qu'on y est, Tim ?

Doris paraît subitement avoir des remords.

– Je voulais dire… Je prends des médicaments. Le docteur m'a prescrit des pilules. J'ai l'impression que les choses s'emmêlent, mes phrases sont embrouillées ou bien je répète ce que les gens me disent. Non. C'est très bien d'avoir une petite fille. Je suis heureuse pour toi. Mais les filles sont dures. Elles font des cachotteries. J'étais triste de ne pas en avoir eue, puis contente. Même si les filles restent à nos côtés alors que les garçons partent. Est-ce que je suis claire ?

– Oui.

Non.

Mrs Halloran lui saisit à nouveau les mains.

– On se voit demain, n'est-ce pas ?

– À l'enterrement ? Bien sûr.

– Puis à la maison, après. Tout le monde n'est pas invité, mais nous voulons que tu sois là. Tu fais partie de la famille, même si ça fait longtemps. C'est drôle, tu dois venir voir ton père tout le temps, et pourtant on ne se croise jamais. Tu n'es pas venue voir Gordon, même quand il est revenu vivre à la maison. Pourquoi ne lui as-tu pas rendu visite ?

Pour tellement de raisons. *Parce que c'était un ivrogne colérique la plupart du temps. Et quand il n'était pas en colère, il était pathétique, à s'apitoyer sur lui-même.* La raison principale était néanmoins celle qui les avait divisés des années auparavant : c'était simplement trop douloureux de se côtoyer. Ils ne pouvaient pas en parler, mais ils ne pouvaient pas ne pas en parler. Ils étaient donc restés à l'écart les uns des autres.

– J'ai cessé de les voir lorsque Sean a déménagé. Y compris Mickey Wickoff. Mon père, lui, reste dans son coin.

– Oui. Il a toujours été comme ça.

Toujours ? Gwen se souvient de son père comme d'une personne sociable. Peut-être aussi légèrement snob vis-à-vis des Halloran. C'est pourquoi la nuit de l'ouragan avait été si spéciale – tous les parents réunis chez les Robison, à boire et à rire jusque tard un jour de semaine.

– Ne fais pas comme si tu étais une étrangère, maintenant, dit subitement Mrs Halloran, pleine d'un entrain forcé. On va se voir beaucoup, pas vrai ?

La question paraît inhabituellement sincère, et vaguement menaçante.

– Absolument.

Sean et Tim finissent par apparaître en expliquant qu'ils ont discuté de la messe du lendemain avec le prêtre. Sean prend sa mère par les épaules, doucement, et se met à la guider vers d'autres invités, faisant craindre à Gwen de s'être mal comportée, d'une façon ou d'une autre, de s'être accaparée sa mère endeuillée, alors que Doris était celle qui avait tenu à prolonger leur conversation.

Tim lui fait un demi-sourire.

– Désolé.

Il semblerait que ce soit le mot de la soirée.

– Pas de quoi. C'est un miracle si elle tient encore debout.

– Sean m'a dit que ton père avait eu un accident ?

– Oui. J'en parlais à ta mère : ça a l'air d'être le thème de la semaine.

Le visage de Tim est sans expression. C'est drôle comme il ressemble à Sean, sans toutefois parvenir à être beau. Tout son visage est un peu plus brouillé. Plus grossier, plus dur, indistinct. Comme un visage dessiné par un enfant : tracé à la va-vite. Sans compter qu'il s'est empâté.

– La mort de Go-Go n'est pas un accident, Gwen. Il a foncé sur la rampe, tout droit à plus de 160 km/h.

– Sean a dit…

– Ah, Sean. C'est un type comme il faut, maintenant : il fait attention à ce qu'il dit. Déformation professionnelle, depuis qu'il est dans les relations publiques. Il ne peut pas s'empêcher de tourner autour du pot. Non. Go-Go a foncé exprès dans le mur au bout de l'autoroute. Comme il était probablement ivre, on peut difficilement savoir quelle était son intention mais il est clair qu'il n'a pas cherché à l'éviter. On attend les rapports toxicologiques. Enfin pas nous, mais la compagnie d'assurance. Ils feront tout ce qu'ils peuvent pour refuser à ses enfants l'assurance-vie. Je n'arrive pas à savoir s'il vaut mieux s'en tenir à l'ébriété et déclarer qu'il n'était pas en état de préméditer son suicide, ou prier pour qu'il ait été sobre et dire que l'accélérateur s'est bloqué.

– Je croyais qu'il était dans une phase de sobriété.

– Pour ce que j'en sais, c'était effectivement le cas jusqu'à la nuit de mardi dernier. Il allait à ses réunions des AA chaque semaine et avait l'air de faire des progrès. Mais il n'y a que notre mère pour en attester, et elle lui pardonnait tout et le couvrait chaque fois qu'elle le pouvait. Mais il était sobre depuis presque deux ans. En fait, il est parti vers 19 heures pour assister à une réunion. Et à deux heures du matin, maman s'est retrouvée subitement avec les flics à la porte. Ils sont d'abord allés chez Lori, à cause de l'adresse sur le permis de conduire.

– Lori ?

– Son ex, même si techniquement, ils étaient juste séparés. Sa seconde ex, celle avec les gosses.

Tim pointe un doigt vers deux petites choses blondes, minuscules. Loin d'inspecter le mort dans le cercueil, ces filles se tiennent à l'écart, accrochées à leur mère.

Malgré leur tristesse, toutes trois sont splendides.

– Cette assurance-vie est la seule chose décente qu'il ait faite pour elle et les gamines, et il se pourrait qu'il ait foutu en l'air même ça. Tout ce qu'il fallait, c'était écraser un peu les freins et laisser quelques marques sur le sol. Mais non…

– La ferme, Tim, dit Sean en se joignant à eux.

– Ça va, c'est Gwen.

Les mots sont simultanément chaleureux et vaguement insultants. Ils témoignent d'un privilège, tout en donnant l'impression à Gwen qu'elle est sans importance.

– Gordon ne s'est pas suicidé.

– Attends, on ne va pas aller le dénoncer auprès de l'Église ou l'empêcher d'être enterré en terre consacrée. Et je n'ai pas l'intention de briser le cœur de maman. Mais entre nous, on peut quand même arrêter les conneries.

– Il était saoul. Il m'a appelé une heure avant et ses paroles n'avaient aucun sens.

– Probablement.

– S'il avait bu, il ne savait pas ce qu'il faisait. Comme dans le temps, il a voulu faire de la vitesse et a mal calculé son coup.

– D'accord, mais… On a vécu ici toute notre vie. On a tous appris à conduire sur ce tronçon d'autoroute. Même saoul ou endormi ou mort, c'est impossible qu'il ait oublié le mur en béton. Que l'autoroute s'arrêtait.

– Tim, laisse tomber.

– Puisqu'on parle de boisson… Un verre, ça vous dit ?

Ils échouent à The Point sur Franklintown Road, jadis un bar miteux sur lequel on pouvait toujours compter. À leur grande horreur, c'est devenu un lieu pour yuppies. Musique *live* le week-end, carte des vins correcte. La nourriture est celle des bars traditionnels, mais elle est préparée avec soin. Pas le genre de sortie que l'on serait tenté de rechercher sur Franklintown Road, que ce soit Gwen ou la plupart des habitants aisés de Baltimore, ou même les pseudo-branchés de la ville, même si un tel lieu pourrait s'avérer pratique le temps de son séjour chez son père.

Les garçons boivent du Rolling Rock coupé à l'eau du robinet et elle, un demi.

– « Raison D'Être. »

Tim prononce le nom de sa bière avec une moue de mépris. *Ray-zonne Det-reuh.*

– Une bière de pédé.

L'expression politiquement incorrecte de son frère fait grimacer Sean, sans que Tim en ressente la moindre honte.

– Une bière qui porte un nom français ne peut être dégueulasse.

– Elle est très bonne, dit Gwen. Goûte.

Tim refuse, mais Sean est assez poli pour la goûter et en dire du bien, alors qu'évidemment il n'en pense pas grand-chose.

– T'es vraiment qu'une foutue yuppie, dit Tim.

Une nouvelle insulte, bien qu'elle soit du même tonneau que toutes celles proférées contre elle lorsqu'ils étaient enfants. Gwennie la Baleine. Gwennie la Bénie Oui-Oui. Pourtant, Gwen n'a jamais été aussi « comme il faut » que Sean. Elle se demande si Tim en a conscience.

Elle réplique, parce que c'est ce que Tim recherche et son frère est mort, elle lui doit bien une petite dispute sur le mode humoristique.

– C'est un terme terriblement galvaudé, au point qu'il ne veut plus rien dire. Quand est-ce qu'il était à la mode ? Dans les années quatre-vingt ? Et qui de nous trois est le cadre dynamique ? Tu noteras que je n'ai pas dit « jeune ».

– Tu travailles pourtant pour ce magazine stupide…

– Oui, j'en suis la rédactrice en chef.

– Et il ne parle que de ce qu'il faut acheter, et boire, et porter.

– Nous faisons un véritable travail de journaliste. Plus que jamais, lorsqu'on sait la façon dont le *Beacon Light* a été liquidé. Je serais extrêmement intéressée de commanditer un article sur l'affaire dont tu t'occupes, Monsieur le Procureur d'État. Aussi, nous continuons à faire du profit. Tu sais pourquoi ? Parce que nous sommes ouverts en affaires, ce qui nous a valu de maintenir notre recette publicitaire lorsque l'économie s'est effondrée. Sans pour autant brader tout notre contenu.

– Les meilleurs médecins, les meilleurs restaurants, les meilleurs quartiers. Le mieux du mieux. Et pourquoi pas… les meilleurs endroits où racoler ? Et attends ! Pourquoi pas les meilleures putes ? Voilà une info qui pourrait me servir.

– Je ne savais pas qu'il te fallait payer pour ça, Tim.

– Effectivement. Je le fais *par choix*.

– Il rigole, coupe Sean l'éternel RP, par crainte que Gwen ne se précipite pour titrer à la une : « L'assistant du procureur d'État préfère les prostituées. » Tim est si scrupuleux qu'il ne dépasse même pas la limitation de vitesse en conduisant. En plus, il est aussi bêtement amoureux d'Arlene qu'au premier jour.

C'est marrant, la rapidité avec laquelle ils en reviennent à leurs rôles – comme ils étaient au début, lorsqu'ils se comportaient comme un groupe à part à l'intérieur du groupe. Le seul changement est l'alcool. Et le fait qu'ils ne sont plus que trois, au lieu de cinq.

Ils ne seront plus jamais à cinq : l'étoile de mer, comme disait Mickey. Gwen se rend compte qu'elle a toujours espéré qu'ils se retrouveraient, serait-ce pour une nuit, qu'une fois encore ils se réuniraient et assembleraient toutes les petites pièces en loques de leur histoire commune. Hormis son père, son frère et sa sœur, personne dans sa vie ne l'a connue quand elle était enfant. Personne ne sait qui elle est dans sa totalité. Pas même Karl, et certainement pas Annabelle. Non plus ses collègues actuels ou les précédents, ceux de l'époque du journal, éparpillés dans la ville. Gwen adulte est la personne que la plupart des gens connaissent. Elle voudrait être parmi des gens qui la connaissent vraiment. Sa mère lui manque, elle qui la faisait se sentir spéciale alors qu'elle ne l'était évidemment pas, elle qui l'a aidée à se transformer en cygne. Même Mickey lui manque.

Du moins, elle lui manque jusqu'au lendemain matin, quand *McKey*, drapée de noir de la tête aux pieds, fait son entrée dans l'église un instant avant le début de la messe de funérailles et va s'asseoir dans la rangée des Halloran, comme si elle faisait partie de la famille. McKey étend même son bras derrière Sean pour donner une tape amicale sur l'épaule de Doris, avant de laisser son bras reposer sur Sean pendant plusieurs secondes.

C'est facile de regretter certaines personnes, pense Gwen, *jusqu'au moment où elles réapparaissent en chair et en os.*

AUTOMNE 1977 – PRINTEMPS 1978

Chapitre quatre

C'est Mickey qui a décidé que nous devions former un groupe et que le duo qu'elle formait avec Gwen devait se joindre au trio des frères Halloran. Nous étions auparavant deux et trois. À cinq, nous étions plus forts que deux et trois. Ainsi que Sean nous le ferait remarquer plus tard, le propre département de la Défense de notre pays était circonscrit à l'intérieur du Pentagone : cinq, c'était donc ce qu'il y avait de plus fort.

Cependant, notre coalition a débuté par une controverse, une dispute de territoire. Bien que vivant à Sekots, de l'autre côté du quartier, les Halloran se servaient d'une parcelle de terre, au bout de la rue de Gwen, comme terrain improvisé pour leurs parties de kickball. Le monticule herbeux vaguement carré était juste assez grand pour constituer le terrain intérieur, entre les bases, mais l'absence de terrain extérieur était problématique, voire dangereuse. Un coup de pied donné avec trop de force – et tous les frères Halloran étaient puissants – envoyait systématiquement le ballon au milieu de la rue ou le faisait rebondir de l'autre côté par-dessus les fondations d'un cabanon abandonné. Et même si, déjà à cette époque, la circulation n'était pas très dense sur Wetheredsville Road – combien de fois Gwen s'était plainte de devoir apprendre à épeler le nom de sa rue – le moulin était encore en activité et, plusieurs fois par jour, d'énormes camions passaient en grondant dans la rue.

Mickey se fichait bien du terrain, mais elle aimait couper à travers pour atteindre le ruisseau ; elle avait décidé que les garçons Halloran étaient bien présomptueux. Le terrain ne leur appartenait pas, avait-elle contesté. À toi non plus, a riposté Tim. *Tu n'habites même pas dans le coin.* Mickey s'était défendu en disant qu'en tant que résidente de la dernière maison de Wetheredsville Road, c'était à Gwen de trancher si oui ou non ils avaient le droit d'utiliser la parcelle. Il faudrait que les garçons la payent pour jouer sur le terrain, a insisté Mickey.

– À moins que… – C'était clairement cela qu'elle avait eu en tête tout ce temps. – … vous nous laissiez jouer avec vous.

On était en automne. L'attente pleine de promesses, puis l'excitation de la rentrée des classes avaient fini par s'estomper. Le sac à dos en denim de Gwen était rempli de feuillets déchirés, et elle n'arrivait jamais à mettre la main sur sa petite boîte d'œillets. À St. Lawrence, Go-Go avait été collé de nombreuses fois déjà, et les dissertations écrites ennuyaient Sean, elles ne lui permettaient jamais de montrer l'étendue de ses aptitudes. À Cardinal Gibbons, Tim se débrouillait ; mais se débrouiller faisait partie du génie particulier de Tim. Une lettre avait déjà été envoyée à la mère de Mickey, lui signalant que sa fille pouvait mieux faire. Pour finir, la lettre envoyée n'était jamais arrivée, Mickey l'ayant enfouie sous une pierre dans les collines, derrière la maison des Robison où elle venait chaque jour pour attendre le retour de Gwen. Lorsque Gwen descendait du car privé qui la ramenait devant sa porte, elle trouvait Mickey dans la cuisine, à manger des cookies et boire un des sodas light de sa mère. Gwen n'avait pas le droit de boire des sodas light, mais Mickey oui, car elle était une invitée. Des années plus tard, tandis que sa mère était en train de mourir de son cancer de la vessie, Gwen ne pouvait s'empêcher de repenser avec suspicion à toutes ces boissons light. Elle savait que cela n'avait rien de scientifique mais elle persistait dans son idée. Elle avait trouvé une ruse pour faire croire à Annabelle que l'eau gazeuse était une friandise, la lui donnant dans une cannette en forme de pingouin de chez Williams-Sonoma qui produisait d'incroyables crachotements, y ajoutant parfois du jus de fruit ou une rondelle de citron pour rendre la boisson un peu spéciale. Ce n'était cependant qu'un tour de passe-passe comme font les parents et Gwen savait que sa fille ne serait pas éternellement dupe et en viendrait à demander du soda ou, Dieu l'en préserve, à rajouter de l'édulcorant Equal dans son cacao.

Quand elles étaient dans la maison, c'était Gwen qui organisait le programme, apprenant à Mickey les jeux d'imagination compliqués qui constituaient l'essentiel de sa vie de fille unique *de facto*, à présent que Miller et Fee avaient tous les deux quitté la maison. Mais les filles passaient le moins de temps possible enfermées. Mickey avait sans cesse la bougeotte. Elle aimait l'action, elle voulait du mouvement. Ce n'était pas particulièrement une bonne athlète, comme le démontreraient les parties de kickball auxquelles les filles allaient jouer plus tard, après avoir rejoint les garçons Halloran. Mickey était incroyablement maladroite dans presque tous les sports à règles. Par contre, quand il s'agissait de courir à travers bois, d'enjamber les branches ou de passer en-dessous, de sauter de pierre en pierre pour traverser le ruisseau, personne n'était plus gracieux ni plus efficace. Elle pouvait même faire des tractions, ce qu'aucune autre fille de notre connaissance ne faisait. Elle disait avoir gagné la Presidential Medal for Fitness, bien qu'elle ne se soit jamais souvenue l'avoir montrée à Gwen lors des rares fois où cette dernière avait été autorisée à venir chez elle.

Le jour où Mickey a décidé de s'inviter à la partie de kickball, nous étions à la mi-novembre et c'était la première belle journée après une semaine de pluie battante. Les collines et les champs étaient recouverts de boue, et la mère de Gwen lui avait rappelé en soupirant de rentrer en passant par le sous-sol, *s'il te plaît* ? Et si elle pouvait y laisser ses bottes ? *S'il te plaît ?* Mickey n'avait pas même une paire de bottes, mais sa mère s'en fichait si ses tennis étaient pleines de boue, disait-elle. « Il n'y a qu'à laisser sécher et ça s'enlève à la brosse aussi facilement que n'importe quoi », avait-elle dit à Gwen.

Toutefois, bien que la pluie ait cessé, Mickey n'avait pas eu envie d'arpenter les bois avec Gwen aujourd'hui, à la recherche d'endroits qu'elles pourraient s'approprier. Elle avait préféré lui faire traverser la route et remonter la rue en direction du champ où les Halloran étaient en train de faire une partie de kickball.

– On veut jouer, a dit Mickey à Sean.

– Non merci. C'est plus facile à trois.

Tim a été moins poli.

– Allez vous faire foutre.

Gwen en avait eu le souffle coupé. C'était un blasphème, ou presque. Go-Go était aux anges, répétant l'injure encore et encore.

– Va te faire foutre, va te faire foutre.

Mickey ne se laissait pas facilement intimider. Elle a mis les mains sur ses hanches et a toisé Sean.

– Ce terrain ne vous appartient pas.

– Pas plus qu'à toi.

– Mais il est à elle.

Elle a pointé son doigt vers Gwen.

– À sa famille. Ils ont acheté tout un lot de terrain quand ils ont construit leur maison.

– N'importe quoi, a dit Sean.

Excepté le naïf Go-Go, nous savions tous que c'était un mensonge éhonté.

– Tu peux vérifier, a lancé Mickey.

– Où ça ?

– En ville.

– Dégage, a ordonné Tim.

Go-Go courait en cercles.

– Va te faire foutre, va te faire foutre.

Sean a regardé Mickey de haut en bas.

– Tu sais jouer ?

– Qu'est-ce que ça peut te faire ? La partie sera mieux à cinq qu'à trois. On jouera à deux contre deux, avec un lanceur permanent.

Gwen avait présumé qu'elle serait le lanceur permanent, ce qui a été le cas. Elle a fait rouler le ballon à travers la base, d'abord à Sean, puis Tim, puis Go-Go, et enfin Mickey. Tim lui a renvoyé le ballon brutalement, juste au niveau du ventre, et c'était clairement intentionnel. Gwen a serré fort les dents pour nc pas pleurer.

Mais effectivement, cela avait été une meilleure partie, comme Mickey l'avait prédit. Elle et Tim avaient joué contre Sean et Go-Go. Il était question qu'à un certain moment Gwen change de poste, mais cela n'était pas arrivé, ni ce jour, ni très souvent les jours suivants. Le jeu évoluait en quelque chose qui ressemblait davantage au football, ou au rugby, ou au ballon prisonnier, avec des règles compliquées sur les placages et les réceptions. Nos sens étaient devenus comme accordés au vacarme de la rue, au bruit des voitures et des camions qui approchaient, et nous avions appris à synchroniser les actions de jeu en fonction de la circulation. Parfois, nous nous disputions et rentrions de bonne heure, mais nous revenions toujours le lendemain, ou le jour d'après s'il avait plu. Nous avons interrompu les parties au cœur de l'hiver, mais les avons reprises bien avant l'arrivée du printemps. Les garçons Halloran ne cessaient de surprendre les filles. Parfois ils se présentaient en front uni, parfois c'était chacun pour soi ; la plupart du temps, c'était à deux contre un, avec Go-Go le bébé, le laissé-pour-compte, seul. Chaque groupe a son bouc émissaire. Dans le nôtre, c'était inévitablement Go-Go.

Nous jouions à quatre contre un par une journée de fin d'avril, un de ces jours maussades et frustrants où tous les bienfaits du printemps semblent perdus. Le ciel était gris, le fond de l'air était véritablement frais, et tout ce qui avait bourgeonné ou fleuri lors des derniers mois paraissait misérable. Les jonquilles et les tulipes baissaient la tête, comme abattues. En route pour le terrain de jeu, Go-Go a sauté à pieds joints sur un parterre de fleurs de Tally Robison et, parce que nous comprenions que notre liberté avait un prix, ça nous a énervés. Nous savions que donner aux adultes des raisons de se plaindre, c'était perdre nos privilèges.

Mais Go-Go est devenu encore plus insupportable quand nous avons tenté de lui expliquer pourquoi il ne fallait pas sauter sur les fleurs. Il s'est mis à pincer les filles, à tirer sur leurs vêtements et à se battre avec ses frères. De frustration, Mickey a fini par lancer le ballon en caoutchouc rouge par-dessus sa tête, sur la route. Plus tard, elle a dit ne pas l'avoir fait exprès, ce qui aurait été plausible au vu de son incompétence totale sur le terrain, sauf que cela nous a paru délibéré : un lob exagérément haut qui serait passé au-dessus de n'importe qui, d'autant plus au-dessus du petit Go-Go. Ce qu'on sait avec certitude, c'est qu'elle a dit : « Va le chercher, espèce de débile. »

Ce que Go-Go a fait, sans se soucier du grondement de la circulation auquel nous savions tous prêter l'oreille. Il a jailli au milieu de la route, poursuivant le ballon qui rebondissait, au moment où un énorme camion arrivait beaucoup trop vite, mais nous savions tous que les camions allaient trop vite et que c'était à nous d'y faire attention. Nous avons regardé, figés sur place, hypnotisés. Nous allions voir quelqu'un mourir. Nous avons regardé l'engin fondre sur le garçon et le ballon disparaître sous les roues, entendu des bruits terribles, les klaxons, le crissement des pneux. Mais il semble que Go-Go avait changé les lois de la physique, réussissant à accélérer pour atteindre, juste avant le choc, l'autre côté de la route où, ébahis, nous l'avons vu planté tout droit et hilare, après le passage du poids lourd.

Tim a été le premier à parler.

– Va te faire foutre, Go-Go, a-t-il dit. Le ballon est fichu.

Son ton était néanmoins admiratif, presque révérencieux, et sa voix tremblait.

Les roues du camion avaient écrabouillé le ballon. Nous avons regardé la forme rouge aplatie.

– Ç'aurait pu être le crâne de Go-Go, a dit Gwen.

Nous avons tous hoché la tête. Il aurait pu être comme ces écureuils que nous voyions sur la route, une tâche rouge criblée de poils. Nous n'avions pas le droit de toucher les écureuils ni aucun autre animal accidenté, à cause de la rage.

Sean a couru de l'autre côté de la rue et a attrapé son frère par le bras en le secouant violemment, furieux.

– Ne refais plus jamais ça.

– Mais Mickey a dit…

– Mickey n'est pas ton chef.

– Personne n'est mon chef, a-t-il rétorqué avec une moue de la lèvre inférieure.

Sans ballon, c'en était fini du kickball. Impossible d'en obtenir un nouveau sans raconter à un adulte ce qui s'était passé, et chacun de nous s'accordait à penser qu'il ne fallait rien dire. De plus l'été approchait, bien que la chose paraisse difficile à concevoir par une telle journée d'avril, froide et grise, et nos parties bâtardes de kickball / ballon-prisonnier / rugby elles-mêmes ne suffiraient pas à remplir les jours plus longs et plus vides qui s'annonçaient. Nous avions besoin d'un nouveau jeu. Mickey a alors suggéré de former un club d'exploration. Bien que Sean et Tim aient dit que c'était puéril, nous nous sommes tous retrouvés le lendemain à la suivre de plus en plus loin dans le bois en nous émerveillant des choses que l'on rencontrait : campements abandonnés, arbres abattus, cannettes de bière, ordures. « Ce sont les ados qui ont fait ça », disait Go-Go avec gravité, comme si Tim et Sean n'étaient pas déjà des adolescents ou que Mickey et Gwen n'allaient pas avoir treize ans cet automne. Pour Go-Go, les adolescents étaient des créatures terrifiantes.

C'est alors que nous avons rencontré l'homme qui vivait dans les bois.

Chapitre cinq

– À quoi rime cette mascarade ? demande Karl à l'arrivée de Gwen le lendemain matin de l'enterrement de Go-Go alors qu'elle n'a que quelques minutes avant qu'Annabelle se réveille et descende prendre son petit-déjeuner.

La question la prend de court, son esprit bute sur le choix du mot « mascarade ». Qu'est-ce donc qu'une mascarade ? Où est le faux-semblant ? Elle se pose la question, perplexe, tout en préparant le petit-déjeuner. Elle ne fait pas semblant de passer ses nuits à la maison pour Annabelle. Sa fille sait que Gwen dort chez son grand-père le temps qu'il recouvre la santé mais qu'elle tient à être présente pour les repas, le coucher et le départ à l'école. La mascarade, pour reprendre le terme de Karl, est de faire semblant que les choses reprendront leur cours normal après la guérison de son père.

– Je ne suis pas sûre de comprendre, dit-elle en essayant de ménager les sentiments de Karl, mais également prudente sur les mots.

Elle ne veut pas faire de promesses qu'elle ne pourra pas tenir. Il semble malgré tout triste et blessé. Il a visiblement envie de poser d'autres questions, plus douces, plus vulnérables. *Pourquoi es-tu partie ? Ne m'aimes-tu plus ? Ne veux-tu pas rester avec moi ?* Mais ce ne sont pas des questions que Karl posera à voix haute, parce que Karl n'en connaît pas la réponse. Et Karl est incapable d'admettre qu'il ne connaît pas la réponse. « Les chirurgiens sont comme ça », l'avait prévenue son père, autrefois le professeur de Karl, au début de leur relation. « Il est habitué à contrôler la situation et à faire acte d'autorité. » Ainsi que la plupart des gens amoureux, elle était sourde à toute remarque n'allant pas dans le sens de son idylle.

– Tu es en retard, non ? Va donc sauver des vies, dit-elle à présent, non par cruauté, mais par pragmatisme.

Karl est piqué.

– Ce n'est pas…, commence-t-il.

Avant de s'interrompre lorsque, lente et maladroite, Annabelle entre dans la cuisine avec sa petite mine renfrognée du matin – tout l'inverse d'eux. Gwen est du matin, tandis que Karl, comme beaucoup d'hyperactifs, ne s'autorise guère plus de quatre ou cinq heures de sommeil.

Annabelle, au contraire, est un oiseau de nuit qui retarde le moment de dormir et prend le matin comme un affront personnel. Une des raisons pour lesquelles Gwen rentre chaque soir pour l'heure du coucher. Karl n'aurait jamais la patience de choyer Annabelle et de l'inciter à se mettre au lit. Annabelle a des cernes plus creusés et plus sombres que d'habitude. Gwen se demande si Karl sait qu'Annabelle se glisse parfois dans la cuisine avec les écouteurs de son petit lecteur MP3 pour regarder la télévision posée sur le plan de travail, sans jamais prendre la peine de s'asseoir. Un jour, Gwen l'a trouvée dormant debout, le menton posé sur le comptoir, pendant qu'une publicité vantait les miracles du maquillage aux pigments minéraux. Elle songe aux secrets de l'ADN de sa fille. Ses parents étaient-ils des oiseaux de nuit ? Comment s'étaient-ils rencontrés ? L'orphelinat où Annabelle avait passé les onze premiers mois de sa vie étant isolé de tout, ses parents avaient très probablement dû être des fermiers. Eux aussi arboraient-ils des mines renfrognées quand le soleil se levait ? Se couchaient-ils tard, sachant qu'ils en paieraient le prix au matin ? Avaient-ils abandonné leur fille pour migrer vers la grande ville et s'y faire une existence qui leur conviendrait davantage ?

– Bonjour, mon petit lapin en sucre.

– Les lapins ne sont pas faits avec du sucre, dit-elle. – Puis : – Je peux avoir des pancakes ?

– On n'a pas vraiment le temps, mais on pourra en manger ce week-end. Je pensais que tu pourrais venir chez Poppa et rester dormir.

– Il faudrait que tu me consultes…, commence Karl, mais déjà, le visage d'Annabelle s'illumine.

– Je peux dormir dans la chambre de princesse ?

– Bien sûr, répond Gwen.

La chambre de princesse n'est autre que l'ancienne chambre d'enfant de Gwen, restée en l'état depuis son départ pour la faculté. Si sa mère n'était pas morte… Mais sa mère est morte.

– Tu ne m'as pas demandé mon avis, dit Karl à voix basse après qu'elle eut envoyé Annabelle enfiler un vrai pantalon à l'étage.

Cette dernière pensait les duper avec son bas de pyjama. Son père s'y serait laissé prendre s'il avait été en tissu écossais. Une raison supplémentaire à la présence de Gwen chaque matin : Karl se laisse trop faire par la petite. Il n'y a que leur fille pour être imperméable à son autorité chirurgicale et à ses desiderata.

Cependant, parmi la liste qu'elle s'est faite, aucune des raisons qui font que Gwen tient à être présente chaque matin et chaque soir ne compte réellement. Elle est là parce qu'elle ne supporte pas d'être éloignée de sa fille. Pourtant, elle a choisi d'être loin de sa fille. Elle ne se comprend pas elle-même.

– Je sais que nous n'avons pas formellement arrangé…, poursuit Karl.

– Pas encore.

– Tu ne m'as pas demandé si tu pouvais garder Annabelle ce week-end.

– Je n'ai pas à le faire, dit Gwen en mettant du pain à griller et en sortant le sucre à la cannelle dont Annabelle raffole.

Elle a conscience de clore la discussion, conscience d'en tirer un peu trop de plaisir.

– Tu me rappelles *tout le temps* combien ma vie est triviale. Pas avec des mots, mais par ton absence de mots, ton absence de questions, ton incapacité à faire semblant de t'intéresser. Par ton silence, tu me fais savoir chaque jour que tu n'as absolument aucun intérêt pour ce que je fais et qui je suis.

Annabelle est redescendue et les observe du seuil de la porte. Elle est vive, exceptionnellement – bien qu'on n'attende d'aucun enfant qu'il se mesure aux pouvoirs intellectuels de Karl Flores. Malgré tout, elle en sait probablement plus qu'ils voudraient qu'elle sache. Gwen espère que les cernes noirs ne sont pas dus à des nuits passées à se faire du souci. Quand l'idée de quitter Karl a commencé à germer, elle s'est mise à en parler devant ses amis comme si elle leur demandait leur avis sur un article de mode particulièrement audacieux ou l'achat d'un produit de luxe ; la ribambelle de questions avait suivi : *Il t'a trompée ? Il te maltraite ? Il se drogue ? Il t'a menti sur des sujets graves ?* Quand elle avait répondu non, tout le monde lui avait dit : « Vous devriez rester ensemble pour le bien d'Annabelle. » Karl a dit la même chose. Personne ne comprend qu'elle puisse partir pour le bien d'Annabelle. Elle aime penser que sa mère l'aurait compris, si elle était encore là. Mais si sa mère avait été vivante, Gwen aurait-elle choisi les hommes qu'elle a choisis ? Une chose est sûre, elle n'aurait jamais épousé Stephen. Ironiquement, c'est sans doute la mort de sa mère qui l'a conduite à ce mariage ridicule et voué à l'échec.

– Tu vas être en retard, papa, dit Annabelle.

Elle cherche à désamorcer la bombe qui se prépare à exploser et pour l'heure, à séparer ses parents afin qu'ils puissent choisir de se retrouver plus tard. Afin que Gwen fasse son choix. Karl a fait comprendre clairement qu'il n'avait aucune intention de divorcer. Non parce qu'il l'aime, mais parce qu'il ne supporte pas l'idée d'être perdant.

– L'équipe de télévision sera-t-elle présente aujourd'hui ? demande Gwen en notant que son mari porte un de ses plus beaux costumes, ainsi que la chemise bleu vif qui fait ressortir son teint sombre.

– Seulement pour… Je ne suis pas sûr… Pas pour des entretiens, mais pour me filmer en train de marcher, d'être assis en réunion. Je regrette d'avoir accepté.

Dans un souffle :

– Mais c'est ce que tu fais toujours.

– Qu'est-ce qu'il y a ?

– Laisse tomber.

Elle lui tourne le dos afin de continuer à préparer le petit-déjeuner d'Annabelle, comme si beurrer du pain grillé, le saupoudrer de sucre à la cannelle et verser du jus dans un verre demandaient un gros effort de concentration. Pourtant, ça marche. Lorsqu'elle redresse la tête, il est parti.

Des amis lui ont fait remarquer l'hypocrisie qu'il y avait à se plaindre des constantes demandes médiatiques pour son mari puisqu'elle-même l'a rencontré alors qu'elle travaillait pour un journal. Évidemment qu'elle le connaissait de nom. Quand ils se sont rencontrés, le docteur Karl Flores était connu depuis longtemps, plus de quinze ans. Il avait bâti sa réputation en réussissant des opérations de chirurgie cardiaque sur des nourrissons, travaillant à l'aide d'instruments minuscules qu'il avait créés lui-même, des objets précieux qui paraissaient sortis d'un hôpital pour poupées.

Beaucoup de chirurgiens font la même chose que Karl et obtiennent de semblables résultats. Peu, toutefois, ont le même charisme ; et, bien que le monde ne cesse de changer, certains aspects de sa vie semblent toujours en parfaite synchronisation avec l'époque. Gwen a fait sa connaissance lors de sa période de « chirurgien-beau-gosse ». Célibataire endurci, il était le sujet de nombreux commérages. La vérité était simplement banale : il travaillait trop et n'avait aucun goût pour la vie de play-boy parce que cela aurait terni son image de type bien, qu'il chérissait par-dessus tout. Avoir conscience de cela l'avait sauvé.

« J'aime l'attention que l'on me porte », avait-il avoué à Gwen lors de leur troisième entretien, lequel, d'une façon ou d'une autre, avait conduit à leur premier rendez-vous qui mettra un terme à la carrière professionnelle de Gwen alors qu'elle avait caché ce début de relation à son patron avant la parution de l'article. « Non parce que je suis égocentrique, mais parce que je peux en tirer parti », avait-il poursuivi.

– Ah ! Vous vous servez de vos pouvoirs pour faire le bien, avait-elle dit en riant.

– Oui », avait-il répondu sur le même ton, mais avec sincérité.

Durant leur première nuit – en fait, le lendemain soir – ils avaient regardé un film sur le câble, une comédie romantique délicieusement niaise où un docteur à qui on demandait lors d'une déposition s'il souffrait d'un complexe divin, répondait : « Je suis Dieu. »

Comme ils avaient ri ! …Et comme c'était vrai.

Karl est chirurgien. Karl est bel homme. Pour ses « vacances », Karl part faire des miracles dans des pays du tiers-monde. Il y a cinq ans, au moment où le débat sur l'immigration battait son plein, Karl a révélé qu'il était entré clandestinement dans le pays encore enfant, obtenant le statut de citoyen grâce à l'amnistie de 1986 prononcée par Reagan. Il en a témoigné devant le Congrès. Grandement aidé par Gwen, qui a rendu son style moins pédant et guindé, il a écrit des lettres ouvertes au *New York Times*. Karl ne souffre peut-être pas exactement d'un complexe divin mais, à la façon dont ses mots jaillissent, tels des éclairs, il y a en lui une part de Zeus. Avec l'aide d'un nègre pas si caché que cela cette fois, il a écrit son autobiographie, laquelle a conduit à une émission télévisée. Bien qu'elle n'eut pas un succès retentissant, elle a obtenu de bons résultats d'audimat qui ont persisté année après année. Chaque journaliste ayant fait la chronique de l'émission s'est senti obligé de noter que c'était un des rares cas où un acteur hollywoodien n'aurait pas été tout à fait aussi séduisant que l'homme dont il aurait incarné le rôle.

Il y a sept ans, lorsqu'ils ont lancé la procédure d'adoption d'Annabelle, Gwen pensait, espérait, priait même, pour qu'un enfant rétablisse l'équilibre dans leur vie et vienne atténuer leur ego professionnel. Elle avait raison, et pourtant elle avait tort. Karl adore Annabelle, en dépit de son refus initial du choix de Gwen pour la Chine. Pourquoi pas le Guatemala, son pays d'origine ? (Gwen avait déclaré qu'elle craignait la bureaucratie d'un tel pays, alors qu'en vérité elle ne supportait pas l'idée d'avoir une fille qui ressemblerait à Karl, mais pas à elle.) Il avait proposé le Zimbabwe, où il avait pratiqué l'une de ses interventions chirurgicales. Il cherchait l'enfant qui aurait le plus besoin d'eux, il cherchait à sauver quelqu'un. Gwen savait qu'un enfant la sauverait, elle. S'ils avaient un enfant, Gwen serait essentielle à une personne au moins.

– Comment s'est passé l'*entrement* ? demande Annabelle, la bouche pleine de pain grillé.

– Le quoi ?

– Tu as dit que tu allais… – Elle avale. – … à un enterrement, hier. Pour ton ami.

– Ah ! C'était très triste. C'est toujours triste quand des gens meurent. Mais j'ai revu quelques anciens amis.

– Tes meilleurs amis ?

Le concept de meilleur ami remplit Annabelle d'excitation. Depuis son entrée à l'école maternelle, cette année, elle en a eu pas moins de cinq, qu'elle essaie comme des chapeaux. Il y a un je ne sais quoi d'impitoyable chez elle. Inné ou acquis ? Gwen ou Karl ?

– Oui, on peut dire ça comme ça.

Gwen désire-t-elle réellement confirmer la croyance d'Annabelle selon laquelle les meilleurs amis sont interchangeables, jetables, qu'ils vont et viennent comme les tendances ?

– Nous étions meilleurs amis jusqu'au lycée. Puis nous sommes allés dans des écoles différentes.

C'est vrai, mais c'est un mensonge.

Elle voulait faire comprendre à Annabelle que le changement d'école avait altéré la nature de leurs relations. Gwen et Mickey n'avaient jamais fréquenté la même école, et leur amitié avait définitivement pris fin avant leur arrivée au lycée.

– Qui est ta meilleure amie maintenant ? demande Annabelle à sa mère.

– Margery, j'imagine, répond Gwen, bien qu'elle considère toutes ses amies de la même façon.

C'est-à-dire pas très proches. Margery est cependant celle à qui elle ferait appel en cas de problème majeur. C'est elle que Gwen a appelée la nuit où elle a décidé de se séparer de Karl.

« Est-ce qu'il t'a trompée ? » a demandé Margery.

C'est ainsi que tout le monde commence. Tout le monde s'y attend. Il est foutrement trop séduisant. Même si Gwen reste une belle femme et que Karl a dix ans de plus qu'elle, tout le monde pense clairement qu'elle ne fait pas le poids face à lui.

« Non, pas vraiment.

– Pas vraiment ?

– Une femme lui court après, mais il ne voit rien du tout. Je veux dire, il n'a aucune idée. De ce côté, il est très naïf.

– Dans ce cas, comment es-tu au courant ?

– Il est tellement naïf qu'il m'a montré ses e-mails, qu'il trouve amusants. Il me dit, par exemple : "Elle écrit si bien. Tu devrais l'embaucher, lui donner des papiers à écrire." J'ai dû lui expliquer que les femmes n'écrivent pas des messages amusants et coquins à des ex-petits amis à propos de leur récent célibat afin d'attirer l'attention de leurs épouses rédactrices.

– Une connaissance du lycée ?

– De la faculté.

– Ils s'étaient revus récemment ? À une réunion ? Est-ce qu'il lui a écrit le premier ?

– Non, et non. Puis là n'est pas la question, Margery.
– Alors, quoi ? »

Alors, quoi. Elle se repasse l'histoire en mémoire. Y penser la blesse encore, mais elle sait que les autres la jugeraient démesurément sensible. Puérile, même.

C'était le mois dernier. Karl était rentré d'une de ces journées beaucoup trop remplies. La Maison Blanche avait appelé. Pas le Président en personne, mais *tout de même*. Et voilà qu'il y avait ce documentaire filmé par un lauréat aux Oscars, quelque chose de sérieux. Deux heures de la vie de Karl, sa véritable vie, non la version édulcorée tournée pour le câble et débordant de fausses romances et d'intrigues. Gwen écoutait, heureuse pour lui, heureuse pour leur vie. Elle n'a jamais eu aucun mal à être heureuse pour Karl. Annabelle a disposé des sets de table sur la table escamotable de la cuisine rénovée où ils aimaient prendre leurs repas. C'est une maison charmante. On se doit d'avoir une maison charmante lorsqu'on est la rédactrice en chef d'un magazine de service aux consommateurs, mais cela ne rend pas son acquisition ou son entretien plus facile pour autant. À cet instant, leur vie ressemblait au modèle de vie dans le magazine de Gwen. Magazine et maison sortaient tout juste d'une année de marasme, mais ils étaient à présent tous les deux solides. (Cela se passait deux semaines avant que le mur de soutènement s'écroule et que la cave se remplisse de boue.)

Pendant qu'ils mangeaient leur dessert, une tarte aux pommes maison avec sa croûte au cheddar, Gwen s'est mise à raconter à Karl ses ennuis concernant une enquête assez importante, quelque chose de plus sérieux que ce dont le magazine avait l'habitude. Il y avait eu confrontation avec le directeur de publication, celui qui avait les sous, et elle avait réussi à le convaincre de partager son point de vue, malgré son refus de mettre l'histoire à la une. Mais l'article serait publié tel quel, il serait traité comme une information.

« Je me suis entretenue avec l'éditeur à propos de l'affaire Figueroa aujourd'hui », a-t-elle commencé.

Karl a hoché la tête d'un air absent, sorti son Blackberry et s'est mis à faire défiler ses e-mails alors qu'il quittait la pièce. Annabelle, qui débarrassait la table, n'avait rien remarqué.

Tout le problème était là.

Je ne peux pas lui faire ça, avait pensé Gwen. *Je refuse que ma fille grandisse dans un foyer où seul papa compte et maman non. Où il n'y a de place que pour la journée d'un seul. Elle prendra les mauvaises décisions, choisira les mauvais partenaires. Exactement comme j'ai fait, deux fois. Une fois. Deux.*

De retour à la cuisine d'apparence parfaite, mais où règne désormais un léger relent de moisissure venant des problèmes au sous-sol, elle ressent encore ce même sentiment. Chacun ne cesse de lui répéter qu'elle doit rester pour le bien d'Annabelle. Si elle leur expliquait les raisons de son départ, comprendraient-ils qu'elle agit effectivement pour le bien de l'enfant ? Probablement pas. D'ailleurs, ça n'est pas entièrement vrai. Mais ça fait partie de la vérité – largement.

Si on y réfléchit, décortiquer la vérité – décider de ce qui devait être dit et ce qui devait rester caché – n'avait-il pas signé le début de la fin pour Gwen, Mickey et les frères Halloran ?

ÉTÉ 1978

Chapitre six

Sean – lui bien sûr – avait trouvé l'information dans un livre, et bien qu'il n'ait jamais pu remettre la main dessus, le fait demeurait : notre cher Leakin Park était un des plus grands parcs enceints dans une ville : environ 485 hectares lorsqu'on l'ajoutait à Gwynns Falls Park. Nous adorions fournir ce renseignement aux visiteurs, lesquels ne manquaient jamais de répondre : *Et Central Park, alors ?* Mais Sean avait également la réponse à ça : Central Park ne mesurait qu'un piètre 340 hectares. Malgré tout, nos visiteurs (cousins et autres parents) étaient rarement impressionnés. Il ne s'agissait pour eux que d'un simple ramassis d'arbres et de collines. Même lorsque nous les emmenions dans la zone aménagée, avec ses courts de tennis, ses terrains de jeux, son petit train et sa chapelle merveilleusement lugubre dans le vieux domaine de Crimea, ils s'ennuyaient. Tel que nous voyions notre parc, c'était une réaction normale : il fallait s'y vouer jour après jour pour en découvrir les trésors ; un lieu où une tranquille persévérance se trouvait récompensée. Durant l'été 1978, nous avons poussé chaque jour plus loin l'exploration du parc, Mickey en tête. Chaque jour apportait une nouvelle découverte. Un embranchement du ruisseau, avec de minuscules vairons, des grenouilles, des tortues alligators. Des fleurs bleu vif qui poussaient dans des endroits si sombres que leur floraison tenait presque du miracle.

Parfois, le parc se retournait contre nous pour nous rappeler son pouvoir et son immensité. Nous pataugions dans une boue aussi profonde que des sables mouvants et revenions chez nous les cheveux couverts de gratterons, les vêtements déchirés et le visage tout égratigné. Ces jours-là, nos mères exaspérées agitaient la menace du centre de loisirs, des corvées domestiques ou d'une interdiction de jouer dehors, sans que ça n'aille jamais plus loin. La mère de Mickey travaillait, la mère de Gwen enchaînait un passe-temps après l'autre, et Mrs Halloran faisait… ce qu'elle faisait. Le ménage, prétendait-elle. Mais, soit qu'elle y fût inapte soit que les garçons Halloran fussent trop difficiles pour elle, leur maison n'était jamais tout à fait rangée. Propre, sans doute, mais en désordre. Au cours de l'été 1977, alors que Go-Go avait sept ans, elle en était réduite à acheter des sous-vêtements de tailles variées et à les laisser sur une commode dans le couloir à l'étage. Aux garçons de trouver la taille qui leur convenait.

Qu'importe. En ces temps où les téléphones portables n'existaient pas, la règle d'or était de rester dans la limite d'un appel de voix depuis la maison de Gwen. Mais quelle était cette limite ? Jusqu'où une voix pouvait-elle porter ? Sur les poumons de qui devions-nous baser cette distance ? Nous demandions parfois à Go-Go de nous laisser marcher devant pendant environ cinq minutes, puis de se mettre à crier. Comme nous entendions toujours Go-Go, nous allions sans cesse plus loin. Bien sûr, nous avions conscience de tricher, que les cris de Go-Go ne montaient pas en intensité au fur et à mesure que nous nous enfoncions toujours plus, mais nous étions prêts à clamer notre ignorance de ce détail de la physique en cas de confrontation. À vrai dire, nos parents évitaient de trop porter d'attention sur la façon dont nous passions nos journées car cela les aurait obligés à se montrer responsables. Et, on le sait, la mère de Mickey travaillait tard et se levait encore plus tard, Mrs Halloran faisait ce qu'elle faisait, et Tally Robison s'était mise à la poterie, puis à gribouiller sur des blocs-notes, pour finir par fixer, comme en transe, des toiles blanches dans son petit atelier, paralysée par le doute. Appliquer un seul trait de couleur pouvait lui prendre des jours, et ses peintures n'étaient jamais vraiment achevées – du moins selon l'opinion de tous. Tally Robison peignait le type de tableaux qui faisait dire aux personnes comme Mr Halloran : « Mes gamins feraient mieux que ça, même Go-Go. »

Par une journée nuageuse, nous avons tellement marché que certains d'entre nous ont craint de ne jamais pouvoir rentrer à temps pour le dîner. C'était un de ces jours gris-vert qui paraissent délicieusement poignants après tant de perfection estivale. La pluie menaçait de tomber, mais c'était une menace en l'air. L'atmosphère était moite, lourde, et cependant pas désagréable. Nous avons marché pendant ce qui a semblé être des heures. À l'extrémité de la file, Gwen peinait. C'était la moins sportive de tous, et grosse avec cela. *Sur les coteaux, dans les vallons*, chantait-elle dans un doux murmure, tandis que nous reprenions son chant en chœur, bien que les paroles aient semblé nous dépasser. Nous ne comprenions pas trop le sens de « vallons », encore moins celui de « caissons » qui paraissaient rouler. Gwen avait dû apprendre la chanson de son père, qui était vieux, déjà plus de cinquante ans. Nous chantions sans y penser, heureux d'entendre le son de nos voix.

Tim lui-même, seize ans à l'époque, n'avait pas proféré son insulte préférée : *C'est tellement gay*. Nous continuions à marcher en chantant, à chanter en marchant.

Sur les coteaux, dans les vallons… Mickey avançait en tête, mais ce sont les garçons Halloran qui ont assemblé les pièces du paysage, établi les connexions. « Voilà Suicide Hill », ont-ils annoncé, causant un choc à Gwen car nous avions l'habitude de faire le trajet jusqu'à notre coin luge favori en voiture, comme une sortie spéciale. Ce n'était pas particulièrement dangereux, uniquement très long et droit. Nous avons traversé la route et avancé le long du ruisseau. Personne ne disait rien, mais nous savions que tout le monde était soulagé d'avoir trouvé un point de repère. Finalement, nous n'étions pas perdus. Personne n'aurait à rendre les armes, à avouer son inquiétude de s'être enfoncé si loin. Mickey a pressé le pas comme si elle savait où elle allait, courant jusqu'au sommet d'une petite colline, pour disparaître de notre vue, de l'autre côté.

– Eh ! nous a-t-elle crié de loin. Vous étiez au courant de ça ?

« Ça » était une maison, une cabane en rondins située au milieu d'un taillis. Se fût-il trouvé dans un livre, l'endroit aurait été charmant, le type de maisonnette qui donne envie aux filles de se déguiser et de faire semblant de vivre comme à l'ancien temps. Mais ici, tout était sale. Et sentait mauvais. Ce n'était pas une odeur de fumée de bois ou de pommes mais de… disons de petit coin. Une odeur très forte. Go-Go s'est bouché le nez, et nous aurions voulu en faire autant.

– Ce sont des toilettes de jardin, a dit Sean. Il n'y a pas de sanitaires dans cet endroit.

– Quelqu'un vit ici ? a demandé Gwen.

– Pas en ce moment, a affirmé Sean.

Toujours sûr de lui, toujours celui avec les réponses. Même Tim n'est pas venu le contredire à ce moment-là.

– Autrefois peut-être, mais on n'a plus le droit de vivre ainsi de nos jours. Il y a des règles sur la façon dont il faut vivre, sur le zonage, etc. Les salles d'eau sont obligatoires.

– Dans ce cas, comment expliques-tu les poulets ? a questionné Mickey. Et le linge sur la corde ?

Un assortiment de vêtements, des chemises pour homme et des jeans, séchaient sur un morceau de corde grossière, alors que trois poulets d'un calme étonnant avançaient cahin-caha dans notre direction. Étant habitués aux oies agressives qui gardaient les chutes de Gwynns Falls, la plupart d'entre nous avons reculé. Mickey, toutefois, était déjà au seuil de la maison, examinant furtivement l'intérieur.

– Mickey, a appelé Gwen en essayant de la retenir.

Puis Sean l'avait rejoint, suivi de Tim, et de Go-Go. Gwen a été forcée d'avancer à son tour.

Malgré la grisaille du jour, il a fallu du temps à nos yeux pour qu'ils s'habituent à l'obscurité une fois entrés. Il n'y avait qu'une seule pièce. Les fenêtres avaient été recouvertes par quelque chose (de la toile de jute ?) disposé pour obturer la lumière. Il y avait une chaise et un petit évier en plastique rempli de vaisselle. Un petit meuble bancal était suspendu de guingois à un mur, et il y avait un comptoir d'appoint (comme un de ceux que l'on trouve sur les autels d'églises) sur lequel des boîtes et des conserves étaient empilées. La cabane n'était pas rangée, pourtant il y régnait un certain ordre. Quelqu'un prenait soin de l'endroit, à sa façon. Le seul véritable désordre dans la pièce venait d'un tas de vieux vêtements abandonnés sur un lit d'enfant. Eux aussi sentaient mauvais, non comme les toilettes extérieures, mais une odeur mouillée, prégnante.

– Qui habite ici ? a demandé Go-Go d'un chuchotement rauque et quasi effrayé.

– Personne ne vit ici, a dit Sean. – Sean n'aimait pas avoir tort. – Sans doute des chasseurs se servent-ils de la maison, mais personne ne pourrait y vivre.

– Des chasseurs ? s'est étonnée Gwen. À Leakin Park ? Est-ce que c'est légal ?

– Non, mais ça n'empêche pas que certaines personnes le fassent.

Tel celui d'une pie voleuse, le regard de Go-Go avait déniché quelque chose qui brillait.

– Regardez, a-t-il dit, en pointant le doigt vers le lit et sa pile de vêtements, aucunement dérangé par l'odeur à présent. Une guitare.

Alors qu'il s'accroupissait pour extraire la guitare de sous le lit, une main a jailli du tas de loques et a saisi Go-Go fermement par le poignet.

– Ne fais pas ça, ont dit les loques.

Chapitre sept

Bien qu'il soit chez sa mère depuis bientôt une semaine, à son réveil il faut encore un moment à Sean pour se rappeler où il est. N'est pas. À la maison. C'est sa première pensée consciente, le lendemain matin de l'enterrement de Go-Go. Il n'est pas chez lui, à St. Petersburg. Voilà une chose dont il est certain. Le premier indice lui vient de la lumière. Celle-ci est différente de celle de sa chambre en Floride, particulièrement à cette époque de l'année. Il adore la lumière en Floride. C'est une des rares choses qu'il aime. Mais la pièce est sombre et déprimante, même s'il se réjouit qu'elle soit plongée dans le noir, ce matin. Sa tête est tellement lourde ; il a l'impression qu'une couche de sable lui recouvre la bouche et la gorge. Ça n'est pas une gueule de bois, pas vraiment, ne serait-ce que parce que Sean est persuadé de ne jamais avoir de gueule de bois. Des allergies, peut-être. Il pensait s'en être débarrassé en vieillissant.

Donc : Baltimore. Donc : une pièce sombre, quoiqu'il commence à y faire plus clair. La lumière est grise, aqueuse, les draps sur lesquels il repose sont légèrement granuleux, comme si on avait grignoté dessus, ou comme si c'étaient les miettes des miettes des miettes. Go-Go mangeait sur son lit, entre autres choses. À l'âge de huit ou neuf ans, Go-Go souillait encore ses draps. Leur mère lui inventait un tas d'excuses, elle prétendait que c'était pathologique. Mais la pathologie a disparu lorsque Go-Go a eu sa chambre, celle qui aurait normalement dû revenir à Tim, puis à Sean quand Tim est parti pour l'université. C'était une pièce étroite et obscure, pas forcément la plus enviable, n'était-ce son statut de chambre simple. D'ailleurs, Tim et Sean aimaient faire chambre commune, parler jusque tard dans la nuit. Go-Go, que l'idée d'être mis à l'écart terrifiait sans cesse, a fini par se sentir plus délaissé que jamais.

Sean se trouve dans un lit double, mais ça se tient. Les deux lits simples dans sa chambre furent remplacés par un lit double lorsque sa mère a décidé qu'il fallait rendre la chambre accueillante, du moins en théorie, pour ses fils et leurs épouses.

Seulement, ce lit *bouge*. Il roule et tangue sous lui.

Peut-être que c'est normal aussi ? Chez lui, son matelas est muni d'une mousse à mémoire de forme, qu'il a acheté parce que sa femme Vivian a le sommeil léger. Le mouvement qu'il sent est peut-être simplement relatif, comparé à ce dont il a l'habitude. Sa mère n'est pas du genre à dépenser une fortune pour un matelas qui ne servira au maximum que cinq ou six fois par an, car Tim ne passe jamais la nuit là-bas, et Sean s'estime heureux s'il arrive à revenir pour Noël. Lorsque Go-Go revenait à la maison, il choisissait toujours son ancienne chambre, aussi sombre, faiblement éclairée et défraîchie qu'elle soit.

Le lit se remet à bouger : un vrai roulis. Sean se redresse et pose ses paumes contre le matelas. Celui-ci bat, son toucher est doux.

– Un lit à eau ? demande-t-il avec stupeur, s'attendant à revenir à lui après un de ces rêves on ne peut plus communs.

De toutes les personnes qu'il connaît, ses rêves sont les plus ennuyeux – si l'on en croit chacun.

– J'sais, répond une voix de femme à l'accent de Baltimore prononcé. Je suis un vrai cliché : la fringante hôtesse de l'air et son lit à eau.

Debout de l'autre côté de la chambre, Mickey, McKey, lui tourne le dos pendant qu'elle relève ses longs cheveux noirs en une sorte de chignon négligé. Elle porte une robe bleu marine qui, à la lumière pâle que Sean reconnaît désormais comme étant celle de l'aube, semble bon marché et trop apprêtée pour McKey. C'est drôle, elle passait son temps en jeans et salopette quand ils étaient enfants (elle n'était définitivement pas coquette, contrairement à Gwen), mais elle était, disons… sexy, même à onze ans. Sean, deux ans de plus, s'était senti coupable de l'avoir remarqué et avait été furieux lorsque Tim avait exprimé tout haut la même pensée, un jour où ils étaient chacun dans leur lit :

« Hier, j'ai vu les sous-vêtements de Mickey. C'est pour ça que je la laisse marcher devant : quand elle monte une côte et qu'elle porte son vieux short en jean, on voit tout. Elle a un corps d'enfer. »

C'est toujours le cas. La robe sur mesure (son uniforme, quelle blague) ne parvient pas à cacher son corps, sans non plus le mettre en valeur. McKey aurait dû être membre du personnel navigant à l'époque où on les appelait encore « hôtesses de l'air », lorsque les hôtesses de Pan Am ou TWA étaient considérées quasiment comme les participantes d'un concours de beauté. Enfant, elle a toujours été une marginale – à cause de ces vêtements de garçons, de son amitié avec

Gwen, et de son foyer chaotique, mille fois plus fou que le sien. Cependant, Mickey n'a jamais paru s'émouvoir des troubles au sein de son foyer alors que le désordre finalement assez bénin du ménage Halloran mettait Go-Go dans tous ses états. Tel un diapason, il vibrait au moindre signe de tension, tandis que Mickey restait calme et maîtresse d'elle-même même au milieu d'un ouragan. Littéralement, quand on y pense.

Alors qu'il avait une vingtaine d'années et qu'il traversait les douze étapes des AA pour la première fois, Go-Go, arrivé à celle qui consiste à reconnaître ses erreurs, avait fini par retourner complètement le processus, demandant à ses parents qu'ils lui fassent des excuses pour les quelques fessées qu'il avait reçues – toutes justifiées, selon Sean. Go-Go avait également évoqué le jour où, parce qu'il avait piqué une crise et refusé de monter en voiture, sa mère l'avait attaché au poteau de la corde à linge afin de se rendre au supermarché. Certes, c'était primaire et inexcusable, mais leurs parents étaient vieux-jeu, élevant leurs enfants de la même façon qu'eux-mêmes avaient été élevés. Ils avaient été plus jeunes que la plupart de leurs connaissances, Doris n'ayant que vingt-deux ans à la naissance de Tim. Quoique natifs de Baltimore (remontant à deux générations), par de nombreux aspects ils auraient aussi bien pu avoir débarqué de frais. Les Halloran semblaient toujours sidérés par le monde en général et ne cessaient de répéter – quelles phrases, déjà ? *Je suis au bout du rouleau. C'est la goutte d'eau qui fait déborder le vase.* Pour compter jusqu'à dix, ils commençaient à neuf. C'étaient des gens en colère, très en colère. Sa mère préfère ne pas se rappeler cette époque.

Il y a tant de souvenirs qui réclament son attention. Aucun d'eux ne peut cependant changer le fait qu'il se trouve dans le lit de McKey pendant que sa tête vrombit et qu'elle-même est en train de s'habiller.

– Où...

– Dans mon appartement à Riverside, au sud de Federal Hill, dit McKey. Tu entends ? On est près de l'autoroute. Mais également à dix minutes seulement de l'aéroport. Les restaurants et les bars ne sont pas vraiment accessibles à pied, si ce n'est Rub, le barbecue de l'autre côté de la rue. C'est là que nous sommes allés hier soir.

Elle s'amuse à ses dépens. Si McKey était un chat, elle passerait des heures à torturer ses proies entre ses pattes, elle jouerait avec d'autres animaux jusqu'à ce qu'ils en meurent. Sean s'examine. Il est torse nu, mais il porte son jean et son caleçon en-dessous. Sûrement...

– J'ai pris tes clés, dit-elle. Tu étais beaucoup trop saoul pour conduire. Tim était parti depuis longtemps et Gwen ne nous a pas accompagnés. Elle a dit qu'elle devait se lever tôt pour retourner chez elle prendre le petit-déjeuner avec sa fille ; elle se sentait déjà coupable d'avoir raté l'heure de son coucher. Cette histoire ne tient pas debout, tu ne trouves pas ? Je veux dire, son retour à la maison de ses parents. Ils ont suffisamment d'argent pour payer à son père toute l'aide à domicile dont il pourrait avoir besoin. J'ai pensé à devenir infirmière. Ça a duré trois secondes. Mais ce n'est pas l'aspect rebutant du métier qui m'a fait changer d'avis. Comme tu sais, rien ne me rebute vraiment.

Soucieux de bouger la tête le moins possible, Sean acquiesce avec précaution. Sa migraine est plus forte qu'il ne l'avait cru. On dirait une ampoule, ou quelque chose qu'on voudrait faire éclater mais qu'on ne doit pas toucher. Mickey a raison, elle ne s'est jamais laissé intimider par ce que les filles, et même certains garçons, trouvaient dégoûtant. Elle touchait à tout ce qu'ils trouvaient, et encore, avec les doigts, sans aucune hésitation et sans utiliser de bâton. Sauf avec les tortues alligators. Celles-là, elle ne les touchait que du bout d'un bâton.

– Mais tout l'aspect, euh, *soins*… S'occuper d'autres personnes, c'est épuisant. C'est pour ça que je ne suis pas mariée, même si j'ai essayé. Hôtesse de l'air… voilà des attentes auxquelles je peux faire face. Une boisson, une couverture, un repas quand je travaille en première classe. Un petit peu d'attention, peut-être, lorsqu'un type se met à parler de lui, tout fier, et ne trouve que ce moyen pour se vanter sans avoir l'air de le faire. C'est drôle, ce ne sont jamais les personnes vraiment connues ou qui ont du succès qui en tirent une quelconque vanité. Il n'y a pas eu tant de célébrités que cela sur mes vols (je fais l'essentiel de mes trajets entre Baltimore et Détroit, parfois Minneapolis, et il m'arrive de continuer jusqu'à Seattle), mais j'en ai vu quelques-unes et AUCUNE ne souhaite qu'on l'emmerde. Qu'on les reconnaisse, oui, mais ça s'arrête là. Il s'agit en général plutôt d'un représentant de commerce qui vient de franchir un cap dans son domaine d'activité, je ne sais pas quoi, une grosse vente ou une prime, et qui ressent le besoin de me faire sentir à quel point il a du succès.

Sean ne se rappelait pas que Mickey parla autant. Il s'agit peut-être d'un changement supplémentaire, une partie de la transformation de Mickey à McKey. Une des choses qu'il appréciait le plus chez Mickey était son utilisation des mots à des fins concrètes et tangibles. *Allons là-bas. Faisons ceci.* À cet égard, elle avait été comme un garçon. Un garçon avec un corps d'enfer.

– Il n'y a pas eu de sexe entre nous, dit-elle en se détournant du miroir, jouant avec son écharpe.

Voilà la fille dont il se souvient. Directe et crue.

– Tu étais ivre mort. J'ai dû passer mon bras sous ton épaule pour te ramener ici. Tu n'as même pas bu tant que ça, en tout cas pas devant moi, mais tu étais complètement bourré. D'un coup, très vite. Si Tim avait su que tu finirais dans cet état, il ne serait sans doute pas parti au moment où il l'a fait.

Sean a l'impression de revivre la soirée, ce qui ne veut pas dire qu'il se la rappelle. Il y a eu le barbecue, plutôt correct, où il buvait de la bière. Puis il est passé au Jameson, mais ne s'est pas enfilé de shots ni quoi que ce soit. Il n'a pas bu tant que cela, mais il n'a pas non plus beaucoup mangé. De ce point de vue, les enterrements ressemblaient aux mariages. Les membres de la famille ont à peine le temps de grignoter, trop occupés à consoler les personnes dont la tâche évidente est de les consoler, eux.

L'invité d'honneur, lui, ne mange jamais lors d'un enterrement.

Mickey s'assoit sur le lit à eau, qui se met à frémir sous eux, déclenchant un carillon sous son crâne migraineux.

– J'en avais envie, dit-elle, mais tu es marié. Et heureux de l'être, m'a dit Gwen. *Prévenue*. C'est peut-être vrai même si, à mon avis, elle veut te garder pour elle toute seule.

– En effet, dit-il d'une voix faible et rauque. Je suis heureux d'être marié. Je n'ai jamais…

– Bien sûr que non. Tu es le mec bien. Tu seras toujours le mec bien, Sean.

Si c'est vraiment le cas, pourquoi pense-t-il à lui ôter son uniforme ?

– C'est ma faute, si tu as bu autant, dit-elle d'un air détaché en lui caressant la joue. Je n'ai pensé qu'à moi et à ce que j'avais à te dire, pas à toi. Normal que ça t'ait perturbé. Je n'arrêtais pas de parler. Pendant ce temps tu buvais parce que je ne te laissais pas en placer une.

Il n'a aucune idée de quoi elle parle. Son trou de mémoire doit être visible, car elle dit ensuite :

– Tu ne te rappelles pas ? Ça vaut sans doute mieux. On en reparlera plus tard. Peut-être pas. Je suis sûre que ça a été difficile et que ça enfreignait toutes les règles des AA. Mais je voulais que tu saches, et c'est pour ça qu'on a fini seuls tous les deux dans un bar.

– Dans un bar.

Elle vient pourtant juste de mentionner les AA. Il y a quelque chose qui cloche.

– Ils me connaissent, là-bas, dit-elle. Je bois de l'eau pétillante avec une goutte de tonic et du citron vert. Ça ressemble à un gin tonic, et j'évite qu'on me regarde avec pitié. Il y a plusieurs façons de rester sobre, tu sais. Certains d'entre nous apprennent à côtoyer l'autre monde, celui des personnes qui boivent. Contrairement à Go-Go. La seule chose qu'il voyait et à laquelle il pensait quand il entrait dans un bar, c'était la boisson. Rien d'autre n'existait dans ces cas-là. Il n'aurait pas dû se mettre au défi. Je n'étais pas là, Sean, mais j'imagine ce qui s'est passé. Je *sais*.

Aucune trace de l'accent typique de Baltimore, cette fois.

– Je me fous de ce que les autres peuvent penser. Go-Go ne s'est pas tué. Il s'est bourré la gueule et il a eu un accident de voiture. Fin de l'histoire. Peu importe le rapport de toxicologie. Il ne lui aurait fallu qu'un tout petit peu d'alcool pour être complètement ivre.

Elle jette un œil à l'horloge suspendue au mur. Elle est jolie, mais banale. Le genre d'objet que la femme de Sean mépriserait. La vie entière de sa femme tourne autour de l'acquisition d'objets que les autres n'ont pas. Elle achète avec l'idée qu'il n'existe qu'une chose parfaite et ce, jusqu'aux interrupteurs. Le problème est que la quête de Viviane lui demande tant de temps qu'elle ne finit jamais. Chaque fois qu'elle « termine » une pièce, une autre attend d'être redécorée, déjà démodée ou copiée par des imitateurs de bas niveau et ne faisant plus de sa femme quelqu'un d'unique.

– Faut que je file, dit McKey. Tu n'as qu'à pousser le bouton sur le verrou. Et ne t'inquiète pas pour le loquet. Je n'y touche pas. Un des avantages de cette résidence, c'est qu'on y est plutôt en sécurité.

Elle l'embrasse sur la joue et part, en jetant à nouveau des remous sur le lit à eau. Au bout de quelques minutes, Sean parvient à s'en extraire sans ressentir trop de haut-le-cœur, récupère sa chemise et ses chaussettes pliées avec soin sur une chaise, repère ses chaussures, des oxfords que quelqu'un (c'est-à-dire McKey) lui a délacées et ôtées, trouve sa veste et son pardessus dans le placard. Elle voulait coucher avec lui. Il ne peut pas empêcher que ça lui fasse plaisir.

Mais qu'a-t-elle dit sur Go-Go exactement ? Cela concernait son rapport avec les AA et la raison pour laquelle ça ne marchait pas. Pourquoi est-ce qu'il n'arrive pas à s'en souvenir ? Serait-il possible qu'il ne veuille pas s'en souvenir ? Sean a toujours été très fort pour oublier ce qui était indésirable.

ÉTÉ 1978

Chapitre huit

– Touche pas à ma guitare, petit.

La voix était aussi crasseuse que la main, une voix basse, gutturale et comme grumeleuse, bien que neutre et pas spécialement sévère ou menaçante. Nous avions tous poussé un cri au moment où la main avait surgi, même Tim et Sean, quoiqu'ils l'aient démenti plus tard ; cependant, nous nous sentions étrangement calmes. Sauf, peut-être, Go-Go, qui se tortillait au contact de la main sans parvenir à se défaire de son étreinte. Go-Go était terrifié.

L'homme s'est redressé en libérant Go-Go qui continuait à se tordre et remuer comme prisonnier de mains invisibles. On voyait bien que l'homme n'était pas vraiment crasseux, mais sa peau était extrêmement sombre, noire comme l'encre, avec cependant de larges plaques de peau rosâtre. Son front, le contour de son œil droit, sa joue droite et son menton, dénués de pigmentation, avaient un aspect fantomatique. Plus tard, nous avons trouvé le moyen de poser la question au père de Gwen sans révéler la raison de notre demande. Il nous avait alors expliqué qu'une personne ayant un tel problème de peau n'était pas un grand brûlé, ainsi que certains d'entre nous le pensaient, ni atteint d'une maladie quelconque. Avant qu'on nous ait fourni cette explication toutefois, nous avons passé des heures à spéculer sur son apparence. La lèpre, disait Sean. Un horrible accident, disait Gwen. Brûlé pendant qu'il fumait au lit, disait Tim. Go-Go pensait que c'était un monstre, et Mickey qu'il était simplement né comme ça, et c'est elle qui était la plus proche de la vérité.

– Vous faites quoi chez moi, les enfants ? nous a demandé l'homme, même si dans sa bouche cela sonnait comme *les zenvants*.

Nous en viendrions à comprendre que ses mots étaient aussi mous et pâteux que la nourriture requise par sa dentition pourrissante, qui rendait son haleine terrifiante. Il ne paraissait pas en colère. Il ne semblait même pas particulièrement curieux. Contrairement à la plupart des adultes qui posaient une question, il attendait vraisemblablement une réponse, une vraie. Il ne nous interrogeait pas dans le but de nous gronder, de nous piéger ou de débusquer un mensonge. Il pensait en toute honnêteté que nous avions peut-être une bonne raison de nous trouver là.

– On pensait que la maison était à personne, a dit Mickey.

– On pensait que la maison n'était à personne, a répété Sean un peu plus fort.

Sean avait une façon de faire siens les mots qu'une autre personne avait déjà dits.

– Vous saviez qu'elle était à *quelqu'un*, a rétorqué l'homme, bien que sa voix soit restée égale. Du linge qui sèche. Des poulets. Vous n'avez pas vu mes poulets ?

Il a émis une sorte de clappement, et les poulets ont passé le seuil de la porte presque comme s'ils défilaient. Ils se tenaient à bonne distance de nous, formant un cercle aussi large que la petite maison le permettait.

L'homme a attrapé celui qui se trouvait devant, l'a caressé et câliné comme s'il s'était agi de quelque chose de beaucoup plus doux, d'un chaton ou d'un chiot.

– Vous les mangez ? a demandé Go-Go tandis que nous essayions de le faire taire.

Mais l'homme n'a pas paru s'offusquer de la question. Go-Go ne semblait pas l'irriter, ce qui était inhabituel chez un adulte. Les adultes s'irritaient toujours très vite contre Go-Go.

– Bien sûr, a-t-il dit. À quoi d'autre servent les poulets ?

– Les œufs, a répondu Tim.

– C'est vrai, a dit l'homme. Je mange aussi des œufs. Mais je dois me débrouiller avec ce que j'ai : mon jardin, mes poulets, des choses que les gens me rapportent.

– Comment vous faites quand il fait froid ? a demandé Mickey avec son audace habituelle.

– J'allume un feu sur le réchaud. Je rajoute une couverture sur le lit. Je garde les portes fermées.

– Et les poulets ?

La conversation avait fini par l'ennuyer. Ou peut-être était-ce nous. Il s'est accroupi au sol et a tiré la guitare de sous son lit. Nous étions des gamins, à l'époque, tous les adultes nous paraissaient vieux ; Chicken George, comme nous en viendrions à l'appeler, nous posait une véritable énigme. Si on nous avait dit qu'il avait cinquante ans (pas beaucoup plus âgé que Tim, aujourd'hui), ou qu'il en avait quatre-vingt-dix, nous serions restés pareillement de marbre. Il était *vieux*, il avait vu beaucoup de choses et en savait plein.

Il s'est mis à jouer de la guitare et à chanter. Sa voix était affreuse et il ne connaissait les paroles d'aucune chanson qu'il essayait de jouer, donc il poussait des euh-euh et des grognements. Mick Jagger eût-il été parmi nous, il se serait extasié de cette démonstration authentique de vieux blues et de chant ; mais nous étions des blancs-becs. Nous écoutions Billy Joel.

– La coutume, a-t-il dit lorsque ce fut fini, veut qu'on récompense un homme dont on a aimé la chanson.

Il a tendu une paume incroyablement rose, aussi rose que les coussinets sur les pattes d'un chaton qui vient de naître. Elle était tachée et burinée, la main d'un homme qui travaille dur, pourtant, elle était rose comme la fleur. Nous sommes restés à fixer sa main, ne comprenant pas où il voulait en venir. Finalement, Sean y a déposé une pièce de 25 cents, et l'homme a mordu la pièce. Puis il a souri, afin que nous comprenions qu'il faisait une blague, il savait qu'on ne mordait les pièces que dans les films lorsqu'elles étaient en or, et non celles qui sortaient de la poche de Sean.

– Vous n'aviez pas prévu d'assister à un concert, donc ça n'est pas grave si vous n'avez rien de plus, a-t-il dit. Dites-moi vos noms.

Mickey a pris la tête.

– Je suis Leia, a-t-elle dit.

– Han, a dit Sean, toujours aussi vif.

– Luke, a affirmé Tim.

– Carrie, a soufflé Gwen, parce qu'elle ne trouve aucun autre nom de fille dans *La Guerre des Étoiles*, et visiblement contrariée par la décision de Mickey de s'autoproclamer princesse.

– Go-Go, a dit Go-Go, qui n'a pas compris.

Même s'il avait compris, il aurait probablement dit R2-D2 ou Obi-Wan. Go-Go était drôle pour ça. Il mentait. Il mentait beaucoup, cherchant à éviter les punitions pour ses diverses bêtises. Mais il le faisait mal. Il aurait été incapable d'inventer un mensonge pour sauver sa propre vie ; son honnêteté venait rarement à point nommé.

– Vous vivez où ?

– Franklintown Road, a répondu Mickey.

Il n'y avait sans doute pas plus de quatre ou cinq maisons dans cette rue, mais c'était raisonnablement proche et crédible comme endroit où habiter. Nommer Dickeyville équivalait à se trahir. Si l'homme venait un jour à passer par ce lieu dans l'intention de trouver les cinq enfants qui étaient venus chez lui et avaient essayé de lui voler sa guitare (on ne l'aurait probablement pas emportée, mais il devait croire le contraire), il aurait retrouvé notre trace trop facilement. Il n'aurait qu'à dire : une blonde, une brune et trois garçons aux cheveux quasi rasés, et tout le monde répondrait, Oh ! Les garçons Halloran, Gwen la grosse, puis cette fille aux cheveux noirs avec qui ils ont l'habitude de jouer.

– Vous avez fait tout ce chemin. Ah. Vous allez revenir me voir ?

C'était une requête davantage qu'une question. Pourquoi reviendrait-on à cet endroit ? Quel était l'intérêt de rendre visite à un vieil homme bizarre qui sentait mauvais et ne savait pas chanter ?

– Bien sûr, a dit Sean, notre porte-parole.

– J'ai besoin de conserves, a-t-il dit. Des haricots, de la soupe. Quelques chemises, aussi, ça me ferait plaisir. En coton, j'aime bien, mais j'ai aussi besoin de tee-shirts.

– Bien sûr.

Pourquoi ne pas lui dire oui ? Nous n'avions aucune intention de revenir. La route était longue, c'était quelque chose que l'on ne pouvait faire qu'un jour d'été, quand on avait tout le temps devant soi. Avec la fête du Travail et l'école, nous n'aurions pas ce temps.

Quel mal y avait-il à promettre que Leia, Han, Luke, Carrie et Go-Go reviendraient ?

Nous étions de retour la semaine suivante, munis de tout ce qu'il nous avait demandé.

Nous l'avons baptisé Chicken George d'après le personnage dans *Roots*, diffusé l'année précédente. Il ne semblait jamais se rappeler nos prénoms, ni remarquer lorsque nous faisions une gaffe et utilisions nos véritables prénoms. Excepté les conserves et les vieilles chemises que nous subtilisions à nos parents, il ne nous demandait presque rien, et chaque visite se ressemblait : il jouait de la guitare en chantant de son miaulement si particulier et Go-Go dansait, faisant tournoyer son corps comme lui seul savait le faire. Nous n'aurions pas dû nous amuser, mais c'était pourtant le cas, ne serait-ce pour la seule raison que tous les cinq nous partagions ce secret. Il n'y avait personne d'autre dans la vie de Chicken George, personne ne connaissait son existence ou se souciait de lui. C'était notre nouveau jouet, il était à nous.

Ainsi, avec le temps, nous en sommes venus à le traiter de la même façon que tous les enfants traitent leurs jouets : avec de plus en plus d'insouciance et d'indifférence.

Chapitre neuf

Gwen revendique depuis quatre ans son droit au télétravail avec pour seul résultat d'entendre son patron lui opposer l'argument le plus agaçant possible : cela ne lui plairait pas. Comme si elle était une enfant qui ne sait pas ce qu'elle veut. Mais là encore, Gwen a toujours détesté les affirmations sur sa personnalité, les tentatives des autres pour la cerner. Elle tolère (à peine) cette manie de la part de ceux qu'elle aime, même si ces temps-ci, les remarques que Karl lui fait la blessent. En revanche, elle ne supporte pas qu'on essaie de la résumer. Elle détesterait que son propre magazine dresse son profil – une poignée de phrases banales mêlant biographie, description et traits idiosyncratiques pour cerner la personnalité complète de quelqu'un. Par ailleurs, sa demande ne devrait-elle pas être envisagée sur ses mérites personnels plutôt que sur l'opinion d'un éditeur persuadé de savoir mieux qu'elle ce qu'elle veut ?

Cependant, les soins qu'elle dispense à son père lui ont rapidement fait comprendre que son éditeur a raison : elle n'est pas faite pour le travail à distance. Non qu'elle ait jamais voulu travailler à domicile tous les jours. Sa vie professionnelle implique trop de réunions, de déjeuners et d'obligations pour qu'il en ait été question. Gwen pensait que si elle avait eu la permission de travailler chez elle une fois par semaine, se coupant du monde avec sa copie de journaliste sans subir les interruptions du bureau, cela aurait profité à tout le monde. Dans la maison de son père, elle a découvert que les distractions sont encore plus nombreuses qu'au bureau ; et elle ne peut même pas rejeter la faute sur son père, patient stoïque. Il ne lui demande jamais rien et c'est à peine s'il ose quêter de l'aide auprès de la soignante à domicile.

Gwen était encore à la fac lorsque sa mère est morte. Même à l'époque, elle était, de toute évidence, le bébé de la famille : encore assez jeune pour s'octroyer le droit d'être dévastée, tandis que Miller et Fee, en véritables adultes, avaient dû aider leur père en état de choc à régler les affaires. L'agonie de Tally Robison avait été à la fois d'une choquante rapidité et d'une lenteur douloureuse : six mois, du diagnostic au décès. Gwen devait rester à Barnard jusqu'à ce que le semestre se termine. Elle avait passé son dernier examen un jour de décembre d'une douceur étrange, puis était retournée à son appartement. Elle avait découvert sur son répondeur le clignotement de la messagerie – *Reviens tout de suite à la maison*. Le temps d'arriver à l'University Hospital, sa mère était morte.

– Elle était inconsciente ces deux derniers jours. Elle ne t'aurait pas reconnue, avait dit Fee, cherchant à la réconforter.

Ou pas ? Aujourd'hui encore, Gwen se pose la question. Maintenant qu'elle y repense, elle s'en veut d'avoir agi comme si le décès de leur mère ne la touchait qu'elle. Ainsi que, peut-être un peu, son père. Mais pas Miller ou Fee : proches de la trentaine, son frère et sa sœur lui paraissaient vieux. Ils avaient un métier, un conjoint et des enfants. Du moins, Miller avait les trois, et Fee vivait avec la femme qui serait sa compagne un jour. L'expérience de la mort faisait partie de l'ordre naturel des choses pour eux. Pour Gwen, non. Incapable d'aider qui que ce soit, elle avait passé les vacances de Noël à errer à travers la maison, sans penser qu'une aide pourrait être utile ou qu'une mort nécessitait d'autres choses à faire, en plus du deuil. Puis elle était retournée en cours et avait écrit beaucoup de poésie, entre deux devoirs de journalisme, sans jamais se rendre compte que Miller et Fee avaient, eux aussi, perdu leur mère. En revanche, elle avait beaucoup songé à l'absence de Mickey lors de ces vacances, qui lui servirent de période de deuil. Mickey n'était pas venue, alors même qu'elle était restée dans les environs après que sa mère avait déménagé en Floride. Les époux Halloran leur avaient rendu une visite de formalité. Mrs Halloran avait apporté de la pâte à tartiner au crabe, dont le père de Gwen avait craint qu'il ne soit pas frais.

C'était il y a presque vingt-cinq ans. Aujourd'hui, Gwen approche de la cinquantaine. Elle se rend compte que certaines des affaires de sa mère se trouvent encore dans la maison.

Il est vrai que les sœurs se sont partagé les bijoux il y a longtemps, quoique Fee n'en fasse pas grand usage malgré son insistance à emporter une bague en corail que Gwen convoitait. Certaines autres ont été rangées dans des boîtes, ou données à des friperies. La penderie de sa mère est cependant encore bien remplie, et Gwen y retourne sans cesse, y passant des heures. Chaque robe répond à un souvenir. Certaines gardent même la trace du parfum de prédilection de Tally, Shalimar.

Gwen est donc occupée à faire le tri parmi les affaires de sa mère, mettant de côté des vêtements pour le coffre à déguisements d'Annabelle et se réservant des pièces plus intemporelles pour elle (pulls en cachemire, une cape en laine splendide), lorsque la sonnette d'entrée retentit. Elle crie à l'infirmière de son père de s'en occuper, puis dévale les escaliers pour ouvrir la porte.

– Mrs Halloran !

Elle a une mine épouvantable, ce qui est compréhensible : bouffie, en manque de sommeil, sans doute pas lavée. Elle tient un plat dans ses mains. Encore de la pâte à tartiner au crabe ?

– Vous n'étiez pas obligée…, dit Gwen. C'est moi qui devrais le faire pour vous.

– Ça m'aide à penser à autre chose.

Elle regarde autour d'elle, comme si elle cherchait quelque chose.

– Je peux vous offrir une tasse de thé ? demande Gwen. Mon père fait la sieste, mais il sera ravi de se joindre à nous s'il se réveille.

– Du thé, ce sera très bien, merci.

Gwen emporte le plat dans la cuisine et ôte la feuille d'aluminium qui le recouvre. Elle les reconnaît immédiatement : ce sont des cookies de supermarché. Même pas une bonne marque. Comment Mrs Halloran a-t-elle pu se changer les idées en jetant ces restes dans une assiette ? Gwen ne veut pas passer pour une ingrate, mais quelque chose d'*hostile* se dégage de ces cookies. Elle hésite un instant sur la juste conduite à tenir. Qu'est-ce qui serait le plus grossier : les servir avec le thé ou les laisser dans la cuisine ? Gwen dispose les biscuits sur une assiette au motif rose surchargé, nettoie le plat en plastique blanc de Mrs Halloran en attendant que l'eau soit chaude. Elle pensait que Mrs Halloran la suivrait dans la cuisine mais, d'après les bruits, elle est en train d'inspecter le désordre parmi les livres de

Clem empilés par terre. Gwen espère qu'elle ne va pas réveiller son père, endormi dans le solarium à l'arrière de la maison.

Elles boivent le thé dans la salle à manger, assises à la lourde table de style suédois, passée de mode presque dès l'instant où Tally l'avait achetée et qui est désormais *vintage*.

– Alors, dit Mrs Halloran, je suppose que les jeunes se sont bien amusés.

– Les jeunes ?

La confusion de Gwen est sincère ; elle en déduit que Mrs Halloran fait allusion aux filles de Tim, trois beautés aux yeux couleur acier, dont on dirait qu'elles viennent de se moquer cruellement d'une personne dans la pièce. Les enfants de Go-Go sont tout juste des bébés, et le fils de Sean n'a pas fait le trajet depuis la Floride. Pas plus que sa femme, quand on y pense. Le fils avait évoqué une histoire d'engagement, quelque chose d'impossible à annuler sous peine de tout ruiner pour les autres – un tournoi, une représentation ? La femme de Sean resterait sur place pour lui tenir compagnie.

– Toi et les garçons, précise Mrs Halloran. Et cette fille, Mickey.

– C'est gentil de me qualifier de jeune, dit Gwen, mais je n'étais pas de la sortie. Je suis rentrée voir ma fille. Même si je dors ici, je fais tous les soirs le trajet pour la mettre au lit.

Alors n'allez pas ragoter sur mon compte, Doris Halloran. Bien entendu, rien n'interdit à Mrs Halloran de spéculer sur le mariage de Gwen. Mais puisque les informations dont elle dispose ne lui permettent pas de savoir avec certitude, il ne lui reste que les ragots.

– Je pensais que vous étiez tous ensemble, dit Mrs Halloran. Il a dit que vous étiez restés tard à parler du bon vieux temps et qu'il valait mieux qu'il ne conduise pas, donc il a passé la nuit chez Tim.

– Sean prend toujours les bonnes décisions, dit Gwen.

– Oui, c'est un bon fils.

Doris Halloran boit une gorgée de thé et prend un cookie, en le gardant à la main, comme si elle ne se souvenait plus de ce que c'était.

– Tous mes garçons sont des bons fils.

Gwen note qu'elle a utilisé le présent. Il s'agit d'un double mensonge. Go-Go n'est plus rien désormais ; puis il n'a jamais été bon, tout le monde sait ça. Pas méchant, mais bon, non. Sa remarque est semblable à l'assiette de cookies rassis et de sous-marque. Déconcertante, pleine de défiance et d'une agressivité latente. Elle prend la décision d'approuver.

– Oui.

– Tu sais…, commence Mrs Halloran avant de marquer une longue pause.

Gwen prend conscience qu'elle ne sait pas, qu'elle n'a aucune idée de ce que Mrs Halloran a l'intention de dire, et qu'il s'agit là de quelque chose d'inhabituel dans la vie. Même lorsqu'elle a annoncé à Karl qu'elle le quittait, il n'a pas paru spécialement surpris.

– Tu sais, j'ai appelé la femme de Tim ce matin.

– Tout va bien ?

– Il y avait cette paire de gants, j'ai cru qu'ils appartenaient à une des filles. Des gants roses. Tim a dit que ça pourrait être ceux de Lisa. C'est drôle, mais Arlene n'a pas mentionné le fait que Sean avait passé la nuit chez eux.

Gwen a l'impression qu'on la teste, mais elle ne sait pas pourquoi ni comment. La seule chose dont elle est sûre, c'est qu'elle n'était pas avec les garçons hier soir. Peut-être est-ce là ce que Mrs Halloran cherche à découvrir ? Les anciennes loyautés déclenchent instantanément leurs effets, aussi automatiques et destructeurs que par le passé.

– Elle a sans doute pensé qu'il vous avait appelée.

– Pourquoi penserait-elle ça ?

– Parce que Sean a toujours été le plus consciencieux de nous tous. Il a toujours fait ce qu'il faut.

Cela semble être ce que Mrs Halloran est venue entendre, ou ça y ressemble. Elle finit son thé et s'en va, emportant avec elle l'assiette lavée, son petit cheval de Troie en guise d'offrande.

Gwen se rend dans le solarium, devenu la chambre de malade. Son père est réveillé, alerte, il fixe le vide. C'est l'infirmière qui dort, assoupie sur sa chaise, la tête penchée dans une posture douloureuse.

– Pauvre Doris, dit-il dans un chuchotement en prenant garde de ne pas réveiller la femme qui est supposée prendre soin de lui.

Il sait donc que Mrs Halloran est venue, a probablement entendu toute la conversation sans pourtant se joindre à elles.

– Je me sens terriblement coupable de ne pas avoir pu assister à l'enterrement.

– C'est bon, papa, j'y étais. J'ai représenté notre famille.

– Ça n'est pas naturel, dit-il, de survivre à son enfant.

Gwen sait qu'il a raison, elle a dit la même chose lors de la veillée. Pourtant, une partie d'elle-même trouve surprenant que Go-Go ait atteint les quarante ans. Elle le revoit dans ses souvenirs, se précipitant le long de hautes et frêles branches à côté de lignes électriques, dévalant avec sa luge des pentes bien plus effrayantes que la mal-nommée Suicide Hill. À y bien réfléchir, il n'a jamais pris plaisir à se mettre en danger. Il voulait tomber, être en état de choc, heurter un arbre. Depuis qu'elle le connaît, Go-Go a toujours cherché à atteindre quelque chose et à courir derrière des choses. Se peut-il qu'un petit garçon ressente une pulsion de mort ? Go-Go a-t-il toujours eu ça en lui ou l'a-t-il développé plus tard ?

– Aucune mort n'est bonne, dit Gwen, simplement pour dire quelque chose.

– Ah, non, répond son père, catégorique. Certaines le sont. Tu n'en as pas encore connue, mais j'ai bien l'intention que ce soit mon cas.

– Ne parle pas comme ça.

Son père sourit.

– Tu es le portrait de ta mère. Tu devrais garder ce pull.

Gwen baisse les yeux. Elle remarque qu'elle porte un gilet en cachemire de sa mère, un de ceux, vraiment vieux, qu'elle devait mettre quand elle était adolescente, orné de perles et de sequins. Elle a oublié de l'enlever dans sa hâte de répondre au coup de sonnette. Et maintenant elle se sent coupable, comme si elle avait été surprise en train de fouiller non dans les affaires de sa mère mais dans celles de son père, à l'affût de la bonne mort qu'il vient de lui promettre.

– Je ne voulais pas… Je ne m'étais jamais rendu compte qu'il restait tant de ses affaires. Je me suis dit que je pouvais y mettre un peu d'ordre.

– Tu devrais rentrer, Gwen.

– Je vais partir dans un petit moment. Ça ne sert à rien de lutter contre les embouteillages.

– Je veux dire, pour de bon.

– Non.

– Rien n'est parfait, dit son père. Personne n'est parfait.

– Karl, oui. Tu n'es pas au courant ? Tu as pourtant vu son alter ego télévisuel résoudre les problèmes de tout le monde.

Son père pousse un soupir.

– Tu m'as dit de ne pas l'épouser.

– Je t'ai dit ce qu'être mariée à un chirurgien impliquait. Ça n'est pas la même chose. Maintenant tu as une petite fille. Tu dois penser à elle.

– C'est peut-être bien ce que je fais.

– À l'époque où nous étions jeunes, ta mère et moi – enfin, pas vraiment, parce qu'avec elle je n'ai jamais été jeune ; disons, plus jeune – et que tu étais seule à la maison, tout le monde s'est soudain mis à divorcer. Tant de parents pensaient que leur enfant ne pouvait pas être heureux à moins qu'eux-mêmes le soient. J'ai bien peur que ça ne soit pas vrai.

– Ton mariage a été parfait, papa. C'est injuste de faire la morale à d'autres, quand ton propre mariage a été si heureux.

Son père ne répond pas immédiatement.

– Je comprends ton point de vue, dit-il.

Juste et mesuré, comme toujours. Plus tard, elle analyse ses mots. Pas : *Tu as raison*, mais : *Je comprends ton point de vue*. Était-ce une manière de suggérer que son mariage, comme le sien, avait semblé meilleur vu de l'extérieur plutôt que de l'intérieur ? Non, c'est impossible. Tout le monde sait que les Robison s'aimaient à la folie.

AUTOMNE 1978 – HIVER 1979

Chapitre dix

On se serait rapidement lassé de Chicken George si ce n'était pour une seule raison : il était mystérieux. C'est du moins ainsi que l'on voyait les choses : il cultivait ce mystère et excitait notre curiosité. Il restait vague face à toutes nos questions, même les plus anodines. Comment il en était venu à vivre dans cette maison ; quand il avait appris à jouer de la guitare. L'âge qu'il avait. (La question venait de Go-Go ; nous autres savions qu'on ne demande pas son âge à un adulte.) Il évitait toutes les questions et n'en posait pas beaucoup plus, excepté : « Qu'est-ce que vous avez pour moi ? » Ça paraît dur, mais on aurait mieux fait d'arrêter de lui rendre visite. Quoi qu'il en soit, il s'agit d'une pensée vaine, car si nous nous étions lassés de lui, les événements auraient pris une tournure différente.

Bref. Chicken George avait une façon particulière de disparaître. La première fois, cela s'est passé en novembre et nous en avons déduit que c'était lié à la météo. Le vent s'était mis à souffler et la fraîcheur agréable d'octobre avait fait place à un froid humide et durable. À l'époque, le temps était plus constant. Ce ne sont pas des souvenirs mais des faits scientifiques établis. La météo de notre enfance s'est inscrite dans une période inhabituellement tempérée sur notre planète, comportant moins de variations extrêmes. Les événements dont nous avons été témoins ces dernières années (les deux mètres cinquante de neige à Baltimore et les crues, sans parler des volcans et des tremblements de terre, des oiseaux tombant du ciel) pourraient bien être liés au changement climatique, à l'usure que l'homme inflige à la planète. Nous ne sommes pas ici pour débattre de science. Mais le temps était plus prévisible alors ; quand il se mettait à faire froid, c'était pour durer : un froid tel que les mares gelaient pendant plusieurs jours, voire des semaines, durant lesquelles nous faisions du patin à glace. Avec un temps pareil, la disparition de Chicken George n'a rien eu de surprenant même si, au premier abord, on aurait été incapable de deviner un quelconque changement dans la cabane. Elle était comme lorsque nous l'avions découverte, poulets dans la cour et linge sur la corde. Penser à chercher la guitare a été l'idée de Go-Go. Elle aussi avait disparu.

– Et les poulets ? a demandé Gwen.

– Quoi, les poulets ? a répliqué Tim.

– Ils vont mourir. Les animaux vont les manger.

– Et alors ? Chicken George aurait fait la même chose, non ? Ça ne fait aucune différence.

– Avec Chicken George, ç'aurait été plus humain.

Tim s'est mis à rire.

– Tu crois vraiment, Gwen ? Tu crois que c'est plus humain de trancher le cou d'un animal plutôt qu'il se fasse dévorer par un chien ou un renard ? Quand on est mort, on est mort.

Ça a plu à Go-Go.

– Quand on est mort, on est mort, clamait-il. Quand on est mort, on est mort !

Il s'est mis à jeter des pierres aux poulets, puis à courir parmi eux en les faisant s'éparpiller. Mais ces poulets étaient coriaces. Ils se sont écartés pour faire place à Go-Go, mais ils ne se sont pas dispersés.

Mickey et Sean étaient restés silencieux, inspectant avec minutie les affaires de George, à la recherche d'indices. Malgré son manque d'intérêt pour l'école, Mickey avait un don pour la déduction. Ayant remarqué la façon dont elle examinait les faits pour en tirer des conclusions, le père de Gwen avait tenté de l'initier aux œuvres d'Arthur Conan Doyle ; mais Sherlock Holmes n'intéressait aucunement Mickey. Pas plus que Nancy Drew, Trixie Belden, ni aucun livre d'une manière générale. Son mépris pour les gens qui lisaient n'était pas défensif ou anti-intellectuel. Selon elle, la lecture était un subterfuge, une activité dénuée de toute utilité. Si Mickey avait été le genre de personne à parler par métaphores ou comparaisons, elle aurait comparé la lecture aux règles dictant, par exemple, de ne pas aller nager immédiatement après avoir mangé ou de ne jamais sortir avec les cheveux mouillés. Au lieu de cela, elle se contentait de ne pas lire et était déconcertée par ceux qui le faisaient. Elle n'aimait pas non plus beaucoup la télévision. En fait, Mickey n'aimait tout simplement pas rester immobile. Elle voulait que les choses bougent. Elle voulait voir si elle était capable de sauter d'une pierre moussue à une autre sans glisser. Elle voulait taquiner des tortues alligators du bout d'un bâton, et tant mieux si l'une d'elles mordait. Elle aurait aimé vivre comme Chicken George : dans une cabane – de préférence avec son système de plomberie à l'intérieur, malgré tout – et ne comptant que sur elle-même.

– Il est parti, a-t-elle dit.

C'est alors que c'est devenu réel. Chicken George était parti. Sean a repris ses mots, les a répétés.

– Il est parti.

Nous étions tristes. Personne n'a pleuré. Tim, Sean et Mickey ne pleuraient jamais, obligeant Gwen et Go-Go à suivre leur exemple. Mais nous étions tous déçus, et surpris par notre propre déception. Nous avions emporté un sac rempli de boîtes de conserve ce jour-là, pour la plupart chipées dans la cuisine des Robison car il était peu probable que Tally Robison remarque la disparition de quoi que ce soit, bien qu'elle soit entrée dans une rage folle un jour où elle cherchait les cœurs d'artichauts qu'elle était certaine d'avoir rangés dans la remise. Les autres ménages inventoriaient mieux et plus souvent leurs stocks. Sean se servait cependant parfois de son argent de poche pour faire quelques courses et avait rajouté une conserve de jambon à la diable et une autre de haricots blancs au sac que transportait Gwen. À présent, il les sortait du paquet pour les poser sur l'étagère de Chicken George.

– Quelqu'un va les voler, a dit Tim.

Mais nous comprenions tous ce que Sean faisait. Il agissait comme si Chicken George allait bien, comme s'il allait revenir. Ce qu'il a fait, beaucoup plus tôt que nous l'avions prévu. Un jour glacial de février, alors que l'hiver était loin d'être fini, Mickey a vu (dit avoir vu) un filet de fumée s'élever de la maison. Nous sommes partis examiner les lieux, nos pieds s'enfonçant dans les sentiers boueux que la neige avait recouverts une semaine seulement auparavant.

À notre arrivée, Chicken George était dans sa cabane. On ne pouvait pas dire qu'il faisait chaud à l'intérieur, pas vraiment, mais c'était supportable – une tiédeur diffuse provenant du vieux poêle. Il portait plusieurs couches de vêtements et des mitaines.

– Vous étiez passés où ? a-t-il demandé, comme si c'était nous qui avions disparu. Qu'est-ce que vous avez pour moi ?

[illegible] des échafaudages et des machines.

– Vous êtes passés [illegible] comment [illegible]

[illegible]

[illegible] dans une des poubelles, Mackey se contente de lancer un regard [illegible] à la jeune femme.

– Il n'y a pas de raisons pour que [illegible] commence à dire Wendy.

[illegible]

Mackey [illegible] avec [illegible] de Houston, mais il n'a pas l'intention de fouiller [illegible] est incapable de surveiller ses propres dents. Ce n'est pas son problème. Elle a toutes ses dents, elle.

– C'est [illegible] selon l'[illegible] promet [illegible] Wendy.

– C'est ce que tout le monde [illegible]

Cela fait des semaines que [illegible] Mackey travaille pour la même compagnie [illegible] chef [illegible] lui permet [illegible] un mois à l'avance. Wendy [illegible] selon les disponibilités. Elle [illegible] pas avoir le même [illegible] que Mackey [illegible] il avait pas le même âge, votre [illegible] Une chose est

Chapitre onze

Lorsque l'homme assis au siège 17F appuie sur sa sonnette d'appel et annonce qu'il est quasiment sûr d'avoir accidentellement jeté son dentier dans une des poubelles, McKey se contente de lancer un coup d'œil à la jeune recrue.

– Il n'y a pas de raisons pour que…, commence à dire Wendy.

– Privilège de l'ancienneté, lui répond-elle.

McKey n'a aucune idée si l'ancienneté a un rapport avec ce type de situation, mais elle n'a pas l'intention de fouiller les poubelles parce qu'un type est incapable de surveiller ses propres dents. Ça n'est pas son problème. Elle a toutes ses dents, elle.

– C'est injuste de désigner qui fait quoi selon l'ancienneté, grommelle Wendy.

– C'est ce que tout le monde dit avant d'en avoir.

Cela fait désormais quinze ans que McKey travaille pour la même compagnie d'aviation et son statut de chef-PNC lui permet de connaître son emploi du temps un mois à l'avance. Wendy fait encore partie de la réserve, on la case dans l'emploi du temps selon les disponibilités. Elle accepterait peut-être mieux de ne pas avoir le même grade que McKey si elle n'avait pas le même âge, voire légèrement plus. Une chose est sûre, elle paraît plus âgée. Les compagnies d'aviation embauchent de plus en plus de personnel de plus de quarante ans ces derniers temps, des femmes faisant leur entrée dans la vie active à mesure que les nids se vident ou que les maris se font la malle. Ces compagnies pensent probablement que cela convient à ces mères et à ces épouses d'être aux petits soins d'un groupe de personnes régressant au stade infantile (maussade et aviné avec ça) dès l'instant où elles posent le pied à bord d'un avion. McKey n'en est pas si certaine. Elle n'est ni une mère ni une épouse, pourtant elle fait son travail correctement, et ce depuis le début de sa carrière.

Oh ! Elle a bien été mariée une fois, lorsqu'elle avait une vingtaine d'années, bien qu'on puisse difficilement appeler ça un mariage, ou même le commencement d'un mariage. C'est l'inertie qui les a poussés à se marier. L'inertie et l'envie de faire une fête. Ils avaient vingt-huit ans, les années de fac étaient suffisamment loin derrière eux et la trentaine suffisamment proche pour qu'ils ressentent avec une détresse grandissante le pesant ennui de la vie quotidienne. Alors même qu'elle était en pleins préparatifs de mariage, Mckey entretenait, au fond de son esprit, l'idée qu'il valait mieux se marier avant trente ans plutôt que d'atteindre cet âge sans jamais s'être mariée, quitte à divorcer plus tard.

Par-dessus tout, elle voulait faire une fête, n'importe quoi pour la sortir de son ennui. Le mariage a roulé pendant un moment avant de tomber en panne, comme une voiture d'occasion. Ils se sont séparés relativement à l'amiable, étant donné qu'ils n'étaient pas propriétaires de leur maison et n'avaient jamais vraiment mis en commun leurs biens. Ils avaient été choqués de découvrir combien peu ils avaient acquis ensemble : un matelas, de l'électroménager. Si cela n'avait été pour le mariage, accompli dans les formes, il n'y aurait presque rien eu à partager. Ils ont feint de se montrer généreux l'un avec l'autre, alors qu'en réalité aucun des deux n'avait envie de mettre tout ce fatras dans des cartons. Un moule à gaufres en forme de cœur ; un gril George Foreman ; un cuiseur à riz ! *Un foutu cuiseur* à *riz.* McKey s'est rendu compte qu'elle avait commis une erreur très humaine en signant le registre de mariage. Elle a cru qu'elle allait changer, qu'en possédant un autocuiseur et un moule à gaufres elle deviendrait le genre de personne qui cuisine du riz et fait des gaufres en forme de cœur. Elle se connaît mieux aujourd'hui, elle sait ce qu'elle peut faire et de quoi elle est incapable. Elle a même appris à s'aimer. Sans doute un peu trop, mais elle est tout ce qu'elle possède.

Sa mère avait l'habitude de lui rappeler, de manière implicite puis explicite, que la vie d'une belle femme virait à l'enfer dès lors qu'elle cessait d'être belle. McKey n'y croit pas. D'abord, elle ne ressemble pas à sa mère, qui comptait sur les hommes pour l'entretenir. Ensuite, elle est carrément bien conservée. Elle ne fume pas, garde la ligne, évite de se mettre au soleil. Elle est bien. Pas seulement pour son âge. Bien tout court. Chaque mâle qui embarque dans son avion lui lance un regard approbateur, un exploit dans cette tenue en polyester. Que les choses soient claires : selon elle, la beauté est une commodité. Elle s'en sert pour obtenir ce qu'elle veut ou ce dont elle a besoin. Elle ne fait preuve d'aucune cruauté – plus maintenant. Elle ne la brandit plus comme une arme. Elle l'utilise. Et alors ? Les gens ne se servent-ils pas tous de ce qu'ils ont dans ce monde ?

Gwen, par exemple. Bien que n'étant pas aussi jolie que McKey, elle a une façon d'ouvrir les yeux comme des soucoupes avec un air de « ce que tu dis est fantastique » dont tous les garçons raffolaient et redemandaient quand ils étaient gamins. À sa décharge, chez elle c'était naturel, et elle ne s'en servait pas uniquement sur les garçons. C'était ce regard qu'elle jetait sur ses parents, qu'elle avait jeté sur McKey lors de leur première rencontre et qu'elle jetterait pendant un moment sur Sean, mais jamais sur Tim, pas vraiment, et certainement pas Go-Go. Le plus jeune des Halloran a toujours rendu Gwen un peu nerveuse, quoique ce soit peut-être le reflet de l'avis de ses parents, et de Tally Robison en particulier. Tout le monde croyait que la mère de Gwen était si vertueuse, surtout après sa mort. Une mort à point nommé pouvait faire de chacun un saint, ainsi que McKey n'aurait pas manqué de rappeler à tous s'ils étaient restés en contact. Mais McKey, Mickey à l'époque, avait une tout autre vision de Tally. Bien sûr qu'elle était gentille avec Mickey, assise dans la cuisine l'après-midi, à attendre avec elle le retour de Gwen en la nourrissant de sucreries. Mais Mickey s'était vite rendu compte que Mrs Robison ne faisait justement que se montrer gentille. Pleine de sollicitude à l'égard de la pauvre petite fille qui vivait à Purnell Village en compagnie de sa serveuse de mère et de son beau-père pas si beau-père. N'était-elle pas ouverte d'esprit ? Démocratique ?

Si une fillette de onze ans n'était pas dupe, on imagine ce que le reste du monde voyait : de la pitié, point barre, et c'était ça qui était injuste. La mère de Mickey était sans doute un peu trash mais, pour une femme divorcée ayant besoin du soutien d'un homme, elle filait plutôt droit. Par ailleurs, Rick, le beau-père en exercice pendant la plupart de ces années, était un type bien. Trop, pour sa mère. Sa gentillesse envers Mickey était authentique, et, à la naissance de bébé Joey, il a fait tout son possible pour qu'elle ne soit pas délaissée, allant jusqu'à se surpasser afin qu'elle se sente comme sa propre fille. Même après son départ, il est resté en contact avec elle.

Longtemps après que Rick fut parti, Mickey avait dix-neuf ans, un avocat l'a appelée. « Ça concerne la garde », avait-il dit, et Mickey avait cru pendant une folle seconde que Rick voulait l'adopter après toutes ces années, afin d'officialiser le statut qu'il lui avait toujours promis de prendre. Rick avait une bonne situation, elle allait peut-être se faire un peu d'argent.

Il s'avéra que Rick avait engagé un avocat parce que Rita affirmait à présent que Joey n'était pas de lui, et il essayait de trouver un moyen de récupérer la pension alimentaire qu'il lui versait. Sur le plan légal, le cas était plutôt intéressant, un peu comme l'histoire de Salomon dans la Bible, sauf qu'au lieu de proposer qu'on tranche le bébé en deux, la relation entre Rick et Joey devait être décidée en « tout ou rien ». Rick pouvait faire valider par un tribunal ne plus être le père de Joey et arrêter de payer la pension, quoique la récupération de l'argent déjà versé promette d'être un véritable enfer. Mais s'il prenait cette décision, il lui faudrait, en contrepartie, abandonner Joey. Un truc vraiment tordu. Évidemment, Rick a fait le bon choix. Il a décidé qu'il se foutait des résultats du test sanguin. Il était le père de Joey et le resterait quoi qu'il arrive, même si pour cela il devait verser une pension à un gosse qu'il ne voyait que rarement. Sa salope vicelarde de mère s'était décidément bien servie de lui.

Salope vicelarde de mère. Ces mots ont-ils réellement traversé l'esprit de Mickey alors qu'elle rassemble les journaux et les poubelles des passagers suffisamment lucides pour ne pas jeter leurs dents dans le sac ? Elle est injuste. Sa mère n'était ni vicelarde ni salope. Un peu salope peut-être, après tout. Elle avait couché avec Rick et le père de Joey au même moment. Mais son erreur concernant la paternité avait été réelle et il était plus difficile à l'époque de s'assurer de telles choses. Cette erreur avait d'ailleurs permis que Rick reste dans les parages jusqu'à l'entrée de Mickey au lycée, ce dont elle se félicitait. C'était un homme bon. Il la protégeait. Il la croyait. Toujours.

Elle arrête un homme sortant des toilettes, imprégné d'une odeur de fumée. Elle le prend à part. Il a l'air si déconfit et coupable qu'elle ne trouve pas le courage de le dénoncer, mais elle lui chuchote qu'elle lui fait une faveur, qu'il pourrait se retrouver rayé du système de réservations si, comme requis, elle rapportait l'infraction.

De furtif, le regard de l'homme se fait insistant. Super, voilà qu'il pense qu'elle le drague parce qu'elle a décidé de laisser couler. Elle retourne dans le coin cuisine pour dire à une Wendy étonnée qu'elle se charge finalement de la corvée du dentier égaré, si cette dernière l'aide à tenir Monsieur Chaud-comme-la-Braise à distance.

En vérité, elle s'est uniquement montrée indulgente envers le fumeur parce que son visage lui a rappelé celui de Sean le matin même. Pas ses traits, mais son attitude. Elle avait prévu de garder le suspense sur leur nuit ensemble, mais il a pris un air si coupable qu'elle n'a pas eu le cœur de le piquer au vif. Elle a pensé, espéré, qu'il se passerait quelque chose, cependant, alors qu'elle le guidait dans l'escalier, elle s'est rendu compte qu'elle n'en tirerait rien. Quel gâchis. Elle a toujours eu le béguin pour Sean. Elle a même été surprise qu'il fréquente Gwen, parce qu'elle a toujours été persuadée qu'elle n'avait qu'un geste à faire pour qu'il lui appartienne. Elle a toujours imputé la relation entre Gwen et Sean aux circonstances. Un mauvais film du dimanche soir : Sean portant Gwen dans ses bras. Bon sang, vu son poids il aurait été incapable de la porter sur plus de trois mètres l'été précédent. Gwen blottie contre sa poitrine, en sanglots, choquée, une jolie petite égratignure laissant couler un peu de sang sur son front. Qui pourrait lutter contre ça ? Mickey s'en était crue capable, mais elle s'est trompée. Pendant quelques mois, ils se sont comportés comme s'ils étaient mariés, ou allaient le faire. C'était à vomir.

Pourtant, leur couple n'a pas tenu jusqu'au Noël de la même année. Mickey était *aux anges*. Elle se demande ce que Gwen ressent pour lui aujourd'hui. Il paraît que les amours de jeunesse marquent certaines personnes à vie. McKey entend sans cesse parler d'amis ou de collègues ayant tout abandonné pour une ancienne connaissance retrouvée lors d'une réunion ou sur Internet. Ça la dépasse. Qui voudrait d'une personne se souvenant de ce que l'on a été autrefois ? Elle a coupé les ponts avec la plupart des gens qui connaissaient Mickey, et elle imagine le jour où Mckey muera en un autre personnage, en délaissant ses connaissances et collègues actuels.

Malgré tout, elle aurait aimé pouvoir coucher avec Sean, aussi ivre soit-il. Juste une fois. Elle parie qu'elle est plus performante au lit que Gwen. Sean… Elle a envie de lui, ne serait-ce que parce qu'il appartient à quelqu'un d'autre. Reste à savoir si elle veut le piquer à sa femme ou à Gwen.

ÉTÉ 1979

Chapitre douze

Au printemps de l'année de ses quatorze ans, Gwen a fait quelque chose de très étrange : elle a demandé à ses parents de l'emmener voir Chloe, une camarade de classe qui avait attrapé la mononucléose. Ce n'est pas ça qui était bizarre, bien que leurs relations aient été plus cordiales qu'amicales ; l'école était suffisamment petite pour que les parents de Gwen ne s'étonnent pas de son envie soudaine de rendre visite à cette fille en particulier. Non. Le plus bizarre a été qu'après avoir passé vingt minutes à discuter poliment avec Chloe et l'informer des derniers potins de classe, Gwen a demandé à utiliser la salle de bains, puis s'est fiché la brosse à dents de Chloe dans la bouche en priant pour qu'il reste quelques germes de mononucléose dessus, qu'elle aussi pourrait attraper. Nous, on l'a appris à notre tour parce que Gwen l'a dit à Mickey, qui l'a dit à Tim, qui l'a dit à Sean et Go-Go.

À l'époque, la rumeur voulait que la mono soit la meilleure façon de maigrir. On connaissait tous une fille qui avait perdu du poids de cette façon. Chloe était déjà maigre, mais une fille de Park School avait attrapé la soi-disant maladie du baiser et était réapparue un mois et demi plus tard subitement mince, les yeux lui dévorant désormais le visage, les os des pommettes et de la clavicule saillants. Gwen attendait une pareille transformation plus que tout mais ses parents refusaient de la mettre au régime. C'est-à-dire qu'ils refusaient de la laisser essayer Scarsdale, très populaire à l'époque, ni aucun des régimes stricts et rigides qui s'apparentaient à des religions, avec leurs listes arbitraires faites de permissions et d'interdictions. Les Robison étaient heureux de lui cuisiner des repas sains, de remplacer les desserts par un fruit et de remplir le réfrigérateur de lamelles de carotte, de céleri et de houmous, très avant-gardiste pour l'époque. Go-Go en avait pris une pleine bouchée, un jour, qu'il avait recrachée sur la porte du frigo. Gwen, toutefois, n'avait pas le droit de suivre un régime. Sa mère lui disait qu'elle retrouverait un poids normal lorsqu'elle grandirait. Miller et Fiona étaient passés par une transformation similaire. Or Gwen ne croyait pas Tally Robison. Elle cherchait désespérément son propre remède ; la brosse à dents de Chloe était ce qu'elle avait trouvé de mieux.

Cependant, Gwen n'a jamais eu la mononucléose. En fait, les choses se sont déroulées exactement comme sa mère l'avait prédit. Elle a grandi de huit centimètres en trois mois, et les six kilos qu'elle avait eus en trop se sont ajustés à sa taille. Sa mère lui a donné la permission de s'acheter de nouveaux vêtements en la déposant au centre commercial avec de l'argent de poche et aucune restriction. Gwen s'est achetée des choses transparentes, « ethniques », longues et bouffantes. Elle pensait de toute évidence qu'elle ressemblait un peu à Stevie Nicks et n'avait pas entièrement tort. La ressemblance aurait été plus frappante si sa mère l'avait autorisée à se faire une permanente, mais cela faisait partie des sujets étranges sur lesquels Tally tirait un trait. Elle-même, avec ses cheveux longs et raides, ne supportait pas l'idée que sa fille ait une chevelure bouclée.

Gwen a eu beau se faire belle dans l'attente de compliments qu'elle était persuadée de mériter, nous autres n'avons jamais fait de commentaires sur le changement. Oh ! Nous avons bien remarqué ses vêtements, mais seulement pour lui dire à quel point ils étaient peu pratiques. « Tes chemisiers vont s'accrocher aux branches », a dit Mickey. Tim a ajouté qu'on voyait ses sous-vêtements sous le tissu fin de la jupe. Sean lui a dit qu'elle allait nous ralentir avec ses stupides nouvelles sandales – c'est exactement de cette façon qu'il les a appelées : stupides nouvelles sandales.

Seul Go-Go a tendu une main sale vers le bras recouvert de tissu, impatient d'en toucher la matière, et Gwen l'a laissé faire. Curieux, il l'a frotté entre son index et son pouce. « Ça gratte un peu », a-t-il dit. Puis : « Est-ce que les garçons peuvent porter des chemises comme ça ? » Comme Tim et Sean se sont foutus de lui ! Cependant, ça n'était pas Go-Go qui était naïf, pour une fois. Beaucoup de garçons, d'autres garçons, portaient des vêtements similaires à ceux de Gwen cet été-là. Le beau-père de Mickey lui-même, Rick, avait une chemise en lin qui nous faisait penser au Moyen Âge avec ses paysans qui peinaient à travailler la terre. De couleur blanc cassé, elle avait une échancrure qui laissait voir beaucoup de ses poils de poitrine. Et Rick n'était pas de ces hommes dont les garçons Halloran pouvaient se moquer. Il savait comment réparer les moteurs et avait une moto. Vraiment, il ressemblait à Tom Selleck.

Ceux qui avaient un train de retard sur l'époque étaient les garçons Halloran, avec leurs cheveux courts et leurs tee-shirts blancs. Leurs vêtements d'été étaient ceux qu'ils portaient pour les colonies de vacances, mais il n'y aurait pas de colonie pour eux cet été-là. Il s'était passé quelque chose. Mr Halloran avait perdu son travail, ce qui n'était pas nouveau. Mr Halloran était réputé pour perdre ses boulots. Il avait mauvais caractère : il aimait dire ses quatre vérités à son patron, comme il disait, ce qui finissait généralement par une démission. Quant à savoir si on demandait à Mr Halloran de démissionner parce qu'il disait ses quatre vérités au patron ou si, sentant la fin proche, il décidait qu'il n'avait rien à perdre et s'autorisait un tel discours, il en allait comme pour l'œuf et la poule. Mr Halloran avait perdu suffisamment d'emplois pour tenir ses fournitures de travail au strict minimum. La différence étant que, durant cet été 1979, il avait du mal à trouver un nouveau job. Nous n'en parlions pas et ne savions pas pourquoi nous n'en parlions pas. Au fil du temps, il y aurait de plus en plus de sujets comme celui-là, des choses dont nous ne parlions pas, pour des raisons que nous n'arrivions pas à identifier. Le nouveau look de Gwen. La situation professionnelle de Mr Halloran. Combien Rick était séduisant. La folie de Go-Go qui empirait et les rumeurs sur ce qu'il faisait aux chats et aux petits animaux. Mais ça, c'est venu plus tard, à l'époque où nous ne nous parlions presque plus du tout.

Le fait que Gwen et Sean soient tombés amoureux, puis aient cessé de s'aimer. Ça, nous n'en avons *jamais* parlé. Ils l'ont gardé pour eux, comme un secret, mais nous rêvions de savoir.

Peut-être aurions-nous dû en discuter, car c'est cela qui nous a tués, en tant qu'entité. Face à cet impénétrable duo, le « nous » n'existait plus. Nous avions formé une entité, et nos professeurs de mathématiques, pour aussi différents qu'ils aient été – les religieuses et les prêtres de St. Lawrence et Cardinal Gibbons, la vieille peau fatiguée de l'école publique de Mickey, la prof hippie et son amour pour tous à Park School –, nous avaient tous enseigné qu'une partie d'un ensemble ne serait jamais aussi forte que l'ensemble lui-même. Les diagrammes de Venn l'ont prouvé. Pourtant, Sean et Gwen étaient plus forts. Ils formaient un groupe dans le groupe qui a déferlé sur nous telle une vague ; nous n'avons pu en réchapper. Tout cela à cause de ces foutus vêtements, le résultat de l'amincissement de Gwen, lui-même remontant à la brosse à dents de Chloe, bien que Gwen n'ait pas attrapé la mononucléose ainsi qu'elle l'espérait. Tout a commencé avec la brosse à dents, lorsque Gwen au visage en forme de lune s'est glissée dans la salle de bains de cette fille pour y sucer la brosse Oral B au manche rouge. Certaines filles acceptent mal d'être jolies. Voilà. Maintenant c'est dit. Gwen est très vite devenue très jolie, et elle n'a pas su le gérer. Le jeu de Gwen était aussi destructeur que celui de Go-Go, comme courir dans les bois avec un bâton pointu ou jeter des pierres en l'air sans se préoccuper d'où elles allaient atterrir. Mais tout le monde savait qu'il fallait s'écarter du chemin de Go-Go lorsqu'il faisait le fou. Gwen a fait voler notre ensemble en éclats sans nous prévenir.

C'était à la fin juillet, durant cette période de l'année où l'été est un peu avancé et ennuyeux. À la suite de deux jours de grosses pluies, le courant du ruisseau s'était élargi et renforcé par endroits. Rendus plus téméraires par notre amitié avec Chicken George, nous avions continué à nous enfoncer chaque jour davantage dans les bois, en emportant des en-cas que nous préparaient Mrs Robison ou Mrs Halloran. Nous avons découvert ce qui semblait être un barrage en béton ruiné dont la majeure partie était submergée par les eaux brunes et rapides, bien que surnagent quelques blocs épars. Tim a insisté pour que nous traversions à cet endroit. Mickey s'est rapidement faufilée derrière lui, le pied toujours aussi ferme tant qu'il ne s'agissait pas d'un concours sportif.

Go-Go a suivi, éternellement indifférent à l'eau, quoiqu'on n'ait cessé de nous répéter combien elle était polluée et mortelle ; cette même indifférence qui, d'une façon ou d'une autre, le tenait en sécurité. Sean attendait le tour de Gwen. On voyait bien qu'elle ne voulait pas traverser, mais il était trop tard pour discuter le plan de Tim et ne pas essayer lui aurait fait trop honte. Elle a perdu l'équilibre au deuxième ou troisième pas et, bien qu'elle ait repris pied, la manche de son chemisier fin et vaporeux s'est prise à quelque chose dans l'eau. Rien ne lui serait arrivé si elle s'était dégagée d'un coup sec, mais elle n'a pas voulu déchirer sa chemise. Résolue à décrocher délicatement l'étoffe de ce qui la retenait, elle s'est baissée ; c'est là qu'elle est tombée dans l'eau. Cette eau dégoûtante et boueuse, dont on nous avait dit d'innombrables fois qu'elle pouvait nous tuer et dont le simple contact exigeait un vaccin antitétanique.

Elle n'est pas remontée.

Il aurait été impossible de voir du sang dans une eau aussi sale, mais Go-Go a pointé du doigt en poussant ce hurlement si particulier, dont on ne savait jamais s'il exprimait de la joie ou de la frayeur : « Du sang ! Du sang ! » Gwen a resurgi à la surface, flottant, telle la Dame au lys d'Astolat. Non que l'on connaisse le poème, mais Gwen avait lu *Anne… la maison aux pignons verts*, dans lequel Anne doit être secourue après avoir essayé de rejouer le sort de la Dame. Beaucoup de ce que nous connaissions nous arrivait de cette manière indirecte, abâtardie, par le biais des dessins animés, des livres ou des programmes télévisés. Ce qui revient à dire, peut-être, que nous ne connaissions rien.

Ceux d'entre nous qui étaient passés sur l'autre rive sont restés paralysés, mais Sean a plongé dans l'eau. Le corps de Gwen n'arrêtait pas de lui échapper, un peu comme s'il s'était agi d'un jeu. *Attrape-moi si tu peux.* Les autres ont couru sur le bord en criant des instructions contradictoires. « Taisez-vous », leur a crié Sean en retour, les mâchoires serrées. « Taisez-vous ! » De l'eau jusqu'à la taille, il pataugeait à sa poursuite, mais elle ne cessait de lui glisser entre les doigts. Elle aurait pu lui échapper définitivement si un bâton ne lui avait, cette fois-ci, sauvé la vie en s'accrochant à sa jupe, juste le temps pour Sean de la rattraper. Il l'a prise dans ses bras et l'a ramenée sur le bord, puis il s'est mis à lui faire du bouche-à-bouche, appris en cours de natation pendant la colonie de vacances, celle que les Halloran n'avaient désormais plus les moyens de payer.

– Son cerveau va être atteint, a dit Mickey. Elle est restée inconsciente trop longtemps et a avalé trop d'eau.

– Tais-toi, a dit Tim.

Go-Go faisait des bonds en psalmodiant :

– C'est le mauvais air qui sort ! C'est le bon air qui entre !

Voilà comment cela se passait dans les dessins animés. Nous l'avions tous vu de nos propres yeux dans les vieux épisodes de Captain Chesapeake. Dans les dessins animés, les personnages appuyaient de toutes leurs forces sur le ventre d'un autre et leur bougeaient les bras en tous sens.

Dans les dessins animés, les gens se réveillaient toujours. Gwen non.

Puis, après ce qui a semblé être une éternité, elle a toussé en crachant un peu, avant de se mettre à vomir un flot d'eau saumâtre. Sean a basculé en arrière, mais il en a reçu sur les talons.

– Tu vas bien ?

Tim se tenait au-dessus d'elle.

– Combien de doigts est-ce que tu vois ?

Sean l'a frappé à la jambe.

– Ne sois pas bête.

– Trois, a répondu Gwen. Qu'est-ce qu'il s'est passé ?

– Tu es tombée, a répondu Sean. Tu t'es cogné la tête et tu as failli te noyer.

– Te noyer ! a dit Go-Go.

Elle a mis une main sur sa tête, mais il n'y avait aucune coupure, pas de sang, quoi que Go-Go ait cru voir.

– Je sens une bosse, a-t-elle dit.

Tâtonnant avec délicatesse, les doigts de Sean ont suivi les siens. Impossible de ne pas remarquer que la fine chemise, la cause de tous ces problèmes, était désormais transparente et collante, dévoilant le soutien-gorge. Gwen a croisé les bras sur sa poitrine.

– L'important, a dit Mickey, est de décider ce qu'on va dire aux parents.

– Qu'est-ce que tu veux dire ?

– Gwen est trempée et sa chemise est déchirée. Quand sa mère verra ça, elle va demander des explications. Ils sauront qu'il nous a fallu descendre le ruisseau très loin pour trouver un endroit où le courant soit aussi rapide et profond. On va avoir des ennuis.

– Personne ne nous a interdit de le faire, a dit Tim, le maître de la faille juridique, le roi des détails procéduraux.

– Mickey a raison, a dit Sean. Personne ne nous a précisément interdit d'aller aussi loin. Mais on ne demande jamais parce qu'on sait qu'ils vont refuser, et s'ils apprennent où nous étions, ils vont nous imposer des règles. Il faut qu'on trouve le moyen de sécher les vêtements de Gwen au maximum. De quand date ton dernier vaccin anti-tétanos ?

– De l'été dernier, après que je me suis coupée sur cette grille rouillée.

Sean a dit :

– Ça fait bien plusieurs années pour moi. Quand est-ce qu'il faut le renouveler ?

Nous n'en avions aucune idée. Pourtant, nous savions ce que le tétanos avait d'horrible. Le père de Gwen s'était chargé de nous le dépeindre dans ses moindres détails.

– Je n'ai pas de coupure, a dit Sean, et je n'ai pas avalé d'eau. Donc ça va aller.

À l'époque, nous avons pensé qu'il se sacrifiait pour le groupe et qu'il était prêt à risquer le tétanos si cela nous permettait de continuer à parcourir les bois sans qu'il nous soit mis de limites.

Mais Sean ne se préoccupait que de Gwen. Il agissait ainsi en héros parce qu'elle avait été inconsciente pendant son véritable acte d'héroïsme, donc incapable de l'apprécier. Était-elle consciente ? se demandaient certains d'entre nous.

– Chicken George, a dit Mickey. Il nous aidera, et il ne posera pas de questions.

– Il n'a pas de douche, a dit Gwen. Puis, je ne veux pas mettre ses vêtements sales.

– Fais-moi confiance, a dit Mickey.

Nous avons rebroussé chemin dans les bois pour revenir chez Chicken George. Il n'a pas été surpris de nous voir. Alors que nos allées et venues nous paraissaient être le fruit du hasard, donc imprévisibles, Chicken George semblait être au diapason de nos mouvements, de la même façon qu'il l'était de ses poulets, des saisons et du parc. On ne le prenait jamais à l'improviste. Il a examiné Gwen avec attention, de ses étranges mains si roses d'un côté et si noires de l'autre. Il a sorti de son emballage en plastique un peigne Goody qu'il a passé délicatement dans ses cheveux emmêlés et mouillés. Il lui a donné un drap qui séchait sur la corde pour qu'elle sache qu'il était frais et propre et lui a demandé de rentrer et d'ôter ses vêtements mouillés, de s'enrouler dans le drap comme s'il s'agissait d'une toge et de lui apporter les vêtements. Il a vraiment dit « toge », et nous avons été surpris qu'il connaisse même le mot.

« To-ge, to-ge », s'est mis à scander Go-Go. Nous n'avions pas vu le film *American College*. Nous étions trop jeunes. Mais il était devenu culte et nous en connaissions les scènes principales et certaines répliques. Bientôt, ce serait l'ère de l'économie selon la « théorie du ruissellement » ; si vous nous aviez demandé notre avis, on vous aurait répondu que le passage à l'âge adulte relevait lui aussi du goutte à goutte : nous ramassions les restes de la vie adulte aussi certainement que nous suivions nos parents à leurs soirées en dérobant des gorgées dans leurs verres et des bouchées dans leurs plats. Nous chipions des cigarettes des paquets ouverts, buvions de minuscules lichettes des bouteilles dans le mini-bar. Ils savaient, s'en rendaient obligatoirement compte, car nous savons aujourd'hui tout ce que nos enfants font, aussi rusés qu'ils croient être. Seulement, nos parents approuvaient. Ils préféraient nous voir entrer dans l'âge adulte sur la pointe des pieds, en usant de ces minuscules subterfuges. Il ne s'agit pas de nous trouver une bonne excuse mais de la vérité : nos parents nous encourageaient à mentir et à leur cacher des choses, à les préserver de ce que nous savions. C'est parti de peu : les excursions dans le parc ; notre amitié avec Chicken George ; la noyade manquée de Gwen et le jour où le camion a failli écraser Go-Go. C'est parti de peu, puis les choses ont pris une telle ampleur, tellement vite, que ça nous a balayés complètement.

Le vrai problème, toutefois, est que Sean et Gwen sont tombés amoureux. À cinq, nous étions indestructibles, les branches d'une étoile. Vous vous souvenez d'avoir appris à dessiner une étoile ? Enfant, ça paraît impossible, hors d'atteinte. Vous dessinez des choses biscornues et tassées. Jusqu'au jour où on vous montre le secret. Mickey l'a montré à Go-Go : un trait qui fuse vers le bas, un deuxième qui s'élance à la diagonale. Tout droit, une diagonale qui descend et une qui monte. Cinq traits seulement ; mais lorsque vous avez fini, ce sont six formes intégrées en une seule : cinq triangles ceignant étroitement un pentagone. Il y en a même davantage, si vous ajoutez ou supprimez des traits pour créer de nouvelles formes. Mais si vous restez fidèles aux traits dessinés, vous avez cinq triangles et un pentagone. Le pentagone nous donnait notre assise, c'était un champ magnétique qui nous maintenait ensemble. Certains diront que le pentagone était Chicken George, alors qu'il s'agissait de notre goût du secret, notre sentiment de faire partie d'une seule entité. Une fois que nous avions fusionné tous les cinq, vraiment fusionné, ce n'avait plus jamais été les filles contre les garçons, ou les Halloran contre les deux autres familles. Non. C'est Gwen et Sean qui nous ont détruits. Deux triangles se sont séparés et ont pris la fuite ensemble, et nous n'avons plus jamais été un tout après cela. Jamais.

Moins d'une semaine après que Chicken George a donné un drap à Gwen et a fait sécher ses vêtements près du feu, il a de nouveau disparu. Cette fois, il a paru être parti pour de bon : les placards vides, la corde sans linge, les poulets picorant à nos chevilles avec une détresse toute récente, mais nous n'avions aucune nourriture à leur offrir. On ne pouvait pas dire que l'endroit était propre. Il ne le serait jamais. Mais ça paraissait vide, et plus net. Chicken George lui-même savait qu'une ère venait de s'achever. Nous autres cinq avons cessé d'aller à la cabane.

Gwen et Sean non. Tout l'été, ils se sont échappés pour se rendre à la cabane, sans jamais se douter que quelqu'un les regardait.

Chapitre treize

« Ensuite, il… » Gloussements.

La phrase et les gloussements s'arrêtent avant que Tim ait passé la porte battante de la cuisine pour se retrouver face à trois paires d'yeux, ronds et bleus. Arrondis par l'innocence. Il se doute bien que celle-ci est fausse. Arrondis par la froideur, si une telle chose pouvait être possible, comme ces glaçons industriels que l'on trouve dans les buffets. Ses filles se sont mises à le regarder avec des yeux ronds et froids ces derniers temps, comme si les agrandir leur permettait de les vider de tout indice, de toute piste menant à leur existence et à leurs pensées intimes. Il se doute bien cependant que leurs pensées sont tournées vers *les garçons, les garçons, les garçons, les garçons, les chaussures, les garçons*. Peut-être aussi vers *les soirées*, mais il espère que non, il n'est même pas sûr de savoir si *les soirées* sont simplement un produit dérivé, un lieu où l'on porte des chaussures et où l'on trouve des garçons, ou s'il s'agit d'une destination ultime pour laquelle garçons et chaussures font fonction de véhicules. Même la plus petite, huit ans seulement, fait partie du numéro. Toutes les trois sont inséparables, cul et chemise. Les mêmes yeux bleus, longs cheveux blonds et raides avec la raie au milieu, visage en forme de cœur, mignon à croquer.

– Bonjour, dit-il.

Il a appris – enfin – à ne rien dire à propos du commentaire entendu, et interrompu. Il a appris à ne rien demander. Circulez, rien à voir. Ses filles lui rappellent les salamandres que ses frères et lui chassaient dans le vieux cabanon construit au-dessus du cours d'eau. Rose saumon avec des pois minuscules, on les distinguait facilement dans l'eau claire et vive. Mais c'était presque impossible d'en attraper une. Go-Go avait été le seul à être assez rapide, et même lui n'arrivait pas à tenir en main ces sales bêtes. Tim arrive à observer ses filles, mais il ne les tient plus. Plus maintenant.

– Je peux me servir de la voiture, aujourd'hui ? demande Michelle, l'aînée. Il faut que j'aille chez Mary.

– J'avais l'intention de jouer au golf.

Il prend garde de ne pas dire non tout de suite, d'indiquer la raison avant le refus. Le simple son de cette syllabe, *non*, semble rendre folles ses filles, déclenchant des accès de rage terribles. Il préfère les amener doucement au *non* en le sous-entendant. S'il a rendez-vous pour jouer au golf, il va de soi qu'il aura besoin de la voiture pendant une bonne partie de la journée. Même ses filles ne manqueront pas de le déduire par elles-mêmes.

– Tu ne peux pas te faire déposer par un de tes amis ? réplique Michelle.

Il voudrait lui faire la même réponse. Mais s'abstient. Fais comme Joe Friday : *les faits seulement, m'dame*.

– Mon départ du tee est prévu pour 11 heures.

– Je n'ai besoin de la voiture qu'à 13 heures, dit Michelle.

– En plus, elle pourra me déposer au cinéma, puis venir me chercher à son retour à la maison, dit sa fille Lisa, celle du milieu.

Il s'attend à ce que le bébé, Karen, se jette elle aussi dans la mêlée, une petite pyramide de filles que son insondable cruauté se verra forcée de renverser, sa cruauté et son envie de se servir de sa propre voiture pendant son jour de congé. Comment peut-il faire une chose pareille ? C'est le pire papa de tout l'univers. Il n'y a pas si longtemps, il leur aurait donné la voiture et se serait débrouillé autrement. Quand il croyait encore que s'il disait oui à toutes ces choses faciles, ses filles seraient reconnaissantes et se comporteraient bien.

Jusqu'à ce qu'il voie ce garçon beaucoup trop âgé pour sa fille (vingt ans ? vingt et un ?) déposer Michelle un dimanche matin alors qu'elle était censée passer la nuit chez Mary. *C'était qui ?* avait-il demandé en luttant pour prendre un ton détaché. *Juste le grand frère de Mary. Il a eu la gentillesse de me raccompagner tôt à la maison quand j'ai dit que je ne me sentais pas bien. L'odeur des pancakes m'avait donné envie de vomir.*

Arlene et lui ont attendu que les filles quittent la maison pour fouiller la chambre de Michelle. Ils ont trouvé la boîte de pilules sous une pile de soutiens-gorge, cachets crayeux et inconsistants qui n'étaient pas en mesure de mettre un frein au grossissement effrayant de la poitrine de sa fille. Seulement, ni lui ni sa femme n'étaient sûrs de savoir quoi faire ensuite. Ils ne pouvaient clairement pas confisquer les cachets, car leur fille cesserait probablement de les utiliser, réalisant peut-être par là son rêve inavoué d'être sélectionnée pour « 17 ans et Maman » sur MTV. Mais que lui dire, s'ils se décidaient à lui parler ? *Tu es trop jeune pour faire l'amour ? Tu ne peux pas prendre la pilule ? Tu peux faire l'amour et prendre la pilule, mais il faut que l'on en discute ensemble ?* Tim ne veut pas discuter de la vie sexuelle de sa fille. Il veut que sa fille n'ait pas de vie sexuelle. Est-ce trop demander ?

Ils cherchaient encore une solution au problème avec Michelle, quand la mère de la meilleure amie de Lisa a appelé. Ils avaient trouvé un joint dans la chambre de leur fille, celui de Lisa d'après elle, à qui leur fille permettait d'y cacher ses « réserves ». Les quatre parents avaient discuté avec les filles séparément, puis ensemble. Ils avaient joué la carte du bon flic, mauvais flic ; les avaient menacées, amadouées. Les deux minettes s'étaient montrées plus coriaces que les plus durs des professionnels du crime que Tim pouvait s'imaginer. En tant qu'assistant du procureur d'État du comté de Baltimore, Tim s'y connaît en professionnels du crime endurcis. Il rejette la faute sur *New York, police judiciaire*. Bordel, tout le monde est trop futé de nos jours. Quand il a voulu faire croire aux filles qu'il pouvait envoyer le joint au labo pour savoir laquelle l'avait fumé, Dani, l'amie de Lisa, lui avait mollement répondu : « Y a une liste d'attente gigantesque. En plus, notre ADN n'est pas fiché. Tant que vous n'aurez pas un mandat du tribunal, je ne vous laisserai pas prélever d'échantillon sur moi. »

Il s'était résolu à croire sa propre fille. Pourquoi une personne qui ne se drogue pas laisserait-elle une autre cacher ses réserves chez elle, en particulier une forte tête comme cette Dani, une fille adipeuse et sans charme qui porte tous ses problèmes écrits sur sa personne ? Si elle a du ventre, c'est probablement parce que les pétards lui donnent la fringale. C'est peut-être sa mémoire qui lui joue des tours, mais Tim trouve bizarre que les ados d'aujourd'hui paraissent plus grosses.

Soit vraiment grosses, soit un peu trop maigres. C'est à cette deuxième catégorie que ses filles appartiennent. Lorsqu'il lave le linge, ça le tue de voir combien leurs vêtements sont minuscules, et pas seulement ceux du bébé, ainsi qu'il pense encore secrètement à Karen. Les sous-vêtements minuscules, dans lesquelles une fesse d'Arlene ne tiendrait pas, même du temps de sa jeunesse, les petits tee-shirts, les jeans étroits. De toutes façons, cette Dani n'annonce rien de bon. Les quatre parents avaient décidé que les filles ne se fréquenteraient plus pendant un moment, histoire de voir ce que ça donnerait. Les autres parents avaient gardé le joint. Tim se demande s'ils l'ont fumé. Ils étaient un peu louches eux aussi.

Michelle qui couche avec des garçons. Lisa qui fume peut-être des pétards, ou amie avec une fumeuse de pétards. Il se demande ce que Karen lui réserve sous le coude. Huit ans seulement – une de ces erreurs alcoolisées que les couples font lors des nuits d'anniversaire de mariage –, ce devrait être le petit ange de papa, à des années de lui briser le cœur. Mais avec des modèles comme Michelle et Lisa, il est certain qu'elle va faire un chahut de tous les diables dès qu'elle en trouvera le moyen. Pas plus tard que la semaine dernière, il l'a attrapée en train de jouer aux bisous avec un garçon du voisinage. Des bisous, pas au docteur, mais *quand même*. Ça n'est pas la première fois, mais il souhaite que St. Lawrence soit encore en activité, il pourrait envoyer ses filles dans une école où les religieuses savent faire bien se comporter les enfants par la terreur. Le problème n'est pas que cette vieille école paroissiale a fermé. Après tout, il existe d'autres écoles paroissiales, même s'il y en a de moins en moins, à cause des ennuis financiers auxquels l'archidiocèse doit sans cesse faire face. Non. Il voudrait que ses filles aillent dans son école du passé. Disons aux alentours de 1950.

« Les filles ont toujours eu des histoires de sexe, a dit Arlene quand il lui a confié son fantasme rétro. La différence, c'est qu'elles tombaient enceintes et ruinaient leur vie.

– Vraiment ? Elles étaient où ces filles quand j'avais dix-sept ans ? »

Arlene a ri et lui a donné un coup sur le bras, pensant qu'il plaisantait. Mais Tim était vierge à dix-sept ans, ce qui était commun en 1979, même si c'était une espèce de torture de penser que son plus jeune frère y avait droit.

L'été où Sean et Gwen ont commencé à sortir ensemble, Tim avait été obsédé par leur vie sexuelle. C'était bizarre, dans la mesure où elle n'avait pas tout à fait quatorze ans et Sean en avait quinze, mais son imagination s'était enflammée à l'idée qu'ils couchaient ensemble. Il avait décidé qu'ils le faisaient au motif que Sean ne voulait jamais lui en parler. Il avait essayé de les suivre lors de leurs échappées dans les bois pendant l'après-midi et le week-end, avait même accepté de les conduire au centre commercial et de les accompagner au cinéma durant la matinée dans l'espoir de voir ce qu'ils faisaient, ensemble et entre eux. Mais ils se contentaient la plupart du temps de regarder le film, sans aller plus loin dans l'intimité que partager leur pop-corn.

Un jour, toutefois, il est tombé sur eux par accident, dans le sous-sol de la maison chez ses parents – une pièce à mi-chemin entre des origines utilitaires et le rêve de sa mère d'avoir une salle de loisirs. Pour tout dire, le rêve avait commencé et pris fin avec un canapé en tissu écossais, relégué là après que sa mère avait acheté un nouveau salon. Tim se trouvait dans le garde-manger du cellier à chercher une pompe à vélo sur les étagères en métal lorsqu'il les a entendus entrer. Il s'est immobilisé, attendant de voir, ou du moins d'entendre, ce qu'ils feraient une fois seuls. Il ne l'avait pas encore fait et mourait d'envie de voir quelqu'un le faire, quand bien même ce serait Sean et Gwen. Il a eu l'impression d'attendre dix, quinze minutes, écoutant leurs gloussements à voix basse, suivis de longues pauses. « Oh », ne cessait de dire Gwen avec un soupir de respiration doux. « Oh. » C'était sûr, ils étaient en train de le faire. Il s'est permis de ramper jusqu'à la porte, s'accroupissant afin d'être au même niveau que le vieux canapé. À sa déception, ils étaient assis côte à côte à s'embrasser très délicatement, légèrement. Son frère prenait son temps. Non. Son frère ne tentait pas le moindre mouvement. Bien que ses mains soient passées dans le chemisier de Gwen, il n'essayait pas d'aller plus loin. Au grand étonnement de Tim, c'était Gwen qui paraissait prendre les choses en main. Elle s'est écartée de Sean seulement pour soulever son haut. Wow, elle était plutôt développée pour son âge. Tim a légèrement soulevé la tête pour avoir une meilleure vue et ses coudes ont heurté quelque chose sur les étagères près de la porte. Le bruit n'était pas énorme, mais il a suffi.

– Qu'est-ce que c'était ? a demandé Gwen. Ta mère ?

– Elle n'est pas à la maison, a dit Sean, mais il était déjà en train d'aider Gwen à remettre sa chemise et à la boutonner, puis il l'a conduite hors du sous-sol.

Elle semblait presque soulagée par l'interruption.

Cette nuit-là, comme ils étaient sur le point de s'endormir, Sean a dit brusquement :

– Tim, tu étais au sous-sol, aujourd'hui ?

– Quoi ?

Il a senti qu'il avait mis dans sa voix le niveau d'étonnement suffisant. Étonnement et nonchalance. La question ne devrait pas le choquer, ni son innocence être indignée. S'il ne s'y trouvait pas, hors de tout contexte la question lui semblerait bizarre et rien de plus.

– Est-ce que tu étais au sous-sol, cet après-midi ?

– J'y suis allé pour chercher la pompe à vélo. Mes pneus étaient à plat. Je crois que Go-Go s'est servi de mon vélo. Tu l'as vu ?

– Non.

Il savait que Sean était frustré. Mais il ne pouvait pas poursuivre, à moins de révéler ses intentions.

– D'ailleurs, où était Go-Go aujourd'hui ?

– Avec son nouvel ami, Billy ou je ne sais quoi. Il était chez lui.

– Donc Go-Go n'était pas à la maison cet après-midi ?

– Je ne crois pas.

Tim a souri dans l'obscurité. Si Go-Go avait été tapi dans la cave, il aurait fait beaucoup plus de bruit, aurait probablement sauté sur Sean et Gwen, essayé de les suivre dans leur *jeu*. Techniquement, Go-Go savait comment on fait les bébés, mais il ne pensait pas que cela avait un quelconque rapport avec lui. C'était seulement un truc stupide que les parents font entre eux.

Tandis qu'ils s'endormaient, Tim était presque sûr que Sean se faisait une branlette. Dieu sait que lui le faisait, qui plus est en pensant à Gwen, même s'il se sentait un peu pervers sur les bords. Treize ans seulement, la petite copine de son frère. S'il avait eu à confesser de telles choses – il ne l'avait jamais fait – il se demandait ce que le prêtre trouverait le plus condamnable : l'âge de la fille ou sa propre convoitise. Sans parler de toutes les pensées impures cachées derrière son désir pour la petite amie de son frère. La vérité, c'est qu'il n'avait pas envie de Gwen, pas vraiment. Mickey, peut-être, mais quelque chose chez Mickey lui faisait un peu peur. Il voulait une petite amie. Il en avait eu une en colonie, l'été dernier, et il avait été frustré de ne pouvoir y retourner parce qu'il était presque sûr qu'il se serait passé plein de choses entre lui et Anne. Mais voilà qu'il avait fallu que son père perde son boulot ; Tim avait raté sa chance de baiser.

Tim était resté vierge jusqu'à sa dernière année de lycée, jusqu'à sa copine de l'époque qui a trouvé parfaitement normal qu'il perde sa virginité ; il n'avait rien fait pour l'en dissuader. Cependant, elle n'avait rien de spécial. Puis il avait rencontré Arlene en première année d'université, et spéciale elle l'était, elle. Jolie, pétillante et amoureuse de lui, tellement qu'il n'en revient pas encore tout à fait.

Quand leurs filles sont arrivées, Michelle et Lisa quasiment l'une après l'autre, suivies par Karen après une longue pause, presque tout le monde a fait les deux mêmes remarques. D'abord : le même écart entre les naissances que pour les garçons Halloran – douze mois seulement entre les deux premiers, puis six ans, le bébé genre papa-a-eu-de-la-chance. Tout le monde a ensuite ajouté : « Mais les filles sont plus faciles. » Vraiment ? *Vraiment ?* Il regarde les trois filles collées ensemble sur la banquette capitonnée en tenue de petit-déjeuner et se pose la question. Bien sûr, Go-Go avait brisé le cœur de leur mère, à s'écraser comme ça contre le mur en béton, presque certainement ivre après une nouvelle tentative pour rester sobre. Go-Go lui avait brisé le cœur maintes et maintes fois. D'abord le premier divorce, puis la séparation qui avait conduit à son éloignement d'avec ses deux petites-filles. Six petits-enfants et un seul garçon, et, évidemment, ce serait Sean qui s'annoncerait avec le petit-fils tant aimé, encore un de ces petits gars ô combien parfaits. Lorsque les familles viennent à se réunir (rarement, car la femme de Sean et sa famille ont fait main basse sur Sean, puis la distance joue pour beaucoup), Duncan semble être exactement comme Sean, aussi parfait – un petit soldat sombre et réservé parmi le froufrou des cousines blondes. Lorsqu'elles étaient plus jeunes, les filles de Tim étaient aux petits soins pour Duncan, mais Michelle et Lisa disent maintenant de lui qu'il est coincé et ennuyeux. « Mouais, ses parents sont fiers de lui avec ses A partout, ses courses de cross et son groupe de jazz. Quel trouduc », voudrait dire Tim. Mais il ne fait rien.

En ayant conscience des coups d'œil de ses filles – putain même la dernière le scrute et il n'a rien fait pour lui ruiner sa journée – il jette son sac de golf sur son épaule et se dirige dehors vers sa voiture. *Sa* voiture, bordel. Il a le droit de profiter de son jour de congé pour prendre sa voiture et se rendre sur le terrain de golf, le droit de se relaxer après avoir travaillé dur toute la semaine pour leur acheter leurs chaussures et leurs tee-shirts criminellement minuscules et Dieu sait ce qu'elles veulent d'autre. N'est-ce pas ? Mais voilà qu'il pense déjà au dîner, concoctant un plan qui arrangera la situation, en admettant qu'elles daignent même passer la soirée avec Arlene et lui. Est-ce qu'au même âge il a lui aussi coupé tout lien avec ses parents ? Évidemment. Mais ses parents voulaient couper les liens, tandis qu'Arlene et Tim se pressent autour de leurs enfants, à les choyer, les courtiser. Par bien des côtés, il reste misérablement semblable à un garçon de dix-sept ans qui essaie de s'attirer le coup d'œil approbateur d'une ado, même fugace.

Une pizza lui rapportera peut-être des points. Fortunato est un endroit à la mode, d'après ce qu'il croit. Il ferait cependant mieux de vérifier auprès d'Arlene. Le mois dernier, c'était effectivement Fortunato, mais les choses changent si rapidement.

5 SEPTEMBRE 1979

Chapitre quatorze

Gwen était la seule parmi nous à être assez toquée – c'est ainsi que l'on disait à l'époque, désolé si ça en offusque certains – pour attendre le jour de la rentrée des classes avec impatience. Peut-être en allait-il de même pour Sean, mais il avait suffisamment de bon sens pour ne pas le faire savoir. À sa façon particulière, Tim acceptait l'école comme faisant partie de la vie. Impossible d'en sortir, alors pourquoi perdre son temps à se plaindre ? Cela ne voulait pas dire qu'il s'en réjouissait pour autant. Que Gwen et Sean fassent la course aux notes. Tim, pour sa part, s'était taillé son chemin d'étudiant dans le groupe des B, celui du moindre effort selon lui. Les A demandaient trop de travail, et glisser vers les C aurait soulevé l'ire paternelle. C'était le génie de Tim à cette époque : la débrouille. Faire juste ce qu'il fallait sans trop en faire.

Pauvre Go-Go n'avait de génie que pour la destruction, avec spécialisation en autodestruction. Il était malheureux à l'école, et s'il y avait eu un traitement pour en soigner la cause profonde – trouble de l'attention, dyslexie – les religieuses de cette époque et dans cette école en particulier n'allaient pas chercher à mener l'enquête ni à s'en préoccuper. Go-Go fut déclaré paresseux, incorrigible, méchant. Travaille plus, essaie plus, réfléchis plus, le sermonnaient ses enseignants, et les résultats se verront. Il était presque reconnaissant du répit que lui offrait la messe, aussi ennuyeuse fut-elle. Go-Go arrivait à faire semblant de tenir pendant cette heure de messe.

Quant à Mickey : elle détestait l'école parce qu'elle détestait être enfermée. Ironique, pourrait-on penser, vu son choix, plus tard, de passer sa vie active à l'intérieur d'un long tube étroit, ce à quoi Mickey aurait répliqué qu'elle ne se sentait jamais aussi libre que dans un avion, à foncer dans les airs à des milliers de kilomètres du sol. Libre, si elle le voulait, de disparaître dans une nouvelle ville, de se refaire une vie à Chicago, Seattle ou Dallas. Non qu'elle l'ait jamais fait, mais elle en avait la possibilité. Elle pouvait s'emparer de sa valise à roulettes et disparaître.

Donc, Gwen était la seule à s'inquiéter lorsque, en cet été 1979, l'ouragan David s'est mis à remonter la côte après le week-end de la Fête du Travail, mettant en péril le premier jour de classe. Bien avant qu'il arrive jusqu'à nous, « David » était un orage monstrueux digne des livres d'histoire, faisant deux mille morts en République Dominicaine. Mais la seule chose dont Gwen se préoccupait était la possibilité qu'elle ne puisse pas faire un retour triomphal à l'école. Triomphal, car elle avait désormais un petit ami, de ceux que presque toutes ses camarades de classe lui envieraient. Séduisant, une classe de plus – mais encore au lycée. Elle gardait une photo de Sean dans son nouveau portefeuille, prête à être montrée. Sean était parfait, en photo. Cela voulait-il dire qu'il ne l'était pas dans la réalité ? Alors que le jour de la rentrée approchait, Gwen a-t-elle commencé à voir chez lui ce que ses amis de l'école privée trouveraient ringard ? Par exemple, ses inclinations politiques, héritées de son père, étaient conservatrices. La façon dont il s'habillait – presque comme s'il portait un uniforme, même lorsqu'il n'était pas à l'école. De plus, sa famille n'avait pas d'argent, ce que tout le monde dans l'école de Gwen déclarait être sans importance – alors que tout le monde avait de l'argent dans l'école de Gwen.

Et pourtant cela ne peut être le cas. Gwen ne peut avoir douté de Sean car cela viendrait rompre la symétrie avant-après de notre histoire, où tout était parfait jusqu'au moment où cela ne le fut plus. Gwen et Sean étaient encore dans leur phase de lune de miel, quoique, c'est sans doute compréhensible, teintée d'une certaine appréhension à l'idée qu'il puisse s'agir d'une simple romance d'été, ou de quelque chose de plus sérieux. En bons soldats, Tim et Sean se sont mis en route pour leur premier jour d'école à Cardinal Gibbons. Gwen, tout excitée à la perspective de déployer sa nouvelle image, s'est fait conduire par son père à Park School. Pour la deuxième année consécutive, Go-Go était seul à St. Lawrence, pourchassé par les ombres fantomatiques de Sean, et même de Tim, que les religieuses ne cessaient de lui agiter devant le nez. Mickey est restée à Forest Park Avenue à attendre le car pour le lycée, furieuse et désespérée.

Le premier jour d'école est arrivé et s'est terminé, sans incident. Mais, de la même façon qu'un changement de pression du baromètre anticipe l'arrivée imminente d'un ouragan, les choses étaient en train de changer, même si nous ne nous en rendions pas compte. Tim, à qui son père avait conseillé lors du petit-déjeuner de demander une bourse s'il voulait poursuivre l'école après le collège, est rentré à la maison et s'est plongé dans ses bouquins. Sean et Gwen ont fait leurs devoirs à toute vitesse afin de pouvoir être seuls. Mickey et Go-Go se sont retrouvés livrés à eux-mêmes. Le dernier mois d'été, il en avait déjà été de même, Sean et Gwen cherchant à s'isoler de nous. Cependant, le fait qu'ils continuent à avoir envie d'être à deux plutôt qu'à cinq était d'une certaine façon plus évident maintenant qu'une nouvelle saison était arrivée. Le premier jour d'école a confirmé ce que nous avions suspecté depuis longtemps : tous les cinq, en tant que cinq, étoile, constellation – c'était fini.

L'ouragan David a remonté la côte. Il n'était pas aussi destructeur qu'on l'avait craint – pas aux États-Unis. Cinq morts en Floride, qui nous semblait aussi éloignée que la République Dominicaine. Tout comme l'étaient Savannah, la Caroline, et même la Virginie et la banlieue de Washington D.C., ainsi que l'Ouest du Maryland. Ce n'est que lorsque la pluie est tombée à Baltimore, le 5 septembre, *deuxième* jour d'école, que nous avons commencé à nous soucier de l'ouragan David. Certes, nous étions jeunes, mais c'est ainsi que sont les gens : nous nous inquiétons de ce qui nous touche. Deux mille Dominicains, cinq Floridiens – c'était trop abstrait pour que nous en concevions une véritable inquiétude. Or, quand la pluie s'est mise à tomber cet après-midi-là et que des bulletins météo préoccupants ont annoncé que les crues pouvaient inonder la route, comme c'était arrivé pendant l'ouragan Agnès, la mère de Mickey a appelé Tally Robison pour lui demander de la renvoyer à la maison.

– Mickey ? a dit Tally. Mickey n'est pas ici.

Sean oui. Il était dans la chambre allongé sur Gwen, ayant abandonné tout prétexte de devoirs. Ils étaient entièrement habillés – après tout, Tally Robison était à portée d'oreille et la porte était entrebâillée, conformément aux règles de la maison – bien qu'étourdis et sidérés de ce qui pouvait être accompli à travers leurs vêtements. Lorsque Tally a frappé poliment à la porte, Sean a bondi en arrière avec une telle force qu'il a failli heurter le mur opposé. Mais ils étaient entièrement habillés. Personne ne pouvait prouver quoi que ce soit.

Tally, qui avait gravi l'escalier d'un pas leste, chaussée de bas, a embrassé la scène d'un coup d'œil – les draps froissés, les cheveux en désordre, les visages empourprés de Gwen et Sean – sans faire de commentaire. Elle leur a dit que Mickey avait disparu et que sa mère était inquiète, et leur a demandé s'ils savaient où elle était.

– On connaît un endroit…, a commencé Gwen.

– On va y aller, a coupé Sean vivement. C'est juste de l'autre côté de la colline.

Il a appelé Tim au domicile des Halloran, qui est arrivé en ciré, muni de lampes-torche. Comme Gwen et Sean, il n'a pas prononcé le nom de Chicken George. Pour quelle raison personne n'a rien dit ? Pensions-nous réellement que nous nous attirerions des ennuis si nos parents découvraient que nous nous étions liés d'amitié avec l'homme étrange qui vivait de temps en temps dans lcs bois ? Quelle règle avions-nous transgressée ? Celle de nous être à ce point éloignés de nos domiciles lors de nos excursions pour le voir, ou d'avoir volé dans les garde-manger familiaux, à sa demande ? Le fait que Sean et Gwen se soient servi de la cabane pour y faire ce qu'ils venaient y faire ? Ou bien était-ce quelque chose de moins rationnel, le désir d'avoir un secret, pour le seul plaisir d'avoir un secret ? Chicken George nous appartenait. À ce moment-là, il avait disparu depuis plusieurs semaines et nous pensions que nous ne le reverrions plus jamais. Pourtant, nous ne parlions pas de lui, pas encore. Tim, Sean et Gwen avançaient en criant le nom de Mickey, les éclairs des lampes-torche mitraillant l'obscurité grandissante. La pluie s'était mise à tomber, forte et drue. Une pluie d'ouragan.

Au moment où ils atteignaient le sommet d'une colline, encore à huit cents mètres environ de chez Chicken George, ils ont aperçu Mickey et Go-Go qui couraient à perdre haleine dans leur direction.

– Qu'est-ce qu'il s'est passé ? a demandé Tim. Ça ne va pas ?

Aucun des deux n'a répondu.

– Qu'est-ce qu'il s'est passé ? a-t-il répété.

– Quelque chose de pas bien, a dit Go-Go.

Mickey a essayé de poursuivre sa route mais Tim l'a retenue par le bras.

– Montre-nous.

Elle s'est arrêtée et on aurait dit qu'elle mesurait ses chances de battre Tim à la course si elle s'enfuyait. Elle en était sûrement capable mais n'a pas essayé. Mickey pleurait ; et Mickey ne pleurait jamais. Se libérant de l'étreinte de Tim d'une secousse, elle a fait demi-tour et nous a conduits au bas de la colline, vers le ruisseau qui avait gagné en largeur et en force. Chicken George était allongé par terre sur le dos, sa précieuse guitare en métal à côté de lui.

– Il a pété un plomb, a dit Mickey. Il nous a surpris dans la cabane, en train de jouer de la guitare…

– Tu sais qu'on n'est pas censés y toucher, a dit Tim. D'ailleurs, qu'est-ce que vous faisiez là-bas par un temps pareil ?

– Il est parti si longtemps cette fois, a dit Mickey. Je ne croyais pas qu'il reviendrait. On voulait sauver la guitare du mauvais temps.

– La guitare n'était pas là, a fait remarquer Sean. Il l'a prise avec lui quand il a disparu. Comme il en a l'habitude. Si tu voulais la sauver, pourquoi ne l'as-tu pas emportée dans son étui avec cette pluie ?

– Ça n'est pas nous, a dit Mickey. C'est Chicken George. Il a pété un plomb quand il nous a vus. C'était comme s'il ne nous connaissait pas, ne nous avait jamais vus. Il nous a injuriés, a dit des choses terribles. Il nous a traités… il nous a traités de voleurs, alors qu'on cherchait simplement à lui faire une surprise. C'est à ce moment qu'il a pris la guitare des mains de Go-Go et s'est mis à nous poursuivre. Il a pété un plomb.

Sean a regardé Go-Go.

– Il a pété un plomb, a dit Go-Go.

– Puis il est tombé, a perdu l'équilibre. Ça n'était pas notre faute. Il a cru qu'on essayait de le voler, alors qu'on voulait juste l'aider.

– Mickey l'a poussé, a dit Go-Go d'une voix ténue.

Elle a fondu sur lui.

– Go-Go !

Il a reculé, mais n'a pas changé sa version.

– C'est vrai. Tu l'as poussé.

Sean (cela ne pouvait être que lui) s'est agenouillé à côté de Chicken George en pressant un doigt sur sa gorge.

– Il est vivant. Il faut qu'on appelle quelqu'un, qu'on trouve le moyen de faire venir une ambulance.

– Mais il va dire qu'on voulait le voler, a dit Mickey.

Elle a empoigné Sean, semblant sur le point de le frapper.

– Il va nous attirer des ennuis. Tu ne comprends pas ? Ça ne va pas compter qu'il soit fou. Les gens vont le croire et prendre son parti.

– Mickey…

Sean lui a saisi les poignets avec une étonnante douceur, sans peur d'être agressé, ni de ses ongles qui lui labouraient les joues.

– Écoute, je ne voulais pas en parler, mais… ça n'est pas la guitare, le problème. Ce n'est pas ce qui s'est passé. Je suis venue ici pour vérifier quelque chose. Ça fait tellement longtemps que l'endroit est vide. Je… j'avais un pressentiment. Donc, je suis descendue du car scolaire et je suis venue directement ici. De toutes façons, Gwen se foutait bien que j'aille chez elle ou non.

Elle cherchait de toute évidence à ce que Gwen et Sean se sentent coupables ; elle voulait les mettre en face de ce qu'ils lui avaient fait à elle, et à nous.

– Alors ?

– Go-Go était déjà là, avec Chicken George. Il était en train de le toucher.

– Go-Go était en train de toucher Chicken George ?

– Chicken George touchait Go-Go.

Tim et Sean ont regardé leur frère. Il n'a pas vraiment acquiescé, il a seulement haussé les épaules, sans défense, comme si le vocabulaire lui manquait pour exprimer ce qu'il s'était passé. Puis il a dit :

– Mais Mickey l'a poussé.

– Go-Go !

– C'est la vérité ! Il a essayé de t'attraper et tu l'as poussé. C'est comme ça qu'il est tombé.

– Il essayait de me frapper. À cause de toi. À cause de ce que je savais.

Mickey s'était mise à hurler sur Go-Go, comme si tout était sa faute. Il a incliné la tête lourdement.

– Je l'ai poussé pour l'empêcher de me frapper.

– Ça n'est pas une raison pour le laisser ici, sans rien dire à personne, a dit Sean. Même s'il a fait ce que vous dites. Il faut qu'on prévienne nos parents.

– Est-ce qu'on ne peut pas rentrer et passer un coup de fil anonyme à la police ?

– Il n'y a aucun moyen de leur expliquer comment venir ici. Il n'y a pas de chemin… et les routes sont peut-être déjà impraticables. Alors que si on fait du stop jusque chez les Robison, nos parents pourront peut-être le transporter hors de la forêt. Et puis le père de Gwen est médecin. Il peut l'aider.

– L'aider, a dit Mickey. C'est un pédophile. Il a attendu tout ce temps pour que Go-Go soit seul, et il a réussi.

Ses paroles contenaient une accusation. Pour nous tous mais surtout pour Sean et Gwen. Go-Go ne se serait pas trouvé seul dans les bois si cela n'avait été la faute de Sean et Gwen ; si nous avions encore été « nous ». C'est comme ça que Chicken George avait eu Go-Go.

– C'est la seule chose à faire, a dit Sean qui, n'ayant pas encore été rebuté par la chimie organique, voulait toujours être médecin à l'époque.

– Qu'est-ce qu'on va dire à nos parents ?

– La vérité.

Sean a marqué un silence.

– Pourquoi la guitare est-elle là ?

– Il a essayé de s'en servir pour nous frapper, a dit Mickey.

– La vérité, a répété Sean.

– C'est la vérité.

Il a regardé Go-Go. Au bout d'une seconde, ce dernier a hoché la tête.

– Il voulait frapper Mickey avec. Il l'a traitée de choses horribles. Il voulait la tuer. On n'allait pas se laisser faire.

Nous sommes retournés chez Gwen aussi vite que possible. À notre surprise, tous les adultes étaient là : le docteur Robison et Mrs Robison, les Halloran, la mère de Mickey et le presque-beau-père, ainsi que son petit frère.

– Nous faisons une fête improvisée à l'occasion de l'ouragan, a dit Tally Robison. Vos parents sont venus en attendant votre retour et voilà que tout le monde craint que l'eau vienne inonder les routes, comme pour Agnès. Auquel cas, nous allons être coincés.

Ça semblait la mettre en joie. Les verres à vin étaient sortis, les pères buvaient de la bière. Tally Robison aimait les fêtes et essayait d'en susciter au moindre prétexte. Cependant nous étions confondus par la naïveté de nos parents et leur certitude de nous voir revenir tous sains et saufs. Est-ce qu'ils ne savaient pas, ou avaient-ils oublié, que les choses pouvaient basculer d'un coup, très rapidement ?

Tim et Sean ont pris leur père à part afin de lui parler. D'accord tacite entre nous, certaines choses sont restées tues. Nous n'avons pas révélé depuis quand durait notre relation avec l'homme allongé dans le ruisseau. Nous n'avons pas dit que Mickey l'avait poussé. Nous nous sommes contentés de raconter comment Mickey l'avait trouvé en train de toucher Go-Go, qu'il leur avait couru après, puis qu'il avait glissé et était tombé.

– Qu'est-ce que tu veux dire par toucher ?

– *Toucher*… c'est tout, a dit Sean, car il ne savait pas et ne voulait pas savoir.

Mr Halloran a ensuite quitté la maison avec le Dr Robison et Rick, le presque beau-père de Mickey. Les garçons voulaient les accompagner, craignant que les adultes ne se perdent en chemin, mais Mr Halloran s'est montré intraitable à ce sujet. Ils sont partis une heure, bien que cela ait paru beaucoup plus long. Il nous a semblé avoir attendu des jours avant qu'on distingue les rayons de leurs puissantes lampes-torche au sommet de la colline. Ils sont entrés par la porte du sous-sol et Tally Robison leur a apporté des serviettes et des tee-shirts propres, ainsi que des tasses de café au whisky. Elle voulait poursuivre sa fête. Les femmes et elle avaient joué aux devinettes mimées ; elle voulait que les hommes se joignent à elles.

– Où se trouve… l'homme ? a demandé Mickey.

– Parti, a répondu le docteur Robison.

– Parti ? Vous êtes sûrs que vous étiez au bon endroit ?

– Ce que je veux dire… Il n'a pas survécu. On n'a rien pu faire. Je vais appeler la police, mais… Vous comprenez, lorsqu'il a glissé, il est tombé et s'est fracturé le crâne. Il a perdu beaucoup de sang, et le temps que nous arrivions…

Il a secoué la tête.

– Nous avons descendu le chemin en espérant avertir quelqu'un. Mais il n'y a personne là-bas à causc dc l'orage. La route qui mène chez nous est praticable, mais tout est inondé plus loin, jusqu'à Forest Park.

– La ligne téléphonique a été coupée, a dit Tally.

– Nous appellerons demain matin dans ce cas, a répondu le docteur Robison. On ne peut pas l'abandonner là.

– Pourquoi pas ? a dit Mr Halloran en finissant sa bière d'un trait.

À cause de l'ouragan et des dégâts causés au voisinage, la police a mis plusieurs jours à venir. Nous n'avons jamais su avec exactitude ce que le docteur leur avait raconté. Nous ne sommes même pas certains qu'ils aient jamais trouvé le corps de Chicken George, ou si le ruisseau, gagnant en force, a fini par l'emporter. Il a plu très fort cette nuit-là et, comme prévu, les rues ont été inondées, pour se vider au matin, permettant à chacun de rentrer chez soi.

Une semaine plus tard, nous sommes retournés dans la cabane – sans doute la dernière chose que nous ayons faite en tant que groupe. Elle était vide. Mais, là encore, elle l'était déjà auparavant.

– Vous pensez qu'il a eu droit à un enterrement ? a dit Go-Go.

– On s'en fout, non ? a répondu Mickey. C'était un homme méchant. Pas toi, Go-Go. Chicken George.

Elle avait raison de lui dire ça. Pourquoi, alors, a-t-on eu l'impression qu'elle lui disait exactement l'inverse ? En disant à Go-Go qu'il n'était pas quelqu'un de méchant, ne suggérait-elle pas qu'on puisse penser autrement ? Que tout était sa faute ?

– Il est peut-être encore vivant, a dit Go-Go. Peut-être qu'il n'est jamais mort.

– On n'est pas dans un film d'horreur, a dit Sean pour rassurer son frère. Il est mort. Ça, c'est sûr. Le docteur Robison l'a dit.

Chicken George était mort. D'une fracture du crâne, selon le père de Gwen, bien qu'il soit difficile de ne pas penser aux eaux torrentielles grondant autour de lui, l'emportant, lui et sa guitare. Où exactement ? Où le ruisseau prenait-il fin ? Dans le port ? Dans une usine de traitement des eaux ? Nous qui connaissions le cours d'eau si bien et en comprenions les humeurs et variations, les dangers, nous ignorions quelle était son ultime destination. Nous ne savions que ce que nous en avions vu.

Chicken George était mort. Notre groupe, déjà scindé, est mort avec lui. Sean a rapidement fini par décevoir Gwen et lui-même n'a pas paru avoir le cœur particulièrement brisé quand elle a invité un autre garçon au bal de Homecoming en octobre – sa façon à elle de lui signifier que tout était fini. Tim, déterminé à avoir une bourse, a travaillé encore plus dur pour décrocher ces insaisissables A. La mère de Mickey s'est séparée de Rick pour déménager de l'autre côté de la limite du comté – à trois kilomètres seulement, dans l'appartement de Strawberry Hill, mais suffisamment loin pour que nous ne revoyions plus Mickey, à présent dans une nouvelle école, traînant avec de nouveaux amis. Go-Go s'est fait surprendre à voler dans la pharmacie de Windsor Hills. Go-Go s'est fait surprendre à allumer un petit incendie. Go-Go a mis un chat de gouttière dans un vieux bidon à lait calorifuge – mais ce n'était peut-être qu'une rumeur. Quoi qu'il en soit, à chaque incident, on voyait les gens soupirer et dire : « Ah ! ce Go-Go. » Nous n'avons plus jamais parlé de Chicken George, et sans doute certains d'entre nous sont parvenus à ne plus jamais y penser – mais c'est plus difficile à imaginer.

Tally Robison est morte – d'un cancer, à quarante-neuf ans. Tim Senior est mort d'une crise cardiaque sur son fauteuil à bascule lors du match de 1996 entre les Orioles et les Yankees. La mère de Mickey a rencontré un nouvel homme, quelqu'un de plus âgé, et l'a suivi en Floride. C'était triste mais naturel, la façon dont les choses arrivent. C'était la vie.

Puis le père de Gwen est tombé dans les escaliers. En trébuchant, a-t-il dit, sur un poulet. Et Go-Go s'est écrasé contre le mur en béton au bout de l'autoroute. Celle qui, eût-elle été achevée, aurait coupé à travers le parc et le terrain où Chicken George avait jadis vécu. L'autoroute aurait-elle pu sauver Go-Go ? Y avait-il quelque chose qui aurait pu le sauver ? Est-ce que nous l'aurions pu ?

Trente-deux ans plus tard, nous continuons à nous poser la question.

Eux

AUTOMNE 1979

Chapitre quinze

C'est pour son amusement personnel que Tally Robison prépare le dîner avec ce qui lui tombe sous la main. Elle ne planifie pas les repas de la semaine à l'avance. Ce serait tricher. Chaque samedi matin, elle survole les allées du supermarché Giant en sélectionnant les articles sur un coup de tête, sans jamais se servir d'une liste. Le restant de la semaine, elle le passe devant son chevalet jusqu'à aussi tard que possible, dans la peau d'un personnage de conte de fées, une princesse enchantée qui se métamorphoserait chaque soir. *Le soleil se couche ! Les forces obscures se rassemblent.* Au moment où la lumière aura disparu, elle sera changée en banale épouse et mère, à préparer le dîner et faire la conversation.

Elle a choisi délibérément de séparer nettement sa vie de jour de celle du soir. Ni Clem ni Gwen ne remettent en question les heures qu'elle consacre à la peinture, pas plus qu'ils n'insinuent qu'elle les néglige de quelque façon. Tally est seule à avoir décidé que son moi artistique doit suivre en exil la lumière dès son déclin. Cela ne dérangerait pas Clem ou Gwen de voir Tally poser des seaux de Kentucky Fried Chicken sur la table ou se rabattre sur les plats à emporter de chez le chinois. Ils ne remarqueraient rien si elle gardait ses vêtements de travail ou permettait à quelques taches de peinture romantiques d'errer sur ses mains. Mais ça la dérange. Elle, elle remarque. Elle a besoin de la séparation entre ses deux vies, nette et sans transition. De cette façon, elle brûle de retourner à son travail le matin venu.

D'autant plus, à présent que les journées sont plus courtes, qu'il lui est difficile de laisser sa vie de jour de côté. Avec pour conséquence inévitable de défier le temps, travaillant fiévreusement jusqu'au dernier instant, se douchant le plus vite possible avant de descendre à la cuisine affronter la gageure que représente la confection du repas du soir.

Il est à peine dix-sept heures trente, ce jour-là, quand elle entre dans la cuisine afin de faire une recette de quiche sortie du *Moosewood Cookbook*. Les aspirations végétariennes de Tally sont un autre de ses secrets, un nouveau régime initié sans fanfare suite à la Fête du Travail et la grosse tempête, lorsque l'électricité a été coupée pendant plusieurs heures et qu'elle a décidé qu'elle ne pouvait plus faire confiance à la fraîcheur de la viande dans la maison. *Où est Gwen ?* Tally s'arrête, écoute les bruits dans la maison, capte le bourdonnement de la radio ou de la télévision en provenance de la chambre de Gwen. Cette dernière est censée prévenir sa mère dès son arrivée mais il s'agit là d'une des règles de Clem, et Tally ne prend pas la peine de la lui faire respecter à présent que Gwen est seule derrière la porte fermée de sa chambre. Tally n'aime pas être dérangée quand elle est dans son studio, ce que Gwen comprend. Sa fille est pleine d'égards. C'est l'enfant que Tally préfère, un sentiment qu'elle exposerait librement s'il n'horrifiait pas certains. Elle est persuadée que toute mère a son chouchou. C'était le cas de sa propre mère, et ça n'était pas Tally. Miller est un gaillard impassible et consciencieux – Clem dénué du sens de l'humour. Fee, douée d'un pauvre talent pour l'introspection, est tout simplement barbante. Comment Tally a-t-elle pu faire des enfants aussi ennuyeux ?

Deux mois plus tôt, la question « Où est Gwen ? » aurait eu beaucoup plus de poids, puisque Gwen se serait trouvée avec Sean ; et ces deux-là étaient très clairement engagés dans une affaire pas très catholique. Clem se disait moyennement inquiet, voyait ça comme une amourette, Gwen étant trop jeune pour se mettre en sérieux danger. Venant d'un homme de trente-deux ans dont l'épouse n'avait eu guère plus de dix-huit ans au jour de leur mariage, c'était faire preuve, selon Tally, d'un déni intéressant. La naïveté de Clem s'était néanmoins révélée conforme à la réalité. La romance avec Sean s'effritait. Déterminée à ne pas se laisser piéger, Gwen fréquente désormais d'autres garçons. Voletant de l'un à l'autre, elle fait maintenant dans la quantité. Tally n'y voit pas d'inconvénient, de manière générale. Sa seule inquiétude est de voir Gwen rencontrer un garçon qui l'ignorera, lui faisant confondre son manque d'intérêt pour de l'amour.

Tally découpe la pâte grâce au Cuisinart qu'elle a reçu, à sa demande, pour la dernière fête des Mères, râpe le fromage, découpe les champignons en lamelles en s'émerveillant de son habileté et de sa rapidité. En personne soigneuse, elle nettoie à mesure qu'elle cuisine.

Je suis une bonne mère. Je suis une bonne épouse. Je prends soin de ma famille.

Sa litanie d'auto-compliments tourne court lorsqu'elle ouvre le réfrigérateur et découvre qu'il ne lui reste qu'un œuf. Aussi douée pour l'improvisation que

Tally puisse être, même elle ne peut faire une quiche avec un seul œuf. Elle a oublié que Gwen traverse une phase où elle ne se nourrit que d'œufs durs, le matin et à midi. Stupide régime à la mode. Tally va devoir conduire jusqu'à la petite épicerie en haut de la colline, une course qui lui met le moral à zéro. Elle a perdu à son propre jeu. De plus, elle déteste cette supérette de fortune qui semble exister uniquement pour lui rappeler son isolement et combien son mari a choisi le pire de tous les endroits sur terre – aussi éloigné que n'importe quelle banlieue bien que se trouvant dans la ville, rien non plus qui puisse se faire à pied, et n'ayant de toutes façons pas de trottoirs sur lesquels marcher. Elle veut déménager à Paris.

Elle veut déménager à Paris. C'est une pensée idiote, coléreuse et impossible. Une telle idée devrait seulement lui traverser l'esprit et disparaître au moment où elle saisit son porte-monnaie et ses clés de voiture ; elle lui reste cependant en tête, obstinée à la défier. *Va-t'en*, dit-elle à la pensée, comme s'il s'agissait du chien des voisins venu s'aventurer dans la maison. *Ma vie est merveilleuse. J'aime mon mari et mon mari m'adore. Mes enfants sont géniaux et j'étais jeune quand je les ai eus. J'aurai à peine cinquante ans lorsque Gwen partira à l'université. Je fais déjà ce dont j'ai envie, ce que j'étais destinée à faire. Il n'y a rien qui me retienne de faire quoi que ce soit.*

Je veux déménager à Paris.

Ce que Tally veut en vérité, c'est une seconde chance : partir pour Paris à dix-huit ans, revenir à une époque où de tels choix étaient encore possibles. Le problème c'est qu'elle est condamnée à toujours faire le même choix, parce que les faits ne changent pas : elle avait dix-huit ans, avait été acceptée à Wellesley et vivait en secret une merveilleuse aventure avec un homme de trente-deux ans, le collègue de son père et meilleur ami de son oncle.

Ensuite, elle avait cru qu'elle était enceinte, bien qu'elle n'en ait jamais rien dit à Clem. S'il lui fallait *vraiment* se marier – elle en était persuadée – au moins l'époux pourrait croire que c'était par amour. Du reste, elle n'était pas une artiste à l'époque, elle n'aurait pas rêvé de Paris, ou de New York. Elle croyait que ses choix étaient Clem ou Wellesley. Si elle avait trouvé un moyen de se débarrasser de l'enfant, son choix se serait porté sur Wellesley. Les filles de son temps et de sa classe sociale n'étaient pas programmées pour gagner leur pain. Le temps de songer à cela, Tally a couvert les cinq cents mètres qui la séparent du magasin, s'est garée, est entrée dans la boutique et a attrapé la boîte d'œufs en vérifiant la date de péremption.

La voici maintenant qui attend au bout d'une file interminable parce que le magasin est, évidemment, constamment en sous-effectif. Elle tente de se raccrocher à cette part en elle pleine de sagesse en se concentrant sur l'arrière du crâne planté devant ses yeux. *Vis le moment présent. Respire. Vis. Voilà le secret du bonheur*. Elle remarque l'écharpe aux motifs floraux rose et bleu posée sur des rouleaux roses, eux-mêmes entortillés autour de cheveux roux-rosâtres, la finesse de l'étoffe laissant voir combien le cheveu est clairsemé et plat. Triste. La laideur est triste.

La femme fait volte-face, comme si elle savait qu'on la jugeait.

« Oh. » Tally essaie de masquer l'impolitesse de son choc, de faire passer son exclamation pour un *quelle-charmante-surprise* plutôt qu'un *putain-quelle-mine-affreuse*.

– Bonjour, Doris.

– Bonjour, Tally.

Doris Halloran lève son carton de Hamburger Helper comme si Tally faisait figure d'autorité en matière de choix nutritionnels.

– C'est ce qu'ils me réclament.

– Gwen aussi adore ça. Je dois être plus cruelle que vous car je lui interdis d'en manger.

– Cette fille est de plus en plus jolie.

Tally voudrait la remercier, mais elle n'a pas l'impression que sa fille vient d'être complimentée. Le ton de Doris est presque accusateur, comme si Gwen était devenue jolie par ruse. La coutume voudrait que Tally réponde par un commentaire sympathique à propos des enfants de Doris, mais elle sèche. À bien y penser, elle ne les voit plus du tout. Quand ont-ils cessé de venir à la maison ? Mickey aussi ne vient plus. Cela fait un moment que le tiroir à bonbons n'a pas eu besoin d'être regarni. Voyons… Tim le balourd, comme Clem l'appelle, est probablement resté le petit con en herbe qu'il a toujours été. Go-Go ne peut pas avoir empiré, bien qu'il y ait des rumeurs qui le lient aux chats retrouvés asphyxiés dans les vieux containers à lait du quartier. Sean, celui qui s'en sort le mieux, est un politicien né. Tally ne juge pas que ce soit un compliment, mais ça l'est peut-être pour Doris.

– Ce Sean, dit-elle, quel séducteur. Tous vos garçons ont… – *vite, vite, vite* – … des personnalités si différentes.

Tally se demande si Doris est aussi curieuse qu'elle de savoir qui a rompu avec qui, et si Doris doute de la version de Sean autant que Tally doute de celle de Gwen. Il s'est passé quelque chose. À son avis, Gwen a vu plus grand, elle s'est rendu compte qu'il y avait plus de cachet à sortir avec un de ces gosses de riches de l'université de Gilman ou un beau gosse sportif.

Tally se demande si elle doute de sa fille parce qu'elle a conscience de son propre penchant au mensonge. Tally ne ment jamais pour obtenir ou gagner quelque chose. Disons que ses mensonges sont comparables à une nouvelle couche de peinture ou à un papier peint dans une vieille maison. Du joli pour recouvrir du laid. Aucune maison n'a jamais pu se passer d'une remise à neuf ou de réparations au bout d'un certain temps. Dans la vie, c'est pareil. Si on a de la chance, on vit sa vie pendant très, très longtemps. Les choses s'effilochent, se cassent, se démodent. Il n'y a pas de honte à remettre sa vie à jour.

Elle achète ses œufs en souhaitant que le magasin stocke des herbes fraîches également, mais on a du mal à y trouver ne serait-ce que de l'origan en poudre. Il lui faudrait son propre jardin d'herbes aromatiques mais la propriété est située trop à l'ombre pour qu'il y pousse autre chose que de la fougère et quelques malheureuses fleurs. Pour quelle raison Clem n'a-t-il pas remarqué ce défaut sur son terrain de rêve ? Les arbres à l'est, à l'ouest et au sud rendent l'endroit incroyablement sombre. La lumière du nord est bonne pour peindre, certes, si seulement Clem avait pensé à ménager un atelier pour Tally. Elle peint dans une cabane à outils en préfabriqué achetée chez Sears, ce qui signifie qu'elle a le choix entre soit geler, soit brancher un chauffage d'appoint pendant l'hiver, une option dangereuse quand on a des peintures à l'huile et de la térébenthine. *Je ne savais pas que tu prenais la peinture autant au sérieux*, a dit Clem lorsqu'elle lui a demandé sa petite cabane l'année dernière. Il était triste ; Clem déteste décevoir Tally. À sa décharge, il ne lui a pas rappelé tout ce qu'elle avait essayé puis abandonné. La poterie. Le roman, qui n'a même jamais atteint le stade où il aurait pu avoir un titre autre que *Le Roman*. Le macramé. La fabrication de bougies. La fabrication de bijoux. D'accord, il avait des raisons d'être sceptique, d'autant plus qu'elle a décidé de garder secret son dernier projet, refusant à quiconque de le voir tant qu'il ne serait pas fini. Que trouve un peintre ? Un écrivain se découvre une voix. Tally s'imagine sur le point de concrétiser sa *vision* des choses.

Sur le parking, elle remarque que Doris est encore assise dans sa voiture, les mains agrippées au volant, bien qu'elle n'ait pas mis le moteur en marche. La pauvre. Elle paraît avoir au moins dix ans de plus que Tally, quoiqu'en réalité elle soit plus jeune, point sur lequel cette dernière reste toujours un peu vague.

– Alors, vous aussi, vous avez eu des enfants jeune ? avait dit Doris Halloran à Tally dans cette épicerie même, après que les Robison se sont finalement installés à Dickeyville.

Installés, sans avoir été tout à fait acceptés. Il restait des traces de rancœur à propos de la maison de rêve de Clement Robison et la façon dont il avait contourné les règles strictes relatives au patrimoine historique de la petite ville. Son argument était que sa maison, la dernière au bout de Wetheredsville Road et située derrière le moulin, ne faisait techniquement pas partie de Dickeyville après tout.

– Vous aussi ?

– J'étais mariée à vingt ans, mais j'ai fait deux fausses couches avant la naissance de Tim. Il a quatorze ans.

Doris avait donc, trente-cinq, trente-six ans ? Tally s'était demandé si c'était la lumière grise dans la petite épicerie qui rendait Doris si grise. Tally eût-elle été forcée de deviner – Dieu merci, elle ne l'avait pas fait – elle aurait donné à la femme quarante-cinq ans, un quarante-cinq impitoyable et sans appel.

– Oh, je suis plus âgée qu'on pourrait le croire, avait répondu Tally – avant d'ajouter rapidement, au risque de paraître vaine (ce qu'elle était, mais pourquoi s'en vanter) : – C'est ma coiffure qui me donne l'air plus jeune.

Doris avait acquiescé.

– On a remarqué.

À ce jour, Tally se demande ce que le « on » veut dire. S'agit-il de Doris et de son mari ? Du « on » impersonnel ? De toutes les femmes de Dickeyville, assises en silence à juger la nouvelle venue, avec ses longs cheveux soyeux et ses jolis vêtements peu pratiques, qui vivait dans cette monstruosité moderne dont personne ne voulait ? On était au milieu des années 1970, à l'ère des *Femmes de Stepford*, et même si les femmes de Dickeyville n'étaient pas les automates au regard vide du livre et du film, elles n'étaient pas aussi individualistes qu'elles croyaient l'être. Elles n'étaient qu'une variante plus tendance des femmes de Stepford. Manger du muesli et vivre dans un quartier historique ne font pas de vous un libre-penseur.

Bien sûr, Doris Halloran était et reste une anomalie parmi les épouses de Dickeyville. Elle continue à porter des robes d'intérieur et des collants sans pied. Lors des rares occasions où ses cheveux roux clair ne sont pas dans des bigoudis, ils forment des vagues serrées et peu flatteuses. Doris Halloran semble avoir été vieille toute sa vie. Tally ne veut qu'une chose : se sentir supérieure à elle. Pourquoi ne le serait-elle pas ? Elle est jolie, pleine de vie, intelligente. Elle fait de la peinture, et pas uniquement en dilettante. De quel droit Doris Halloran juge-t-elle sa coiffure, ou la façon dont Gwen a rompu avec Sean ? Tally se dit plus âgée qu'elle ne l'est en réalité, mais elle pourrait ôter cinq ou dix ans à son âge véritable et être crue.

Tally ment sur son âge depuis qu'elle et Clem ont quitté Boston, deux ans après leur mariage. Elle ment aussi sur l'âge de Clem. Pas de mensonge direct, mais de subtiles fausses pistes, du trucage au léger coup de pouce, du coup de pouce au léger trucage. Elle revoit à la baisse l'âge de son mari, légèrement, rehausse le sien, rétrécissant ainsi l'écart entre eux qu'elle trouve embarrassant, bien qu'elle soit encore plus gênée de s'être mariée à dix-huit ans et d'avoir eu son premier enfant à dix-neuf. Ce ne sont pas les nombres qui la mettent au supplice, mais plutôt les autres faits qui peuvent se déduire de ces éléments d'arithmétique. Tally Duchamp Robison n'a pas eu son diplôme à sa sortie de la faculté, peut-être même n'y a-t-elle jamais mis les pieds. Dans son milieu – et Tally vient d'un milieu où l'on pense de soi qu'on est d'un certain milieu – c'était impensable, une honte. Son arrière-arrière-grand-mère avait été à l'université, sa grand-mère était avocate, sa mère est obstétricienne.

La seule rébellion qu'il restait à Tally était un mariage précoce et conventionnel avec un homme plus âgé. À l'époque, cela avait semblé passionnant et osé. Aujourd'hui, en 1979, personne ne comprend une chose pareille. Aux yeux du monde, il n'y a aucune différence entre elle et une Doris Halloran, ces femmes qui se sont mariées à vingt ans parce qu'elles n'avaient pas d'autre option. À dix-huit ans, Tally avait toutes les options du monde.

Et parce qu'elle était butée et qu'elle ne voyait pas plus loin que le bout de son nez, Tally a gâché toutes ses opportunités – elle ignorait où réaliser un test de grossesse sans que personne n'en sache rien et ne voulait pas attendre trop longtemps de peur qu'on ne devine la situation dans laquelle elle se trouvait.

Je veux déménager à Paris, pense-t-elle en attendant de tourner à gauche au carrefour sans cesse encombré près du magasin, encore congestionné par la circulation du Social Security Administration à cette heure de la journée. La file de voitures n'avance qu'à coups de deux ou trois changements de feu. *Je veux être la personne que j'ai prétendu être toutes ces années.*

Tally n'a jamais été assez bête pour certifier qu'elle avait un diplôme, mais elle sélectionne ses informations et les sème comme des miettes de pain en laissant les gens en suivre la trace à leur guise. Elle a été acceptée à Wellesley. Vrai. Elle s'est mariée jeune. Encore vrai. Son mari enseignait au lycée – non, non, pas le sien. C'était le meilleur ami de son oncle, ils avaient fait médecine ensemble. Ça avait fait un peu *scandale*, pour tout vous dire. Toujours vrai. Est-ce sa faute si les gens croient qu'elle s'est laissée séduire alors qu'elle était en première année de fac ? Les gens ne voient plus Clement de la même façon après avoir entendu ces bribes d'histoire. Ils le regardent avec plus de respect, car un homme de trente-deux ans qui avait une liaison avec une fille de dix-huit ans n'était pas forcément mal vu, surtout s'il finissait par l'épouser. Tally se souvient encore de la lueur dans le regard laissant entendre *Qui l'aurait-cru* ? chez leurs récentes connaissances. Clem tire autant de bénéfice qu'elle de ce malentendu. Aussi cher qu'il lui soit, il est quand même un peu vieux jeu. Récemment, lors d'une soirée à la faculté, quelqu'un a fait passer un joint et non seulement Clem a refusé de tirer dessus, mais il a également insisté pour partir immédiatement.

De telles discordances sont cependant rares. Tally se perçoit comme étant une vieille âme, plus vieille que Clem par bien des aspects. Lorsque Gwen, leur bébé-surprise, est née, Clem avait déjà quarante ans et Tally pas tout à fait vingt-huit, pourtant c'est lui qui n'a pas hésité à s'accroupir au sol pour jouer avec elle, sans retenue. Tally n'avait pas la force. Elle se sentait vieille en dedans. Elle adore Gwen, laquelle s'est avérée une enfant tout à fait satisfaisante. Mais sa naissance, un accident en fin de compte – non qu'elle regrette quoi que ce soit –, signifiait qu'il lui fallait remettre ses plans à plus tard. Que se serait-il passé si elle avait commencé la peinture à vingt ans ? Où en serait-elle aujourd'hui ?

Elle a – quel âge, en réalité ? Quarante-deux ans ? Prétendant en avoir grosso modo quarante-six ? – Clem a cinquante-six ans, bien qu'elle réponde par « la cinquantaine » quand on lui demande. Gwen va partir pour la faculté dans quatre ans. Les enfants en âge d'entrer à l'université attendent du foyer qu'il ressemble à un sanctuaire, ainsi que Tally en a fait l'expérience avec Miller et Fee. Elle aura quarante-six ans et Clem soixante, ils auront près de trente ans de mariage. Il ne voudra probablement pas prendre sa retraite anticipée mais, une fois que Gwen aura quitté la faculté, à soixante-cinq ans, il sera prêt à quitter l'enseignement. Tally est sûre de cela. Alors seulement, ils pourront aller à Paris. Par n'importe quel moyen. Elle sera à Paris avant d'avoir cinquante-deux ans.

Tu seras déjà morte à cinquante-deux ans.

Elle accélère pour traverser le feu finalement passé au vert. Doris Halloran est toujours assise dans sa voiture, là-bas, à la supérette. Tally suppose que Doris est trop épuisée pour retourner chez elle. Que l'intérieur de sa voiture est l'unique endroit où elle peut être seule. C'est différent pour Tally. Elle a son atelier, elle a sa vocation, elle a – qu'importe, elle est différente, un point c'est tout.

HIVER 1980

Chapitre seize

Lorsque Go-Go s'est mis à mouiller son lit, l'automne dernier, Doris lui a donné la chambre d'appoint. Évidemment, Tim Junior s'est mis en rage et Sean a pris son parti, mais elle leur a tenu tête, leur disant que c'était logique puisque Go-Go se couchait le premier. C'était étrange, Go-Go n'ayant jamais mouillé ses draps dans sa petite enfance, sans doute parce qu'au moment de sa naissance Doris était déjà trop fatiguée pour que ça ait une quelconque importance ; sa désinvolture avait payé là où tous ses efforts avaient échoué. *Continue à porter des couches pour le restant de ta vie, si c'est ce que tu veux*, lui avait-elle dit un jour. *Mais si tu sais faire tes lacets, tu sais aussi changer ton pantalon*. De sa propre initiative Go-Go allait seul sur le pot à deux ans, un exploit dont aucun de ses frères aînés ne pouvait se targuer.

C'est sans doute son unique réussite, pense Doris tandis qu'elle rassemble les draps, un matin dans la semaine. Personne d'autre dans la maison n'est au courant du problème de Go-Go. Elle ne veut pas donner à ses frères des cartouches supplémentaires pour se moquer de lui. Quant à son père – elle refuse de penser à ce qu'il ferait au petit s'il venait à le découvrir. Donc, personne ne sait, à part Doris. D'ailleurs,

Doris n'est pas sûre que Go-Go lui-même se rende compte qu'il mouille ses draps jusqu'à quatre fois par semaine. Comment le pourrait-il ? Elle fait tout son possible pour minimiser, dissimuler le problème. Il y a un protège-matelas en plastique que personne ne risque de découvrir, puisque personne dans la maison ne songerait jamais à changer ses draps, encore moins à laver ceux de quelqu'un d'autre. Chaque matin, sitôt la maison vide, elle vérifie le lit de Go-Go, lavant les draps si nécessaire, ainsi que ceux de toute la maison parfois, pour couvrir l'incident.

Dieu merci, ils ont une machine à laver-sèche linge dans cette maison. Pendant les six premières années de son mariage, ils ont vécu dans une maison de ville en brique sans buanderie et avec une seule salle de bains. Des temps difficiles, surtout après la naissance de Sean. Que se serait-il passé si elle avait donné naissance à tous les enfants qu'ils avaient conçus avec Tim Senior ? Elle aurait huit enfants maintenant. Ils n'auraient jamais pu s'en sortir financièrement. Est-ce que Dieu savait ? Était-ce pour ça qu'Il lui avait pris ses enfants ? De tous les enfants que Dieu lui avait pris, pourquoi lui avait-Il laissé Go-Go ? Est-ce qu'elle ne méritait pas d'avoir un gentil bébé, une petite fille bien élevée, quelqu'un qui se range de son côté de temps en temps ? Elle avait prié saint Gérard pour avoir un tel enfant. On lui avait donné Go-Go. Et personne, pas même sa mère, ne pouvait considérer Go-Go comme une réponse à une prière. Pourtant, malgré toute son épuisante folie, il était plutôt gentil, c'était le seul de ses enfants qui aimait les câlins et qu'on le prenne dans les bras. Enfin, il aimait ça jusqu'à ce que ses frères le fassent changer d'avis à force de se moquer de lui.

Maintenant Go-Go est une teigne, et plus du tout gentil. Fou, renfrogné, sarcastique, plus destructeur que jamais – à la maison, en tout cas. Chose étonnante, son comportement à l'école paraît sensiblement s'améliorer, à défaut de ses notes. C'est ce nouveau prêtre de Boston, le père Andrew, qui semble penser que Go-Go a un bon fond. « Il est exubérant, mais j'étais le même à son âge », dit-il avec son accent de Boston. Doris pense que le père Andrew est très bel homme. Et intelligent. Elle en viendrait presque à souhaiter qu'il s'inquiète davantage pour Go-Go, lui donnant ainsi l'occasion de prendre rendez-vous à l'école, et le père Andrew lui parlerait de cette voix merveilleuse qui est la sienne. Il est tellement *viril*. Il se permet les petites gentillesses et les sentiments auxquels Tim Senior ne se risque jamais. Un jour, alors que Doris arrivait à St. Lawrence pour aider aux tâches de la paroisse, elle a aperçu la classe de Go-Go en train de jouer au kickball dans la cour. Go-Go a frappé un magnifique *home-run* qui a volé, volé, volé au-dessus de la tête de ses camarades et, lorsqu'il a trottiné jusqu'à la base, le père Andrew lui a frotté le sommet du crâne afin de le féliciter. Plus tard, à l'heure du coucher, Doris a fait la même chose. Elle avait oublié combien les cheveux de son fils étaient doux, attirants, alors même qu'ils auraient eu besoin d'un shampooing.

– Arrête, a dit Go-Go.

Le lendemain matin, les draps étaient jaunes à nouveau et elle avait voulu crier. Elle ne peut pas. Elle ne doit pas. Go-Go n'a qu'elle. Tim et Sean s'en sortiront facilement, surtout Sean. Mais Go-Go a besoin d'elle.

Une fois les draps dans la machine à laver, elle se traîne dans la cuisine, sans trouver l'énergie d'affronter le désordre du petit-déjeuner. Tim Senior insiste pour avoir des œufs au bacon chaque matin ; comment refuser aux garçons un petit-déjeuner complet quand leur père y a droit ? Il est au chômage depuis la fin de la période des vacances et a été licencié trois mois auparavant. Avec son expérience, il devrait pourtant pouvoir trouver un nouveau poste. Peut-être pas dans un de ces grands magasins – il s'est plus ou moins grillé dans ces endroits – mais chez Robert Hall, ou Tuerkes, ou Hamburger's. Il dit qu'il cherche, mais Doris ne sait pas où il va pendant la journée, en prenant leur unique voiture. « Je suis sur une piste », dira-t-il, et elle n'a pas la force de lui demander quelle sorte d'entretien d'embauche laisse un homme l'haleine épaissie par les cigarettes et la bière. Elle a entendu dire qu'il traînait chez Monaghan's, là-bas, à Woodlawn. Un endroit correct, pour un bar. Il ne court pas après les filles. Elle est quasiment certaine qu'il ne court pas après les filles. Le sexe n'a pas vraiment d'importance pour Tim. Après Go-Go, il y avait eu une nouvelle fausse couche et Doris avait prévenu Tim qu'elle ne pourrait pas en supporter davantage, il fallait qu'ils soient plus prudents, ils devaient trouver une solution tout en restant fidèles à l'Église. Les fausses couches étaient plus dures que les grossesses. Il s'est montré très délicat, a dit qu'il n'y avait pas de problème, ses besoins n'étaient pas pressants.

Délaissant la cuisine, elle emporte au salon une tasse de thé tiède et allume la télévision, attrapant la toute fin de *People are talking*. Ça, c'est sûr, pense Doris. Les gens parlent sans cesse. C'est pourquoi il lui faut rester prudente, taire les secrets de famille. Go-Go ne mouille pas ses draps, Tim Senior n'est pas au chômage, ils n'ont pas commencé à rogner sur les fonds d'étude des garçons l'été dernier afin de garder la tête hors de l'eau. L'émission *Dialing for Numbers* lui manque, elle a cessé d'être diffusée, tuée par la loterie d'État. C'est ce que Tim prétend en tout cas. Difficile de s'exciter à l'idée de gagner quarante dollars quand on pourrait en gagner des milliers sans avoir à attendre assis chez soi que le téléphone sonne, dit-il. Quand même, ça lui manque. *Dialing for Numbers* était son moment de répit lorsque Go-Go était petit. Fidèle à son nom, il n'arrêtait pas de bouger, aussi lorsque ses frères étaient à l'école pendant la journée, Doris n'avait jamais droit à un instant de repos. Il s'installait pourtant avec une bouteille de jus de fruit pour regarder *Dialing for Numbers* en sa compagnie. Go-Go était frustré que le présentateur, Stu Kerr, ne les ait jamais appelés, Mais Doris ne lui en voulait pas. C'est une grande ville, et puis Doris ne gagne jamais rien, petit ou gros lot. Elle se souvient de Sean découvrant soudain que Kerr, sous une perruque et un faux nez, était également le Professeur Kool dans *Professor Kool's Fun Skool*. Ça l'avait rendu furieux. Enfin, il avait fait semblant d'être furieux « contre le principe du truc », ainsi qu'il le voyait, alors qu'en réalité il était embarrassé de s'être laissé piéger. Sean n'aime pas avoir tort, jamais. C'est presque un peu surnaturel ; le seul trait de caractère de son fils, par ailleurs en or, qui rend Doris nerveuse. Seul Jésus peut prétendre être parfait.

Le téléphone sonne. Pendant une seconde, elle pense qu'il s'agit de Stu Kerr et est prise de panique car elle ne connaît pas le compte ni le total, puis elle se rappelle que l'émission n'existe que dans son souvenir. Elle se précipite à la cuisine en faisant une nouvelle fois l'inventaire de l'évier rempli de plats et de la poêle à frire en fonte maculée de graisse de bacon.

– Mrs Halloran ?

C'est la voix charmante du père Andrew, mais elle ne veut pas qu'il sache qu'elle l'a immédiatement reconnu.

– C'est moi.

Elle se redresse légèrement et replace une mèche de cheveux derrière son oreille. Où est le rouleau qui tenait la mèche ? Elle le repère sur l'égouttoir.

– C'est le père Andrew de St. Lawrence. On a un léger souci avec Gordon.

Doris lui sait gré de l'euphémisme, même si elle devine que ça doit être grave pour que l'école appelle.

– Il va bien, poursuit rapidement le prêtre pour la rassurer. Il est si gentil. Mais voilà, un des garçons a apporté un gant de base-ball à l'école aujourd'hui, un cadeau d'anniversaire qu'il voulait montrer à tout le monde. Le gant a disparu et on l'a retrouvé dans le pupitre de Go-Go.

– Ce n'est pas un voleur, dit-elle brusquement. Seulement, il aime les… jolies choses.

– Il a également été très franc. Il n'a pas menti ni prétendu que le gant se trouvait là par erreur. Il a simplement dit qu'il l'admirait et n'avait pas pu s'empêcher de vouloir le toucher. Cependant… J'ai pensé qu'il serait plus efficace que nous lui parlions ensemble.

Ensemble.

– Je serais volontiers venue maintenant mais nous n'avons qu'une seule voiture et c'est Mr Halloran qui l'a, et…

Elle craque et se met à pleurer, ce qui lui fait aussi honte que le vol de Go-Go. Trop, c'est trop. Son fils, surpris à voler un camarade de classe. Son mari n'est pas là pour elle et, même si elle arrivait à le joindre, elle n'oserait jamais lui demander son aide dans une telle situation. Tim Senior aurait probablement recours à la ceinture pour un tel crime, et Dieu sait qu'une partie d'elle brûle de battre Go-Go, de lui hurler dessus et de le secouer. Que le père Andrew se montre si gentil – cela ne fait qu'empirer les choses. Le problème est que rien ne lui plairait davantage que de se rendre à l'école – après avoir ôté ses rouleaux, un bain rapide peut-être – pour discuter avec le père Andrew. C'est beaucoup plus facile de parler aux hommes qui ont renoncé aux femmes, comme le font les prêtres. Elle pourrait lui apporter des cookies du commerce et il lui ferait peut-être du thé sur le petit réchaud qu'il garde dans son bureau. Elle est surprise de se rendre compte du nombre de détails qu'elle a remarqué lors de ses visites – le réchaud, la tasse de la Northeastern University, les photos d'enfants, sans doute ses nièces et neveux, une grande photo de ce qui est visiblement une fête de famille dans un endroit très vert. Cela pourrait être n'importe où mais elle veut croire que c'est en Irlande. Ils s'adresseraient à Go-Go de manière constructive, avant de le renvoyer en classe, puis ils discuteraient en privé du défi qu'il représente. Comme le père Andrew, elle trouverait des mots positifs et optimistes. *Défi, léger souci, incident*. Il se pourrait même qu'elle lui confie les troubles de miction chroniques, lui demanderait s'il n'a pas une idée des raisons qui pourraient pousser un garçon dc prcsque dix ans à régresser de telle façon. Le père Andrew aurait probablement tout un tas d'arguments rassurants.

Mais elle est coincée à la maison parce qu'ils n'ont qu'une seule voiture. Aucune autre famille dans le quartier n'a qu'une voiture, excepté cette femme seule bordélique de l'autre côté de la rue, celle qui tond sa pelouse uniquement lorsque l'association du quartier se met à insister, lui reprochant de favoriser la reproduction des rats. Comment vont-ils faire lorsque Tim Junior aura son permis ? Comment vont-ils réussir à payer le supplément d'assurance qui leur permettra d'ajouter un jeune conducteur à leur contrat ? Elle se met à pleurer plus fort.

– Allons... allons..., dit le père Andrew. Je peux m'en occuper moi-même.

– Est-ce que tout le monde est au courant ? dit-elle, la voix étranglée par les sanglots.

– J'ai bien peur que ça ait été rendu un peu trop public à mon goût. Mais il a été pris, il a avoué et a reçu une punition. Je ferai en sorte que les enfants comprennent qu'il ne sert à rien d'insister davantage.

Il le fera. Le père Andrew en a le pouvoir. Les enfants l'aiment, autant que l'aiment leurs mères. Seuls les pères sont insensibles au charme du père Andrew. Les cheveux foncés et épais, le visage au teint haut en couleur, les yeux bleu vif, les larges épaules. S'il avait été un homme normal, c'eût été insoutenable car alors il aurait eu une fiancée ou une femme. Mais il est prêtre, donc disponible pour Doris.

– Peut-être qu'on devrait quand même se voir un jour ? demande-t-elle. Pour discuter du... comportement de Go-Go.

– Parfois, moins on en dit, mieux c'est. Mieux vaut laisser couler. Il a reçu une bonne leçon aujourd'hui.

Elle est déchirée en deux, voudrait lui parler des draps mouillés, d'autres problèmes, ne serait-ce que pour prolonger la conversation, tout en sachant que ce serait trahir son enfant.

– À propos de Go-Go..., commence-t-elle.

– Oui ?

Elle ne peut pas s'y résoudre.

– Qu'est-ce que vous pensez de lui ? Réellement.

– C'est un garçon, madame, avec toutes ses contradictions et ses pulsions conflictuelles. Il veut être bon. Vraiment. Mais c'est difficile d'être bon.

C'est dresser un portrait si généreux de son fils qu'elle est tentée de le croire. Pourtant, une partie de son être se hérisse et se met à siffler telle une mère l'oie : *Vous êtes un sot, mon père. C'est un mauvais, mauvais garçon. Un garçon méchant. C'est possible qu'il ait toutes les raisons du monde d'être comme ça, mais je ne sais pas combien de temps encore j'arriverai à garder tous ses secrets.*

Chapitre dix-sept

Tim Halloran commence chaque jour de la semaine en entourant les offres d'emploi dans le journal du matin, le *Beacon*, faisant de tout cercle rouge un exercice de pensée positive. Il ne s'est jamais servi des petites annonces auparavant pour trouver un emploi, ayant plutôt recours au bouche à oreille dans le cercle de ses amis ou de ses collègues. Mais il n'y a rien depuis qu'il a quitté son boulot de saisonnier chez Goldenberg. C'est en tout cas ce que les gens prétendent. Désolé, je ne suis au courant de rien. Désolé, en ce moment c'est archi difficile. Tim sait ce qu'il se passe. Son patron chez Hutzler était un sale petit con rancunier, il a fait courir la rumeur que Tim a mauvais caractère. Mauvais ? Il a juste du caractère, contrairement à ce péteux qui aimait épiloguer sur le septième art – par opposition au cinéma, une distinction à la noix sur laquelle le type insistait – alors qu'il n'y connaissait rien de rien. Le type n'arrêtait pas de la ramener sur le fait que John Wayne n'était mort à l'écran qu'une seule fois, une connerie tellement énorme que Tim, qui adore John Wayne, s'est mis à réciter presque tous les titres d'un seul trait (IWO-JIMA-L'HOMME-QUI-TUA-LIBERTY-VALANCE-LES-COWBOYS-LE-DERNIER-DES-GÉANTS. Et ça n'était que ce qui lui venait en premier, il en connaissait d'autres encore). D'accord, Tim a le tempérament un peu vif, mais ça n'a jamais affecté son travail. Son seul défaut est de ne pas être un lèche-bottes. Il est bon dans ce qu'il fait et aurait probablement pu être un vrai mathématicien, au lieu de comptable, s'il avait été libre de perdre son temps avec le gratin universitaire. Mais il était mari à vingt-deux ans et père à vingt-trois, ce qui veut dire mettre son égo de côté et pourvoir aux besoins du foyer.

Seulement, il ne subvient plus vraiment à quoi que ce soit maintenant. Ils sont en train de grignoter leurs économies à une vitesse alarmante. Grignoter ? Ils ont liquidé leurs économies et continué à la même vitesse, comme une voiture sans freins. Après le premier de l'an, il s'est mis à puiser dans le fonds pour l'université des garçons afin de les maintenir à flot. Les garçons ne savent heureusement pas qu'ils disposent d'un tel fonds, bien que Tim ait été surpris lorsque son père, anticipant le pire, l'a averti en automne dernier qu'il lui faudrait se débrouiller seul pour tout projet au-delà de la faculté technique. Pour une fois, Tim a pris quelque chose au sérieux. Ses notes sont correctes, il a même reçu un prix pour ce qu'ils appellent un « concours de plaidoirie ». Il dit qu'il veut être avocat. Juste ce dont le monde a besoin, encore un avocat.

Sean s'en sortira, c'est couru d'avance. Il a postulé pour obtenir une bourse de la National Merit Scholarship, ce qui serait extra. Puis, peut-être que le plus petit finira par se secouer. Il part dans tous les sens mais Tim reconnaît un peu de lui-même dans le chaos de Go-Go, ce trop-plein d'énergie qui ne demande qu'à être organisé et canalisé. Tim était pareil avant que les Marines le remettent d'aplomb. Il s'est porté volontaire quand il avait dix-huit ans, sachant qu'il n'aurait eu ni sursis ni exemption. En se portant volontaire, il avait été libre de choisir la branche qu'il voulait. Les Marines convenaient au jeune coq bordélique qu'il était, lui qui avait appris à se battre en grandissant dans le quartier de Pigtown au sud-ouest de Baltimore. Pour une fois dans sa chienne de vie, il avait eu un coup de chance, il s'était fait enrôler après la Corée et était sorti avant que ça n'empire au Vietnam, puis il était entré à l'université de Baltimore grâce au GI Bill. Voilà une autre option pour ses garçons : se porter volontaire et laisser l'Oncle Sam payer les frais universitaires. Quel risque ? Il n'y a pas de guerres. Qu'on laisse donc ces foutus enturbannés crier et se plaindre. Ils seraient incapables d'organiser la moindre attaque s'ils en avaient les moyens.

Il regarde sa montre de poignet, le dos de Doris devant l'évier où elle remue un torchon sans grands résultats. C'est difficile de remplir une journée, surtout pendant ces mois d'hiver gris durant lesquels il ne peut pas balancer ses clubs dans le coffre pour passer l'après-midi sur le terrain de golf de Forest Park. Doris doit sûrement se douter qu'il ne passe pas la journée entière à chercher du travail mais elle n'ose pas lui poser la question. Elle n'ose pas s'opposer à lui, de quelconque manière. Et ce n'est pas parce qu'il avait levé la main sur elle, jamais. Tout ce qu'il faut, c'est hausser le ton vraiment fort pour qu'elle cède. Elle ne supporte pas le son d'une voix forte. Elle est faible. La faiblesse des garçons – tous, même Sean, ont cette faiblesse, cette mollesse – c'est du pur Doris ; son sang, son hérédité. Il aurait dû regarder de plus près la famille de Doris et piger que ce qui était délicat chez elle était en fait de la fragilité. À dix-huit ans, Doris était si fine et si pâle qu'elle luisait, comme un de ces poissons-chats dans les monts Ozarks. Il a pris cela pour de l'élégance et de l'éducation, quand il s'agissait plutôt d'anémie et de malnutrition. Elle arrive à peine à se tenir droite ces derniers jours. Et cette splendide chevelure rousse, qui a autrefois comblé les rêves de Tim d'une Irlande digne de *L'Homme tranquille*/JohnWayne/Maureen O'Hara – elle s'est transformée en une couleur rosâtre sous laquelle on aperçoit des bouts de crâne par endroits. Lorsqu'il a rencontré Doris, sa mère était morte et les spécimens de femmes étaient rares dans sa famille ; il n'y avait donc pas grand-chose comme sujet d'étude. Il aurait dû observer les hommes, une bande d'Irlandais aux allures de lapin, délavés, avec des dents de devant proéminentes et des jambes en X comme il n'en avait jamais rencontré dans sa vie. Mais il n'avait d'yeux que pour Doris. Doris le faisait se sentir tendre et protecteur quand d'autres femmes ne lui donnaient envie que de les baiser, vite et salement. Pas le genre de femme qu'on voudrait voir porter ses enfants.

Remarquez, une fille blanche comme la craie, aux airs de lapin et aux cheveux roses, dont l'utérus avait tué autant de bébés qu'il en avait faits, n'était peut-être pas non plus le meilleur choix pour la maternité.

Il écrase sa cigarette sous son pied et se dirige vers la voiture sans se donner la peine de dire au revoir. Il songe à aller au centre commercial de Security Square ou peut-être Westview pour lâcher quelques CV, voir ce type de la librairie Gordon Booksellers. Mais il n'y a personne aux deux premiers endroits et il se retrouve chez Monaghan's quand l'établissement ouvre ses portes, à onze heures. Non que Tim soit un ivrogne. Il ne peut pas se le payer. Il sirote une bière, puis deux, qu'il fait durer jusqu'à l'heure de l'happy hour, avant d'en demander une de plus en sachant que le serveur ne lui comptera pas la troisième. Jim, le barman, est un type sympa. Il comprend que Tim cherche un boulot et lui parle de deux ou trois pistes. Il propose même à Tim de travailler pour Monaghan's. Mais celui-ci ne peut pas s'y résoudre, ne peut pas jeter au vent tout ce pour quoi il s'est battu – un emploi en chemise et cravate, un bureau, des heures fixes, des primes.

Non qu'il aime réellement la comptabilité. Mais on n'est pas supposé aimer son boulot. Ça le rend un peu dingue d'entendre Tim Junior et Sean discuter de ce qu'ils voudraient faire. Pas quand ils étaient petits, encore dans la phase astronaute-pompier. Bon sang, il aimerait qu'ils en reviennent à la phase pompier. Avec les heures sup', ces gars-là se font un blé pas croyable. Non. Il s'agit de toutes ces parlotes sur l'accomplissement et sur ce qui aurait du *sens* pour eux, c'est ça qui le rend dingue. Sean veut être docteur et, même si Tim sait qu'il en tirerait une immense fierté, il ne peut pas s'empêcher d'être également aigri. Pareil avec Tim Junior et son rêve crétin de vouloir être avocat. Quant à Go-Go – la dernière fois qu'il a exprimé une vocation, c'était celle d'éboueur. Sincère, comme toujours. Ça serait marrant de ramasser les ordures des autres, qu'il a dit. Deux gosses qui visent trop haut et un trop bas.

Il met ça sur le compte de l'hérédité de leur mère. Il songe aux bébés des fausses couches, à ce qu'ils seraient devenus. Rien que des filles, clame Doris, bien qu'elle n'ait aucune façon de savoir. Tim est persuadé qu'un fils, son véritable fils, celui qui lui ressemblait le plus, faisait partie de ces enfants perdus.

Le bar s'assombrit à mesure que le jour devient plus clair. Vers 16 heures, alors qu'il s'apprête à commander sa dernière bière, il aperçoit une silhouette féminine vaguement familière entrer dans le bar, un morceau bien juteux malgré la robe de serveuse en nylon. Elle met des sous dans le distributeur à cigarettes, donne un grand coup sur la manette et frappe les côtés de la machine. Elle en fait trop, se donne en spectacle. Elle aime que les regards soient portés sur elle.

– Vous pouvez pas faire un geste, pour l'argent que j'ai perdu ? demande-t-elle à Jim.

– Vous avez pas vu le panneau ?

– Quel panneau ?

– Celui qu'est placardé devant avec : « En panne. Ne pas utiliser. Pas de remboursement » écrit dessus.

Pourtant, Jim sourit. Elle est trop mignonne pour qu'il puisse l'ignorer.

Elle lance un coup d'œil par-dessus son épaule.

– Oh. *Celui-là*.

Elle dit ça de façon comique.

– J'étais super à la bourre pour le travail, j'ai pas regardé. Vous pouvez pas fermer les yeux ?

– Le mieux que je puisse faire est de noter votre nom et combien vous avez perdu. Le patron vous rendra ça quand le réparateur viendra y jeter un œil.

– Allez, quoi.

Elle n'y met pas assez de niaque. Elle aurait pu avoir ce qu'elle voulait, si elle avait voulu. C'est un joli brin de femme. Peut-être que c'est son problème. Trop fière pour user de son vrai charme ; pense pouvoir s'en sortir avec seulement l'apparence. Où Tim l'a-t-il déjà vue ? C'est peut-être qu'il l'aurait souhaité. Puis il se rappelle.

– Vous êtes… la mère de cette fille, Mickey. Nous nous sommes rencontrés.

– Tiens ?

La main qu'elle tend est si molle que ses doigts s'incurvent comme des crevettes à cocktail.

– Halloran. Le père de Tim, Sean et Gordon.

– Rita.

Elle l'étudie.

– Ah oui, la nuit de la tempête. Mickey est partie à la recherche de votre garçon…

C'est ainsi qu'elle s'en rappelle ? Ce tout ce qu'elle sait ? Les hommes avaient dit aux enfants de ne jamais parler du secret de Go-Go, pas même à leurs mères. Tim ne voulait pas que tout le monde sache que son fils avait subi des attouchements de ce type louche. Une telle histoire pouvait ruiner la vie d'un garçon. Il fallait qu'il en parle à Doris, mais il n'en avait pas beaucoup dit. Il est quasiment certain que ce poltron de docteur Robison a gardé la bouche fermée. Rick n'a sûrement pas eu de problème à ne rien dire à Rita sa petite amie. Mais c'est pour Mickey et Gwen que Tim se pose la question. Les filles confient-elles des choses à leur mère ? Combien de personnes sont au courant ?

Il dit :

– C'est drôle comme les enfants étaient tout le temps ensemble et plus maintenant. J'imagine que Tim et Sean sont trop vieux pour jouer avec les filles.

– Vous ne pensez pas que les filles et les garçons peuvent jouer ensemble ?

Ses lèvres s'ourlent, ça n'est pas vraiment un sourire. C'est quelque chose d'autre. Quelque chose de mieux.

– Pas au lycée, ça n'est pas naturel. Ils avaient raison de séparer les garçons et les filles à l'école. Ils apprennent plus quand ils ne sont pas ensemble. Au moins, les écoles catholiques ne sont pas mixtes.

– Vous savez quoi ? Je suis plutôt d'accord.

Elle avance la lèvre inférieure et souffle vers le haut en s'ébouriffant la frange. Ses cheveux sont relevés. Pas tout à fait un chignon, mais avec un certain volume. Ce n'est pas tendance, mais ça lui plaît. Bien mieux que ces boucles folles de hippie que les femmes portent aujourd'hui. Il aime également le trait épais d'eye-liner.

– À quelle école avez-vous été ?

– Je ne suis pas d'ici, à l'origine. On a emménagé ici pendant ma dernière année de lycée et je ne me suis pas donné la peine d'aller ailleurs.

Son ton frise l'impolitesse.

– Eh bien, la réponse m'intéresse toujours autant. Vous n'avez pas pensé à ça ?

– Non. Ici, on ne fait que poser la question pour pouvoir jouer à « Vous savez quoi ? ». Je n'ai jamais vécu dans un endroit où les gens étaient aussi peu intéressés par ceux qui ne venaient pas d'ici.

– Je suis sûr que plein de gens s'intéressent à vous, dit-il en essayant de ne pas trahir sa ville natale tout en cherchant à la flatter.

– Si par gens vous voulez dire *hommes* et si par intéresser vous voulez dire *baiser*, alors ouais, c'est peut-être le cas.

Il déteste les femmes qui utilisent ce type de langage. Il a aussi une érection. Ce qu'elle remarque, mais cherche à cacher.

– On dirait que le printemps ne viendra jamais, dit-elle à la cantonade. J'ai grandi en Floride. Je ne vais pas pouvoir supporter ces hivers bien longtemps.

Plus doucement, à lui.

– Je suis maquée. Un type bien, vous le savez.

Elle essaie d'être gentille et rien ne pourrait être plus insultant que ça. Qu'elle soit avec un type bien – ça voulait dire quoi, « vous le savez » ? – ne veut pas forcément dire qu'elle est heureuse. C'est évident qu'elle pourrait baiser avec quelqu'un d'autre. Pas simplement lui. Pas qu'elle ait demandé, non plus. Elle ne devrait pas être si présomptueuse. Sa trique était un réflexe, rien de plus. Il avait déjà entendu son propre estomac gronder alors que c'est à peine si la nourriture l'intéressait. Qu'elle aille se faire foutre. Mais pas par *lui*. Il ne pensera même pas à elle quand il se masturbera un peu plus tard, bien qu'il en ait eu l'intention.

Elle jette un œil à sa montre.

– Je vais être en retard. Maintenant, je vais être obligée de faire mes six heures sans aucune clope.

Il sort son paquet et le lui offre.

– Des Marlboro ?

– Vous vous attendiez peut-être à des Virginia Slims ?

Elle rit et en choisit deux comme si elle sélectionnait des chocolats dans une boîte, comme si l'une était meilleure que l'autre.

– Vous êtes un type sympa, Hank.

– Tim.

– C'est ça.

Effectivement, il est sympa. Avoir mauvais caractère ne veut pas dire qu'on est quelqu'un de méchant mais simplement qu'on est né avec moins de patience, moins de tolérance pour les conneries. On n'accuse pas les personnes aux jambes courtes d'être incapables de foulées plus longues. Comment pourrait-on le rendre responsable de son caractère ? De plus, il ne se met en rogne que lorsque les gens font n'importe quoi. Lui, il a toujours une bonne raison. C'est pas une brute. C'est vrai, il hurle parfois sur les gosses ou sur Doris, mais il a ses raisons. Il essaie de leur expliquer des choses. Ce que la facture d'électricité coûte chaque mois. Pourquoi ils ne peuvent pas avoir de chien ou de chat. Il tente de leur faire comprendre ce que c'est d'avoir les pieds sur terre.

– Vous savez quoi, les adultes devraient peut-être se réunir et dîner ensemble, un de ces jours.

– Tous les quatre ou est-ce qu'il faut qu'on invite le bon docteur et la mââdame ?

Il lui faut une seconde pour comprendre. Il pensait avoir entendu « la marmaille ».

– Oh. Les Robison.

Elle fait une grimace.

– Lui, je ne le connais pas vraiment. Elle…

C'est le genre de commérage qu'il méprise habituellement, du bla-bla pur et dur, des simples coups bas sur qui a dit quoi et qui portait quoi, le genre de foutaises que Doris colporte à la maison de la communauté paroissiale, les incessantes rumeurs à propos d'untel ou unetelle cherchant à se mettre le père C'est-quoi-son-nom dans la poche. Mais le ressentiment que Rita nourrit envers Tally Robison l'intrigue. Il y a quelque chose de mérité.

– Seulement nous quatre, dit-il, sachant qu'il ne peut pas se permettre de dîner à l'extérieur tant qu'il n'aura pas trouvé de nouvel emploi, que Doris n'a aucune envie de sortir, qu'il aurait honte qu'on les voie ensemble vu ce à quoi elle ressemble désormais. Elle paraîtrait encore plus délavée et sèche comparée à la pétillante et vivace Rita.

– Peut-être, dit-elle. Si on peut faire assez confiance à ma bonne à rien de fille pour garder son petit frère, ne serait-ce que pour une soirée.

Il la regarde partir. Elle a de jolies fesses, un cœur à l'envers dans cette jupe moulante. Elle ne l'a pas repoussé, pas tout à fait. On ne peut pas être repoussé si on n'est pas entré dans la course. Il est marié et leurs gosses sont amis. Du moins, ils l'étaient. Évidemment qu'ils ne se verront pas en couple. Trop dangereux.

Durant les semaines qui suivent, il lui semble que la chose la plus naturelle à faire soit d'effectuer le trajet de retour à la maison le long de Purnell Drive et de contempler la colline en direction des résidences, bien qu'il n'ait aucune idée d'où se situe la sienne. Il s'imagine venant la voir à la nuit tombée : sa voiture est en panne, elle réclame de l'aide. D'une façon ou d'une autre, ils échouent à la Millrace Tavern, ou bien chez Monaghan's, puis s'écroulent à l'arrière de sa Buick. Ses gosses se moquent de sa passion pour les Buick mais elles ont toutes des sièges arrière larges et confortables, comme ses fils le découvriront plus tard.

Il élucubre puis il retourne à la maison, où tout est en désordre, sa femme est vautrée sur le canapé et il y a comme une odeur, quelque chose de sale. Est-ce que les gosses ont adopté un chien ou un chat, contre sa volonté ? Un jour, il foutra la maison à l'envers, découvrira ce qu'ils lui cachent, tous. Ils ne peuvent pas se payer de la nourriture pour animaux domestiques, pas en ce moment. Il est un type bien. Il mérite qu'on lui fiche la paix. Il a tout donné à ses gamins – *tout* –, mais ils semblent ne pas en avoir conscience, ni même en avoir quelque chose à faire. Chaque soir, il regarde son même programme, celui sur les otages, avec le décompte des jours. Il pensait que tout ça prendrait fin en une semaine, voire deux, mais voilà qu'on atteint les centaines. Il est où John Wayne, quand on a besoin de lui ? Mort d'un cancer ; un an maintenant.

John Wayne, ce bon vieux Duke. C'est à cause de lui que Tim s'est fait virer de chez Hutzler's l'année dernière. De honte d'avoir été rabaissé sur ses connaissances cinématographiques, l'enfoiré de patron de Tim, cet imbécile, a dit en plaisantant qu'il était question de renommer l'aéroport d'Orange County *Terminal* John Wayne. En toute franchise, Tim n'a aucune idée de ce qu'il s'est passé ensuite, mais ses collègues assurent qu'il a littéralement sauté par-dessus son bureau et l'a quasiment rayé de la surface, d'un bond. Ils ont dû lui mettre des claques sur la figure pour qu'il se décide à lâcher le maigre cou de son petit connard de boss.

PRINTEMPS 1980

Chapitre dix-huit

Rita évalue les derniers clients dans son rang. Deux jeunes amoureux. Un homme d'âge moyen, seul, qui fait durer son café et sa cigarette. Où qu'il puisse vivre, il ne veut pas y retourner. Trois gamins en blouses de chirurgien, trop fatigués pour manger. L'homme laissera un bon pourboire. Les amoureux – cela va dépendre. Il se pourrait qu'ils soient ensemble depuis peu, et il voudra l'impressionner. Ou, tout aussi bien, ils viennent de se mettre en couple et elle ne se sent pas à l'aise, elle se demandera à voix haute s'il laisse un gros pourboire parce qu'il trouve la serveuse mignonne. La plupart des femmes qui ont travaillé comme serveuses ne laissent pas leur petit ami ou leur mari être chiche sur le pourboire, alors que celles qui n'ont jamais porté un plateau font toute une histoire si elles pensent que le pourboire est trop gros. Quant aux jeunes docteurs, ils vont faire de leur mieux, c'est-à-dire environ dix pour cent. Pour se justifier, ils diront qu'ils n'ont commandé que des bières – comme si c'était plus facile à rapporter à une table – et que la nourriture était assez quelconque, même si elle leur a été servie vite et chaude, ce qui est l'unique chose sur laquelle Rita devrait être jugée. D'ailleurs, tout le monde sait que la nourriture chez Connolly's est médiocre. On fréquente le lieu bien que ce soit dégueulasse. Le maire lui-même est un client régulier. Il était là un peu plus tôt dans la soirée, accompagné de sa mère. En voilà *un* qui laisse de gros pourboires, mais ça n'est pas Rita qui l'a servi ce soir. Le gérant fait tourner le personnel avec lui.

Ça fait seulement cinq ans que Rita travaille chez Connelly's mais elle a l'impression de faire partie des murs, Rita est certes une petite futée, mais c'est aussi une petite futée très fatiguée ces derniers temps. Elle en a trop sur les bras, il lui faut par exemple trouver un nouvel endroit où vivre, *pronto*. Si Rick déménage, elle ne pourra pas continuer à payer le loyer de la maison en ville. Il va lui verser une pension alimentaire pour l'enfant mais bon, c'est pas comme partager toutes les dépenses du quotidien. Elle va devoir prendre un deux-pièces et dormir avec Mickey, du moins jusqu'à ce que Joey soit un peu plus âgé. Elle ne voit pas du tout comment elle pourrait se permettre de rester dans le quartier où se trouve l'école.

Changer d'école ne semble pas déranger Mickey, elle en est presque impatiente. Rita s'était armée en vue d'une énorme dispute, mais ça n'est jamais arrivé. La plupart du temps, Mickey est une chic gamine, elle ne demande pas beaucoup. Ce n'est que dans son désir d'obtenir vraiment quelque chose qu'elle peut se montrer féroce. Elle se met en colère, pousse des cris, allant même parfois jusqu'à sortir les griffes pour se jeter sur Rita et la frapper. Un chat en furie. C'est naturel, elle tient ça de sa mère et de son père – qu'il repose en paix –, ou plutôt en pièces. Quel *loser* c'était. Tué en prison pendant une simple mise en détention d'une nuit pour un petit délit ; mais il a fallu qu'il aille chercher la bagarre avec un gars qui l'a battu à mort avant que les gardes puissent faire quoi que ce soit. Quand

Mickey était jeune, c'était trop compliqué d'expliquer que son père était mort, sans lui fournir de raison. Rita lui a donc raconté qu'il avait disparu dans la nature. Elle comptait le tuer plus tard, de façon civilisée. « Oh, chérie, je viens d'apprendre la nouvelle : ton père est mort dans un accident de voiture à Pétaouchnoque. » Ou d'un cancer. Quelque chose de gentil. Mais à mesure que Mickey grandit, parler de la mort de son père devient de plus en plus difficile à Rita. C'est une gamine tellement étrange. Ça embête Mickey que Joey ait un père et elle non.

Elle serait sacrément en furie si elle découvrait un jour que Joey a en quelque sorte deux pères. Même Rick ne s'en est pas rendu compte. Du moins, Rita ne pense pas qu'il sache.

C'est le calme plat du côté des tables de Rita ; elle file fumer une cigarette à l'extérieur. L'air est doux ce soir, suave et rempli de parfums, le printemps semble avoir surgi d'un seul coup, comme s'il avait trop dormi et cherchait à rattraper le temps perdu. Peut-être que les odeurs ne sont que les effluves apportés par la brise émanant des épices McCormick de l'autre côté du port. Les gens sont tout excités à l'idée des changements à venir dans le port, et Rita sait qu'il y aura des opportunités – nouveaux restaurants qui attireront les foules, ne serait-ce que parce qu'ils sont nouveaux. Pourtant, elle est sceptique. Qu'on détruise l'ancien pour bâtir du nouveau, ça reste Baltimore. Elle aurait dû se tirer quand tout allait bien et partir pour San Francisco ou Los Angeles. Dallas, peut-être. N'importe quelle grande ville, excepté New York. New York ne lui a jamais rien dit. C'est presque aussi dangereux que Baltimore. Le crime, les drogues. La crasse. Elle aimerait partir pour une ville propre, jeune, et chaude ;

une ville où l'air ne vire jamais au rouge à cause de la poussière de l'aciérie. Atlanta ? La Floride, mais pas Jacksonville, où elle a grandi. La *vraie* Floride, Miami ou Fort Lauderdale.

Seulement, sa dernière chance d'effectuer un nouveau départ date d'il y a seize ans. Elle a rencontré Paul, le père de Mickey, et s'est fait mettre en cloque. Tu parles d'un coup, bing-bing une nuit et salut la compagnie. Elle n'a pas pu se payer un avortement et, même si ça avait été le cas, elle ne faisait pas confiance au type que Paul disait connaître. Puis, il a fallu que Paul se fasse tuer avant même la naissance de sa fille. Elle a pu assurer qu'ils étaient mariés, c'était déjà ça, et prétendre à une certaine respectabilité ; non que son père ait gobé l'histoire. Il ne l'a laissée rester à la maison que parce que sa mère était folle du bébé. Elles ont déménagé dès que Mickey est entrée à l'école et que Rita s'est mise à faire le service du déjeuner chez Hot Shoppe Juniors. Elle est partie travailler chez Connolly's quand Mickey a eu neuf ans. Ensuite, elle a rencontré Rick. Puis, moins d'un mois plus tard, elle a rencontré l'homme qui serait le père de Joey. C'étaient des temps compliqués. Mais c'était marrant. Elle sourit au souvenir des deux romances vécues en même temps et l'ayant comblée chacune de manière différente. Il y avait Rick, séduisant et stable, prêt à prendre soin d'elle et si gentil avec Mickey. À les voir tous les deux, Rita n'en aimait que plus sa fille.

Puis, il y avait eu Larry, le père de Joey. C'était un voyou, au bon sens du terme. Conduisait une voiture de course, avait généralement un petit remontant dans la poche, aimait le sexe partout sauf au lit. Il était entré dans le restaurant une nuit, s'était assis au bar pour la regarder, s'assurant qu'elle se sache observée. Adossé contre sa voiture Monte Carlo, il l'attendait dehors lorsqu'elle était sortie à dix heures. « Besoin que je te ramène ? » « Je dois passer un coup de fil d'abord. » Il lui avait donné le *dime* pour l'appel. Ça lui avait plu. Elle était retournée à l'intérieur, avait appelé Mickey. « Maman va rentrer tard, on doit s'occuper de l'inventaire », avait-elle dit. La fillette avait neuf ans, la laisser seule n'était pas un problème. Moins d'une heure plus tard, Larry l'avait fait s'allonger sur une table de pique-nique dans un jardin d'enfant et la faisait monter au septième ciel. C'était peut-être la cocaïne, ou le fait de tromper Rick, peut-être Larry savait-il réellement faire des choses dont les autres hommes étaient incapables. Quoi qu'il en soit, le sexe avec Larry était meilleur qu'avec Rick, et ça n'aurait pas dû être le cas. Larry n'était même pas aussi beau que Rick. Mauvaise peau, trop maigre. Elle en avait déduit qu'une des raisons pour lesquelles il aimait le sexe dans des endroits insolites était qu'ainsi il n'avait pas à se déshabiller complètement et pouvait cacher sa poitrine creuse et quasi imberbe, ses jambes et ses bras rachitiques. Elle s'en fichait. Il était épais là où il fallait.

Puis, Rita était tombée enceinte. N'étant pas sûre de qui était le père, elle avait décidé de l'annoncer aux deux pour voir ce que chacun avait à offrir – comme si elle forçait deux employeurs à se battre pour la garder. Rick lui avait proposé qu'ils se mettent en couple et emménagent ensemble. Larry lui avait dit qu'il l'aiderait autant qu'il pouvait, avant de disparaître rapidement. Ça a tout réglé. Elle a gardé le type bien ; et puis, qui se souciait du donneur de sperme véritable ? Rick était solide, une personne de confiance. Elle aurait pu arrêter de travailler mais, pour des raisons qui lui échappaient, répugnait à le faire. Elle avait dit à Rick qu'elle gardait son emploi afin d'économiser davantage et acheter une maison. Elle n'avait cependant jamais rien mis de côté, hormis l'argent des pourboires qu'elle cachait dans une boîte en métal dans la cuisine. Conservant ses horaires de nuit, elle restait à la maison avec les enfants pendant que Rick travaillait la journée. Dès l'après-midi, elle était impatiente de quitter la maison ; elle n'en continuait pas moins à se plaindre de temps en temps de son boulot. Mais quand elle se dirigeait vers la porte, il lui arrivait parfois de faire une petite danse.

En décembre dernier, Larry était brusquement apparu chez Connelly's. Il s'était mis au bar et l'avait matée pendant tout son service. Comme prévu, il l'attendait dehors, adossé à sa nouvelle voiture. Toujours maigre, la peau vérolée. Toujours sexy.

« Chérie, avait-il dit. Ça fait un bail. »

Elle avait songé à ce qu'elle lui dirait s'ils devaient se croiser de nouveau. Ça faisait également du bien. Elle allait pouvoir lui montrer sa bague de fiançailles et lui dire que certains hommes savaient comment se comporter avec une femme. Ses plans étaient partis en fumée. Elle continuait à avoir envie de lui. C'était encore plus excitant qu'avant. Désormais, elle trompait vraiment. Mais elle trompait avec le père de son enfant. Dans son esprit, il n'y avait aucun doute sur sa paternité. Joey avait désormais presque cinq ans et les gens n'arrêtaient pas de faire des commentaires sur son peu de ressemblance avec quiconque dans la famille – si ce n'était Mickey, un peu. Rita est la seule à savoir qu'il est le portrait craché de son père.

Elle était totalement désemparée et incapable de prendre la moindre décision ; ayant envie de Larry, craignant de quitter Rick. Finalement, ça n'était pas elle qui avait décidé. Rick avait eu vent de ce qu'elle faisait.

Comment ? Elle ne sait pas encore vraiment. Mais ça ne faisait rien. C'était fini entre eux.

Elle jette sa cigarette dans l'eau et retourne à l'intérieur. Elle a correctement évalué ses tables : les amoureux ont laissé un assez bon pourboire, l'homme un très bon, et les futurs docteurs n'ont même pas pu rassembler dix pour cent à eux trois. Elle essaie de ne pas regarder l'heure, sans cesser de penser à la montre au-dessus de sa tête, l'aiguille glissant vers le neuf qui la verra rentrer chez elle.

Il entre à vingt heures quarante-cinq, faisant pousser un soupir au barman. Rita pousse elle aussi un soupir – de satisfaction. Elle n'a pas encore prévenu Larry du déménagement de Rick et de son nouveau départ à elle. Rick est un atout dans son jeu. Cette fois, elle compte la jouer maligne, faire ce qu'il faut. Les magazines qu'elle lit chez l'esthéticienne et ses relations féminines – ce ne sont pas tout à fait des copines, mais elles ont la langue bien pendue –, toutes ces soi-disant spécialistes en la matière la mettraient en garde contre son désir pour cet homme. Il a déjà prouvé qu'on ne peut pas lui faire confiance. Mais une personne peut changer en quelques années. Il est revenu la chercher. Tout reprendra sa place lorsqu'il verra Joey.

Ils font l'amour dans la voiture garée à l'extérieur de sa maison mitoyenne. C'est ainsi qu'ils procèdent depuis le départ de Rick, deux semaines plus tôt ; Larry prend son pied à l'idée qu'ils puissent se faire surprendre, ce qu'il croit être un gros risque. Il la suit jusqu'à la maison, elle court prévenir Mickey qu'elle sort acheter un paquet de cigarettes ou une bouteille de lait, merci de garder la porte verrouillée et de faire attention à Joey. Puis elle entre dans la voiture de Larry munie de ces sièges divins qui se rabattent complètement. Ce soir, ils le font très rapidement, mais pas de cette façon efficace genre je-te-connais-débarrassons-nous-de-ça-vite-fait. Ils sont rapides parce qu'aucun des deux ne peut se retenir. Elle fume ensuite une cigarette, boit une gorgée de la bouteille sous le siège avant en riant pour un rien. Mon Dieu, Rick et elle ont-ils jamais ri de quoi que ce soit ? Si c'est le cas, elle n'en garde aucun souvenir. Il a toujours été tellement ultra consciencieux, avant de virer ultra parano à propos d'elle et des gamins, s'enquérant sans cesse de l'endroit où ils étaient. Jetant un œil derrière elle à la maison, elle croit voir les rideaux remuer à la fenêtre. Mickey est plus maligne que ça. Rita lui arracherait les cheveux si elle l'attrapait en train de l'espionner. Elle ramène la tête de Larry contre sa poitrine en songeant au dîner qu'elle lui préparera la première fois qu'il viendra dans son nouvel appartement. Quelque chose de bon mais pas trop élaboré. Des bougies sur la table ? Elle écarte l'idée des bougies. Quelque chose de très simple, peut-être même une pizza à emporter. Elle a l'homme qu'elle veut, pas celui qu'elle est censée vouloir. C'est en voulant être gentille qu'elle a fini par mal faire, en cherchant à agir avec sa raison plutôt qu'avec son cœur. Si elle s'accorde ce qu'elle veut vraiment, ce sera plus facile, cette fois.

Chapitre dix-neuf

La dernière étudiante sur le planning de Clem ce matin-là est très jeune, très jolie – et vouée à l'échec. Ces choses ne sont pas reliées directement. Cependant, sa jeunesse et sa beauté l'ont protégée durant la majeure partie de sa vie, et cette fille – Clem lance un coup d'œil à son carnet de rendez-vous – Amanda Quelque Chose (en bon cliché du docteur, il n'arrive même pas à lire sa propre écriture) ne peut pas tout à fait croire que ces attributs ne l'aideront pas à finir son école de médecine non plus. Elle est interne, n'est-ce pas ? D'après ce que Clem a glané, elle a été admise de façon légitime et non en raison d'une discrimination positive ou d'un piston. Elle a eu de bonnes notes et a passé ses examens de médecine. Elle est sincère et travaille dur.

Elle n'est cependant pas faite pour être docteur, à moins de choisir un domaine comme la pathologie où son inaptitude à s'occuper des gens aura peu d'importance. Eh oui, les docteurs peuvent être froids, brusques et autoritaires. Il y en a beaucoup. Mais ils ont besoin de comprendre les gens, du moins à un certain niveau. Ce dont cette fille est incapable. Immanquablement, elle veut être pédiatre, étant persuadée que les enfants l'aiment bien. Personne ne l'aime. Clem essaie d'imaginer le pauvre enfant qui recevra ses « soins » et il visualise une image du petit Go-Go Halloran, ce qui lui provoque un choc. Il ne nourrit aucun mauvais sentiment contre le garçon. Il a pitié de lui.

– Docteur Robison ?

– Qu'y a-t-il Amanda ?

– Que pensez-vous que je doive faire ?

Abandonner. Mais son instinct avec les gens, excellent, l'avertit de ne pas se montrer direct avec la jeune femme. Il y a quelque chose de légèrement dangereux chez elle. Il n'ira pas jusqu'à se flatter de croire qu'elle pourrait coucher avec lui pour obtenir ce qu'elle veut, cependant il est évident qu'elle cherche à lui *soutirer* quelque chose. Le manque est quasiment palpable. Elle est habituée à ce qu'on lui vienne naturellement en aide et qu'on devine ses besoins alors qu'elle-même n'a aucune idée de ce qu'elle veut.

– Nous aurions plus d'options si vous étiez venue me voir avant de recevoir une note insuffisante, dit-il.

– J'avais de bonnes notes jusqu'à l'examen final !

– Avec des hauts et des bas… Vous auriez dû savoir que vous étiez en terrain glissant et que vous comptiez sur un coup de chance.

– Non, dit-elle en secouant la tête.

Son comportement est si enfantin. Sans doute a-t-elle confondu sa propre immaturité avec une affinité pour les plus jeunes.

– Vous pourriez prendre un semestre sabbatique, dit-il, et revenir en milieu d'année pour suivre le cours à nouveau. Plaider des circonstances spéciales…

– Telles que ?

Tu n'es pas très intelligente.

– Ce n'est pas à moi de le dire. Amanda…

À entendre son nom à voix haute, son visage s'éclaircit, comme un chien ou un petit enfant.

– Dites-moi, pourquoi souhaitez-vous être médecin ?
– J'ai toujours voulu être docteur.

Voici qu'elle glisse dans un discours tout fait, une performance. Elle a déjà récité cette histoire, probablement à un public conquis d'avance.

– Lorsque j'avais quatre ans, j'ai ouvert un hôpital pour mes jouets. Je les réparais vraiment ! Je remettais en place les bras de mes poupées, recousais l'œil d'un ourson…

Mais les jouets ne pouvaient pas se plaindre.

– Je n'ai jamais rien voulu faire d'autre. Je n'arrive pas à imaginer de chose plus gratifiante que de prendre soin d'un enfant. Surtout les bébés, qui ne peuvent pas dire où ils ont mal, ou ce qui ne va pas.

– Je ne suis pas sûr qu'on doive se gratifier d'être médecin, répond-il.

Elle bat convulsivement des paupières à l'annonce d'un tel sacrilège. À deuxième vue, elle n'est pas si séduisante qu'elle croit l'être de toute évidence. Ses traits ne sont pas proportionnés. Son visage en forme de cœur ne parvient pas tout à fait à contenir ses grands yeux légèrement globuleux et sa bouche large. Elle ressemble à une biche de dessin animé.

Globuleux lui fait penser à Go-Go de nouveau. De nouveau, il a un sursaut de… cela ne peut être que de la révulsion. Ce n'est qu'un petit garçon. Rien n'était sa faute. C'est aux adultes d'assumer leurs actes.

– Je veux dire… Par moments, c'est effectivement très gratifiant. Mais là n'est pas la question, ce n'est pas l'essentiel. On ne devient pas docteur pour un ressentiment. On devient docteur parce qu'on veut prendre soin des autres. Nos sentiments et nos expériences sont secondaires. Nous sommes là pour servir des patients.

– Vous êtes spécialisé en gériatrie ?

– En effet.

Elle a une idée en tête, mais laquelle ? Qu'il ne comprend pas son envie de s'occuper d'enfants ? Que ses patients sont plus proches de leur mort naturelle, donc moins importants, ou simplement plus grincheux et plus en demande ? Pourquoi se donne-t-il autant de peine ? Elle se débrouillera sans doute comme elle pourra et finira par ouvrir son cabinet de pédiatre. Selon toute vraisemblance, la maladresse est ce qui pourra lui arriver de pire, le type de docteur dont on pense que son enfant est le seul à le détester. Il y aura des erreurs, mais elles ne seront pas fatales. Sérieuses, à la rigueur. Passibles d'un jugement. Cependant, elle ne réussira à tuer personne, et ses collègues la couvriront parce que c'est ce que les docteurs font. Clem est persuadé que toute profession protège ses incompétents. Les familles font la même chose. Que les liens qui rattachent ses membres soient étroits ou non, tout groupe se serrera toujours les coudes face au monde en général.

Il lui fait un discours d'encouragement pour la forme puis il la renvoie. Il doit revoir le dossier de trois étudiants avant de les rencontrer cet après-midi, mais il se sent engourdi. S'il reste assis là, il va finir par s'endormir. Il décide d'aller faire un tour, acheter peut-être un hot-dog dans une de ces camionnettes.

L'université du Maryland se trouve dans un coin désolé et quelque peu oublié du sud-ouest du centre-ville, bien que le quartier commence à retrouver une seconde vie. Lorsque la communauté s'est opposée au projet d'autoroute et y a mis un terme – Clem faisait partie de ceux qui l'avaient combattu en raison des répercussions sur la faune et la flore de Leakin Park –, la ville s'est retrouvée avec des blocs de maisons qu'elle avait prévu de démolir. Ces maisons « à un dollar » proches d'Otterbein ont finalement été attribuées en loterie à ceux qui s'engageaient à les rénover et à y vivre pour au moins cinq ans. Bien que le quartier soit loin de s'être embourgeoisé, certaines de ces maisons seront bientôt disponibles sur le marché, en dépit des rumeurs selon lesquelles Federal Hill serait le prochain Georgetown. Baltimore est une de ces villes qui se sert de telles comparaisons pour se définir. Le prochain ceci, le nouveau cela. Excepté l'université Johns Hopkins peut-être, qui se considère bien au-dessus de la ville, séparée d'elle. Clem ne regrette néanmoins pas du tout d'avoir choisi l'université du Maryland, qui est également une bonne école, sans qu'elle ait à supporter le poids d'une réputation mondiale. La renommée est galvaudée. Par ailleurs, on est responsable pour tous ses collègues dans de tels endroits. Dans l'esprit du public, Hopkins reste Hopkins. Il ne peut pas concevoir que John Money fasse l'unanimité à Hopkins en ce moment, compte tenu de ses récents propos pro-incestueux dans le magazine *Time*. Si Clem travaillait à Hopkins, il lui faudrait sûrement constamment répondre de tels propos, et il serait incapable de convaincre les gens qu'un spécialiste en gériatrie n'a rien de commun avec le traitement des troubles de la sexualité.

La journée s'avère plus belle que la matinée le laissait prévoir et Clem décide de se promener en direction du nord, passé Eutaw, vers l'agréable chaos du marché de Lexington. Il n'ira pas jusqu'à dire qu'il préfère Baltimore à sa ville natale de Boston mais il considère que l'échange est honnête, surtout depuis qu'ils ont emménagé dans la maison de Wetheredsville Road. Il se plaisait à Boston, la ville et lui se comprenaient mutuellement. Mais Tally voulait la quitter ; ils sont donc partis, Tally le prenant, avec son accord, comme bouc émissaire en allant raconter à sa famille que c'était Clem qui réclamait un changement. Il protège souvent Tally contre de telles situations désagréables, mais c'est le prix à payer pour être son époux. C'est un homme chanceux. D'autres hommes le lui ont dit et répété bien des fois en les voyant côte à côte. Vingt-cinq ans plus tard, il rougit encore au souvenir de ces premiers temps avec elle. Elle n'était heureusement pas son élève, même si tout le monde semble le croire.

Ça restait cependant scabreux selon ses normes, voire un peu indécent. Cela faisait partie du charme. D'autre part, c'est elle qui avait pris les devants. Personne ne le croirait jamais et ce n'était pas lui qui allait le clamer à voix haute. Ce ne serait pas galant, pour le moins. Peut-être la vérité va-t-elle rarement de pair avec la galanterie. Tally Duchamp, dix-huit ans, avait séduit Clement Robison, âgé de trente-deux. Il n'avait aucune idée des raisons pour lesquelles elle avait voulu être avec lui et qu'elle reste avec lui le rend plus perplexe encore. C'est une femme entêtée, capable d'épouser un homme simplement pour défier ses parents, puis de s'obstiner dans ce mariage pour prouver qu'ils ont tort. Tally a la rancune incroyablement tenace.

Mais c'est une girouette dans presque tous les autres aspects de sa vie. Clem l'a vue se débattre, et échouer, à travers un nombre étonnant de projets, s'attaquant à chaque entreprise avec une grande énergie pour ensuite laisser tomber la nouvelle activité lorsque la passion première se dissipait. Cela devrait le rassurer qu'elle semble installée dans la peinture, y trouvant enfin un espace où canaliser sa formidable énergie, surtout maintenant que Gwen n'est qu'à quelques années de quitter le nid. Mais l'actuelle obsession de Tally l'inquiète. Elle semble s'en servir pour se couper du monde et échapper à la famille. Avait-il ce sentiment avant la nuit de l'ouragan ? Ou bien projette-t-il sur elle le poids de son secret ? Si elle savait ce qu'il sait, elle aurait parfaitement raison de prendre ses distances.

Il se demande si Tim et Rick ont rompu leur serment. Une théorie qui a la vie dure veut qu'il n'y ait pas de secrets dans un mariage, pas dans les bons. S'ils se sont confiés à leurs partenaires, eh bien il les envie. Il aimerait tant pouvoir se soulager en se confiant à quelqu'un, s'entendre dire : « Qu'est-ce que tu pouvais y faire ? » Ou : « Tu n'avais pas d'autre choix. » Le problème, c'est qu'il ne fait pas assez confiance à Tally pour lui dire ce genre de choses. La meilleure de ses qualités est également la pire. Lorsqu'on lui demande son avis, elle est impitoyablement honnête, bien malgré elle. Oh, elle ne le cherchera pas, ni ne sortira du droit chemin pour que la personne se sente coupable. Elle essaie d'avoir du tact. Mais si on insiste pour savoir ce qu'elle pense vraiment, il vaudra mieux être prêt à encaisser. Parfois, Clem ne l'est pas.

Il entre dans le marché. Bruyant et chaotique en ce jeudi avant le Memorial Day, il lui parvient par vagues aromatiques : fritures, charcuteries, poissons, fleurs. Les effluves sucrés et caramélisés des pralines Konstant Candies dominent toutes les autres odeurs. Il en achètera pour Gwen ; seulement, elle ne mange plus de bonbons. Son humeur change à la pensée de sa fille et de son obsession pour son poids. Pire encore, son intérêt démesuré pour les garçons. Elle qui était dotée d'un esprit curieux et vif, voici que son unique souci, à présent, sont les vêtements et le nombre de garçons qui l'appellent chaque semaine. Il n'y a pas si longtemps, elle se promenait avec lui dans les bois le week-end, avide d'absorber sa connaissance de la faune et de la flore, captivée. Il y a deux ans seulement, ils ont lu *Le Lys de Brooklyn* ensemble, ce qui leur valu un grand nombre de discussions précieuses. La pauvreté, la vie des immigrés, et même les crimes sexuels. À présent, lorsqu'il lui parle, elle se montre très patiente et très douce, comme s'il était passablement retardé.

Il décide de manger un cake au crabe chez Faidley's. Avec une bière. C'est pratiquement un week-end de vacances.

Quelqu'un a laissé sur le comptoir un exemplaire datant de la veille du *Star*, le journal de l'après-midi. Clem en feuillète les pages d'un geste machinal, et le repousse lorsqu'il tombe sur un article de Chicago à propos d'un pourvoi en appel dans le procès de John Wayne Gacy. Chaque année, il semble y avoir une nouvelle horreur impensable. Jim Jones en 1978, John Wayne Gacy l'année suivante. Qu'est-ce que l'année 1980 apportera avant qu'elle ne prenne fin ? Son prénom commencera-t-il par un *J* ?

La nourriture arrive et il concentre son attention sur le plat, un pénible tableau à la gloire du cholestérol : frites, macaronis au fromage et le cake frit au crabe. Il réprimanderait n'importe quel patient pour un tel déjeuner. Mais son propre taux de cholestérol est excellent, ainsi que sa pression sanguine. Il a conscience que sa bonne santé est un ticket de loterie mais il est fier de montrer à ses patients ce qui reste possible en prenant de l'âge. Quoi qu'il fasse cependant, les statistiques montrent que sa femme est destinée à être veuve à un âge relativement jeune. Et ça l'embête quand même de faire ça à la personne qu'il aime le plus au monde.

Tally affirmait catégoriquement être au courant des statistiques de mortalité, et qu'elle préférait jouir d'un temps plus court avec lui qu'un mariage plus long avec n'importe qui d'autre. Il continue néanmoins à se demander si elle finira par décider que ce n'était pas une si bonne affaire de lui avoir offert sa jeunesse pour se retrouver seule avec la majeure partie de sa vie devant elle. Disons qu'elle ait soixante-trois ans au moment de sa mort, lui s'en donnant soixante-dix-sept. C'est trop tard pour une deuxième chance. Ce sera presque immanquablement une grand-mère, peut-être même sur le point de devenir arrière-grand-mère, si Miller ou Fee décident de fonder une famille tôt. Il parie sur Miller, légèrement tradi, coupe rase, fidèle et consciencieux. Né en 1956, Miller avait presque semblé déçu d'avoir dû s'enrôler dans le contingent sans réellement servir. Miller aime servir. Il cherche constamment à faire ce qu'il faut. En d'autres termes, il est exactement comme son père. Il a fait un mariage heureux avec une fille admirable. Et cette fille, tout comme sa belle-mère avant elle, a persuadé Miller d'abandonner sa ville natale ; seulement, dans son cas, c'est pour être proche de sa famille. Il appelle tous les dimanches afin de raconter sa semaine. À bien des égards, Clem a l'impression de mieux connaître la vie de Miller que celle de Gwen.

Fee, elle, est silencieuse et isolée. Elle cache un secret, même si elle n'en a pas conscience. Tally est persuadée que cela a un rapport avec sa sexualité, ce qui attriste Clem, car il croit que la vie de Fee n'en sera que plus dure, elle ne se sentira pas bien dans sa peau. Elle vit à San Francisco, mais elle pourrait tout aussi bien se trouver à… Dubuque, d'après ce que Clem a pu glaner sur sa vie. Elle va à l'école – elle se dirige vers un master en psychologie – et passe ses week-ends à faire du vélo comme une obsédée, presque comme si elle cherchait à se fuir elle-même. Clem espère qu'elle finira par trouver la sérénité.

Quant à Gwen… la douce et jolie Gwen, avide de plaire. Quoi qu'elle fasse, elle s'en sortira. Tellement plus jeune que ses frères et sœurs, Gwen a reçu le meilleur des deux mondes : elle a été élevée comme une enfant unique par des parents qui avaient une expérience de terrain considérable. Certains diraient qu'elle est gâtée, mais Clem est persuadé du contraire. Gwen est une crème. L'était.

« Qu'auriez-vous fait s'il s'était agi de votre enfant ? De Gwen ou de Mickey ? » a demandé Tim Halloran à Clem et Rick cette nuit-là. À ce jour, Clem doit combattre son envie de crier : *C'est impossible. Gwen n'est pas aussi stupide.* Il ne rejette pas la faute sur Go-Go. Il blâme les Halloran de ne pas avoir préparé leur fils à se frotter au vaste monde. Est-ce parce qu'il s'agissait d'un garçon, dont on présume qu'il est plus en sécurité dans le monde, ou parce qu'il avait deux frères plus âgés qui étaient censés lui montrer le chemin à suivre ? De leur côté, Clem et Tally n'avaient pas abdiqué leur responsabilité envers Gwen en la reportant sur Miller et Fee.

– Eh ! Il a essayé de *frapper* Mickey, dit Rick. Il aurait pu la tuer. Les enfants assurent qu'il gardait une vieille carabine dans sa cabane. Qu'est-ce qu'il se serait passé s'il s'en était emparé au lieu de sa guitare ?

– Ça n'est pas la même chose, répond Halloran d'une voix aussi stridente et aiguë qu'une femme. Ça n'est pas la même chose.

Halloran avait raison, mais pas comme il le croyait. Clem ne pouvait se résoudre à rappeler à Tim que, conformément à la loi, une agression physique brutale sur une fille serait jugée avec beaucoup plus de dureté que les attouchements du vieil homme sur Go-Go. Que lui auraient fait les juges ? Il aurait écopé d'un an ou deux au plus. Et s'il avait nié ? Comment pouvait-on prouver quoi que ce soit ? Selon Sean, Mickey ne pouvait pas décrire ce dont elle avait été témoin dans l'obscurité de la cabane ; seulement que le vieil homme était devenu violent lorsqu'elle l'avait trouvé seul avec Go-Go. C'est vrai, l'homme était vieux, noir et indigent. Le système judiciaire ne serait pas enclin en sa faveur. Toutefois, Tim ne serait jamais satisfait de la peine qui lui serait assignée, quelle qu'elle soit. Bon sang ! Un avocat de la défense astucieux pourrait faire appeler le docteur Money comme expert judiciaire et lui demander de raconter devant les tribunaux ce qu'il avait raconté au magazine *Time* : « Une expérience vécue durant l'enfance, telle qu'être le partenaire d'un proche parent ou d'une personne plus âgée, n'affecte pas nécessairement l'enfant de manière négative. » Mais qu'était-ce donc, un enfant ? Qu'était-ce qu'un proche parent ? Ainsi qu'il lui arrive souvent, Clem se remémore l'image d'une Tally de dix-huit ans faisant circuler les petits-fours dans la demeure de ses parents et présentant son plateau au meilleur ami célibataire de son oncle, puis enceinte de lui moins d'un an plus tard. Cela n'avait absolument rien à voir, bien sûr, pourtant certaines personnes ne seraient pas de cet avis. Les deux situations pourraient tout aussi bien figurer dans la rubrique du docteur Money.

La discussion était sans objet. L'homme gisait, mort, à leurs pieds. Les événements et les possibilités tourbillonnaient autour d'eux, aussi rapides que les eaux qui se ruaient autour du corps, irrésistibles et implacables. N'importe quoi aurait pu le tuer. La chute, le coup à la tête, une crise cardiaque, la noyade. Que pouvait-il sortir de bon de raconter ce qui était arrivé aux enfants, la façon dont l'homme les avait pourchassés à travers les bois et encore moins les raisons ? Ils avaient décidé que Clem passerait un appel anonyme à la police d'un téléphone public pour signaler la présence d'un corps dans les bois, puis vérifierait auprès de la morgue si un inconnu y avait été déposé. Une autopsie se chargerait de déterminer s'il s'était agi d'une crise cardiaque ou même d'une attaque d'apoplexie, due à trop d'efforts. Personne ne serait à blâmer pour quoi que ce soit.

Mais lorsque Clem avait finalement appelé la morgue sous un prétexte fumeux, arguant qu'il avait besoin de collecter des renseignements sur plus d'une cinquantaine de décès en septembre pour un projet de recherche, il n'y avait pas le moindre cadavre d'inconnu correspondant à la description de l'homme dans les bois. Le corps n'avait donc pas été retrouvé ? S'était-il trompé à propos de la mort de l'homme ? Dans ce cas…

Incapable de finir son assiette, il la repousse. Il faudrait qu'il achète quelque chose à Tally et Gwen. Mais que pourrait-il bien leur apporter ? Tally tient à composer elle-même tous les menus et n'apprécie aucune ingérence. Gwen ne mange dorénavant plus du tout de bonbons. Les fleurs du marché, quelque peu détrempées et décolorées, ne sont pas des plus belles. Il n'a rien d'autre que lui-même à leur offrir, vieux et las à la fin d'une journée de plus.

Chapitre vingt

– *I found my thrill*, chante Larry, *up on Strawberry Hill.*

– *Strawberry Hill Apartments… for-e-ver*, chante Rita en retour en déballant des verres.

Dieu, comme Mickey avait fait un sale boulot en les emballant ; certains sont ébréchés. Immanquablement, il s'agit de ses plus beaux, venant de l'ensemble en ambre lourd du Mexique de chez Pier One. Pourquoi n'était-ce pas ceux offerts en cadeau par la station-service qui finissaient cassés ?

Pourtant, même les verres cassés ne parviennent pas à assombrir l'humeur de Rita, bien qu'elle se promette de prendre à part Mickey plus tard et de lui passer un savon.

Le déménagement, censé être l'un des événements les plus stressants de la vie d'une personne, n'a apporté qu'une joie enfantine et durable à Rita depuis qu'elle a signé le bail pour l'appartement sur Strawberry Hill le mois dernier. Elle n'arrive pas à croire que Larry ait pris l'initiative d'emménager avec elle, sans même qu'elle lui en fasse la demande. Vivre en couple dans les règles – partager un lit et un appartement avec Larry, à défaut d'avoir signé un vrai bail à deux – est le meilleur trip dont elle ait jamais fait l'expérience. Tout est mieux. Chaque cigarette, chaque boisson, pointer au boulot. Joey même, un gamin tout ce qu'il y a de difficile, est soudain devenu un ange. C'est presque comme s'il savait qui était son véritable père, bien que Rick – évidemment ! – continue à se montrer le papa super consciencieux en venant un week-end sur deux et les nuits du mercredi. Bon sang ! Rita aimerait lui dire la vérité, simplement pour balayer ce regard supérieur de son visage, mais elle ne veut pas dire adieu à ses chèques.

D'ailleurs, les visites de Rick semblent être les uniques moments qui sortent Mickey de sa torpeur permanente. Voici que rien ne paraît rendre cette fille heureuse. Prenez l'école. Elle déteste son école actuelle, Rock Glen. L'idée de changer pour un nouveau quartier l'avait d'abord enthousiasmée, lorsque Rita lui avait annoncé la nouvelle. Puis Rita avait annoncé à l'école Rock Glen que Mickey avait un problème médical et serait incapable de poursuivre les cours durant les trois dernières semaines. Elle vit désormais trop loin pour marcher jusqu'à l'arrêt de bus ; puis, qui la conduirait là-bas à sept heures trente tous les matins ? Pas Rita. En outre, personne n'apprend jamais rien pendant les trois dernières semaines d'école. On pourrait penser qu'une fille serait contente de commencer ses vacances d'été en avance. De plus, Rita paye Mickey pour garder son frère le matin alors qu'on pourrait raisonnablement s'attendre à ce qu'elle le fasse gratuitement. Un dollar vingt-cinq de l'heure, cinq heures par jour, cinq jours par semaine. Mince, c'est mieux que ce que Rita gagne certaines nuits. La fille devrait être aux anges.

Mais Mickey déteste le nouvel appartement. Elle doit partager sa chambre avec Joey, du moins jusqu'à ce que Rita se décide à acheter un nouveau canapé-lit mais, de toutes façons, aucun des enfants ne peut dormir dans la chambre de Rita à présent que Larry vit à la maison. Le nouvel endroit est sans doute plus petit, mais il est plus charmant : propre et fraîchement repeint. Puis, son assurance-auto a baissé de moitié simplement depuis qu'elle a quitté la ville et ils se sont rapprochés d'un kilomètre des centres commerciaux sur la Route 40 et à l'extérieur de Security Boulevard. Mickey pourrait prendre le bus pour faire du shopping ou aller au cinéma. Toutefois, lorsque Rita lui en parle, Mickey soupire et dit : « Mon bois me manque. » Son bois ? Quelle idiote.

Rita ne peut pas se permettre de s'inquiéter pour Mickey. Son but immédiat est de faire de Larry un homme, un vrai. Quelqu'un qui assure l'argent du ménage. Quelqu'un qui n'ait pas à dealer de la drogue ; qui en fasse peut-être usage de temps en temps, mais qui n'en vende pas.

– Qu'est-ce que c'est ? demande Larry en sortant une longue poêle en métal d'un carton.

Il lui faut quelques secondes pour identifier l'objet.

– Une poêle pour pocher le poisson.

– Tu t'en es déjà servie ?

– Non. Je l'ai rapportée du travail une nuit, parce qu'on m'avait dit que c'était une bonne façon de cuire le poisson, mais les enfants détestent ça.

En réalité, c'était Rick qui détestait le poisson, mais elle essaie de parler de lui le moins possible. Elle aimerait effacer toute trace de Rick, faire comme s'il n'avait jamais existé.

– Tu l'as rapportée… Tu veux dire que tu l'as piquée.

Larry sourit. Il aime son côté maléfique.

– Peut-être.

Elle lui donne un léger coup de hanche en passant devant lui pour entrer dans la petite kitchenette, puis elle se tourne et colle son derrière contre son bas-ventre en remuant paresseusement d'avant en arrière jusqu'à ce qu'elle voie Mickey debout dans le salon, les regardant au-dessus du passe-plat. Son visage est sans expression, aucun commentaire, elle se contente de regarder. Cette fille voit trop de choses. Rita se demande si Mickey a remarqué la ressemblance marquée entre son frère et Larry. Dieu merci, Rick et Larry avaient tous les deux les cheveux et les yeux sombres. Rien d'évident ne peut relier Larry à Joey sauf à rechercher les ressemblances, ainsi que Rita le fait, constamment. Une finesse dans l'arête du nez, dissimulée par le gras de bébé de Joey, quelque chose de similaire dans les oreilles. Oui, les oreilles. Elle connaît Larry aussi bien que cela, l'intérieur comme l'extérieur.

Ce qui veut dire qu'elle comprend que ça ne sera pas facile de domestiquer un homme qui aime son côté sauvage. La présence de Rick avait stimulé son attrait pour elle, il avait été l'appât qui lui avait ramené Larry. Maintenant qu'ils ne trichent plus, il pourrait se lasser. Si elle fait pression sur lui pour arrêter de se droguer et emménager de manière officielle… Non, il doit prendre ces décisions lui-même. Ou penser qu'il le fait. Qu'il en soit ainsi. Elle sait comment le rendre heureux et passionné. La semaine dernière, ils sont allés au drive-in sur la route 40 et Rita était épuisée, mais elle a pris soin de lui prodiguer une gâterie. Deux fois. Ses cheveux étaient couverts de sueur et du sel venant du pop-corn lorsqu'elle a finalement retiré sa tête de sur ses genoux. Les personnes dans la voiture à côté lui ont jeté un sale regard. Ils étaient accompagnés d'une bande de gosses en pyjama. Et alors ? Il s'agissait d'un film interdit aux moins de dix-huit ans à propos de deux ados qui essayaient de perdre leur virginité. C'étaient eux, ces parents vertueux, qui étaient les pervers, à emmener leurs enfants voir un tel film.

Elle se demande si Mickey est allée jusqu'au bout elle aussi. Elle pense que non. Elle ne veut pas, bien sûr, bien que Rita n'ait eu que seize ans lorsqu'elle l'a fait la première fois, et les filles grandissent plus vite maintenant. Tout de même, Mickey aurait besoin d'un petit ami, quelqu'un qui puisse la divertir pour qu'elle ne soit pas constamment dans l'appartement, à épier Rita et Larry. Peut-être devrait-elle l'emmener chez le docteur, lui faire prendre la pilule ? Ou un stérilet, comme elle en utilise un parce qu'elle fume. Mickey fume-t-elle ? Est-ce qu'elle prend des drogues ? Rita ne la laissera pas faire, même si c'est hypocrite de sa part. Mickey sait-elle qu'il lui arrive d'en prendre, à l'occasion ? Arrivait. Sûrement, la gamine se rend compte de tout. Regardez-la, debout en train de regarder. Qui est-elle pour juger Rita ? Cela pouvait sembler mal de quitter Rick et de se mettre avec Larry aussi vite, mais si seulement Mickey connaissait toute l'histoire. Rita n'essaie pas de détruire la famille, elle essaie d'en construire une.

– Je sors, dit Mickey. Regarde autour de toi.

– T'as défait tes affaires ?

Un silence. En réalité, elle est en train de se demander si elle va lui mentir. Ce qui sidère Rita, c'est que Mickey voudrait que sa mère la voie songer à mentir.

– J'en ai fait assez, dit-elle. Pour l'instant.

– T'as fait un sale boulot en enveloppant mes verres, dit Rita.

– Tu aurais peut-être dû t'en charger toi-même. Tu devais être trop occupée.

Elle met une emphase particulière sur le *occupée*. Il n'y a aucun doute sur ce qu'elle veut dire.

– Oui, j'étais occupée. Occupée à travailler toutes les nuits afin que tu puisses avoir de la nourriture, des vêtements et un toit au-dessus de ta tête.

– Oui, dit Mickey en regardant en l'air. Et quel toit.

Rita lève la main, son caractère surgissant de nouveau, au moment où Larry s'écrie :

– Les filles ! Les filles !

Larry n'aime pas les conflits. Elle ferait mieux de s'en rappeler si elle veut le garder, et ne pas laisser Mickey prendre le dessus. Elle se demande si Mickey comprend cela, si elle se sert de sa mère pour la faire se sentir mal devant Larry.

Joey hurle depuis l'autre chambre, s'éveillant de sa sieste. La politique de Rita est que s'il a l'habitude de faire une sieste à la crèche, c'est sûr et certain qu'il va en faire une à la maison. Mais il ne cède jamais sans lutter auparavant.

– Va chercher ton frère, dit-elle à Mickey.

– J'allais…

– Va chercher ton frère. Ton beau-père et moi devons… laver les draps.

– C'est pas mon beau-père, dit Mickey, et Rita n'est pas sûre, mais elle croit voir Larry hocher la tête.

– Va chercher ton frère, dit-elle.

– Demi-frère, dit Mickey.

Il faut toujours qu'elle ait le dernier mot.

Dès que Mickey a quitté la pièce, Rita s'empare du panier à linge, ne s'embarrassant même pas de prendre du détergent.

– Pourquoi… commence Larry, et elle appuie légèrement sur son bas-ventre.

– Tu vas aimer ça, chuchote-t-elle. Laver le linge peut-être très amusant.

Ils ne réussissent pas à mettre le verrou, mais ils ferment la porte et se mettent à le faire, d'abord en se tenant debout. Personne ne passera cette porte à moins de vouloir pousser 130 kilos de chair de côté. Mais Rita ne veut pas en terminer de cette façon. C'est trop tentant pour elle de se coller à la machine vrombissante, remplie des vêtements d'une autre personne, Larry derrière elle, tout vibrant. Elle doit coller son poing dans sa bouche pour se retenir de crier, et même Larry, expert dans l'art de masquer ses propres cris, doit lui mordre l'épaule pour étouffer ses gémissements. Ses dents entament la peau, sans la faire saigner. Elle croit entendre quelqu'un commencer à ouvrir la porte, pour battre en retraite aussitôt.

C'est comme ça que je te garderai près de moi. Elle le dit presque à voix haute. Il faut qu'elle soit amusante, spontanée, *coquine*.

À leur retour dans l'appartement, le petit Joey est en train de courir nu en criant de tous ses poumons et Mickey se contente de le regarder, le visage sans expression.

– Nu ! Nu ! crie-t-il. Je suis tout nu.

C'est le mot qu'il utilisait lorsque c'était un bébé. Il sait que c'est drôle.

– Bon sang, qu'est-ce qui se passe, Mickey ?

– Il a enlevé ses vêtements, dit-elle en haussant les épaules. C'est pas ma faute s'il est retardé.

– Ne traite pas ton frère de retardé.

– Regarde cette petite chose, dit Larry. Aucune ressemblance, non ?

Rita lui jette un regard. *Ferme-la.* Heureusement, Mickey n'a rien entendu pour une fois. Elle regarde son frère courir en cercles comme si elle ne se rappelait pas ce que c'était d'être aussi jeune et bête.

– Nu ! Nu ! crie-t-il.

Rita se rappelle d'être gentille avec Mickey, l'enfant désavantagée, sans père, tandis que Joey, d'un certain côté, en a deux. Rita voit bien que ça sidère Mickey que Rick n'ait pas d'obligations envers elle depuis son déménagement. Il est suffisamment gentil pour l'inclure dans certaines sorties, mais tout est fait en fonction de Joey – jeux de bambin, dessins animés – ce qui ennuie profondément Mickey. Pourtant, Rita ne peut pas non plus rejeter la faute sur Rick. C'est biologique. Il prend soin de ce qu'il pense être son enfant. Peut-être que c'est Joey qui le fera rester attaché à elle, bien plus important que des parties de sexe dans la buanderie et des fellations au drive-in. Il lui faudra simplement le temps.

– Nu ! Nu ! Je suis tout nu ! crie Joey.

– Débile, dit Mickey dans un souffle, mais elle sourit.

Ils sont tous en train de sourire. Rita se demande s'ils ne feraient pas mieux de commencer à appeler Joey par son deuxième prénom, qui se trouve être Lawrence.

ÉTÉ 1980

Chapitre vingt et un

Tim est dehors, devant la maison, regardant les participants se rassembler pour la parade du 4 juillet. Il essaie de ne pas prendre personnellement que sa rue, constituée d'un seul bloc d'immeubles, Sekots Lane, soit utilisée comme coulisses, comme arrière-scène pour la parade annuelle, mais il ne peut pas s'empêcher de se sentir lésé. Sekots a toujours semblé comme une annexe au véritable quartier, une rue orpheline criblée d'arbres, comme des épingles plantées par erreur. Sekots se termine en impasse au pied d'une colline où les enfants faisaient autrefois de la luge, mais le Dickeyville Garden Club y a férocement planté quantité d'arbres en espérant boucher la vue des appartements de Wakefield au-dessus d'eux. À l'époque, tous ces jeunes arbres, ça semblait ridicule ; mais les arbres poussent et l'objectif du club a été rempli. Tim se rappelle le temps où ces arbres étaient plus petits que ses garçons.

Cela fait des années, depuis la dernière fois que la famille s'est trouvée réunie à la maison un jour de parade. Même l'année dernière, malgré son parcours professionnel en dents de scie, ils sont parvenus à prendre leur semaine de congés à Ocean City. Ils descendent toujours dans une maison d'hôte à l'ancienne où la famille de Tim allait lorsqu'il était enfant. Ça n'a rien de luxueux. Pour tout dire, c'est même carrément vieillot, mais pour quelle raison dépenser de l'argent dans un endroit où on ne vient que pour secouer le sable de son maillot et suspendre des serviettes mouillées ? À deux rues de la plage, l'emplacement est de premier choix et les attractions sur le bord de mer, où ils passent la majeure partie de leurs soirées, sont accessibles à pied. L'été dernier, Go-Go a eu le cœur brisé de rater de justesse la taille limite pour les autotamponneuses. Tim a supplié, essayant même de glisser en douce un billet de cinq au préposé. Go-Go a piqué une crise, ce qui était plutôt dans ses habitudes, même si Tim avait trouvé son comportement particulièrement violent et incontrôlé. L'été dernier… Non, pense Tim. Cela ne s'était pas encore passé. C'était l'unique fois. Go-Go a dit que c'était la seule fois qu'il était allé dans la cabane de ce vieux salaud.

Pas de plage cet été, bien que Tim ait retrouvé un travail. Il bosse pour Tuerkes, une boutique de valises et de produits en cuir. Pas dans la compta, mais la vente. Ça ne le dérange pas. En fait, il doit prendre plus soin de sa tenue que lorsqu'il travaillait comme comptable, et la riche odeur de cuir dans la boutique ainsi que la compagnie d'autres hommes lui plaisent. Des jeunes, qui se coiffent au sèche-cheveux. Ils vont dans des discothèques et rentrent de week-end en racontant combien de nanas ils ont levées, et comment les cocktails qu'elles boivent disent tout d'elles, que ce soit un Wallbanger ou un Sex On The Beach. Ils jurent que les meilleures, les filles classieuses, boivent des spritzers au vin blanc ou des Bristol Cream. Les femmes dont ils parlent, elles semblent toutes pour Tim appartenir à une autre espèce. Elles pourraient venir de la Lune.

Au départ, le boulot à Tuerkes lui avait fait l'effet d'être rétrogradé, mais Tim pense désormais que ce pourrait marquer un tournant. Il a annoncé aux deux grands qu'il leur fallait trouver un boulot à mi-temps cet été, en le faisant passer comme un exercice pour se forger le caractère. Mais il ne peut pas forcer Go-Go à trouver du travail, et le gosse est un puits sans fond de dépenses. Depuis peu, il est obsédé par ce jeu vidéo où des points jaunes mangent d'autres points jaunes jusqu'à ce que des fantômes mangent les gros points jaunes. Dieu merci, il n'y a pas de salle de jeu où il pourrait se rendre à pied, ou bien Go-Go y passerait toutes ses journées.

Il y a un mois, Go-Go s'est mis à le harceler pour de l'argent pour son déguisement du 4 juillet. Le gosse est tout excité à l'idée de défiler dans la parade, bien qu'il garde le secret sur son costume ; il dit qu'il veut que personne ne lui vole son idée. Les meilleurs recevront des prix, de la foutue camelote, mais Go-Go se comporte comme s'il s'agissait des joyaux de la couronne. Tim a répondu qu'il ne pouvait pas lui donner d'argent, à moins d'en connaître la raison, et Go-Go a arrêté d'en parler. Pas du Go-Go, ça. Comme de garder un secret ; mais il a réussi à cacher son costume à tout le monde, y compris ses frères. Même maintenant, il est encore dans la maison, dans sa chambre, déterminé à ne pas se montrer jusqu'au jour de la parade.

La parade du 4 juillet de Dickeyville est un de ces événements du quartier que les gens adorent, bien que ce soit un peu trop précieux pour Tim. Jésus, il a l'impression que tout le monde va participer à ce foutu défilé ; qui est-ce qui va donc le regarder passer ? Le thème est vaguement patriotique, quoique également complaisant : *Nous sommes tous Américains*. Tu m'en diras tant, Sherlock. Qui d'autre célèbre le 4 juillet ? Peut-être que les Brits vont descendre une pinte, ravis d'être débarrassés de nous, mais leurs économies vont pas fort non plus. De toutes façons, coller au thème ne semble pas être la règle absolue. Tim aperçoit un escadron de minuscules petites filles vêtues de robes démodées, avec des landaus et des poupons. Derrière elles, une troupe de Louveteaux. Tim ne s'était pas rendu compte qu'il y avait autant de petits enfants dans le voisinage. D'après leur âge, l'année du bicentenaire a été très bonne pour faire des bébés.

Regardant autour de lui, Tim n'en revient pas du mélange de hippies et de BCBG que forment ses voisins de quartier. Il ne colle à aucune des deux catégories. Comment est-ce arrivé ? Est-ce que ça a toujours été comme ça ? Maintenant, il ne se rappelle plus pourquoi il a acheté la maison sur Sekots Lane, si ce n'est pour le prix correct, puis il ne voulait pas que ses murs touchent ceux des voisins. Ça avait semblé comme une grosse avancée. Il aimerait jeter la faute sur Doris, mais elle lui a fait toute une histoire. Elle a dit que le quartier était trop isolé et qu'elle préférait attendre qu'ils puissent se payer quelque chose de plus grand. Elle s'est aussi demandée à quoi bon emménager dans un endroit rempli de maisons en vieilles pierres et en briques entourées de collines boisées, si c'est pour en acheter une neuve, construite à l'arrière d'un immeuble d'habitation. « Moins de réparations à faire dans une nouvelle maison », a-t-il contré. Quelle blague. Tout a sans cesse besoin d'être réparé dans la maison de Sekots Lane. Il ne leur reste peut-être aucun appareil d'origine et il est quasiment sûr que le chauffe-eau va leur claquer entre les doigts.

Plus que cinq minutes avant le début de la parade. Encore une saloperie de journée, chaude et moite. Tim est en sueur à la simple vue du type déguisé en George Washington. Même le con en Jimmy Carter et manches courtes paraît avoir chaud et le pauvre sosie de Reagan porte un costard. Tim va peut-être voter pour Reagan, mais il se garde bien de le dire. Si Teddy Kennedy arrive à gagner l'élection contre Carter le mois prochain, ça sera différent. Tim ne pourrait jamais voter contre un Kennedy. Bien sûr qu'il est au courant pour la morte, la secrétaire, il est persuadé que Kennedy se la tapait, ou alors il en avait l'intention. Et alors ? Ça faisait partie de ses privilèges. Tim ne lui en veut pas le moins du monde. Il devrait être président, bien que Tim n'imagine pas le nombre d'agents secrets qu'il lui faudrait pour assurer sa sécurité. Un taré essayera de lui mettre une balle. Il y a toujours un taré quelque part, prêt à tirer.

La parade se met finalement en branle, la masse étirée et informe se muant en quelque chose doté de forme et de direction. Le trio composé d'une flûte et de tambours a commencé à jouer et tout le monde s'est mis en file. Où est Go-Go ? Tim se demande si le gosse comprend comment se passe un défilé, ou s'il s'est même donné la peine de s'en rappeler ; sûrement une condition préalable pour parader et tenter de gagner un prix. Go-Go a du mal à comprendre ces choses-là, les règles et les règlements. Son vieux ne lui en veut pas.

La parade s'étire, descendant Pickwick en direction du centre-ville plus pittoresque et cheminant vers les rives de Gwynns Falls. Tim se demande s'il est trop tôt pour boire une bière. C'est un jour férié, n'est-ce pas ? On ne suit pas les mêmes règles. Il retourne à la maison pour prendre une bière. Comme dit la chanson, c'est la bière à boire quand on s'apprête à en boire plusieurs, et Tim a bien l'intention d'en boire plusieurs aujourd'hui.

Une jeune mère lui jette un regard noir. Eh ! Il l'a versée dans un thermos en polystyrène. Personne ne peut voir la cannette. C'est un jour de congé, bordel.

Puis il voit Go-Go, passant la porte d'entrée. *Merde*. Il est habillé en joueur de hockey de l'équipe olympique américaine. En fait, c'est pas une mauvaise idée pour faire étalage de son patriotisme. Lui, il est davantage dans le coup que les petites filles avec leurs poussettes pour enfants. Mais le gosse doit crever de chaud avec tout cet attirail. Car ça n'est pas n'importe quel joueur de hockey, mais le goal, Jim Craig, avec ses rembourrages et son masque. Bien que le pantalon ne soit qu'un survêtement avec du scotch et des étoiles en papier sur les côtés, le reste du déguisement paraît authentique. Tim se demande où Doris a gratté l'argent pour ça, si elle est de ces femmes qui épargnent des sous derrière son dos. Elle a pas intérêt. Merde, est-ce que Go-Go a volé l'attirail ?

Pour ajouter une ombre à ces inquiétudes, voilà qu'il découvre que le gosse porte des vrais patins. Bien sûr, il les a recouverts de caoutchouc, mais il marche *avec des patins* ! Aussi courte et ringarde que soit la parade de Dickeyville, c'est impossible que Go-Go arrive à la suivre jusqu'au bout dans cet accoutrement, en brandissant un bâton de hockey.

Tim vient à sa rencontre.

– Super, le costume, fiston.

Go-Go le remercie d'un hochement de tête, son être tout entier concentré sur ce qu'il a à faire – le survêtement, ses patins. On le sent presque vibrer à l'intérieur de tout cet attirail. Il a eu au moins le bon sens de remonter le masque sur son front.

– Mon gaillard, tu n'arriveras jamais à marcher dans cet attirail. Même si tu enlevais ces patins…

– Jamais, dit Go-Go. Les patins, c'est ce qu'il y a de mieux. Je suis Jim Craig.

– J'avais remarqué, fiston.

– J'ai arrêté trente-six buts sur les trente-neuf tirs au but des Soviets.

– Ouais, en février à Lake Placid. Mais on est à Baltimore en juillet. Tu vas mourir. Je veux dire, littéralement, Go-Go. Tu pourrais mourir de chaud.

Doris vient à leur rencontre en se tordant les mains.

– Tu ne peux pas marcher habillé comme ça, Go-Go. Tu vas tomber malade.

C'est drôle, mais le fait que Doris prenne son parti lui donne envie d'en changer. Il ne va pas lui ressembler, être l'ennemi du divertissement, le trouble-fête.

– Regarde, dit-il. Ça te dit qu'on marche ensemble ? On pourrait prendre de l'eau, au cas où tu aies soif…

Go-Go a avancé péniblement durant tout ce temps, lentement mais sûrement, l'espace entre lui et la parade grandissant de plus en plus.

– Tu veux dire, comme un garde du corps ?

– C'est ça, dit son père. Comme un garde du corps. Je parie que Jim Craig avait un garde du corps quand il est rentré chez lui à… Philadelphie et que tous ces amis sont venus l'accueillir.

– Jim Craig, dit Go-Go, chaque mot, chaque pas demandant un effort de concentration, est du Massachussetts. Comme le père Andrew.

– Massachussetts, Pennsylvanie. Je les confonds tout le temps.

Tim fait remplir un vieux thermos d'eau glacée à Doris, qu'il échange à contrecœur avec sa bière, puis il se met à suivre Go-Go. Malgré tout, chaque pas laborieux les voit perdre du terrain. Bientôt, c'est à peine s'ils peuvent voir les petites filles avec leurs poussettes.

– Jim Craig s'est comporté en vrai héros pendant cette partie.

– Je *sais*, dit Go-Go.

– Et parfois, les vrais héros se font porter sur les épaules.

Go-Go n'en continue pas moins de marcher pas à pas. Si on pouvait appeler pas ces avancées minuscules et douloureuses.

– C'est ce qu'ils ont fait à Jim Craig ?

– Je crois, oui, quand il est rentré chez lui, dans le Massachussetts. Je suis quasiment certain que c'est ce qu'ils lui ont fait quand il est rentré dans sa ville natale.

Il soulève son fils pour le mettre sur ses épaules. Il a dix ans et il porte tout cet attirail. C'est pas une petite chose. Et il fait une telle chaleur. Mais Tim ne pourra qu'aller plus vite que Go-Go. À chaque pénible foulée, les patins viennent lui cogner la poitrine, et Go-Go finit par lui cogner la tête avec son bâton chaque fois qu'il essaie de reprendre son équilibre. L'écart commence pourtant à s'amoindrir. Alors qu'ils rattrapent le reste du défilé et les spectateurs, Go-Go tend son bâton de hockey à son père. Il lève ensuite les bras, les poings serrés, en imitant clairement un quelconque signe de victoire qu'il aurait vu dans un film ou un programme télé.

Ses frères, qui ont suivi la parade à vélo, reviennent en arrière et se mettent à rouler en cercles lents et paresseux autour d'eux.

– Portons-le chacun notre tour, dit Sean. On ira plus vite que toi.

– Il est trop lourd pour vous.

– Pas si on s'y met à deux avec Tim.

Ils laissent leur vélo sur le côté de la route – aucune crainte de se les faire voler à Dickeyville, où tout le monde connaît tout le monde, même si certains gamins de couleur pourraient venir. Les deux frères forment un siège avec leurs deux mains et portent Go-Go jusqu'au bloc suivant. Tim le prend alors de nouveau sur ses épaules. Et voilà qu'ils reprennent la route, faisant désormais partie de la parade. Mais pour la dernière partie, à l'approche de la ligne d'arrivée près du ruisseau, Go-Go demande à remonter sur les épaules de son père et faire son geste de la main. Cette fois, c'est Sean qui porte le bâton de hockey.

Ils suent tous à grosses gouttes, ils sentent mauvais et sont dégoûtants. Mais la femme qui avait froncé les sourcils à la vue de la cannette de Schaeffer de Tim est désormais tout sourire. Il se sourit à lui-même. Go-Go remporte le deuxième prix – il aurait réellement dû avoir le premier, ne serait-ce que pour l'effort d'endurance – mais il est diablement content du chèque-cadeau de dix dollars valable chez G.C. Murphy et l'expression sur son visage vaut toutes les récompenses pour Tim. En dépit du nouvel emploi de Tim, la famille continue à se serrer la ceinture.

Go-Go doit l'avoir compris, car plus tard cette même nuit, après avoir parcouru la liste de tout ce qu'un enfant pourrait s'acheter chez G.C. Murphy avec dix dollars, il propose de les mettre dans des fournitures scolaires.

– Ne t'en fais pas, mon garçon, dit son père en le bordant (une chose qu'il fait rarement l'été, quand les garçons sont autorisés à veiller aussi tard qu'ils le souhaitent).

Une chose qu'il fait rarement, point.

– C'était ton costume, tu as reçu une récompense que tu peux dépenser pour ce que tu veux. Où as-tu été chercher cette idée ?

– J'ai trouvé un masque de hockey.

– Où l'as-tu trouvé ?

– Dans les bois.

– Dans les bois. Je croyais que nous avions convenu que tu n'irais plus tout seul dans les bois.

– Au bout, sur le terrain vague à Tucker Lane. Pas dans les *bois* que tu crois.

– D'accord. Tu as donc trouvé un masque de hockey, comme ça par terre ?

– Ouais. Au début, j'allais être le tueur dans *Vendredi 13*. J'ai pas réussi à aller le voir, mais Tim et Sean m'ont raconté l'histoire.

– Ça n'aurait pas été très gentil de ta part, pour un 4 juillet. Il s'agit de l'anniversaire de ton pays.

– Je sais. D'ailleurs, ça aurait voulu dire que j'étais une fille parce que dans le film, c'est une dame qui porte le masque de hockey pour qu'on ne puisse pas la reconnaître quand elle les tue. Je ne veux pas être une dame.

– Évidemment que non. Tu es un garçon tout ce qu'il y a de plus garçon. Ce que tu as fait était bien mieux. Jim Craig… C'est ça l'esprit.

Un silence.

– Où t'as trouvé le reste de l'attirail, mon garçon ? Le bâton et le rembourrage ?

– Oh ! Des garçons me les ont prêtés.

– Vraiment ? Quels garçons ?

– Il faut que je les rende. Pas les patins. Ceux-là étaient à moi. Tu te rappelles quand tu m'as appris à en faire ?

Go-Go a la mémoire généreuse : Tim ne lui a pas vraiment appris à faire du patin. Il en a laissé le soin à ses deux aînés. Il se rappelle bien la patinoire du stade Memorial, une journée frustrante, à se geler les os, durant laquelle Go-Go n'avait pas arrêté de marcher sur ses talons. Tim en avait détesté chaque seconde et avait passé son temps à revenir à la voiture pour « se réchauffer » et écouter les Colts jouer quelque part en dehors de la ville. Faut croire que marcher sur ses talons avait servi de bonne préparation à Go-Go pour aujourd'hui.

– Oui, je m'en souviens.

– C'était une bonne journée.

– Si ça, c'était une bonne journée, alors celle-ci a dû te sembler fantastique.

– Ouais.

Go-Go fronce les sourcils.

– Mais c'est pas pareil. Les choses étaient mieux quand j'étais petit.

Ce foutu dégénéré dans les bois. Pour ce que Tim en sait, ce monstre a donné le masque à Go-Go l'été dernier ; c'est de cette façon qu'il l'a attiré dans sa maison. Cet homme a volé l'enfance de son garçon et il n'y a rien que Tim puisse faire. Parler ne fait pas la moindre différence, il se fiche de ce que les gens pourront dire. Personne ne peut défaire ce qui s'est passé. Lui et Doris sont unis sur ce point au moins. Pas de psychiatre ; on n'en parle pas. Elle prie, et lui fait de son mieux pour donner un bon exemple de ce qu'un homme doit être. D'accord, il n'a pas fait un très bon boulot pendant un moment. Mais il est de retour au travail, il gagne à nouveau sa vie ; il *assure*. Il va prendre soin de sa famille. Il s'est simplement un peu perdu pendant un petit moment. Go-Go lui a montré qu'il avait besoin de se retrouver.

– Les choses sont aussi bien qu'elles l'étaient lorsque tu étais petit, dit Tim. C'est simplement que tous les souvenirs s'améliorent sitôt qu'on s'en éloigne.

– Vraiment ?

– Vraiment, dit-il. Les bons souvenirs s'améliorent et les mauvais disparaissent, tout simplement.

– Vraiment ?

La voix de Go-Go monte dans les aigus, émerveillée, comme si l'idée ne lui était jamais venue.

– Vraiment.

Un jour, tu n'y penseras plus. Promis. Promis. Promis.

– J'aurais aimé qu'on aille à la mer cet été.

– Moi aussi. On ira peut-être pour une journée.

– On pourra manger des bonbons Saltwater Taffy ?

– Bien sûr.

– Et des pizzas Grotto ?

– Tout à fait.

– Des frites Thrasher's ?

– Et des gâteaux Funnel Cake. Cette année, je parie que tu es assez grand pour monter sur les autotamponneuses.

C'est le cas. Ils ne font le voyage d'une journée à Ocean City qu'à la mi-août et, bien que ce soit un jour de semaine, le trajet est pénible. Mais la circulation et la chaleur collante dans la voiture valent la peine de voir Go-Go dans une autotamponneuse, à donner le tournis. Lèvres serrées mais franchement souriant, il envoie valser son véhicule contre ceux moins rapides de ses frères. Il est vif derrière son volant et les esquive lorsqu'ils essayent de se venger en lui rendant la pareille. Il a bien quelques légers ennuis pour remonter le flux et créer quelques collisions frontales, mais bon sang ! il s'agit de Go-Go.

Cette nuit-là, en revenant à la maison, alors que les garçons et la mère sont assoupis et que Tim écoute la dernière manche de la partie du jeu des Orioles, Go-Go dit soudain du siège arrière, presque comme s'il se parlait à lui-même :

– Aujourd'hui est déjà un bon souvenir.

Tim doit rassembler toutes ses forces pour maintenir sa voiture dans l'axe de la route qui mène vers l'ouest sur Bay Bridge. Oh ! si seulement il le pouvait, il ferait s'élever la vieille Buick dans les airs, Shitty Shitty Bang Bang elle-même, pour la conduire jusqu'à la maison en pétaradant sa fumée noire. Tout – tout – pour faire rire Go-Go de nouveau.

AUTOMNE 1980

Chapitre vingt-deux

Bien qu'on ne soit jamais vraiment préparé à ça, suppose Tally, elle est surprise par la brutalité avec laquelle l'information la frappe. Après tout, sa mère avait dû affronter la même situation lorsqu'elle était beaucoup plus jeune. Unique chose qui ne s'arrête jamais, le cours implacable du temps est la seule certitude après la mort – si on excepte les impôts. La course en avant du temps est impitoyable. Tally agrippe le téléphone rouge cerise sur le mur de la cuisine, une des seules touches de couleur permises dans son oasis autrement parfaitement blanche, en remarquant des détails qu'elle avait cessé de voir depuis longtemps – le cercle de papier au centre des touches, les tendons sur sa main, la grosse bague en forme de fleur de courge qu'elle porte sur sa main droite, des marques d'égratignure sur le mur. La plupart des anneaux de ce type sont turquoises, mais celui de Tally est couleur corail. Elle jure terriblement avec le rouge du téléphone.

– En avril, dit Miller. J'espère que ça ne te dérange pas qu'on ait attendu.

– Bien sûr que non, dit-elle.

Une vieille phrase lui revient en mémoire : *le beurre ne fondrait pas dans sa bouche*. Elle a toujours relié cela à la froideur, et elle n'a jamais compris qu'on puisse y voir du charme et des bonnes manières. Mais elle comprend maintenant. Sa bouche est comme scellée par le couvercle d'un beurrier, fraîche, bien maîtrisée et propre, présentant ce qui est attendu d'elle. Elle appelle par-dessus son épaule : « Clem ? Clem ? » Dans la maison, l'acoustique est tellement étrange. Il pourrait se trouver à quelques pas sans entendre. Il pourrait être à l'étage et saisir la moindre parole.

– Qu'est-ce qu'il y a ? crie-t-il en retour.

On dirait qu'il se trouve au deuxième étage.

– Prends la deuxième ligne. Miller a quelque chose à nous annoncer.

Elle reste en ligne pendant que Miller répète sa grande nouvelle et produit les bruits de joie appropriés avant de s'excuser, insistant pour que le père et le fils aient une conversation de père à *père*. En raccrochant, elle rate le support, laissant tomber le combiné qui s'écrase au sol avec fracas, retenu par son long cordon emberlificoté. Elle se penche pour le ramasser et le repose sur la base rouge cerise. Elle va être grand-mère. Voilà ce qui arrive aux femmes qui ont des enfants à dix-neuf ans. Elles deviennent grands-mères à quarante-trois.

Rien n'a changé. Elle paraît aussi jeune que deux minutes auparavant, lorsque Miller a appelé, profitant des tarifs du dimanche ainsi qu'il le fait toujours, en garçon économe. Il n'est que 15 heures à Denver. Ici, c'est la fin d'un week-end d'automne parfait, que Gwen a gâché en le passant en intérieur, sur une piste pour patins à roulettes. Tally se méfie de l'enthousiasme de Gwen pour une activité si saine. Elle craint que sa fille ne s'en serve comme couverture pour masquer autre chose, une chose que l'on pourrait faire dans le parking, si tant est qu'ils se trouvent réellement à la patinoire. Mais qu'est-ce qui pourrait arriver de pire ? Gwen tomberait enceinte. Et alors ? Tally s'apprête déjà à devenir grand-mère.

Elle sait que sa réaction n'a aucun sens. Si elle avait prévu cet événement, si elle s'y était préparée, elle serait folle de joie, ou du moins enthousiaste. Mais être grand-mère lorsque son enfant est encore au lycée la rend confuse. Elle se sent à la fois vieille et jeune : grand-mère à quarante-trois ans tout en étant la mère d'une élève en dernière année de lycée. Clem, elle le sait, n'y verra aucune ambivalence et elle doit s'armer pour quand il pénétrera dans la cuisine, impatient de fêter la bonne nouvelle.

Voici qu'il entre déjà et l'embrasse avec une excitation qu'il n'a pas montrée depuis… Rien ne sert de compter toutes ces semaines, ces mois, pense-t-elle. Au moins un an.

– Tu cherches quelque chose ? demande-t-elle, parce que Clem a desserré son étreinte et fouille parmi la sélection de bouteilles de vin qu'ils gardent empilées dans un porte-bouteilles en Formica.

– Quelque chose digne de la nouvelle.

– Quelle nouvelle ? dit Gwen en remontant à grand bruit du sous-sol.

Ses joues sont rouges et ses cheveux sont en bataille. Un résultat tout à fait normal du patinage à roulette, mais également d'autres activités. Pourquoi donc est-elle entrée par le sous-sol ?

– Ton frère va avoir un bébé.

– Quel progrès dans l'évolution, dit Gwen en se dirigeant vers le réfrigérateur pour y plonger son regard, une habitude qui fait enrager Tally parce qu'elle n'y prend jamais rien, elle se contente d'étudier la nourriture avec une délectation quasiment voyeuriste.

– J'aurais pensé que ce serait Sylvia qui aurait un bébé, mais il faut croire que Miller est super évolué. *Kramer contre Kramer* a dû lui faire un effet bœuf.

Tally sait que Clem déteste le nouveau ton de Gwen, un sarcasme de pacotille qu'elle a aiguisé durant l'été, mais il décide de l'ignorer pour aujourd'hui, déterminé à savourer son moment de joie.

– Tu peux boire un verre avec nous pour fêter ça, si tu veux.

– Un verre de quoi ?

Tally voit bien qu'elle est intéressée. Gwen aime qu'on la traite comme une adulte. Tally était pareille au même âge. La façon dont Gwen s'illumine à l'idée de boire une boisson alcoolisée la rend néanmoins nerveuse. Ne te précipite pas, voudrait-elle lui dire, ou tu te retrouveras sur le point d'être grand-mère sans avoir rien vu venir.

– Le bourgogne blanc, je crois. Je le réservais pour une occasion spéciale.

– Il ne sera pas assez froid, dit Tally. On dîne à sept heures.

– Mets-le dans un seau à glace, ça fera l'affaire. Est-ce qu'il convient à ton menu ?

C'est effectivement le cas. Elle a préparé du saumon poché avec une petite salade verte, pour le dîner. Un plat d'été ; techniquement, il reste encore un jour avant la fin de l'été, malgré la rapidité avec laquelle les saisons filent, aussi impatientes que Gwen. La lumière s'assombrit peu à peu. Il fait plus noir aux deux extrémités de la journée. Tally déteste sentir la tombée du jour, bien qu'elle n'ait que très peu avancé durant l'été, au moment où les journées étaient les plus longues. La nouvelle peinture, qui avait commencé de manière si prometteuse, la torture. C'est ainsi depuis presque un an. Pour une fois, cependant, elle ne va pas renoncer.

Alors que Tally souhaiterait pouvoir arrêter le temps, elle comprend que Gwen est impatiente de voir le calendrier s'accélérer. Cette dernière porte des couleurs d'automne aujourd'hui – une jupe en tissu écossais avec de longues chaussettes bordeaux et un pull bleu marine. C'est le nouveau «look» de Gwen, tiré directement du *Manuel officiel de la jeune fille BCBG*, auquel Tally s'oppose sur tous les fronts. Tout d'abord c'est cher, puis c'est matérialiste. Elle déteste le goût subit de Gwen pour les marques, son insistance à s'afficher avec de minuscules alligators, des joueurs de polo – l'apanage d'une mondaine.

Tally s'étonne cependant que sa fille veuille s'habiller de façon aussi conservatrice et rigide. Si elle avait été lycéenne aujourd'hui, elle écouterait des groupes de punk et adopterait le style vestimentaire le plus outrancier possible. Pour quelle raison Gwen veut-elle ressembler à une minette de Junior League ? Clem adore la nouvelle Gwen, mais Tally craint que les vêtements servent de couverture et que les garçons en pantalons à carreaux et pulls ras-du-cou ne soient beaucoup plus déjantés que les hippies mal peignés que Gwen invitait à passer à la maison l'année précédente. Elle fréquente un étudiant de Gilman à présent et paraît y attacher une importance démesurée. Si Tally a bien compris, son but est d'assister au plus grand nombre de bals de promo d'écoles privées. Elle est devenue le cliché parfait de la minette.

– Tu es le cliché de la minette, lui a dit Tally le matin même, après avoir écouté la fin d'une de ses conversations téléphoniques.

Elle n'essayait pas de l'épier. Elle était dans la cuisine à nettoyer la table du petit-déjeuner et Gwen a choisi d'y passer son appel plutôt que de courir à sa chambre. Elle s'est mise à enrouler le cordon du téléphone autour d'elle pour ensuite le dérouler, tout en énumérant ses diverses conquêtes.

– Telle mère, telle fille, a répondu Gwen.

– Je ne suis pas une minette.

– Tu ne dragues pas souvent, lui a concédé Gwen. C'est peut-être pour ça que tu te ridiculises toujours quand tu essaies.

– Gwendolyn Eleanor Robison.

Elle porte le nom de la poétesse Gwendolyn Brooks. Ainsi que celui d'une grande tante de Clem, mais Tally préfère ne mentionner que la poétesse.

– Tu te rappelles cette fois-là, avec le beau-père de Mickey ?

Non. Elle ne se rappelle même pas son prénom. Puis le souvenir lui revient.

– Je ne le draguais pas.

– C'est pas ce que la mère de Mickey a dit.

– Ça n'est pas ce qui s'est passé…

– Oh, ça va, t'excites pas, dit Gwen avec un geste désinvolte. C'est pas grave.

Alors pourquoi ramener le sujet ? Probablement parce qu'elle sait que Tally va ruminer dessus pour le restant de la journée.

Tally a bien dû voir Rick ici ou là – à la station-service Exxon, assis dans la voiture de Rita quand ils déposaient Mickey – mais elle ne lui a parlé pour la première fois qu'à la fin du onzième anniversaire de Mickey, une soirée pyjama un vendredi soir. Gwen n'était pas une enfant à se plaindre ou à trop en demander, mais elle avait fait des pieds et des mains pour assister à cette soirée en l'honneur de sa nouvelle amie. Clem s'opposait à ce qu'elle y aille : la situation familiale de Mickey lui paraissait douteuse. Mais il n'avait pas le cœur d'en expliquer à Gwen les raisons véritables, et elle avait facilement écarté les épouvantails qu'il avait tenté d'ériger – *tu ne dormiras pas assez, tu vas manger n'importe quoi, est-ce que tu as fait tous tes devoirs ?* Tout ce que Tally en pensait, c'était que Rita était beaucoup plus forte qu'elle pour organiser une soirée pyjama avec des filles de onze ans.

Quand il lui arrivait de verser dans le snobisme, Tally voulait croire qu'elle était supérieure à ses voisins, et à Clem. Le foyer de Mickey la laissait perplexe. Dès qu'elle en avait passé le seuil ce samedi après-midi, elle s'était sentie au désespoir. Les odeurs – oignons, bacon et, quelque part, une réserve de couches jamais complètement propres. Le bruit – il n'y avait de toute évidence aucun recoin silencieux dans la maison. Bien qu'assez neuve, celle-ci affichait des signes apparents de raccommodage. Mais dans ce cas, la maison de rêve de Clement aussi. Quels que soient les progrès forgés par le monde moderne, l'amélioration des constructions n'en faisait pas partie. Les demeures d'autrefois s'usaient et se salissaient, c'cst vrai, mais les nouvelles maisons se creusaient, s'enfonçaient et pelaient. Gwen ne voyait rien. Mais Tally avait remarqué, et la mère de Mickey l'avait surprise à remarquer.

– Nous vivions là-bas, à Wakefield, mais il n'y avait que deux chambres, a-t-elle dit. Quand je suis tombée enceinte de Joey, on a eu besoin de trois chambres, mais je ne voulais pas que Mickey s'éloigne du voisinage de l'école. Il ne restait pas beaucoup d'options.

– C'est une bonne chose… Le fait que vous ayez réussi à maintenir une stabilité pour Mickey. C'est une petite fille très spéciale.

Rita a remué nerveusement devant Tally, comme si elle suspectait qu'on se moquait d'elle.

– On l'aime beaucoup. Même si j'aurais aimé qu'elle m'aide plus avec le bébé.

– Je viens juste d'avoir onze ans, a dit Mickey. Puis il pèse quelque chose comme quarante kilos.

– Dix, je dirais plutôt, a avancé Rick, le père du bébé, bien que cet homme séduisant au teint mat ne ressemble pas à son fils, une boule blanche et empâtée.

Selon Tally, la plupart des bébés ressemblaient à des boules blanches et empâtées. Pourquoi les gens faisaient-ils semblant de les trouver fascinants ? Ses propres enfants n'avaient même pas ébloui Tally. Évidemment qu'elle les aimait. Mais cela avait été difficile d'être une jeune fille de vingt et un ans avec deux enfants de moins de trois ans. Difficile et, disons-le, ennuyeux.

– Il est adorable, a-t-elle dit en faisant une chatouille sous son menton.

Ses mentons. Sa mère l'a pris sur sa hanche. Rita était une jolie femme, malgré son air un peu dur et fané. Si Rick la quittait, elle n'aurait pas de mal à trouver un autre homme. Mais après ? Sa durée de conservation ne se prolongerait pas bien longtemps.

Tally se livrait automatiquement à ce calcul lorsqu'elle rencontrait une autre femme séduisante : combien d'hommes lui restait-il à l'avenir ? C'était comme mesurer le compte bancaire de quelqu'un. Qu'est-ce que tu vaux ? As-tu plus ou moins que moi ? La plupart des femmes avaient incontestablement moins. C'était plus difficile de juger Rita. Elle était brut de décoffrage, on pouvait dire qu'elle suintait le sexe par tous les pores. Clem était un plus gros lot que Rick, mais Rick était un morceau de choix. *Il sait probablement réparer les choses*, a pensé Tally. Il se fichait de cet endroit parce qu'ils louaient. Mais s'il avait été propriétaire de sa propre maison, tout marcherait, tout le temps. Tout fonctionnerait dans la maison de ses rêves, pas besoin de rafistolages, aucune erreur ne serait faite.

– Vous voulez une bière ? a demandé Rick.

– Volontiers, a-t-elle répondu.

Gwen lui a lancé un regard. Un regard qui en disait long ; des choses comme : *Tu ne bois jamais de bière ! S'il n'y avait aucune hâte à rentrer à la maison, pourquoi es-tu venue me chercher si tôt ? Qu'est-ce que tu fabriques ?* Pourtant, Tally essayait seulement d'être polie.

Plus tard, pendant le court trajet jusqu'à la maison, Gwen a dit :

– Tu t'es comportée comme une cruche.

– Une cruche ? Qu'est-ce que tu veux dire ?

– Bizarrement. À boire de la bière. À rester tard, alors que tu dis toujours que ne pas s'attarder pendant des heures est la preuve de bonnes manières.

– Je pensais que tu voulais passer plus de temps avec Mickey. C'est ta meilleure amie.

– Mickey a dit…

Gwen a marqué une pause.

– Mickey a dit que tu flirtais avec son père. Elle a dit que les femmes agissaient tout le temps comme ça, juste devant sa mère.

– Je croyais que c'était son beau-père, et encore, pas vraiment.

– Qu'est-ce que tu veux dire ?

– Ils ne sont pas mariés, c'est bien ça ?

Le visage de Gwen s'est assombri sous l'effet d'une intense réflexion. Mon Dieu, comme ce qui était évident pour un adulte pouvait passer complètement au-dessus de la tête d'un enfant. Gwen ignorait sincèrement qu'on puisse vivre ensemble et avoir des bébés sans être marié. Tally se souvenait d'elle jouant aux Barbies avec une amie de leur ancien quartier et informant cette dernière d'un air solennel : « Ils ne peuvent pas avoir d'enfants parce qu'ils ne sont pas mariés. C'est la loi. » Tally n'avait jamais eu la même naïveté que sa fille.

– Je ne dis pas qu'ils ne sont pas mariés, ma chérie, mais plutôt qu'ils ne se sont pas mariés en grande pompe. C'est typique des seconds mariages. Fais comme si je n'avais rien dit.

À propos de naïveté : les enfants n'oublient jamais ce qu'on leur a demandé d'oublier. Pas plus d'une semaine plus tard, Gwen avait lancé cette accusation à Mickey à la suite d'une dispute idiote, et Mickey avait rapporté l'insulte à sa mère, laquelle s'était rendue chez les Robison pour se confronter à Tally. Cette dernière avait prétexté une migraine et demandé à Clem de clarifier le foutoir, mais il avait insisté pour qu'elle fasse au moins acte de présence pendant qu'il prenait sa défense.

Rita était sur le chemin du travail, les cheveux relevés à la diable en une sorte de ruche aplatie. Sa fureur était si palpable que l'on pouvait presque imaginer de vraies abeilles bourdonnant rageusement autour de sa tête.

– Il y a eu incompréhension, a dit Clem. Tally n'a jamais voulu dire quoi que ce soit à Gwen.

– Incompréhension ? Pour moi, elle a plutôt pris ses désirs pour la réalité. J'ai l'habitude de voir les femmes se jeter au cou de Rick, mais je n'ai pas l'habitude de les voir utiliser des petites filles pour répandre leurs sales racontars. Peut-être que Mickey ne devrait plus venir ici si vous avez un problème avec mon style de vie.

– Mickey et Gwen s'aiment, a dit Clem. Elles ne devraient pas être punies pour les erreurs d'un adulte.

– *S'aiment ?* Ça veut dire quoi ? Ma fille n'est pas gouine.

– Pas cet amour-là.

Tally voyait bien que Clem faisait tout son possible pour contrôler ses émotions, que la promptitude de Rita à projeter de l'amour romantique sur l'amitié entre deux petites filles innocentes ainsi que son dégoût irrépressible pour l'homosexualité le répugnaient. Il se pourrait qu'à cette époque déjà, Clem se doutait que Fee était lesbienne. Quoi qu'il en soit, son discours avait calmé Rita et il s'était excusé pour les paroles erronées de Tally. (C'était réellement le cas : elle avait tout fait pour rattraper son lapsus.) Il lui avait fait du charme. Clem savait se montrer charmant. Il avait charmé Tally de sorte qu'elle lui abandonne sa vie.

Aujourd'hui, presque quatre ans plus tard, alors qu'elle regarde les hanches étroites de sa fille se mouvoir dans la cuisine au même rythme que les plis de sa jupe, Tally se demande si Mickey avait *réellement* aimé Gwen de cette façon, et si Rita avait eu plus d'instinct qu'eux. Ça expliquerait tellement de choses : la brusque disparition de Mickey lorsque la vie de Gwen s'était résumée à un monde de garçons, garçons, garçons ; la féroce résolution de Gwen à ne jamais évoquer son nom. Qu'avaient-elles fait là-haut dans les collines, pendant tous ces après-midis ? Quelques baisers saphiques, peut-être un peu de touche-pipi ? Les garçons Halloran s'étaient ensuite intégrés à leur dyade, et Gwen avait dirigé son affection vers Sean, laquelle avait également eu une fin. Comme tout.

– Quel effet ça te fait d'être tante ? demande-t-elle à Gwen dans l'espoir que cette dernière lui retournera la question, qu'elle montrera une once d'empathie pour sa mère et prendra conscience que Tally est un être humain, qu'elle n'est pas venue au monde seulement pour engendrer Gwen, la nourrir et l'habiller.

– On ne les voit jamais, dit Gwen. Je vois mal comment ça pourrait changer quoi que ce soit ici. Comment ça se fait ? Pourquoi est-ce qu'ils ne viennent pas nous rendre visite ? Ils ne venaient jamais à la maison, même quand ils ne faisaient que sortir ensemble.

– C'est qu'il vit tellement loin…

Il suffit d'un coup d'œil de sa fille pour lui rappeler que ce sont des foutaises.

– C'est ainsi que ça se passe, Gwen. Les fils tendent à se faire aspirer par la famille de leurs épouses.

– Ils se sont mariés il y a seulement trois mois.

Tally s'en souvient bien. En extérieur, dans le jardin des beaux-parents à Boulder, la petite femme studieuse de Miller portant une couronne de fleurs dans les cheveux et Gwen fixant d'un air captivé le jeune couple qui s'échangeait les vœux. Un peu trop captivé, selon Tally. Gwen voyait uniquement la robe, la couronne de fleurs et les regards rivés sur la mariée.

– Tu verras. Miller ne fait que reproduire ce que la plupart des garçons font : disparaître dans la famille de sa femme. Les filles, en revanche, c'est pour la vie.

– Et Fee, alors ?

– Elle est encore à la faculté. Je ne pense pas que Fee convolera avant un bon bout de temps. Miller est une exception à la règle. Son mariage et sa paternité précoces…

Pourtant, Tally se demande si Gwen la met au défi de faire des commérages sur Fee, de l'inclure dans les discussions confidentielles qu'elle et Clem ont à propos de leur fille aînée.

– Mouais.

– Mais quand tu te marieras…

– Je ne me marierai *jamais*.

Le ton si agressif de Gwen manque littéralement faire tomber Tally à la renverse. Sa révulsion est sincère, rien à voir avec la moquerie détachée qu'elle affiche d'habitude. Tally se retrouve à poser sa paume droite sur le bord de l'évier en acier inoxydable afin de se ressaisir. Elle déteste cet évier, froid et industriel. Les éviers devraient être en porcelaine, comme celui de la maison de ses parents. La maison de ses parents, avec son garde-manger et sa salle de bonne attenants à la cuisine ; une vie avec laquelle elle ne voulait rien avoir à faire. Pourquoi ? Pourquoi avait-elle troqué cette vie contre une autre, moindre ? À quoi pensait-elle ?

Gwen se rend peut-être compte qu'elle a dépassé les bornes, car son ton s'adoucit légèrement.

– Disons que je ne vais pas me marier jeune, ou plutôt pas avoir d'enfants jeune, pas avant trente ans au moins. Je veux d'abord avoir une carrière professionnelle.

Sa tentative pour faire preuve de tact est encore plus blessante. Les paroles de Gwen restent suspendues dans la cuisine, tel un doigt d'honneur plus que poli à la face de sa mère. Pourquoi ne pas dire simplement :

Je ne serai pas toi, dussé-je en crever. Tally n'y verrait pas d'inconvénients. La plupart du temps, Tally ne veut pas être Tally.

Mais si Tally n'avait pas été Tally, il n'y aurait pas de Miller, pas de Fee, pas de Gwen et pas de petit-fils in utero. *Tu ne peux pas me haïr pour le crime de t'avoir conçue*, voudrait-elle désespérément lui répondre. Seulement, il ne s'agit pas de haine mais de mépris et de pitié, tellement plus difficiles à encaisser.

Chapitre vingt-trois

Le père Andrew va venir prendre le thé. L'invitation vient à l'idée de Doris, subitement, alors qu'elle s'arrête à son bureau après avoir préparé l'autel pour la liturgie. Elle veut savoir comment Go-Go – Gordon, car le père Andrew ne voit pas les surnoms d'un bon œil – se débrouille depuis que l'école a commencé.

– Il faudrait qu'on discute, dit-il. Pas tout de suite, malheureusement – on m'attend pour une réunion – mais il faudrait qu'on trouve un peu de temps pour avoir une conversation en privé.

Aucune mère – aucune mère digne de ce nom – n'aime entendre ces mots : *Il faudrait qu'on discute*. Il faut qu'ils discutent ! En privé !

– Le problème c'est qu'on vous réclame sans cesse quand vous êtes ici, dit-elle. Les gens abusent de votre compassion. Et puis nous n'avons toujours qu'une seule voiture, dont mon mari se sert la plupart du temps. Pourquoi ne passeriez-vous pas à la maison ? Pour prendre le thé ?

C'est ça, pour le thé, un après-midi où Sean s'entraîne avec son groupe, Tim Junior est à la bibliothèque et Go-Go à l'extérieur, à errer comme d'habitude. Doris n'a jamais vraiment servi le thé, mais ça ne doit pas être si difficile, non ? Elle a certes déjà bu du thé, mais elle n'a jamais dressé une table pour le thé. Elle a une théière comme il faut qui traîne quelque part, ainsi qu'un couvre-théière et un dessous-de-plat. Si elle se force un peu, elle peut faire des cookies, ou du moins acheter des cookies du commerce, bien qu'elle parie que le père Andrew aime les gâteaux avec plus de corps : gâteau aux noix et à la banane ou quatre-quarts ?

Le père Andrew soupèse son invitation, se repassant probablement son emploi du temps en mémoire et rien de plus, pourtant Doris ne peut s'empêcher de souhaiter qu'il se livre à des calculs plus compliqués.

– Volontiers, dit-il pour finir. Aujourd'hui ?

– Demain, hasarde-t-elle, redoutant d'être punie de ne pas avoir accepté son offre immédiatement et d'avoir osé demander au père Andrew de s'adapter à son emploi du temps, mais la maison ne sera jamais prête pour l'après-midi même.

– Demain, approuve-t-il.

Le lendemain matin, elle est impatiente de voir Tim Senior partir au travail. Une fois la maison vide, cependant, elle est désemparée par l'ampleur de la tâche. Quand la maison est-elle devenue aussi sale ? Comment ? Pourquoi Tim Senior ne met-il même jamais sa tasse à café dans le lave-vaisselle ?

Elle décide de commencer le ménage par le rez-de-chaussée et de progresser en montant, comme si c'était une montagne à escalader, en poussant le désordre devant elle comme un enfant ferait une boule pour le corps de son bonhomme de neige. Ça ne sera pas un désastre si elle ne finit pas le premier étage. Elle frotte des casseroles qui trempent dans l'eau depuis plusieurs jours, trie et plie le linge des enfants, en le posant sur leurs bureaux respectifs au lieu de le laisser en tas sur le banc du couloir. Elle passe l'aspirateur, elle passe la serpillière, elle nettoie les stores vénitiens en se demandant, pendant qu'elle le fait, pourquoi on les appelle *vénitiens*. Ça ferait un bon sujet de conversation avec le père Andrew. C'est le genre de choses qu'il devrait savoir.

Elle sort un livre de recettes et se rend compte qu'elle a les ingrédients pour faire un quatre-quarts, même s'il ne restera plus de beurre pour le petit-déjeuner de Tim Senior demain. Elle peut toujours courir à l'épicerie du coin un peu plus tard. Zut, elle aurait dû lire plus loin : il faut séparer le blanc des œufs et les battre à la main. Où est son batteur ? Elle le trouve sous le lit de Go-Go. Elle trouve toujours tout sous le lit de Go-Go. Bien sûr, il faut qu'elle le lave, couvert de poussière comme il est, et elle rate le premier œuf, ce qui veut dire qu'elle n'a plus de rab. Mais elle réussit les autres à la perfection. Rangée pour la première fois depuis des mois, la maison s'emplit bientôt des arômes de vanille, de beurre et de sucre.

Doris opérera-t-elle de semblables miracles sur Doris ? Elle se rend à la salle de bains des parents. La lumière fluorescente n'est flatteuse pour personne, et celle-ci est tout bonnement cruelle. Quand est-ce que son visage est devenu gris et décharné et ses cheveux, fins et roses ? Elle était une des plus jolies filles de la paroisse, juste derrière Sally McCafferty. Doris était comme une rose ; tout le monde le disait, même si sa tante Ginny ajoutait toujours : « Une rose que l'on cueille fane rapidement. » Les gens riaient quand Tante Ginny disait ça et, innocente comme elle était, Doris croyait que la virginité y était pour quelque chose. Ou peut-être la grossesse ? Ou simplement le mariage ? Quoi qu'il en soit, elle a bel et bien été cueillie, pourtant on doit bien pouvoir y remédier ? Elle applique de la crème épaisse sur son visage, avant d'en remettre une fine couche pour le reste de l'après-midi. Elle ôte ses bigoudis et se passe un peigne humide dans les cheveux. Tally Robison garde les cheveux détachés et raides. Pourquoi pas Doris ? Hum, c'est pas trop ça. Ses ongles sont affreux, surtout après le ménage de la journée, mais elle les nettoie avant de les limer et de les polir jusqu'à ce qu'ils soient présentables, à défaut d'être remarquables.

Elle va jusqu'à la penderie. Que mettre ? Le père Andrew l'a surtout vue en jupe et chemisier. Est-ce que ça ne va pas paraître étrange si elle s'habille pour sa venue ? Il y a cependant une jupe portefeuille verte à liseré blanc qui s'assemble joliment avec une chemise à carreaux verts et blancs. Ça va bien ensemble, même si c'est un peu estival pour un mois de novembre.

Le minuteur se met à sonner. Elle sort les gâteaux pour les laisser refroidir, en se promettant de les cacher plus tard. Tim et les garçons se jetteraient dessus comme des criquets. Elle ressent un pincement coupable : quel genre de femme cuisine un délicieux dessert pour ensuite le cacher aux personnes qu'elle aime ? Mais l'idée qu'elle s'en fait exige qu'il y ait deux gâteaux parfaits et entiers sur le plat de service. Elle veut que sa table ressemble à une image tirée de *Better Homes and Gardens*. Il lui faut une nappe et des serviettes propres. Elle fouille dans le buffet encastré de la salle à manger et trouve une nappe blanche. Tachée, évidemment. Elle la jette dans la machine avec de la javel en espérant que ça fasse l'affaire.

Jeune épouse, elle n'avait pas de lave-linge-séchoir. Pas de machine à laver ni de stores vénitiens non plus, seulement des rideaux en dentelle de seconde main aux fenêtres. Tout ce qu'ils avaient était d'occasion, à l'exception de la chambre à coucher avec salle de bains, qui était un cadeau de mariage de son père. Ils vivaient dans une simple maison en briques, dans une rangée de maisons mitoyennes à Ingleside, mais elle la gardait immaculée. Tim rentrait du travail pour trouver des repas faits maison. Elle lavait la vaisselle à la main pendant qu'il restait assis sur les marches à l'arrière de la maison à écouter les matchs des Orioles. Elle était heureuse. Les mouvements de libération des femmes affirmaient que ça n'aurait pas dû être le cas, pourtant elle l'était. Que s'était-il passé ?

Les enfants. Personne ne veut le dire à haute voix, cependant, entre les enfants auxquels elle avait donné naissance et ceux qu'elle avait perdus, Doris avait été lessivée. Ils avaient emménagé dans une maison plus grande, non que celle-ci soit si grande, mais c'était toujours ça en plus à nettoyer. Si elle devait laver sa vaisselle à la main aujourd'hui, elle n'en finirait pas de jouer les prolongations, et ce malgré ses essais pour simplifier les repas en servant des plats préparés, comme des Hamburger Helper ou des macaronis au fromage Kraft, que les garçons préfèrent aux plats faits maison de toutes façons. Combien de bols et d'ustensiles il a fallu déjà pour cuisiner un quatre-quarts ? Elle se rappelle qu'elle ferait mieux de laver et de sécher tout ça dès maintenant afin de dissimuler les preuves. À l'idée de considérer un quatre-quarts comme un crime, elle rit d'elle-même. Pourtant, elle envisage bel et bien un crime, n'est-ce pas ? Pas vraiment un crime, mais un péché, et l'un des plus gros. Pour être franche, elle ne fait qu'y penser, mais le fait même de fantasmer est mal.

Il y a quatre ans, tout le monde avait ri lorsque le président de l'époque avait avoué avoir commis un adultère dans son cœur. Tim Senior, lui, avait bien ri. Pour une raison ou une autre, les gens pensaient que cette déclaration faisait du président – comment les garçons disaient-ils ? – une *lavette*. Mais Doris avait déniché le *Playboy* de Tim Senior (elle en connaissait l'emplacement secret depuis des années), déterminée à lire l'article par elle-même. Elle avait feuilleté les pages jusqu'à l'entretien, en essayant de ne pas voir les femmes nues en passant – non parce qu'elle était prude, mais parce qu'elles la faisaient se sentir si *bosselée*. Il était normal pour elles d'être jeune avec des poitrines larges et des tailles de guêpe, mais l'aspect crémeux, couleur de miel, de leur peau hantait Doris. Jamais elle n'avait ressemblé à cela, même lorsqu'elle était la deuxième plus jolie fille de la paroisse. Elle avait trouvé son chemin dans la revue jusqu'à l'entretien et, comme elle s'en doutait, il en disait plus que ce que l'on racontait. Non seulement le président disait que Dieu lui pardonnait sa concupiscence mais en plus, lui, le président, n'avait aucun droit de juger les hommes qui cédaient au péché de luxure et il ne croyait pas être meilleur qu'un homme qui quittait sa femme.

Ah, ces protestants, avait pensé Doris à l'époque. Il fallait s'y attendre. Les mots étaient cependant restés gravés en elle, l'autorisant à avoir ses propres fantasmes. Bien sûr, elle ne passera jamais à l'acte. Mais si elle le fait… il se peut qu'on lui pardonne. Seulement, Dieu lui pardonnera-t-il si elle entraîne un prêtre avec elle ? Est-ce que ça n'est pas un péché beaucoup plus grand ? Elle sait, en outre, qu'elle serait déçue si le père Andrew s'avérait capable d'être séduit. *Non qu'elle songe à le séduire.* Elle se demande même comment serait le sexe avec lui s'il ne l'a jamais fait auparavant. Pour sa part, elle n'a que son expérience avec Tim.

Cette énergie refoulée devrait tout de même compter pour quelque chose, bien qu'entre elle et Tim ça n'ait pas marché de cette façon pendant les premières années. Parfois, c'est vrai, elle ressentait certaines choses. Des orgasmes, d'accord. Elle en avait, oui, merci beaucoup. De temps en temps. Rien à voir, cependant, avec ce que le monde l'avait conduite à croire. Pas de feux d'artifices à la *Love, American Style*, évidemment, elle n'est pas si bête. Mais quelque chose qui la *transforme*. Quelque chose qui vaille tout le raffut, sans oublier les grossesses, les naissances et les pertes, les tas de sous-vêtements sur le banc dans le couloir, la cuisine sans cesse en désordre. La colère de son mari, quoiqu'elle doute que ce soit une conséquence directe du sexe, ou même d'une absence de sexe. Elle se demande si Tim l'a déjà trompée. Elle se demande si ça l'affecte réellement. Cela demanderait beaucoup d'énergie, et elle est épuisée. Se laisser affecter demande tellement – elle prend une inspiration et s'autorise le blasphème, du moins dans sa tête – tellement de *satané*s efforts.

À 17 heures, la maison ressemble presque à ce qu'elle s'était imaginé, quoiqu'elle n'ose pas mettre la table dans la salle à manger. Elle éveillerait la curiosité. Ils prennent leurs repas dans la cuisine, sans que Tim n'en demande même la raison. Tim ne lui demande jamais rien. Il est 18 h 30 lorsqu'il passe la porte d'entrée d'un pas traînant en sachant pertinemment que le dîner est à 18 heures, mais il prétend qu'il se doit d'aller boire des verres avec ses collègues. Le boulot à Tuerkes lui plaît moins qu'au début, et Doris redoute qu'il ne veuille y rester longtemps. Il traverse lourdement la maison propre en ne remarquant rien, alors qu'il n'a aucun problème à voir le désordre quand il y en a et à en tirer avantage pour la critiquer. Tim ne voit que ce qui ne va pas et la rend responsable de tout, même de ce qui est clairement sa propre faute, par exemple son dîner qui refroidit, ce soir. Seulement, certaines choses ne se réchauffent pas si facilement.

– Certaines choses ne se réchauffent pas si facilement, lui dit-elle.

– Je suis le chef de famille, répond-il. Le dîner devrait être prêt quand moi je suis prêt.

– Les Pollack ont un four à micro-ondes, ajoute Sean.

– Ça vous empoisonne avec ses radiations, rétorque Doris, bien qu'elle brûle d'en avoir un.

Il est néanmoins préférable d'avoir des raisons de ne pas vouloir une chose plutôt que d'admettre que l'on veut ce qu'on n'aura jamais.

Pendant les deux heures qui suivent, Tim et les garçons défont beaucoup de ce qu'elle a fait dans la journée, rappelant à Doris les raisons pour lesquelles elle a cessé de vouloir être une reine du ménage. Silencieusement, elle passe derrière eux et remet la maison en ordre, en essayant de ne pas attirer trop l'attention sur ses gestes. Elle meurt d'envie de dresser la table de la salle à manger pour voir si le résultat sera à la hauteur de l'image qu'elle s'est forgée dans sa tête. Son attente est presque aussi grande que l'événement lui-même. Faudrait-il trouver des fleurs ? La saison est avancée, il n'y a que des chrysanthèmes et des marguerites, et elle ne les a jamais trop aimées.

– Vous sentez cette odeur ? demande Tim en entrant dans la cuisine par la salle à manger où il regardait *Quincy, M.E.*

Pendant un instant, Doris craint qu'il n'ait perçu l'arôme de la vanille et du beurre. Elle rougit comme une voleuse, en tâchant de ne pas laisser ses yeux dériver vers le débarras où sont cachés les quatre-quarts enveloppés.

– Quoi ?

– Je ne sais pas. Une mauvaise odeur.

Elle se surprend presque à répondre, *Mes quatre-quarts ne sentent pas mauvais*, mais elle prend conscience de ce qui a retenu l'attention de Tim. Elle a trop baigné dans les effluves de détergents Comet et Pine-Sol pour le sentir, mais il flotte un relent de…

– Si la canalisation a encore pété, je te jure que je…

Tim ouvre la porte du sous-sol à la volée et se rue dans les escaliers.

– Qu'est-ce que tu fous, bordel ?

Puis Doris perçoit les pleurs de Go-Go – des hurlements horribles et surnaturels – tandis que son père s'égosille et, à en juger par les bruits étouffés, essaie de lui mettre une raclée.

– Tim !

La ceinture à moitié sortie, il tient Go-Go par le poignet.

– Le petit merdeux s'est chié dessus. Il était ici en train d'essayer de rincer son slip dans l'évier pour la lessive, mais il a laissé sa fiente derrière lui.

Il attrape Go-Go par les épaules et se met à le secouer.

– Ça va pas la tête ? Quel garçon de dix ans se chie encore dessus ? Comment est-ce que tu comptes enlever toute cette merde de l'évier ?

– Je l'ai autorisé à manger un hamburger au drugstore aujourd'hui, ment Doris en se glissant entre eux, laissant Go-Go s'agripper à ses hanches, bien que ses mains portent des traces d'excréments. Ça lui aura donné la diarrhée. Il essayait simplement de faire ce qu'il faut pour nettoyer derrière lui, sans penser où… les choses iraient s'il utilisait le lavabo pour la lessive.

C'est pas comme s'il avait déjà rincé une couche, ou vu quelqu'un le faire.

– Il est stupide, dit Tim pour se moquer. Stupide, stupide, stupide.

– C'est faux. Arrête de dire ça.

Encore un désordre à ranger, avant de se nettoyer, elle. Il est tard lorsqu'elle finit de le faire, mais elle passe voir Go-Go dans sa chambre. Il est allongé dans l'obscurité à fixer le plafond. Son petit bébé ne dort pas bien la nuit. Il n'a jamais bien dormi.

– C'est vrai que j'ai eu la diarrhée, dit-il, le regard fixé au plafond. Je n'ai pas mangé de hamburger du drugstore, mais j'ai eu la diarrhée.

– Oh, Go-Go ! Qu'est-ce qui ne va pas ?

– Rien. J'ai seulement cru que ça serait un pet. Je ne savais pas.

– Ça t'est déjà arrivé avant ?

Son silence dit tout.

– À l'école, Go-Go ? Ça t'est déjà arrivé à l'école ?

Il se tourne contre le mur.

Doris sait maintenant pourquoi le père Andrew veut venir prendre le thé. Cela a dû survenir à l'école. Puis à la maison, à moins d'un mètre des toilettes. Elle n'est pas sûre de savoir pourquoi c'est plus honteux que de mouiller son lit, mais ça l'est. Il y a quelque chose qui cloche terriblement chez Go-Go. Est-ce qu'il est fou ? Toutes ces petites choses qui autrefois les faisaient tant rire – l'énergie, les danses – ces petites choses auraient-elles dû leur mettre la puce à l'oreille ?

Elle s'assoit sur le lit de son fils et pose la main sur son dos. C'est un garçon robuste, quoique petit pour son âge, la force et l'énergie semblant pulser à travers son corps. Comme toujours, il est chaud au toucher, une véritable fournaise. Elle veut se rappeler le petit garçon qu'on lui a mis dans les bras dix ans auparavant, quatre kilos, le plus gros de ses enfants, le visage rougi par sa sortie au monde, et néanmoins d'un calme surnaturel. Elle veut se rappeler combien il était mignon. Elle veut croire qu'il le sera à nouveau.

La seule chose à laquelle elle peut cependant penser est : *Le père Andrew vient prendre le thé demain.* En dépit de tout ce qui est allé de travers aujourd'hui, elle a réussi à préserver les deux quatre-quarts, ô combien parfaits, pour lui.

HIVER 1980

Chapitre vingt-quatre

Les vacances universitaires débutent à la mi-décembre et Clem, livré à ses occupations durant la journée, est à la maison alors qu'il reste une semaine de cours à Gwen et que Tally est à sa peinture. La créativité ne s'arrête pas pendant les vacances de Noël, l'a-t-elle informé d'un air supérieur lorsqu'il s'est mis à énumérer les activités auxquelles ils pourraient s'adonner ensemble. Un air supérieur et quelque peu désespéré.

– Il faut bien que je me serve de cette satanée lumière qu'on trouve à cette période de l'année, lui a-t-elle dit dimanche dans la soirée.

Elle poursuit en disant que, selon des études, certaines personnes ont besoin de lumière et qu'elle n'a pas été faite pour vivre sous ce climat. Avec gentillesse, voire humour, pense-t-il, Clem a soulevé le fait que sa famille était scandinave : « En outre, notre mobilier moderne est danois, tu devrais donc bien te sentir chez toi. Il ne te manque peut-être que du hareng. »

Tally ne trouve pas ça drôle. Il y a très peu de choses que Tally trouve drôles ces derniers temps. Elle répond à Clem qu'elle déteste leur mobilier qu'elle a choisi uniquement parce que c'était le seul style qui convenait à sa maison. *Sa* maison. Clem doute que l'absence de lumière soit la cause des humeurs de Tally, bien que celles-ci soient indéniablement réelles. Son état était plus stable avant, mais les jours de bonheur – cyclothymiques ? – se font rares. Le temps qu'elle passe dans son atelier n'est pas vraiment productif ; Clem pense que c'est là la vraie source de sa dépression. L'été dernier, elle a interrompu son travail sur la grande toile qu'elle avait commencée un an auparavant. Il le sait parce qu'il se faufile en douce dans son studio. Bien sûr qu'il ne devrait pas faire une chose pareille. Il devrait respecter le désir de Tally de lui montrer son travail seulement quand elle sera prête. Mais il ne peut pas s'en empêcher. Il veut voir son travail parce qu'il veut s'assurer que c'est réellement à ça qu'elle passe toute ses journées.

Jusqu'à ce dernier projet, la plupart des toiles de Tally étaient de celles dont certaines personnes disent : « Mon gamin ferait mieux que ça. » C'est, mot pour mot, ce que Tim Halloran avait dit, ajoutant : « Même Go-Go. » Lorsque Tim chahutait ses enfants, cela sonnait toujours un peu faux. Non qu'il cherche à l'accuser, mais… si cet homme dans les bois avait montré ne serait-ce qu'un peu de gentillesse envers le gosse, alors Clem pouvait comprendre comment c'était arrivé. Go-Go ne désirait qu'une chose : que quelqu'un le prenne dans ses bras, n'importe qui. Clem se rappelle comment il grimpait sur Tally, en l'agrippant par les cheveux comme si elle était Raiponce.

En dépit de ce que des philistins du type de Tim peuvent penser, Tally a un don pour la peinture abstraite. Elle doit beaucoup à Rothko et Motherwell, mais ce sont là de bonnes influences. Elle utilise des couleurs froides si nuancées qu'il faut s'éloigner et étudier ses tableaux pour se rendre compte à quel point il y a de variations. Complètement autodidacte, elle est étonnante, et il est fier d'elle ; il aimerait qu'elle ait davantage confiance en elle, assez pour exposer ses toiles.

Toutefois, le tableau qui lui pose problème est figuratif. Aucun enfant ne pourrait peindre de cette façon. C'est une huile immense représentant deux enfants entrelacés – disons des adolescents, ainsi qu'en a décidé Clem, sinon ce serait quasiment pornographique. Ils appartiennent à une autre époque, aux anciens temps, si l'on se base sur les vêtements éparpillés au premier plan. La jeune fille porte une couronne de fleurs blanches sur les cheveux. Un lion les observe d'une clairière. Pyrame et Thisbé ? Mais le couple de cette période classique n'avait pas eu l'occasion de faire l'amour avant d'être surpris par le lion. Le tableau est dérangeant, au bon sens, pas du tout dans l'air du temps. Les visages donnent néanmoins du fil à retordre à Tally. À l'évidence, elle les a retravaillés à maintes reprises, sans parvenir vraiment à ce qu'elle voulait. Le garçon semble souffrir, et non être en extase, alors que le visage de la fille n'a jamais suffisamment avancé pour avoir une quelconque expression. Il brûle de demander à Tally ce qui l'a inspirée, mais il faudrait alors lui avouer s'être glissé en douce dans son studio.

Il reste une heure avant la tombée du jour. Tally s'est retirée à la cuisine, où elle boira du thé et marmonnera en préparant le dîner. Clem adore la lumière à cette époque de l'année. Il n'est pas peintre, c'est vrai, mais il ne conçoit rien de mieux que se promener à travers les collines aux arbres dénudés. La lumière douce et grise convient à son humeur. Lui non plus n'est pas au plus haut de sa forme ces derniers temps. Ronald Reagan à la présidence. Un Congrès contrôlé par les Républicains. C'est une piètre consolation que de vivre dans un des six États portés par Carter. Il comprendrait mieux si la dépression de Tally était due à la situation, mais la politique l'indiffère à présent. La seule information qui l'a affectée dernièrement est le meurtre de John Lennon, qu'elle s'obstine à appeler un assassinat. Clem ne supporte pas qu'on utilise un mot si fort pour le meurtre d'un musicien et ne s'est pas privé pour le lui dire. La dispute a pris une ampleur disproportionnée, sans doute parce qu'ils se querellaient rarement et n'avaient que peu d'expérience en la matière. Elle a charrié leur épais dictionnaire devant son nez, voulant lui démontrer qu'elle avait raison d'employer un tel mot pour le meurtre d'un personnage public.

– Pour des raisons politiques, cependant ! a contré Clem. Mark David Chapman était fou, un point c'est tout. Le désir de reconnaissance n'est pas un mobile politique.

Quelle étrange dispute. Lennon et Chapman comme d'évidents intermédiaires à des rancunes qu'ils n'osaient pas dévoiler.

Maintenant, alors qu'il se promène dans les collines à la lumière déclinante, il se rend compte qu'ils ne faisaient que se disputer à propos de leur différence de génération et que Tally se sentait concernée par le meurtre de Lennon, alors que Clem non. Mais elle ne l'était pas, pas vraiment. Bien qu'elle n'ait que quatre ans de plus que Lennon, elle est trop âgée pour être une de ses vraies fans. Au moment où les Beatles sont arrivés sur la scène, elle avait choisi de quitter sa propre génération pour rejoindre celle de Clem.

Et peut-être est-ce là la cause souterraine de la dispute : la jeunesse perdue de Tally – et le fait que ce soit elle qui l'ait gâchée. Il sait qu'elle ne regrette pas leur mariage ni les enfants. Elle ne peut néanmoins s'empêcher d'imaginer une autre vie – ce qui la plonge dans une détresse véritablement tragique. Clem, né en 1923, a reçu une éducation à l'ancienne. Ses enfants sont si différents. Miller, sans cesse à vouloir faire bien comme il faut, marié à vingt-quatre ans, aujourd'hui sur le point d'être père. Fee, tellement timide et effacée, ne se comprenant pas elle-même. Gwen, le portrait de sa mère, ce qui effraie Clem plus que tout. Il souhaiterait pouvoir les protéger de la déception, mais il a perdu cette bataille depuis longtemps. Un jour, Miller était encore très jeune, Clem l'a conduit à un passage à niveau au sud de Baltimore, près de Stockholm Street. Un train de marchandises a finalement déboulé devant eux, un long train avec plusieurs wagons. Miller, qui avait à peine quatre ans à l'époque, a été transporté de joie. Lorsque le dernier wagon est passé, il s'est tourné vers son père et lui a dit : « Encore. » Puis, voyant que Clem ne pouvait rien y faire, il s'est mis à pleurer amèrement, déçu non seulement qu'il n'y ait pas d'autre train, mais également par l'impuissance de son père.

Clem, lui, ne regrette rien. Enfin… Il n'avait pas de regrets personnels jusqu'à un peu plus d'un an auparavant, et il ne voit toujours pas comment il aurait pu faire autrement. Peut-on donc vraiment compter cela comme des regrets ? Il atteint le sommet d'une colline et aperçoit la petite maison de l'autre côté du ruisseau. Est-ce bien de la fumée qui sort par la cheminée ? Y a-t-il des poulets dans la cour ? Il hâte le pas, se mettant presque à courir et pataugeant dans le cours d'eau sans penser à ses chaussures, encore moins au risque de tétanos. Tout était donc un rêve atroce. Rien ne s'est passé cette nuit-là, l'homme n'est pas mort, c'est pourquoi son corps ne s'est jamais retrouvé à la morgue.

Mais lorsqu'il atteint la maison, il n'y a pas de fumée, et les « poulets » ne sont que de vieux journaux volant paresseusement dans la brise. Pourtant, la maison paraît changée. Clem en est certain, car ses pas ne cessent de le ramener ici depuis quatorze mois, bien qu'il ne soit pas entré dans la cour depuis un mois ou deux. Quelqu'un est venu ici récemment. Sûrement des ados. Seulement, ça a l'air plus propre, ce qui n'a aucun sens. Les ados, même ceux qui se comportent bien, ne laissent pas un lieu plus propre.

Comment les enfants ont-ils trouvé le chemin jusqu'à cet endroit ? Voilà une question qu'il n'a cessé de se poser. Les adultes connaissaient le vieil homme, bien sûr, à défaut de connaître ses penchants. En hiver, le toit de la cabane était visible de la route qu'ils utilisaient tous comme raccourci. Cependant, la maison était un fléau, une source d'embarras pour les adultes. Clem et Tally, en particulier, se sentaient mal à l'aise de vivre à une rue d'un homme dont la vie était à peine plus élevée que celle d'un métayer. Les Halloran, pour leur part, étaient sidérés que l'homme soit un Noir, non qu'ils soient suffisamment polis pour dire ce mot, ou même *nègre*. Doris Halloran les appelaient « des gens de couleur », comme si c'était la façon convenable de dire les choses, alors que Tim Senior, lui, aimait varier ses épithètes. Il semblait penser que son large stock de synonymes passait pour spirituel. *Lapin de brousse, raton laveur, bébé de goudron, lanceur de sagaie*. Jamais *négro*, cependant, ce qui ne faisait que confirmer à Clem que Tim était dangereusement raciste, sous ses airs de je-ne-fais-que-m'amuser-je-vous-défie-de-dire-autrement. Clem se demande s'il continue à utiliser ces expressions. Il n'en sait rien, car il ne supporte plus d'être dans la même pièce que ce type, non qu'ils aient passé beaucoup de temps ensemble avant la nuit de l'ouragan. Peut-être au cours d'un repas improvisé, ou le jour où Tally a organisé une sorte de dîner progressiste inspiré par un des livres qu'elle lisait à Gwen, mais il n'en est pas certain.

Il essaie de se convaincre que sa répugnance à ce que Sean soit le premier petit ami de Gwen avait eu pour cause le père de Sean. Certes, il appréciait Sean de la façon dont on apprécie le premier petit ami de son adolescente de fille, mais il a été soulagé de le voir partir. Aux premiers temps du blocage artistique de Tally, il avait craint que sa peinture soit inspirée par Sean et Gwen, et qu'elle sache quelque chose dont il n'avait pas idée. Non, c'est impossible. Il est médecin. Il comprend, en théorie, que Baltimore regorge de jeunes filles qui font l'amour. Mais pas sa fille. Pas avec Sean.

Puis il se rend compte que la pensée est aussi bigote et snob que tout ce que Tim Halloran a toujours formulé à haute voix. Chaque fois que Clem essaie de se percevoir comme étant différent de Tim, quelque chose vient lui rappeler qu'il n'est pas sans tache. Il ne le sera jamais.

Il prend le chemin du retour, traverse le ruisseau – aujourd'hui un mince filet – et grimpe la colline. Il s'agit de la zone la plus escarpée du terrain. Il imagine le lieu comme au jour de la tempête et ce qu'un observateur aurait pu voir d'où il se tient actuellement. Deux hommes vigoureux, le pied sûr, qui dévalent la pente, avant de s'agenouiller dans les eaux tumultueuses ; un homme un peu plus âgé qui se fraie précautionneusement un chemin vers eux, les balayant du faisceau de sa lampe-torche. Il voit l'homme plus âgé se pencher… Mais il lui est impossible de rester hors de la scène plus longtemps. Voilà qu'il s'y trouve à nouveau, prenant conscience que l'objet inerte aux pieds de Rick et Tim est un homme aussi noir que le charbon, excepté de bizarres fragments de peau décolorée. Mort.

– Il était déjà mort quand nous sommes arrivés, a dit Rick.

– Mais Tim descendait la colline devant vous, il vous précédait d'au moins vingt mètres…

– *Il était déjà mort quand nous sommes arrivés*. Pas vrai, Tim ?

Tim Halloran a acquiescé. Il tremblait de tout son être.

– La chute l'aura tué, a repris Rick. Vous voyez ce rocher ? C'est là qu'il s'est cogné la tête. Depuis, il n'a pas bougé du ruisseau, ses poumons se sont remplis d'eau. Entre ça et la blessure au crâne, il n'a pas pu survivre. Ce que les enfants ont fait n'a aucune importance. On peut le laisser là.

Clem s'est penché, lui a tâté le cou à la recherche d'un pouls qu'il ne trouverait pas. Il n'avait aucune obligation envers les morts, ce n'était pas pour eux qu'il avait prêté serment. Pourtant, il se sentait mal d'abandonner l'homme à cet endroit.

– Il vivait dans ces bois. Il n'avait pas de famille et personne ne s'occupait de lui, a dit Rick. C'était un accident.

– Vous en êtes sûrs ?

Tim et Rick avaient escaladé la colline avant lui. Clem avait néanmoins entendu crier et vu un faisceau lumineux décrire un arc rageur dans l'obscurité. Il ne serait pas surpris de voir de la chair et du sang sur la lampe-torche de Tim, même sous cette pluie battante.

– C'était un accident, a répété Rick. On ne peut plus rien faire. Il a glissé et est tombé. Ça ne sert à rien de se demander comment il est tombé, ou pourquoi nous sommes ici à sa recherche. Il va falloir qu'on parle de… tout ça. Et ça ne sera agréable pour personne.

Ils l'avaient laissé là. Clem avait ensuite passé un coup de fil anonyme à la police d'une cabine du centre-ville. Une semaine plus tard, quand Clem avait refait le chemin jusqu'à la maisonnette, l'homme avait disparu. Clem voulait se persuader que son appel anonyme avait eu des résultats et que les ambulanciers s'étaient débrouillés pour trouver son corps. Mais vouloir se persuader ne rendait pas les choses réelles.

– Vous avez vu sa guitare ? a demandé Gwen une nuit, des semaines plus tard.

– La guitare de qui ?

– Celle de l'homme dans les bois. Quand vous l'avez trouvé… Est-ce que vous avez vu sa guitare ? Elle était en acier, elle s'est probablement abîmée avec toute cette pluie.

– Ma chérie, il n'y avait pas de guitare.

À son grand étonnement – et à sa satisfaction, car Gwen avait paru détachée et frivole ces derniers temps – elle avait fondu en larmes. Ce fut également la dernière fois qu'ils avaient parlé de l'incident. À présent, un an plus tard seulement, elle ne fait que bavarder de rendez-vous et de garçons, ainsi que, très occasionnellement, de l'école elle-même. L'ouragan est derrière eux. Ses anciens amis également. Mickey ne vient plus jamais à la maison, même si un tiroir est encore rempli des sucreries qu'elle adorait. Les garçons Halloran ont délaissé les bois, bien que Clem aperçoive de temps en temps le petit Go-Go marchant au sommet de la colline, où il y a un sentier.

Normalement ce sont les vieux qui ont des problèmes de mémoire : sénilité, Alzheimer, démence. Selon l'expérience de Clem, cependant, personne n'oublie comme le font les jeunes. C'est un spécialiste en personnes âgées, et lui-même est en passe de devenir vieux, pourtant s'intéresser à la vieillesse implique également qu'on pense toujours aux jeunes. C'est tout le paradoxe. Sa fille a maintenant presque le même âge que sa mère lorsque Clem l'a aperçue la première fois, une jeune fille, belle et intelligente. Personne n'y avait vu quoi que ce soit de scandaleux. Pourtant, si un homme de trente-deux ans s'aventurait à porter un regard concupiscent sur Gwen, il aurait envie de le tuer.

Seulement, il ne le ferait pas. C'était toute la différence entre lui et les Tim Halloran de ce monde.

Déjà mort à leur arrivée. Pourquoi pas ? C'était possible. L'homme était mort lorsque Clem était arrivé sur place. N'était-ce pas tout ce qui comptait ? Il n'avait rien fait, hormis donner son accord à une réalité où chacun souffrirait un peu moins. Go-Go n'aurait jamais à parler aux inconnus de ce qui lui était arrivé. Tim n'aurait pas à justifier ses actions, quelles qu'elles soient. Clem et Rick ne seraient pas réputés complices. Et les femmes et les enfants dormiraient du sommeil paisible des ignorants, protégés par leurs hommes, car tel est d'abord et avant tout le devoir des hommes.

Il se retourne et regarde l'étrange cabanon, qui apparait comiquement petit et biscornu, à cette distance. C'est marrant, ils n'avaient jamais essayé de faire de lien. Les adultes passaient en voiture devant cette cabane en n'y voyant que quelque chose de honteux, un homme vivant comme un métayer à seulement quelques kilomètres du centre de Baltimore. Les adultes voyaient le passé, compliqué et cruel. Les enfants voyaient une cour de récréation. L'homme qui vivait là voyait en Go-Go une victime en puissance.

Si ça avait été ton enfant ? avait demandé Tim à Clem cette nuit-là. Jusqu'à présent, Clem n'a cessé de penser : *impossible.* Il sait qu'il a tort. Intellectuellement, il comprend que n'importe quoi peut arriver à n'importe qui, à n'importe quel moment. Il n'y a rien d'absolu, même dans son monde de science et de médecine. Certaines personnes passent leur vie entière à fumer sans qu'il ne leur arrive rien physiquement, tandis que d'autres attrapent un cancer du poumon sans avoir jamais touché une cigarette. Il veut cependant se persuader que sa fille est immunisée contre de tels dangers et qu'elle n'aurait jamais permis à un inconnu de la toucher de la façon dont l'homme avait touché Go-Go.

Il était probablement déjà mort quand Tim était arrivé. Il a glissé, est tombé, et ses poumons se sont remplis d'eau quand les enfants ont couru chercher de l'aide. Qui peut les blâmer de ne pas être restés à ses côtés lors de cette sombre nuit pluvieuse ? Qui leur aurait demandé d'administrer les premiers soins à ce monstre gisant dans le ruisseau ? C'est vrai, le faisceau lumineux avait décrit un arc étrange, de haut en bas au lieu de latéralement… *Assez*, se dit-il. Croit à ce qu'il est plus facile de croire. Il n'y a aucun mal à ça.

Voilà qu'il est chez lui, ou presque, sur la crête au-dessus de sa maison. *Ta* maison de rêve, ainsi que lui rappelle sans cesse Tally. Effectivement. Il a construit cette maison à son goût, sur un site qu'il adorait, en pensant que sa femme et ses enfants l'aimeraient aussi ; seule Gwen partageait son affection pour le lieu.

Quelqu'un – Clem ignore qui – voyait les enfants et les femmes comme des « bâtons pour se faire battre ». Clem ne verra jamais les choses de cette façon. Sa femme et ses enfants sont sa véritable contribution au monde. Non qu'il dévalorise ce qu'il a accompli professionnellement : il fait bien son travail et y prend du plaisir, la meilleure des combinaisons possibles. Mais quelle que soit la profession, personne n'est irremplaçable, aussi singulier ou vital que soit son travail. Il y aura toujours quelqu'un pour vouloir être président, ou découvrir des vaccins, ou explorer l'Amazonie. Seul Clem peut être le mari de Tally et le père de Miller, Fee et Gwen. Lui seul peut les aimer comme il les aime.

Alors qu'il descend la colline, il se rend compte qu'il envie autant qu'il déteste Tim Halloran. Parce que Tim Halloran a prouvé qu'il ferait n'importe quoi pour ses enfants, tandis que Clem n'a même pas pu se résoudre à abandonner sa maison improvisée et imparfaite. Tim Halloran a commis un acte sauvage. Mais il l'a fait par amour – un amour immense, indestructible. Il a tué l'homme qui avait touché son fils. Si un policier se présente un jour à la porte de Clem, celui-ci n'hésitera pas une seconde à dénoncer les autres en échange de sa peau. Mais leur silence, leur pacte, n'avait pas été passé pour empêcher qu'on les découvre. En acceptant, cette nuit-là, de ne rien dire à personne sur la mort de l'homme, ils approuvaient l'action de Tim. Il avait vengé son fils. C'était un homme, un vrai.

Quelque chose vient s'enrouler autour de la cheville de Clem et il sursaute. On aurait cru un oiseau. Mais ce n'est qu'un bout de papier, un fragment d'ordure poussé par le vent à travers son bois adoré, dévalant la colline en direction de sa maison.

Pitié pour eux

Chapitre vingt-cinq

Gwen vit dans le futur, comme tous les rédacteurs en chef. On est au dernier jour du mois de mars, et voilà qu'elle se concentre déjà sur septembre et son numéro annuel « Best of », exhaustif et épuisant. Quand le travail est terminé, au milieu de l'été, c'est Noël qui l'attend au tournant. Sa fille rêve du lapin de Pâques, qui arrive dans moins d'un mois, et Gwen essaie de réfléchir à des « cadeaux brûlants pour nuits froides ! ». Elle espère que ses assistants de rédaction trouveront une meilleure formule.

Elle a donc, sous la pression de son éditeur, accepté d'assister à la soirée d'ouverture d'un grand salon de l'artisanat, le genre de devoir professionnel qu'elle redoute et qu'on lui épargne, la plupart du temps. Auparavant, son patron adorait se rendre à ce genre de réception mais, à présent, même lui a fini par se lasser des sempiternels gobelets en plastique de piquette, melon enroulé dans du jambon cru et cakes au crabe miniatures. Peut-être aussi que ses relations avec le public sont moins plaisantes, maintenant que le magazine s'est empêtré dans le véritable journalisme d'enquête, à côté des guides thématiques (meilleurs docteurs, meilleurs quartiers, meilleures écoles, meilleurs restaurants ; sans doute Tim avait-il mis dans le mille avec son numéro spécial meilleures prostituées) et des articles pour midinettes accros au shopping. Gwen est particulièrement fière d'un récent papier sur l'une des plus fameuses affaires d'homicide non résolues du Maryland, le meurtre d'une nonne en 1980. L'article a réussi à déranger tout le monde. La famille s'obstine à croire qu'un prêtre a tué la jeune nonne, cependant l'analyse objective de Margery incline plutôt à penser que le suspect idéal serait un maniaque sexuel, décédé en prison par la suite. Par ailleurs, le diocèse s'offusque de la critique implicite selon laquelle le barrage qu'il a immédiatement opposé, en réaction aux premières questions de la police, a probablement entravé l'enquête à ses débuts. Gwen pense qu'un tel mécontentement généralisé est bon signe. Son éditeur ne voit pas les choses de la même façon ; il n'en reste pas moins qu'aucun des principaux annonceurs n'en a pris ombrage.

Ce serait peut-être, en effet, le bon moment d'aller à ce salon afin de découvrir de nouveaux artisans dont ils pourraient présenter le travail. Elle demande à Margery de l'accompagner.

– C'est une punition ou une récompense ?

– Un peu des deux. Je t'offre le dîner ensuite.

Heureusement, elles n'ont pas à se mêler à la foule que ce genre de foire charrie dès l'ouverture officielle au public, et puis il y a certaines très belles pièces. Le seul regret de Gwen est que la réception l'empêche de passer la soirée avec Annabelle, une situation d'autant plus problématique que Karl est de nouveau de sortie, laissant Annabelle aux soins d'une baby-sitter. Annabelle s'est mise à pleurer au téléphone lorsque Gwen l'a appelée pour lui exposer son plan. La stoïque Annabelle qui ne pleure que rarement, son garçon manqué à paillettes qui combine tiares et bottes de cowboy. « Je déte-e-e-e-e-e-este Kristen », s'est-elle exclamée dans un sanglot à briser le cœur alors que Kristen est sa baby-sitter préférée. Quand Annabelle était bébé, elle pleurait si rarement que, lorsque les larmes venaient, elles étaient presque une source d'émerveillement pour Gwen et Karl. Ils observaient, ébahis – seulement pendant un instant – les larmes couler le long du visage de leur fille. Elle était à croquer quand elle pleurait.

C'était peut-être parce qu'ils savaient pouvoir facilement tarir ses larmes, ce dont Gwen est de moins en moins sûre. Elle a fait pleurer sa fille ce soir. Elle la fera sans doute pleurer encore. Comment peut-elle faire cela à sa fille ?

– Tu continues à dormir chez ton père et à faire la route jusqu'à chez lui, matin et soir ? lui demande Margery pendant qu'elles avancent le long des interminables allées remplies d'objets artisanaux, leurs yeux sollicités jusqu'à la fatigue, cherchant à dénicher des objets qui soient locaux et originaux et, si possible, un minimum écologiques, leur numéro de Noël ayant pour thème le Vert.

– Ça fait à peine un mois, dit Gwen. Ça ne se passe pas si mal.

En réalité c'est atroce, ainsi que son père et Karl l'avaient prévu, mais elle ne peut pas revenir en arrière. De toutes façons, son père a besoin d'elle, même s'il refuse de l'admettre. L'infirmière de jour ne fait que le minimum. Gwen ne dormirait pas s'il lui fallait laisser son père aux soins d'une infirmière de nuit.

– Depuis quand tout le monde s'est mis à créer des sacs à main ?

La voix de Margery n'est pas forte, mais elle est claire et porte loin.

– Ou à faire des bijoux ? Quand est-ce que c'est devenu la profession par défaut ? J'aurais cru qu'entre Monica Lewinski et tous les pitres de la télé-réalité qui font mumuse avec des strass et des pistolets à colle, les gens auraient trop de fierté pour fabriquer ces babioles.

La femme d'un des stands voisins fusille Gwen d'un regard à la fois déconcerté et courroucé. Gwen hausse les épaules en escomptant que le geste serve de semblant d'excuse pour la grande bouche de son amie. Aussi, afin de se faire pardonner, elle s'arrête pour observer cette fournée particulière de sacs. Ils sont tissés à partir de matériaux recyclés, des emballages de bonbons et de chewing-gum et des journaux. Pas vraiment original (cela fait quelques années qu'elle voit des sacs semblables dans d'autres boutiques et des catalogues), mais bien faits. D'ailleurs, ça n'est pas si grave d'être hors du coup à Baltimore.

– Vous êtes du coin ? Vous avez une carte de visite ? demande-t-elle à la femme, qui pointe une petite pile de cartes en relief : LH DESIGNS.

– J'ai commencé il y a seulement quelques mois, mais je suis parvenue à placer quelques-unes de mes créations dans des boutiques locales, dit-elle. Vous êtes…

– Simplement rédactrice, pas une acheteuse. Gwen Robison du magazine *Baltimore*.

– Il me semblait vous avoir déjà vue, ça doit être la raison. J'ai dû voir votre photo dans le magazine.

– Pas la mienne.

Cette petite vanité est réservée à son patron, l'homme au portefeuille. C'est lui qui paye les factures, ce qui l'autorise à avoir sa colonne mensuelle pour pérorer sur de quelconques sujets anodins et grandiloquents, qui ne fâchent personne. Sauf, peut-être, ceux qui ont en horreur les points d'exclamation et les âneries ampoulées type café du commerce.

– J'ai quand même l'impression de vous avoir déjà vue quelque part.

– Vous m'êtes également familière.

Elle lui tend la main :

– Lori Halloran.

– Mon Dieu, oui… L'enterrement. Je suis désolée.

Pendant ce temps, Margery a poursuivi son chemin dans l'allée et elle est loin devant. Elle se retourne et lui fait signe de se dépêcher. Il n'y a cependant aucun moyen de s'échapper maintenant. Lori Halloran est jeune, une trentaine d'années tout au plus. Gwen se rappelle qu'elle était la seconde femme de Go-Go. Bien qu'ils aient été déjà séparés au moment de l'accident, elle et ses filles se trouvaient au premier rang dans l'église à côté de l'épouse de Tim Junior et de ses filles, tandis que les garçons entouraient leur mère. C'étaient elles, les petites filles qui refusaient d'approcher le cercueil.

– Je suis vraiment désolée, répète Gwen. Nous nous connaissions depuis l'enfance, même si nous avions perdu contact…

– Il parlait beaucoup de vous.

– De moi ? Beaucoup ?

– De vous tous. Ses frères, vous, une fille qui s'appelait Mickey, bien qu'il m'ait fallu un moment pour comprendre qu'il s'agissait d'une fille. Il disait que c'était la période la plus heureuse de sa vie, celle où il jouait dans les bois.

– Vraiment ?

Avant, peut-être. Avant que Chicken George ne fasse ce qu'il avait fait. Pourquoi Gwen ressent-elle toujours le même pincement de culpabilité chaque fois que ce souvenir importun lui revient en mémoire ? *Nous n'aurions pas dû le laisser là. Il était blessé. Quoi qu'il ait fait, on n'avait pas le droit de le laisser mourir seul.*

– Je reconnais que beaucoup est peut-être un peu fort. Ce n'était pas un homme très heureux.

Qu'est-ce que tu sais de plus ? Qu'est-ce que Go-Go t'a dit ?

Gwen choisit ses mots avec soin.

– Nous étions très libres. Il m'arrive parfois de croire que nous avons été la dernière génération à vivre de cette façon. Nous vivons aujourd'hui près d'un grand parc charmant et bucolique, pourtant je n'autoriserais jamais ma fille à y jouer sans surveillance.

Le « nous » est un mensonge ; il sert uniquement de commodité, mais il lui donne une assise.

– Gordon était aussi complètement parano avec nos filles. Il redoutait même de les laisser jouer seules dans notre jardin.

– Je les ai vues le jour de l'enterrement. Ce sont de très belles petites filles.

Ce n'est pas de la politesse. Les filles sont véritablement belles, tout comme leur mère – yeux bleus, cheveux blonds, peau claire. Malgré les manières rudes et crues de Go-Go, il avait toujours aimé la beauté, qu'il respectait. Il visait haut, également. Il trouvait clairement Tally Robison exquise, adorait la regarder et l'empoigner. Même après sa transformation, Gwen ne l'impressionnait pas.

– Ma belle-mère pense que sa mort est ma faute, dit Lori.

Elle l'annonce avec désinvolture, comme si elle parlait de la météo, bien qu'elle sache qu'il s'agit de propos choquants. Ni Tim ni Sean n'en ont parlé à Gwen.

Mais… Tim et Sean ont dépassé depuis longtemps le stade où ils se sentaient obligés de tout lui raconter.

– Les personnes en deuil pensent toutes sortes de choses…

– Elle n'a pas entièrement tort.

Une femme plus âgée bouscule Gwen pour arriver jusqu'aux sacs de Lori, mais il s'agit après tout du but d'un salon de l'artisanat. Elle saisit les petits sacs, les ouvre d'une pichenette, fait courir les fermetures Éclair de haut en bas et tâte les coutures. Les sacs mériteraient des mains plus douces, mais si la femme est une acheteuse, Gwen ne veut pas compromettre une vente. Dieu sait si Go-Go avait souscrit une assurance-vie, ou si elle n'a pas été dénoncée du fait des circonstances incertaines de sa mort. Gwen fouille dans son propre sac à main et en sort sa carte, à laquelle elle ajoute son numéro de portable et le téléphone fixe de la maison de son père.

– Au cas où vous voudriez me parler, dit-elle. De n'importe quoi.

Elle imagine, espère, que Lori n'en fera rien. Les secrets de Go-Go sont, en partie, ceux de Gwen, bien qu'elle aime se persuader qu'elle est la moins coupable des cinq, la seule qui n'ait fait qu'observer. Elle n'a fait qu'accepter de les suivre, de laisser à Sean le rôle de porte-parole ainsi que le soin d'écarter les détails troublants qui pourraient compliquer leur affaire si les adultes venaient à les apprendre. Non, Lori trouvera que c'est une mauvaise idée, elle verra qu'elle ne veut pas parler, pas à quelqu'un qui lui est quasiment étranger. Mais si elle décide de se confier à Gwen, cette dernière sera-t-elle obligée de lui expliquer les différentes raisons pour lesquelles Go-Go s'est écrasé contre le mur de béton, sans qu'aucune d'entre elles ait un quelconque rapport avec le fait que sa seconde épouse l'avait mis à la porte ? Pas la peine de s'inquiéter. Lori n'appellera pas. Même si elle le fait, Gwen ne lui doit rien.

Pourtant, lorsque Gwen pose son téléphone portable près de son lit de petite fille, plusieurs heures plus tard, son regard tombe sur un texto de Lori.

J'AIMERAIS VRAIMENT VOUS PARLER. BIENTÔT ?

Le point d'interrogation, maladroit, implorant, rend la demande impossible à ignorer.

Chapitre vingt-six

Il aura fallu plusieurs jours, de nombreuses promesses et quelques menaces à Tim pour convaincre ses trois filles de déjeuner ce dimanche chez sa mère. « Et la messe ? » a demandé sa mère quand on l'a avertie du plan. Tim n'a pas eu le cœur de lui dire que ses deux aînées sont, en gros, des païennes, il a donc inventé une histoire d'examens et de soirée de révision et a envoyé Arlene à la messe avec sa mère en tant qu'agneau sacrificiel de la famille. Sa mère, en prenant de l'âge (elle semble avoir vieilli soudainement et même un peu prématurément alors qu'elle a à peine soixante ans), est aussi facile à berner qu'un enfant.

Lorsque les filles étaient plus jeunes, la maison de Sekots Lane était une destination qu'elles chérissaient, un lieu qu'elles réclamaient, à cor et à cri, de visiter. Elles y voyaient comme une maison de poupée – modèle réduit des maisons de leur quartier de Stoneleigh et pleine de merveilles. Le lave-moquette, le congélateur bas de la cave, à leur hauteur et rempli de sucreries Good Humor, la boîte à bonbons de mamie, les chiens… Mais la maison et ses occupants ont depuis longtemps cessé de divertir les filles. Une fois le déjeuner terminé, les trois sœurs s'avachissent dans le canapé de la salle télé du sous-sol en fixant l'écran-plat, un cadeau de Tim et Sean, relié au câble, une facture que Tim paye tous les mois bien que Doris proteste n'en avoir pas besoin. Or, s'il n'y avait pas le câble, ses filles ne viendraient jamais. Mais il ne veut pas avoir à le dire aussi clairement à sa mère.

Toutefois, la télévision parvient à peine à maintenir l'intérêt des filles. Les deux aînées sont penchées sur leur téléphone à envoyer des textos, des textos et encore des textos. Le bébé, comme il appelle encore la petite dernière de huit ans, Karen, s'entortille les cheveux et dévisage ses sœurs avec envie. On l'a prévenue qu'elle n'aurait le droit à un portable qu'à ses douze ans, une décision qu'elle remet en cause tous les jours, parfois avec des arguments nouveaux, la plupart du temps simplement en s'énervant. La veille, elle a dit à Tim qu'il lui fallait un téléphone pour se protéger des pédophiles.

Seulement si tu les vois arriver de loin, ma chérie.

Qu'est-ce que les deux grandes peuvent bien envoyer comme textos un dimanche après-midi ? À qui ? Il y a tout juste une semaine, Lisa a laissé son téléphone sans surveillance et Tim en a profité pour lire chaque message qu'il contenait, sous prétexte qu'il était en droit de violer son intimité à cause de l'incident Dani / joint. La conversation, cependant, n'avait rien révélé du tout. Les seuls sujets sont pour indiquer des lieux (au centre commercial / au McDonald / au skate park) et faire part de ses humeurs. Tout est chiant. Tout le monde est chiant. Les parents, les amis, l'école, toutes les activités, quelles qu'elles soient. Les blagues de celui qui envoie des textos sont chiantes. Bon Dieu, est-ce qu'on s'étonnera si les zombies s'offrent un grand retour dans la culture pop ? La nouvelle génération est une génération de morts-vivants, sauf que leurs démarches pesantes les entraînent *loin* des cerveaux, au mépris de tout ce qui demande de l'imagination, de la passion et de la participation. Il imagine ses filles, l'œil vide, les bras tendus devant elles, vacillant le long de la rue en grognant : « Pas de cerveau, pas de cerveau. » Sans cesser d'envoyer des textos.

– Quelqu'un m'aide avec la vaisselle ?

Il essaie de le faire passer comme une suggestion, mais de celles dont on ne se défile pas.

– Bien sûr, dit Michelle.

– Une minute, dit Lisa.

Seuls les pouces continuent à bouger. Il pense à l'héroïne de Tim Robbins dans *Même les cow-girls ont du vague à l'âme*, imagine une génération de filles aux pouces géants, hypertrophiés d'avoir trop servi. Il n'arrive cependant pas à imaginer ses filles en train de faire du stop. Cela leur demanderait beaucoup trop d'efforts.

– Laisse les filles tranquilles, dit sa mère en haut de l'escalier. Il n'y a pas grand-chose à faire. Et puis, c'est plus facile de nettoyer quand il n'y a pas autant de monde dans la cuisine. Les filles veulent encore des cookies ou du chocolat ?

Elles lèvent la tête, hébétées. Certains mots, comme *cookies*, parviennent encore à pénétrer le champ de force électromagnétique autour d'elles.

– OK, concède Michelle, comme si elle lui faisait une faveur.

Les trois restent assises.

– Est-ce que vous pouvez au moins vous lever pour aller les chercher vous-mêmes ? dit Tim.

Une pause.

– C'est bon, dit Michelle. J'ai pas si faim, en fait.

Doris est déjà dans les escaliers avec sa « boîte à bonbons », un gigantesque Tupperware qui abrite des paquets entamés de cookies et une sélection de mini-barres chocolatées. La boîte à bonbons fait partie d'une longue tradition familiale, bien que Tim ait remarqué lors de récentes visites que les produits étaient très souvent périmés. C'était déjà le cas avant la mort de Go-Go, mais ça le dérange. Il a demandé aux filles de ne rien dire. Elles ont répondu qu'elles n'avaient rien remarqué.

Doris gâte tous ses petits-enfants de la même manière. Pour être franc, elle gâtait presque autant ses fils. Ils avaient peu de responsabilités dans la maison et seules quelques-unes, marginales, dans le jardin, car leur père adorait sa tondeuse et ne la confiait à personne. C'étaient des sauvages. C'est du moins ce qu'Arlene disait au début de leur mariage, quand elle a découvert que Tim ne savait faire aucune tâche domestique : laver ses vêtements, coudre un bouton, récurer une poêle ou passer l'aspirateur.

Il pensait qu'Arlene n'aurait pas dû être surprise. Après tout, elle avait vu son appartement et avait même fait semblant de s'émouvoir de ses habitudes de célibataire. Mais comme beaucoup de femmes, les standards d'Arlene pour son petit ami n'étaient pas les mêmes que ceux pour son époux. La différence, c'est qu'elle était parvenue à le changer. On dit que les gens ne changent pas. Peut-être n'était-ce qu'une question de sémantique. Peut-être Tim avait-il décidé de changer. Il continuait malgré tout à croire qu'Arlene l'avait transformé par la seule force de son amour. Bien qu'il ait été élevé dans un foyer où on n'attendait rien des mâles et où tout leur était dû, il avait appris à partager les tâches ménagères ainsi que, le moment venu, le soin aux enfants. D'ailleurs, il en faisait peut-être plus qu'Arlene dans la maison puisqu'elle le laissait s'occuper de toutes les tâches traditionnellement dévolues aux hommes. Il était le seul mâle de la famille, après tout.

À présent, il se demande souvent si sa mère, étant la seule femme dans une maison d'hommes, se sentait elle aussi isolée. Depuis que son père est mort, il y a quelques années, Tim a passé beaucoup de temps à aider sa mère à créer la maison ordonnée et charmante qu'elle n'avait jamais vraiment eue. La salle télé au sous-sol est l'un de ces projets – la peinture blanche a éclairci l'inévitable lambris en pin noueux, le bar bien-aimé de son père a été remplacé par une table pliante et le canapé tout miteux a été jeté. Il l'a également aidée à changer le papier peint de la salle à manger et à remplacer des accessoires dans la cuisine. La mère et le fils s'accordaient, en façade, sur la thèse selon laquelle ces rénovations visaient à une éventuelle mise en vente. Tim savait pourtant que sa mère ne déménagerait jamais. Si elle partait, où donc irait Go-Go lorsqu'il reviendrait tel un boomerang à la maison, ainsi qu'il le faisait périodiquement ? Voilà une chambre à laquelle ils n'avaient jamais touché, la petite chambre d'enfant de Go-Go en haut des escaliers. Elle était restée inchangée du lycée à la faculté, puis jusqu'à ses deux mariages, attendant toujours que son prochain échec l'y ramène.

Bien que les retours épisodiques de Go-Go aient dû décevoir leur mère, elle n'a jamais vu les choses sous cet angle. Doris se faisait une joie de le voir revenir, et Go-Go, malgré ses défauts, lui tenait agréablement compagnie après la mort de leur père. Ainsi, Tim faisait tout le travail, tenant la place de leur père disparu trop jeune, tandis que Go-Go, l'éternel bébé de la famille, faisait rire leur mère. Mais c'est Sean, absent et au loin, qui reste pourtant encore le bon fils, l'enfant parfait, la fierté et la joie. Comment est-ce possible ? Peut-être l'éloignement est-il nécessaire pour accomplir toute perfection.

Tim essuie les plans de travail en laissant Arlene poursuivre la conversation avec sa mère. Un bavardage vain, à rendre fou – se résumant à passer au crible les diverses connaissances communes et à épiloguer sur la messe du matin même. Tim n'est peut-être pas le fils favori, mais il ne fait aucun doute qu'Arlene est la belle-fille préférée, solide et fiable. Doris apprécie également Lori, du moins l'appréciait avant qu'elle ne mette Go-Go à la porte. Doris ne prendra jamais le parti de quiconque a fait du mal à l'un de ses fils, aussi juste que cela puisse paraître. Vivian, la femme de Sean, est en permanence sur la liste noire de Doris, qui est persuadée que leur déménagement en Floride est de son fait. C'est d'autant plus drôle que Sean y était favorable. Pourquoi donc rejeter la faute sur Vivian ? Probablement parce que c'est ainsi que Sean le lui a annoncé. Être parfait passe par bien des mensonges.

En tant que procureur, Tim pense avoir un don particulier pour détecter les mensonges. Les gens passent leur temps à lui mentir. Les prévenus, évidemment, mais également les policiers désirant qu'on ne sache rien de violations de droits ou de transactions louches. Les collègues eux-mêmes mentent. Tim ment aussi. Tout le monde ment. C'est une règle essentielle dans les enquêtes pour homicide, mais il a l'impression que cet axiome s'applique aussi beaucoup plus largement. Il ment à Arlene – des mensonges inoffensifs, non pas pour avoir le dessus mais pour conserver la paix. Par exemple, il lui a menti à propos du « prêt » à Go-Go quelques années auparavant. Ils arrivent à se maintenir à flot, avec l'aide de son salaire d'institutrice, mais ils n'ont pas d'argent à jeter par la fenêtre. Prêter – disons, donner – de l'argent à Go-Go équivaut en gros à jeter l'argent par la fenêtre, loin, très loin dehors. Go-Go n'était cependant jamais aussi sincère que lorsqu'il promettait de rembourser un prêt, et Tim ne pouvait supporter de laisser sans récompense la confiance en soi de Go-Go, aussi fugace et vacillante soit-elle. Go-Go avait-il jamais eu vraiment confiance en lui ? Lorsque Tim essaie d'avertir ses filles des dangers du monde extérieur, elles lèvent les yeux au ciel, pleinement convaincues qu'elles savent tout ce qu'il a à savoir. Go-Go n'a jamais été comme ça. Il était téméraire, mais pas sans peur. Il savait que le monde pouvait lui faire du mal. Seulement, il ignorait comment.

Doris et Tim Senior avaient clairement fait comprendre à Tim et Sean qu'ils ne devaient jamais reparler de ce qui était arrivé la nuit de l'ouragan. Eux-mêmes donnaient l'exemple. Si quelqu'un mentionnait l'ouragan David, ses parents faisaient semblant d'avoir besoin qu'on leur rappelle la date. Au bout d'un moment, ils n'ont plus eu à faire semblant. « Ah oui, cette tempête », disait Doris. « C'est cette nuit-là que nous sommes restés chez les Robison parce que l'électricité avait été coupée et que la rue en face de chez eux était inondée. » Tim et Sean étaient plus qu'heureux qu'on en reste à ça. Si Go-Go n'avait jamais subi d'attouchements, alors Chicken George n'était jamais mort. C'était presque comme s'il n'avait jamais existé.

Pendant ses études de droit puis plus tard, alors qu'il préparait le barreau, il arrivait à Tim d'étaler les faits survenus cette nuit, comme s'il s'agissait d'un cas qu'il aurait un jour à traiter à charge. Un homme qui avait abusé sexuellement d'un enfant l'avait poursuivi, lui et un autre enfant, dans les bois. Cet homme avait glissé et était tombé, se blessant mortellement. Les enfants étaient allés, comme il se doit, raconter ces événements à leurs pères, qui étaient ensuite partis dans les bois pour chercher le corps. Il n'y avait aucun crime là-dedans. C'est vrai, Mickey avait poussé Chicken George. Elle l'avait avoué elle-même. Mais c'était de la légitime défense. Elle n'avait même pas quatorze ans à l'époque, c'était encore une enfant aux yeux de loi. Non. Ils n'avaient commis aucun crime cette nuit-là. Toutefois, en tant qu'adulte, aussi en tant que père, Tim a souvent désiré en parler. Pas à Go-Go. Jamais à Go-Go. Cela aurait été odieux envers lui.

Il ne peut rien dire à Arlene non plus parce qu'ils sont ensemble depuis trop longtemps, le temps pour de tels secrets est révolu. Il y a Sean, mais ce dernier est encore plus déterminé que leurs parents à garder le secret sur la nuit de l'ouragan. Parce que ça ne colle pas avec l'image que Sean a de lui-même, pense Tim. Gwen ? Mickey ou plutôt McKey ?

Gwen. Malgré son habitude de se moquer d'elle, il l'aime bien et la respecte. Ado, il avait même un peu le béguin, et pas seulement parce qu'il enviait à son frère les quelconques privautés sexuelles qu'elle lui accordait. Tim l'appréciait avant cela, quand elle était une petite fille rondouillarde. En dépit de ses manières de minette, elle était intelligente. Aujourd'hui, il ne ressent pas le moindre désir pour elle. Arlene est l'amour de sa vie et il éprouve de la reconnaissance à voir en toute clarté cette réalité, qui lui fait accepter les compromis qu'exige la monogamie. C'est un homme. Il pense souvent à d'autres femmes, se demande l'effet que cela aurait de baiser telle ou telle nana. Il n'a jamais fait certaines choses, extrêmes assurément, et il est peu vraisemblable qu'il les fasse jamais. Ça lui va. Il a une bonne imagination, qui lui est utile quand il est seul. Tout de même, il aimerait parler à Gwen. Parler, c'est tout.

Tim emporte le plat propre, une des pièces de « vaisselle fine » de sa mère, pour le ranger dans l'armoire de coin encastrée. Sa place est sur la plus haute étagère, un peu trop haut pour être à sa portée.

– M'man, où est l'escabeau ?

– Oh ! Je l'ai rangé dans le garage, il y a des années. Tu n'as qu'à monter sur une chaise.

C'est ce qu'il fait, bien qu'il s'inquiète du poids et n'aime pas l'idée que sa mère doive monter et descendre d'une chaise chaque fois qu'elle doit ranger un plat en haut du vaisselier. Il faut absolument qu'il sorte l'escabeau du garage pour qu'elle l'ait sous la main.

Son père se plaignait tout le temps que la maison était mal construite, elle paraît cependant à Tim plus solide que la maison hors de prix que Go-Go a acheté pour sa famille l'an passé. Tim n'aurait jamais pu l'aider pour cet achat. C'est une chose de cacher mille dollars et quelques à Arlene, c'en est une toute autre d'inventer une histoire pour cinquante mille. Sa mère a hypothéqué la maison sans le consulter ni Sean. Il devrait sans doute se réjouir que le marché immobilier ait déjà implosé, même si la chute des actions avait creusé un sacré trou dans leurs économies pour l'université des filles. Autrement, sa mère aurait croulé sous les dettes pour une maison lui appartenant déjà bien avant la mort de son père.

Tim et Sean ont tous deux été choqués lorsqu'elle leur a parlé du prêt, mais il était déjà trop tard pour faire quoi que ce soit. Doris a affirmé qu'elle ne comprenait pas pourquoi ils étaient furieux contre elle. « J'ai acheté une maison pour mes petits-enfants. C'est à eux que mon argent revient de toutes façons. » Tim n'avait pas voulu lui expliquer qu'elle avait simplement reversé la totalité de ses actifs à seulement deux de ses petits-enfants. Toute cette affaire le faisait se sentir minable et intéressé. Mais Sean n'avait eu aucun problème à exprimer sa colère. Il a dit à Doris qu'elle devait réécrire son testament pour réparer l'injustice, que le prêt de cinquante mille dollars était une avance sur le montant total de l'héritage des filles et qu'elles n'auraient droit à rien d'autre. Une avance disproportionnée, avait-il ajouté avec une amertume surprenante. Sean est le plus garni des trois garçons. Il a un fils unique, le genre de gosse qui est sûr d'obtenir une aide financière de l'école grâce à ses activités de cross-country. De plus, le beau-père de Sean est plein aux as. « Ça n'est pas une question d'argent », a dit Sean à brûle-pourpoint quand Tim lui a fait la remarque.

Selon l'expérience de Tim, *tout* est une question d'argent, surtout quand on dit que ça ne l'est pas. Certes, l'argent signifiait bien quelque chose aux yeux de Sean. Mais quoi ? L'attention ? L'amour ? Sean avait eu les deux. Et puis il demeure le fils favori. Arlene surprend son regard et lui fait un sourire, de ceux qui recèlent un monde et une vie de compréhension. Elle est à la fois familière et étrangère à la famille Halloran, et sa vision des choses, plus objective mais aussi plus indulgente, aide Tim à rester sur le bon chemin. Go-Go avait les beautés. La Vivian de Sean a une famille aisée et privilégiée. Mais il ne fait aucun doute, selon Tim, que de tous les garçons Halloran, il est celui qui a déniché la perle rare. Comment cela lui est-il arrivé ?

Comment a-t-il trouvé la femme qu'il lui fallait alors qu'il était encore jeune étudiant, à peine plus âgé que Michelle aujourd'hui ? Sean pouvait bien rester le fils préféré. Tim était celui qui avait eu de la chance, et il n'échangerait sa place pour rien au monde.

Chapitre vingt-sept

Le problème avec la Floride, pense Sean, c'est que la météo nécessite de s'occuper davantage du jardin. Ok, répondront ses partisans, mais au moins il n'y a pas de neige à déblayer. Ah ! Mais tout déblayage a une fin, tandis que le jardinage, non. En particulier, ici, à St. Petersburg, même avec l'aide réticente de Duncan. Bien que Duncan tienne en mépris le jardinage, plus encore que Sean, ce dernier se montre intraitable sur les responsabilités domestiques qui incombent à son fils. Il s'est opposé à la suggestion de Vivian, désireuse de le voir aider à la lessive et à la préparation des repas, deux tâches auxquelles Duncan prend réellement du plaisir et qu'il pourrait assumer sans se plaindre continuellement.

Comment Tim Senior s'en serait-il sorti avec un fils comme Duncan ? Pour commencer, il n'aurait jamais eu de fils prénommé Duncan. Comme pour tant de choses dans la vie de Sean, c'est Vivian qui en a décidé ainsi. Elle avait fait le choix de « Duncan » des années auparavant, peut-être dans le dortoir de la faculté, ou encore à l'époque des gribouillages rêveurs du lycée, ou même dès le collège. Elle avait planifié la chose depuis si loin en arrière qu'il a été impossible à Sean de manifester seulement le début d'une opposition lorsqu'elle lui a fait part de son plan, après leurs fiançailles. Ils auraient un enfant après deux ans de mariage exactement. Ils n'auraient qu'un seul enfant. Sean était d'accord avec ses deux décisions. Si c'était une fille, elle s'appellerait Madeline ; Duncan, si c'était un garçon. Sean n'aimait pas Duncan, mais Vivian lui a soutenu que c'était un nom en usage dans sa famille. Plus tard, la propre mère de Vivian a admis qu'il s'agissait simplement d'un prénom qu'elle adorait et dont elle aurait voulu se servir, seulement, elle n'avait jamais eu de fils. Sean aurait pu parier sur l'âge qu'aurait Duncan quand les gamins à l'école se mettraient à le surnommer Donut. C'était arrivé le premier jour d'école en CE2, alors qu'ils venaient de s'installer à St. Petersburg.

En revanche, ce qui ne pouvait être prévu, du moins par Sean, c'était la capacité de Duncan à s'accommoder des moqueries, à ne pas les prendre au sérieux, avec pour résultat de les rendre inoffensives. À huit ans, il était déjà sûr de lui-même. « Comme toi », a dit sa mère. Sean aurait aimé pouvoir reconnaitre en lui l'équilibre dont faisait preuve son fils. Cependant il n'ignorait pas ce qui faisait toute la différence, que sa prétendue confiance en lui n'était que poudre aux yeux. Duncan se sent véritablement bien dans sa peau, ce qui explique pourquoi Sean ressent parfois le besoin de l'aiguillonner. Ça n'est pas une question de compétition, pas du tout. Simplement, le gosse tient tout pour acquis. Il gagne les courses, il est le meilleur instrumentiste de l'orchestre régional, il a le premier rôle dans toutes les pièces de théâtre de l'école. Pas les comédies musicales, car il ne chante pas assez bien, mais les pièces normales. Il réussit dans n'importe quel domaine qu'il entreprend.

Voilà pourquoi c'est rageant de le voir aller, de-ci de-là dans le jardin, en faisant comme s'il ne comprenait pas ce qu'on attendait de lui pour préparer le terrain aux chaleurs torrides des mois à venir. Sean ne comprend pas non plus, mais il a au moins écouté Vivian quand elle leur a donné ses instructions, après le déjeuner. Elle a été très claire. Vivian est toujours claire dans ses attentes. Par exemple, au cas où Sean déciderait qu'il ne veut pas s'occuper du jardin, pas de problème : Vivian embauchera une personne pour le faire.

La famille de Vivian ne se décrit pas comme riche, ne serait-ce que parce que c'est vulgaire. Ils sont néanmoins indéniablement aisés ; lorsque Sean l'a épousée, son père lui a fait comprendre que se marier avec sa fille bien-aimée impliquait de lui offrir le train de vie auquel elle était habituée. Un peu comme lorsqu'on acquiert une voiture de course. *Tu as peut-être de quoi te l'acheter maintenant, mais as-tu conscience du coût de l'entretien ?* Ses parents sont encore assez jeunes et ils comptent prendre bientôt leur retraite pour profiter de leur argent. Ces choses ne sont jamais dites explicitement, mais leurs intentions ne font aucun doute. Vivian agit de la même façon. Elle parvient à rendre tout très clair sans être directe ni même hausser le ton. Par exemple, après avoir exposé à Sean ses projets concernant leur seul (et unique) enfant, elle avait ajouté :

– Bien entendu, je resterai à la maison.

– Bien entendu, avait-il répondu, bien qu'il ait cru qu'elle voudrait continuer à travailler.

Elle avait paru si joyeusement ambitieuse lorsqu'ils s'étaient rencontrés.

– Je pourrais retourner travailler, mais presque tout mon salaire irait dans les frais de garde de l'enfant. Ça n'aurait pas de sens.

– Bien entendu.

– Ce qui veut dire que tu auras probablement à quitter ton emploi au journal pour entrer dans une grande entreprise.

– Bien… Comment ?

Ils vivaient alors à Charlotte. C'était un journal en pleine ascension, récent lauréat d'un prix Pulitzer pour avoir couvert l'affaire Jimmy et Tammy Faye Bakker et qui faisait partie d'une chaîne de presse respectée. Sean, qui avait mis à profit sa formation première avortée pour se faire embaucher comme journaliste médical, prévoyait de gravir les échelons aussi haut et vite qu'il pourrait, pour accéder, par la suite, à un poste dans l'un des mastodontes, au *Washington Post* ou au *New York Times*. En 1989, ce n'était pas un rêve inaccessible. Ça n'aurait pas été impensable même dix ans plus tard. Vingt ans après… La chaîne qui détenait le journal avait cessé d'exister. S'il avait suivi son cœur, il ferait peut-être aujourd'hui partie des petits veinards, installé à un poste tranquille dans l'un des grands journaux nationaux alors que tous les autres commençaient à voir leurs effectifs se réduire. En réalité, à cette époque, il s'était retiré du journalisme depuis longtemps déjà, et se retrouvait exilé dans la communication en entreprise, d'abord dans l'industrie bancaire à Charlotte, puis en Floride pour Blue Cross et Blue Shield aujourd'hui. Il a un bon salaire, perçu dans un État où on ne paye pas d'impôt sur le revenu. Ç'avait été tout juste suffisant pour offrir à Vivian la maison qu'elle espérait, dans un quartier qu'elle estimait digne d'elle, Old Northeast, mais néanmoins sans vue sur la mer. C'est une bonne vie. Réellement.

Ensemble depuis plus de vingt ans, ils ne se disputent jamais ni ne haussent la voix. Ils ne sont pas d'accord. Souvent. Sean explique alors son point de vue et Vivian le sien, puis ils finissent par faire selon la volonté de Vivian. À ce qu'il paraît, du moins. En réalité, Sean a conscience qu'il ne peut pas perdre toutes les fois qu'ils ne sont pas d'accord, mais c'est bien ce dont il a l'impression. Quand il se met à s'apitoyer sur lui-même, il pense à son fils qui est véritablement un amour, sans doute parce que Vivian lui a prodigué toute son attention. Excellent élève, assez bon en sport pour être sûr d'obtenir une bourse, aimable et cependant populaire à l'école.

Et presque certainement homo.

Lui et Vivian n'en ont pas encore discuté. Pour une fois, il s'agit de la décision de Sean. S'ils en parlent, ce sera en toute vérité ; Sean n'est pas prêt pour cette éventualité. À Duncan de ramener le sujet. N'est-ce pas ainsi que ça se passe ? C'est à Duncan de sortir du bois. Lorsqu'il le fera – s'il le fait – alors Sean sera d'accord. Vraiment. Mais il n'est pas pressé d'entendre cette révélation. Il se pourrait qu'il fasse erreur. Il a connu certains types efféminés qui étaient de véritables tombeurs de minettes, même si Duncan n'est pas efféminé. Quoi qu'il en soit, Sean n'en parle pas avec Vivian, pas plus qu'il ne pose de questions-pièges à Duncan. (*J'ai entendu dire que Ricky Martin avait fait son coming-out. Pas étonnant, hein ? Que penses-tu de la doctrine Don't ask, don't tell ? Du mariage pour tous ?*) Il lui demande plutôt ce qu'il pense des équipes de Tampa Bay, des Buccaneers et des Rays, ou de ses inclinations pour la faculté, un sujet qui est abordé avec autant de plaisir que celui de ses préférences sexuelles. Duncan n'admet jamais aimer telle ou telle faculté et retourne invariablement la question à ses parents. « Qu'est-ce que vous pensez, vous, de Bard ? »

« Pensez-vous que les hivers soient rigoureux à Ann Arbor ? » Il se montre tout aussi vague sur ce qu'il projette d'étudier, ainsi que sur la question de continuer ou non à faire du cross-country. Il craint d'être arrivé à son niveau optimal, après quoi il ne ferait que lutter contre sa morphologie. L'autre jour, Sean l'a surpris en train de se pincer un bourrelet inexistant à la taille, grimaçant devant le miroir. Un gosse hétéro ferait-il une chose pareille ?

Duncan regarde aussi une variété d'émissions télé des plus étranges – *American Idol*, une autre émission de chant, des émissions de danse et beaucoup de téléréalité – quand il a rendez-vous chez une amie. Pas un rencard et pas une petite amie, juste une amie. L'expression est de Duncan, mot pour mot, qu'il formule d'une voix modulée, s'achevant dans un soupir : *pas un rencard ni une petite amie, juste une amie, PAPA.*

Honnêtement, c'est presque un soulagement de le surprendre à grogner dans le jardin à propos d'une corvée et de le voir mal s'y prendre. Ça semble plus normal, plus viril.

– Fait attention quand tu tailles les haies, prévient Sean en lui ôtant l'énorme outil des mains afin de lui montrer la technique et l'endroit où couper.

Duncan soupire et se met à imiter les gestes de Sean avec une infinie lassitude.

– Maman dit que tu veux aller à Baltimore pour les vacances de printemps.

Ils profitent généralement des vacances de printemps pour faire un voyage spécial, quelque chose de tape-à-l'œil, souvent organisé par les parents de Vivian.

– Je ne suis pas sûr de *vouloir* y aller. Mais je pense qu'il est indispensable d'aller rendre visite à ta grand-mère à Pâques. Ça va être dur pour elle de rester seule.

– Elle n'est pas seule. Oncle Tim et sa famille vivent à vingt minutes de chez elle.

– Ce serait tout de même bien d'y aller.

Duncan concentre son attention sur la branche en face de lui.

– Des élèves de mon école vont à la Nouvelle-Orléans pour travailler avec l'une des équipes de reconstruction.

– C'est encore d'actualité ?

– Évidemment. On ne reconstruit pas une ville en une nuit.

Sean sait bien que la Nouvelle-Orléans ne sera pas reconstruite en une nuit. Simplement, il s'étonne que l'école et les associations religieuses veuillent encore s'y rendre et que le monde atteint d'hyper-activité n'ait pas trouvé une autre tragédie à se mettre sous la dent. De nos jours, les événements se retrouvent vite dans le rétroviseur. Tremblements de terre, tsunamis… On a l'impression que les célébrités sont de retour à la télévision tous les mois, à dicter un numéro de téléphone.

– Je pensais que je pourrais les accompagner, dit Duncan. Ça fera bien sur mon CV, au moment d'entrer à la fac. J'ai pas beaucoup d'expérience en volontariat et en service à la communauté.

– Tu ne peux pas faire ça pendant l'été ?

– J'ai mon stage de théâtre Stage Door, puis je pars en stage intensif de cross-country, celui avec plein de dénicheurs de talents.

Qui dit dénicheurs de talents dit bourses, et Sean n'est pas opposé à une aide financière pour la formation universitaire de Duncan, bien qu'il sache que la famille de Vivian pourrait régler la facture s'il se trouvait un peu juste. Et si l'université était suffisamment prestigieuse. Sean ignore quelles écoles figurent en tête de leur liste, mais il sait que son université de cœur, celle de Washington, n'en fait pas partie même si elle est renommée. Seulement, son nom ne dit rien à personne dans la famille de Vivian ; et ce qu'ils ne connaissent pas ne vaut pas la peine d'être connu. Vivian a fréquenté Duke, et la chambre du fils de Sean s'est ornée de diables bleu et blanc presque depuis le moment de sa naissance.

– Tu n'as pas vu ta grand-mère depuis longtemps. Tu n'es même pas venu à l'enterrement.

– Papa, j'avais un concours de musique à Orlando. Si je n'y avais pas été, le quartette de chambre aurait été pénalisé.

– Tu es le seul petit-fils… et le seul qui ne vit pas là-bas.

– Ça n'est pas ma faute, répond Duncan avec le ton désinvolte et égal qui est le sien, à l'instar de Vivian. Le fait que je sois le seul petit-fils ne devrait pas entrer en ligne de compte. Insinues-tu que les garçons importent plus que les filles pour Mamie Dee ?

– Je dis seulement que ça lui ferait très plaisir de nous voir, tous.

– Nous avons déjà acheté nos billets d'avion.

– Nous ?

– Maman et moi. Elle a l'intention de nous accompagner pour le voyage à la Nouvelle-Orléans.

Duncan regarde au loin, le visage détourné de Sean. Ce dernier n'a jamais été certain de ce que Duncan percevait de la dynamique parentale. Serait-il encore vivant, le père de Sean dirait probablement que Vivian porte la culotte dans la famille, même si ça n'est pas entièrement exact. Elle n'est pas casse-bonbons. Ses manières sont infailliblement polies et raisonnables. Simplement, elle ne parvient pas à voir le point de vue de Sean. Lorsqu'ils se disputent, elle fait presque preuve de commisération. *Quel pauvre petit idiot, ce Sean, qui croit que son idée est bonne*. Elle le taquine, écoute sans entendre ce qu'il dit.

Il se rappelle autre chose que son père aimait dire : « Ne te marie pas au-dessus de ton rang ou tu ne te sortiras jamais d'en dessous. » Il a choisi Vivian comme un gros lot, quelque chose de brillant et de clinquant posé haut sur une étagère, tout juste à portée de sa main. Le problème est qu'elle se voit de la même façon.

Il attend de s'être douché et habillé pour lui parler, choisissant un des polos qu'elle aime le voir porter. Elle est dans la pièce à vivre, en plein travail de couture. Vivian n'est jamais inactive et elle attend de Sean et Duncan qu'ils agissent de même. Son but est d'être productive, à n'importe quelle heure de la journée. Mais Sean a mérité sa bière, ainsi que le droit d'avoir le son de la télévision coupé, avec les résultats de base-ball qui défilent. Les Orioles restent son équipe favorite. Ils continuent régulièrement à lui briser le cœur.

– Duncan dit qu'il a prévu d'aller à la Nouvelle-Orléans pour les vacances scolaires.

– Oui, répond-elle en coupant des dents un bout de fil. Avec un groupe de l'église. Je crois que c'est une idée formidable.

– Seulement, ma mère est un peu fragile en ce moment. Je crois qu'il serait important que nous allions la voir.

– Très certainement, tu devrais y aller. Je comprends.

Voilà comment elle s'y prend, pense-t-il. Elle ne conçoit même pas qu'il puisse y avoir un point de vue différent. Elle se met en position de supériorité, comme si elle faisait preuve de grandeur d'âme en l'autorisant à voir sa mère.

– Elle adore Duncan, lui porte toute son affection. Ce serait génial qu'il vienne aussi.

– Je suis sûre qu'elle comprendra quand tu lui auras expliqué à quel point c'est important pour son entrée à l'université.

– Et comment expliquerai-je ton absence ?

– Voyons, chéri, on parle de la Nouvelle-Orléans ! Je ne serais pas rassurée si je n'étais pas des accompagnatrices. C'est une ville très dangereuse. Je serais infernale, à sans cesse me faire du souci pour Duncan. Je ferais aussi bien d'y aller.

Il voudrait la contredire par principe, puis il pense *Merde*. Il ira à Baltimore, restera avec sa maman, une chose que Vivian déteste, bien qu'elle ne veuille pas l'admettre. Lorsqu'elle se retrouve forcée à passer ne serait-ce qu'une nuit dans la maison d'enfance de Sean, elle ne fait que murmurer encore et encore, ressassant un flot de critiques qui essaient de passer pour des commentaires désintéressés alors qu'elle décoche ses flèches sur tout ce qui la dérange à propos de la maison, de Dickeyville et de Baltimore. Cela fait des années qu'ils n'ont pas passé un moment en famille dans la maison.

Sean retournera chez lui, il restera pendant le long week-end de Pâques, sortira avec d'anciens amis. Peut-être même essayera-t-il de voir McKey, ne serait-ce que pour s'assurer que ce qui ne s'était pas passé entre eux ne s'était réellement pas passé. Et si ça s'était passé – s'il avait déjà été infidèle – ne serait-il pas en droit de s'en souvenir ?

Chapitre vingt-huit

Doris s'assoit pour lire des romans policiers, sur le siège même où son mari est mort. Elle en lit deux ou trois par semaine. Ainsi qu'elle a tenté de l'expliquer à Tim Junior quand il lui a acheté ce ridicule machin plasma, elle regarde peu la télévision ces temps-ci. Ça la fait sursauter, et plus il y a de chaînes et plus elle est censée, soi-disant, maîtriser l'engin, plus elle se sent dominée par lui. Les cinq chaînes et l'antenne intérieure lui suffisaient.

En revanche, elle peut lire où elle veut et quand elle veut. Ses livres favoris sont les versions américaines modernes des romans policiers anglais d'époque, l'humour en plus. Elle aime les romans à suite, car les détails qui se répètent lui plaisent – les restaurants préférés, les propriétaires colériques mais adorables, les familles excentriques, les fiancés qui vont et viennent à l'envi.

Elle lit dans l'ancien fauteuil de Tim parce qu'il bénéficie du meilleur éclairage et que c'est le plus confortable. Il doit à la seule insistance d'Arlène d'avoir été retapissé, et non qu'il ait été taché ou esquinté de quelque façon que ce soit. En fille attentionnée, Arlene a enrobé le projet du fauteuil dans celui, plus vaste, de la réfection du salon, mais Doris savait qu'elle pensait que le siège la dérangeait. Une chose comique chez Arlene… Tant de temps passé à analyser les gens sans qu'il lui vienne jamais à l'idée que Doris puisse, à son tour, décoder ses intentions. Heureusement, les intentions d'Arlene sont immanquablement bonnes. Le fait est que si le siège faisait resurgir de mauvais souvenirs, aucun revêtement ne pourrait jamais les couvrir.

Doris a cependant perdu l'habitude d'attribuer aux objets une quelconque signification ou importance. Elle l'a fait pendant longtemps, trop longtemps. Dans une maison remplie de garçons chahuteurs, il était difficile d'avoir de jolies choses ; elle chérissait donc celles qu'elle parvenait à protéger de leur remue-ménage. Puis un jour, Go-Go avait cassé un pichet que le père Andrew lui avait offert. En cristal Waterford, ramené de ses vacances d'été en Irlande. Elle avait attrapé Go-Go tenant l'objet dans sa main un après-midi et lui avait hurlé de le reposer. Surpris, il l'avait lâché.

Il avait treize ans, trop grand pour la fessée, mais elle lui en avait donné une quand même. Alors, il lui avait donné une gifle. Cela avait été la chose la plus choquante qui soit jamais arrivée à Doris. Go-Go lui-même en avait été abasourdi, avant d'exploser en sanglots. Doris avait pleuré elle aussi, en le serrant sauvagement dans ses bras, ce pour quoi il était à la fois trop grand et trop âgé. Il l'avait suppliée de ne pas parler de la gifle à son père, ni même à ses frères. Elle n'avait aucune envie de le dire à quiconque. Selon Doris, Go-Go avait eu raison de la frapper. C'est vrai, il avait fait tomber le pichet, mais uniquement parce qu'elle lui avait crié dessus. Il n'aurait certes pas dû le prendre dans ses mains, pour commencer, mais il s'agissait d'un bel objet dans une maison qui ne comptait que très peu de belles choses. Elle ne pouvait pas lui en vouloir d'avoir voulu le toucher, bien qu'elle lui ait formellement interdit.

En effet, au contraire des autres hommes de la maison, Go-Go remarquait les belles choses, les gens beaux. À mesure qu'il vieillissait, il a pris soin de ses vêtements, s'habillant mieux que ses deux frères. Il a choisi de belles épouses. Belles, mais n'ayant pas grand-chose d'autre à offrir ; surtout la première. Une fille terrible, terrible. Doris se rend responsable d'un tel choix. Lori n'était pas beaucoup mieux, selon Doris, mais elle n'a pas roué Go-Go de coups, puis elle lui a donné deux petits-enfants. Lori exerce un pouvoir sur Doris, et elle le sait. Vivian joue au même jeu. Cet après-midi même, lors du coup de fil hebdomadaire de Sean, celui-ci lui a avoué qu'il viendrait seul pendant les vacances de Pâques, car Duncan avait d'autres plans. Il a tenté de faire passer la nouvelle pour quelque chose de positif – *une si bonne cause, d'un grand secours pour son entrée à l'université, qui mieux que Vivian pourrait servir d'accompagnatrice*.

Ce dont Sean ne s'est pas rendu compte, c'est que Doris reçoit cette nouvelle comme étant à la fois bonne et mauvaise. La mauvaise nouvelle est qu'elle ne verra pas Duncan ; la très bonne nouvelle, c'est qu'elle ne verra pas Vivian, qui pénètre toujours dans la maison de Sekots Lane comme si elle sentait mauvais. C'est vrai que l'odeur de chou y est parfois entêtante…

Il y a cependant une consolation à être seule, c'est que son sentiment de solitude a trouvé son sens à présent : elle se sent solitaire parce qu'elle est seule. Pourquoi se sentait-elle solitaire quand tous les garçons étaient là et quand Tim Senior était encore vivant ? C'était dû en partie à ce qu'elle était la seule femme, le dindon de toutes les farces. Tim s'est lassé d'elle pendant un moment et ne s'est pas privé pour le montrer aux garçons. Doris Halloran, la rabat-joie. Doris est désormais convaincue qu'elle est née solitaire. Elle est solitude. Si elle était née homme, elle aurait été un bon prêtre, bien qu'elle ne pense pas avoir été taillée pour être nonne. Les nonnes sont faites pour fonctionner en groupes. Ce sont les prêtres qui mènent la danse.

Les ultimes années avec Tim Senior lui ont procuré de la joie, alors qu'ils étaient tous les deux seuls, avec d'occasionnels rebonds, comme ils les appelaient, à cause de Go-Go. Tim s'est énormément adouci avec l'âge, particulièrement quand il a vu ce que les garçons étaient devenus. Il a été tout excité lorsqu'une des affaires de Tim s'est retrouvée aux informations, et il a été de l'avis de Sean – en réalité le plan de Vivian – de quitter le journalisme pour un domaine plus lucratif.

Le cheminement chaotique de Go-Go à travers la vie les a éprouvés, tous les deux, mais Tim Senior lui-même n'avait trouvé sa voie professionnelle que dans sa quarantaine, lorsqu'il avait monté une petite entreprise de travaux de bricolage. C'est drôle, car il n'a jamais été très habile de ses mains, mais après tout, ce n'était pas lui l'ouvrier. Assis à son bureau, il était celui qui envoyait ses employés aux femmes qui en avaient besoin, celui qui tenait les comptes et remplissait la paperasse. L'idée lui était venue au milieu des années 1980, quand il avait vu cette illustration sur la couverture d'un magazine, celle qui annonçait l'ère des yuppies, un mot nouveau à l'époque. Tim avait dit à Doris : « Si les deux membres d'un ménage travaillent, il n'y a plus de temps pour bricoler, en revanche il y a un salaire en plus pour payer ceux qui feront ce qu'on avait l'habitude de faire soi-même. » L'entreprise était solide, à défaut d'être spectaculaire, et il l'avait vendue deux ans avant sa mort pour une somme rondelette qui les avait laissés dans le confort. Pas un confort à se la couler douce en Floride durant les mois d'hiver, mais cela avait payé la maison – pas une mince affaire. Ils avaient célébré l'événement en dînant chez Haussner.

Pour Tim Senior, la grande révélation, venue indirectement de son entreprise d'Hommes-à-tout-faire, a été d'apprendre à quel point les femmes étaient *chaudasses* – il rougissait quand il utilisait ce mot devant Doris – et combien ses hommes s'étaient vus sollicités. Ils n'acceptaient jamais. C'est du moins ce qu'ils disaient à leur patron. La grande surprise était pourtant celle-ci : ces femmes de pouvoir, en tailleur, mariées à des hommes qui gagnaient des milliers par mois, étaient folles des types avec une ceinture porte-outils.

Doris et Tim pouvaient parler de sexe, car ils s'étaient remis à être actifs sur ce plan. Sa ménopause précoce était d'abord arrivée comme une tragédie, mais l'arrêt de ses règles lui avait permis d'avoir des relations sexuelles licites avec son mari sans plus craindre de créer la vie – ou la mort. Doris s'était mise à prendre davantage soin d'elle et avait même utilisé du Rogaine pour sa chute de cheveux. Ils s'étaient rendu compte qu'ils pouvaient aborder toutes sortes de sujets autrefois tabous – les fausses couches, dont Tim avait avoué avoir rejeté la faute sur Doris, ou combien elle s'était montrée soumise face à ses sautes d'humeurs. Ils pouvaient parler de tout, ou presque. Mais pas de Go-Go. Chaque discussion sur leur plus jeune fils finissait en dispute ou de manière brutale, comme s'ils avaient foncé tête baissée dans quelque chose de dur et de rigide.

Ainsi, lorsque Tim Senior, assis sur son siège, s'était agrippé la poitrine et était tombé au sol en disant

« Go-Go », Doris avait eu la certitude qu'il se savait aux portes de la mort. Aucune autre raison ne l'aurait poussé à sortir ces deux syllabes de ses suffoquements. Elle avait espéré qu'il se trompait, s'était même évertuée à lui faire un massage cardiaque, bien qu'on ne lui ait jamais appris comment faire. Mais quand elle s'était mise à courir vers le téléphone de la cuisine pour appeler les secours, il lui avait saisi désespérément le poignet afin qu'elle reste à ses côtés, afin de ne pas être seul durant les dernières petites minutes de sa vie.

Puis il était mort. L'histoire s'était muée en légende dans la famille, car c'était survenu le 9 octobre 1996, pendant le match décisif des Orioles contre les Yankees, celui où un jeune garçon dans le public avait interféré dans le jeu, donnant aux Yankees l'occasion de la victoire. C'est une bonne histoire, elle semble apaiser ses fils. N'est-ce pas pour ça que les histoires sont faites ? Doris n'a aucune intention de leur dire que le match s'était fini une heure auparavant et que Tim Senior avait accepté le revers de fortune des Orioles avec philosophie. Il fut un temps où une mauvaise passe l'aurait conduit à casser quelque chose, mais cette époque était loin derrière eux. Avec l'âge, de la quarantaine à la vieillesse, Tim et Doris avaient trouvé un rythme ensemble – une satisfaction, à défaut d'un bonheur véritable. Et la satisfaction est déjà un grand bien quand on n'a jamais été particulièrement heureux.

Il s'était avéré cependant que Tim Senior n'était pas satisfait. C'était là le plus triste : apprendre, en ces ultimes instants, ce qui était resté tapi sous le tempérament mutique et contenu des dernières années de Tim. Doris pensait que son succès honorable lui avait rendu la vie plus facile. Mais toutes ces années, Tim avait gardé un secret : « J'ai tué cet homme. Pour Go-Go. Je l'ai tué. » Pourquoi lui avait-il dit ? Pourquoi fallait-il qu'elle sache une chose si terrible ? Que devait-elle faire d'un tel secret ? Elle s'était demandée si les années qui avaient été, pour elle, source de satisfaction, avaient été vécues différemment par Tim Senior, s'il avait bridé ses humeurs et l'avait traitée avec gentillesse parce qu'il se sentait coupable.

Doris a gardé le secret de Tim pendant quinze ans, escomptant que les autres hommes, témoins du drame, fassent de même, bien qu'elle ait certains moments de doute. Elle essaie de se rappeler ses rencontres avec Tally Robison ces dernières années, au cas où elle aurait laissé paraître qu'elle était au courant, mais elle a toujours agi avec condescendance ; ses manières affectées ne sont donc pas un indice. Elle n'a plus jamais revu Rita, même si sa fille était encore parfois dans le coin. Elle a pensé à rechercher le père Andrew – depuis longtemps parti de la paroisse pour aller quelque part vers l'ouest – afin de lui parler de la situation, n'aurait-ce été que sous le couvert d'hypothèses ou de cas d'école. Dieu pardonnerait-il à un homme d'avoir tué un homme qui avait touché son fils ? Était-ce un meurtre ? Mais Doris ne veut pas connaître la réponse. Elle pense que Tim a fait ce qu'il fallait faire.

C'est pourquoi elle l'a dit à Go-Go quand il est revenu cette fois-là, la dernière fois. Toujours prompt à geindre, il était tombé très bas après que Lori l'ait mis à la porte. Il avait dit qu'elle avait agi sans raison, mais Doris supposait que sa belle-fille avait au moins *une* raison. Elle craignait que ce ne soit à cause d'autres femmes. Elle ne sait pas pourquoi, un simple pressentiment. Go-Go a un problème avec les femmes, l'alcool n'était qu'un substitut pour ce qu'il recherchait véritablement. Ainsi, quand Go-Go s'est retrouvé à errer dans la maison en s'apitoyant sur lui-même, elle a fini par lui dire : Voilà ce que ton père a fait pour toi. Ton père t'aimait.

Une semaine plus tard, Go-Go était mort.

Elle repose son livre alors qu'il ne reste qu'une vingtaine de pages avant la fin. Doris déteste se coucher en ayant fini un livre. Elle ne saurait dire pourquoi. Ce n'est certainement pas par crainte de mourir dans la nuit sans jamais connaître la fin de l'histoire. Peut-être est-ce parce qu'elle se sent un peu moins seule de savoir qu'un groupe de gens l'attend à son réveil, des personnes qui ne peuvent continuer à vivre que si elle ouvre le livre. *Bonjour, Meg ! Bonjour, Josie ! Qu'est-ce qui vous arrive aujourd'hui ?* Pendant un temps, sa série préférée racontait l'histoire de deux sœurs en Alabama. Puis l'auteur était mort, ce qu'elle avait presque pris comme une trahison. Doris avait ensuite découvert qu'elle pouvait relire ces livres et en tirer presque autant de plaisir. Les livres ne changent jamais, les personnages ne déçoivent jamais.

Tandis qu'avec Go-Go, elle ne peut que se demander combien de secrets il lui faut encore garder, et pour combien de temps.

Chapitre vingt-neuf

Ça n'est pas une mince affaire pour deux mères de jeunes enfants d'arranger un rendez-vous pour un café, et il faut plusieurs jours à Gwen et Lori pour convenir d'une date et d'un lieu où se rencontrer. Elles finissent par se mettre d'accord sur une fin de matinée, dans un Starbucks du centre commercial de Columbia, à seulement quelques kilomètres de la maison de ville de Lori. La banlieue de Columbia a été conçue comme un quartier urbanisé à usage mixte ; bien que la zone ait englobé de nombreux espaces verts et des lacs artificiels, Gwen a l'impression qu'on en voit les coutures. Elle se demande ce que Go-Go pensait d'une nature à ce point ordonnée, s'il la comparait au paysage sauvage qu'ils avaient connu. Chaque fois qu'elle lit *Max et les Maximonstres* à Annabelle, elle pense à Go-Go et combien lui aussi aurait aimé porter un déguisement de loup et naviguer dans un lieu où il aurait été le roi, à ordonner à tous les monstres de le suivre dans un boucan de tous les diables. D'une certaine manière, c'est ce qu'ils avaient fait ; toutefois, seul Go-Go avait dansé.

– Comment en êtes-vous arrivés à vivre ici ? demande-t-elle à Lori pour faire la conversation alors qu'elles s'asseyent avec leurs boissons.

Le Starbucks se trouve en face d'un énorme manège et d'un train qui paraissent démodés et un peu déplacés dans le centre commercial standard.

– Pour les écoles, répond Lori. Ainsi que les jardins. J'adorais la ville – nous vivions dans un super appartement à Brewers Hill – mais c'est devenu impraticable quand notre deuxième est arrivée.

– Quel âge ont les filles ?

Lori lui coupe la parole d'un geste de la main.

– Ne vous sentez pas obligée de me faire la conversation. Je sais que, comme moi, vous êtes occupée. Voici ce que j'ai à vous dire : Oui, j'ai mis Go-Go à la porte. Mais ça n'était pas à cause de la boisson, comme ça avait été le cas la fois précédente. Il ne buvait plus et tenait le bon bout.

– Pour quelle raison, alors ?

– La question est là. Je n'en sais rien.

– Vous avez mis votre mari à la porte pour des raisons que vous ignorez vous-même ?

Ça semble abracadabrant. Mais Gwen est tout autant ridicule, se servant de l'accident de son père comme d'un moyen pour obtenir le divorce de Karl pour des raisons qu'elle-même ne parvient pas à formuler.

– Il manigançait quelque chose, sans vouloir me dire ce que c'était. Je lui ai donc demandé de partir.

En tant que journaliste, Gwen est habituée à entendre les vies des gens racontées en éruptions saccadées et sans suite logique, forçant celui qui écoute à imaginer l'essentiel du contexte. Il lui faudra guider Lori si cette dernière veut réellement que leur entretien se finisse au plus vite.

– Un instant. Quand avez-vous demandé à Go-Go de partir ?

– Juste après les vacances. Les appels ont commencé avant, mais pour le bien des filles, je voulais attendre Noël avant de le mettre dehors.

Ah oui ! Le calendrier du mariage raté. *Après Noël, après son anniversaire, après la Saint-Valentin.* Gwen sait comment ça marche.

– Les appels ?

– Une femme qui cherchait Gordon a téléphoné à la maison. Très polie. Elle a dit qu'il savait pourquoi elle appelait et espérait qu'il la recontacterait. Quand je lui ai transmis le message, il a réagi de manière bizarre. Avec nervosité. Il a dit que c'était un canular et qu'il n'allait pas la rappeler. Le même numéro a continué à l'appeler sur son portable, plusieurs fois.

– Vous le savez parce que…

– Parce que je vérifie la liste d'appels de mon mari. Ainsi que ses e-mails. Je vérifierais également sa page Facebook s'il en avait une.

Elle lance à Gwen un regard du type « ose me reprocher quoi que ce soit » ; Gwen, qui continue à surveiller la page Facebook de son mari, comprend.

– Est-ce que Go-Go – Gordon – vous avait donné des raisons… – Gwen prend garde de choisir ses mots avec soin. – … de suivre de près ses activités ?

Lori penche la tête sur son verre, en évitant tout contact visuel pour la première fois.

– Pas vraiment. Je ne crois pas qu'il m'ait jamais trompée, même si je suis au courant que ça a été un problème pendant son premier mariage. C'est-à-dire… Il regardait bien des pornos sur Internet, mais alors ? Je m'en fichais, du moment qu'il effaçait son historique afin que les enfants ne tombent pas par hasard sur ces sites. Mais toujours, quelque chose… manquait.

Gwen ressent un pincement – à l'estomac, au cœur, à la gorge ? Trop rapide pour dire où exactement. C'est ainsi qu'elle se sent. Quelque chose manque. Sa crainte est que ça ne soit en elle.

– Qu'entendez-vous par « manquait » ?

– C'est comme… Ça va paraître bizarre, mais je ne trouve pas d'autre façon de le dire. Quand j'étais plus jeune et que je vivais seule, on m'a offert un meuble télé Ikea dont une des pièces manquait, ou alors je ne l'ai pas trouvée dans le carton. Pourtant, elle ne semblait pas essentielle, car lorsque j'ai fini d'assembler les morceaux, le meuble tenait debout. Puis un jour, le meuble tout entier s'est écroulé sans crier gare. J'ai l'impression que c'était la même chose avec Gordon. Une petite pièce manquait, quelque chose que personne ne voyait, jusqu'à ce qu'il finisse par s'écrouler.

Go-Go avait-il dit quoi que ce soit à Lori ? Il était en droit de raconter ce qui lui était arrivé. Mais ce qui était arrivé à Chicken George appartenait également aux autres. Pouvait-il raconter la première partie à Lori sans mentionner la seconde ? De nouveau, Gwen choisit ses mots avec précaution :

– Est-ce que Go-Go – pardon, Gordon, il sera toujours Go-Go pour moi – avait conscience de cela ? Est-ce qu'il le voyait, lui aussi ?

– Il n'était pas bavard, pas dans ce sens. Puis il y a eu le problème avec l'alcool, pendant longtemps. C'était un alcoolique, et ça expliquait tout. Ensuite, ses dernières réunions aux AA ont semblé marcher. Il restait cependant mystérieux, renfermé. C'était comme s'il retenait une partie de lui-même, me la cachait à moi et même aux filles, malgré son adoration pour elles. Mais il n'a jamais été tout à fait présent.

Gwen repense au garçon qu'elle a connu. Son unique don était d'être là, de façon surprenante et insistante. Le garçon qui courait après le ballon, sans crainte du camion qui fonçait sur lui alors que tout le monde restait figé, à se demander quoi faire. Le garçon qui exécutait sa danse sauvage. Il n'était jamais gêné, pas à cette époque. Les rumeurs avaient alors couru, des histoires inquiétantes à propos de chats dans des containers à lait, de vols à l'étalage, de bagarres à l'école. Bien que Go-Go ait été fou de frénésie lorsqu'ils parcouraient les bois ensemble, ça n'est qu'après la nuit de l'ouragan qu'il était devenu fou d'une façon effrayante et dérangeante. Gwen s'était cependant déjà séparée de Sean à cette époque. Go-Go n'était pas son problème.

– Par exemple, voici une histoire typique de Gordon, dit Lori. Quand nous vivions en ville, nous avions une voisine, Mrs Payne. Elle nous causait un souci permanent. Elle était bizarre, paranoïaque. C'était la seule personne à s'opposer à tout le voisinage, par ailleurs jeune, comme nous. Elle nous détestait tous. Pourtant, Gordon était le seul que ça contrariait. Elle nous hurlait dessus parce qu'on ne nettoyait pas derrière notre chien, alors que nous n'avions même pas de chien. Elle était persuadée qu'on volait son courrier, qu'on volait ses journaux. Gordon ne supportait pas ça. Il fallait qu'il réussisse à ce qu'elle l'aime. Il s'est mis à lui porter son journal jusqu'à sa porte quand il pleuvait ou faisait mauvais temps, le lui glissant derrière la double porte. Avec un petit mot ! Pour qu'elle sache que c'était lui. Un jour, il est revenu des courses avec notre fille aînée, Mia, dans son siège-bébé. Elle avait environ dix-huit mois. Puis il a aperçu Mrs Payne qui traînait son petit chariot de courses le long de la rue, et rien n'y a fait, il a fallu à tout prix qu'il aille lui porter ses provisions et ranger la nourriture au frigo… en laissant Mia dans la voiture ! Il avait complètement oublié Mia. Lorsque je suis rentrée de mon cours de gym, je l'ai trouvée endormie dans la voiture. Elle allait bien, mais que ce serait-il passé s'il lui était arrivé quelque chose pendant qu'il portait ses courses à une femme qui se foutait éperdument de lui ?

Gwen n'imagine que trop bien la scène : le bébé endormi, affalé dans son siège, sain et sauf, pendant que la mère se repasse tous les scénarios cauchemardesques de ce qu'il aurait pu arriver. D'un certain côté, les tragédies évitées sont parfois plus terrifiantes que ce qui se passe en vrai.

– Mon Dieu, dit-elle.

– Je sais, répond Lori. Tout ça parce qu'il cherchait à s'attirer les bonnes grâces d'une femme qui continuait à ne pas l'aimer. Il déblayait aussi son allée pendant les tempêtes de neige, versait du sel pour faire fondre la glace, et tout ce qu'elle faisait, c'était se plaindre que ça laissait des marques sur ses marches.

– C'est dans la nature humaine de courir après ceux qui ne nous aiment pas.

Mais pas dans la nature de Karl, pense Gwen. Il a fait très peu pour l'encourager à revenir à la maison. Il a dit ce qu'il avait à dire, qu'il l'aimait et voulait rester marié avec elle, mais il ne voit pas pourquoi il se répéterait. Il pense qu'elle agit comme une enfant. Elle pense qu'elle agit comme un être humain. Il se pourrait qu'ils aient tous les deux raison.

– Je parie que Go-Go vous a beaucoup courtisée.

– Non.

Lori secoue la tête, souriant à l'évocation d'un souvenir intime.

– C'est moi qui lui ai fait la cour. Tout le monde disait qu'il ne valait rien, mais je ne le voyais pas comme cela. Je pensais qu'il était gentil et drôle, et on passait de bons moments ensemble. Je me suis convertie pour lui.

– C'était encore un catholique pratiquant ?

– Il s'agissait davantage de sa mère, je crois. Moi je m'en fichais. J'aimais Go-Go. Doris faisait partie du lot.

– Ne s'était-il pas déjà marié ?

– Oui.

– Go-Go avait donc fait reconnaître comme nul son mariage ?

– Apparemment. Là encore, je crois que c'est sa mère qui a insisté. Elle a usé d'un passe-droit. C'est comme ça que je l'ai compris.

– C'est dur d'imaginer qu'on le lui ait accordé ou, très franchement, qu'il ait eu ce type de relations au sein de l'Église.

Lori hausse les épaules. Tout ce qu'elle fait est joli, délicat et adorable.

– La seule chose que je sais est que sa première femme était folle à lier, même violente. Mais Gordon n'aimait pas parler de ça. Elle l'avait frappé, elle s'attaquait à lui ! Quoi qu'il en soit, il a obtenu ce dont il avait besoin et nous nous sommes mariés à l'Église. C'était très important pour Doris.

– Comment va Mrs Halloran depuis qu'il est mort ?

– Je ne sais pas et ça m'est égal. Elle n'a fait que rejeter sur moi la mort de Go-Go, a dit que c'était ma faute parce que je l'avais mis dehors. Mais je ne pouvais plus continuer comme ça. Qu'importe ce qu'il manigançait, il me mentait, c'est certain. J'en avais assez. Je n'allais pas me faire traiter comme une imbécile.

– Avez-vous appelé le numéro sur son portable et essayé de savoir qui était la femme mystère ?

– Oui, bien sûr. Je me suis fait mon propre talk-show personnel à la *Jerry Springer*. J'ai appelé le numéro, prête à chercher la bagarre. Seulement, la femme qui m'a répondu a dit que je faisais fausse route et qu'elle était détective privé. En fait, elle avait été payée pour retrouver Gordon, mais elle refusait de me dire pourquoi. Quand elle a découvert que j'étais sa femme, elle m'a pressée de demander à Gordon de rappeler, elle a dit que c'était vraiment important, qu'une personne de son passé avait besoin de lui.

Quelqu'un de son passé. L'estomac de Gwen se serre, même lorsqu'elle essaye de se rappeler que Go-Go avait vécu quarante ans, dont seules quelques courtes années avaient croisé sa vie à elle. Cela pouvait être n'importe qui, n'importe quoi. Go-Go était un désastre. Il avait sûrement laissé une foule de problèmes derrière lui.

– L'avez-vous appelée après la mort de Go-Go ?

– À quoi bon ? Si elle ne voulait pas me dire pourquoi elle le cherchait quand il était vivant, elle n'allait rien me dire après sa mort.

Lori émet un son censé être un rire, mais étranglé et sans joie.

– Quelqu'un de son passé avait besoin de lui. Et alors ? C'était l'histoire avec Mrs Payne qui se répétait. Quelqu'un de son passé avait-il plus besoin de lui que ses filles ou moi-même ? Je sais bien qu'il s'agit d'un cliché, cette culpabilité des catholiques, mais je n'ai jamais connu quelqu'un qui se sentait aussi coupable que Gordon. Il cachait quelque chose. Seulement, je n'ai jamais découvert ce que c'était.

Gwen se demande si Lori perçoit à quel point elle se sent coupable à cet instant. À propos de Go-Go, mais aussi de Chicken George. Elle se souvient de la façon dont Chicken George partait et revenait sans aucune explication, comment il avait disparu pendant une grande partie de l'été… et comment elle et Sean avaient utilisé sa petite cabane pour leurs furtives escapades. Enfants, ils avaient pris le mystère de sa vie pour acquis. Beaucoup de ce que faisaient les adultes n'avait pas de sens pour eux. Ils n'étaient pas curieux. La cabane restait là, à défaut de la guitare en acier, laquelle allait toujours de pair avec Chicken George. Qui se fichait d'où il pouvait être ? Qui aurait pu remarquer le garçon et la fille qui venaient y flirter ?

Aujourd'hui, avec le recul que procure l'expérience, Gwen se demande où il pouvait bien se rendre durant ses absences. En prison ? À l'hôpital ? Dans un asile psychiatrique ? Et si Chicken George avait de la famille, des personnes qui intervenaient, le forçaient à recevoir un traitement et étaient impuissantes quand, contre leur gré, il sortait de l'hôpital, jamais assez fou pour être déclaré inapte ? Et si les membres de sa famille étaient toujours vivants et continuaient à se demander s'il était mort ? Après tout, qui s'aventure seul par une nuit d'ouragan avec sa guitare en acier à la main ?

– Avez-vous gardé le numéro du détective privé ? demande-t-elle.

Chapitre trente

Assise sur le lit de Clem, Annabelle lui raconte une histoire. Il ne parvient pas à comprendre et pendant un instant, il ressent une bouffée d'angoisse. C'est finalement arrivé. Son esprit dérape. Clem en sait trop sur la vieillesse pour s'inquiéter de l'oubli occasionnel d'un mot, l'incapacité à ressortir un nom qui devrait être sur le bout de la langue. Il comprend que ces oublis sont « normaux » d'un âge relativement jeune à plus tard. Mais l'incapacité à suivre une histoire compliquée… Voilà qui est tout à fait différent. Il s'inquiète de n'avoir aucune idée de ce dont parle Annabelle, jusqu'à ce qu'il se rappelle – elle a cinq ans. C'est elle qui n'a aucune idée de ce dont elle parle. Elle enfile des noms et des événements sans logique en attendant de ses interlocuteurs qu'ils soient au courant des différentes personnalités et intrigues de sa maternelle, son quartier, et sa boîte à jouets.

– Est-ce qu'il y a un livre que tu aimerais que je te lise ? Tu as apporté des livres pour le week-end ?

Elle reste jusqu'à dimanche, ainsi qu'elle en a l'habitude une semaine sur deux. Clem désapprouve la séparation entre Gwen et Karl, mais il se réjouit des visites d'Annabelle.

– Ou bien, on pourrait lire *Le Lys de Brooklyn*, que je lisais à ta maman.

– Je veux une histoire inventée pour de vrai.

Encore une fois, la syntaxe d'Annabelle le jette dans la confusion, à tel point qu'il se met à douter de ses compétences mentales. Comment peut-on inventer quelque chose pour de vrai ? Ah ! Annabelle veut une histoire improvisée sur le vif, juste pour elle. Elle veut être présente au moment de sa création.

Clem regarde par la fenêtre. Son lit est installé dans le solarium à l'arrière de la maison, lui donnant l'impression qu'il est entouré par les arbres. Chiches et filiformes à cette époque de l'année, on y voit des feuilles et des bourgeons lorsqu'on regarde de près. Le printemps arrive. À cet instant, il aperçoit un coin de l'ancien atelier de Tally dont les murs en préfabriqué, bien que sévèrement abîmés, tiennent encore debout. Bientôt, il sera dissimulé par le feuillage que l'on a laissé pousser librement autour, le besoin de lumière ne s'étant pas fait ressentir depuis longtemps.

– Il était une fois une petite fille qui vivait à l'orée d'un bois, commence-t-il.

– Elle s'appelait Annabelle ?

– En effet, c'est bien ça, dit-il, et Annabelle rebondit sur le lit en signe d'approbation, envoyant un roulis douloureux à travers le matelas, lequel constitue l'essentiel de son univers ces derniers jours.

Tally prenait sa santé à la légère ; non que cela ait pu avoir un quelconque effet : aucun régime, aucune diète, aucune forme de vigilance ou aucun examen de santé régulier n'aurait pu entraîner un résultat différent dans son cas. Au moment du diagnostic, elle était au stade IV de la maladie. Il s'est avéré qu'elle ressentait des douleurs abdominales depuis des années sans jamais en avoir fait mention à quiconque. De plus, elle fumait en douce dans son atelier. Entre les vapeurs de peinture et son petit chauffage d'appoint, Clem est surpris que l'endroit ne soit pas parti en fumée depuis belle lurette.

Il se prend parfois à espérer que tel ait été le cas. Sans elle, bien sûr. À certains égards, il considérait ce cabanon, l'atelier de Tally, comme son rival romantique.

– Et Annabelle avait une petite maison dans les bois.

Il y a quelques mois, Clem a demandé à Gwen s'ils devaient faire du cabanon, vide désormais, une maison pour jouer à l'usage d'Annabelle. « Une petite maison dans les bois », avait-il dit. « Une petite maison dans les bois », avait répété Gwen, le visage troublé. Une petite maison… peut-être que ça n'était pas la meilleure des idées. Peut-être l'était-ce. Peut-être qu'avec une petite maison à l'orée du bois, les enfants ne s'aventureraient pas dans les vrais bois.

Non qu'Annabelle irait jamais se promener seule dans les bois, même en compagnie d'un autre enfant. Gwen ne le lui permettrait pas. Probablement qu'aucun parent moderne ne le ferait. Clem s'est toujours montré sceptique à propos des affirmations sur la façon dont les temps changent. En ce qui concernait les gens, très peu de choses avaient changé durant son existence. Les machines changent, les gens non. L'enfance, cependant… La technologie ne peut rien y faire, mais alors on s'en est servi pour occuper toutes les heures vides, belles, que les enfants devaient autrefois remplir par eux-mêmes. Que reste-t-il d'autre à faire aux enfants que de fixer un écran quand l'extérieur leur est refusé, si ce n'est par doses planifiées d'exercice sportif et de moments de loisir sous bonne garde ?

Faire encore des changements ? On a changé d'attitude vis-à-vis de la grossièreté et du comportement, mais le vrai changement réside en ce qu'on parle désormais de ce qui restait jadis caché. Les addictions, les relations intimes, les perversions. Tant de confessions… Pourtant, l'âme collective de l'Amérique ne semble pas en tirer de bénéfice. Peter De Vries, un écrivain que Clem affectionnait particulièrement quand il avait une quarantaine d'années, a dit un jour que la confession servait à l'âme de la même façon qu'un manteau en tweed servait aux pellicules. Un *palliatif*, notait De Vries, pas un remède ; Clem trouvait admirable qu'un profane puisse élever une telle distinction. Il faudrait qu'il relise l'œuvre de De Vries. Il se demande si ça tient encore la route. La sagesse commune veut qu'un tel humour, qui dépend de la connaissance des coutumes sociales d'une époque, soit soumis à péremption. Pourtant, Dawn Powell a bénéficié d'un retour en grâce, et même Patrick Dennis, dont Clem a découvert l'œuvre parce qu'elle jouxtait celle de De Vries sur les étagères de la bibliothèque. Il demandera à Gwen de lui emprunter ces ouvrages à la bibliothèque, en supposant qu'ils y soient encore.

– Qu'est-ce que la petite fille faisait dans sa maison, Poppa ?

– Elle y vivait avec un chien, une chèvre et un cheval qui s'appelait Charlie.

– Bouh, dit Annabelle.

– Tu essaies de me faire peur ? demande-t-il, surpris.

– Non, dit-elle en gloussant. Le cheval s'appelle Bouh.

– Ah, bien sûr, le cheval s'appelle Bouh. Et la petite fille aime…

Il marque une pause, sachant qu'Annabelle fera prendre la direction qu'elle veut à l'histoire.

– *Cuisiner*.

– Cuisiner. Ta grand-mère aimait cuisiner.

– Je ne l'ai pas connue, dit Annabelle. Elle est morte il y a très, très longtemps.

Vrai, quoique dur à entendre ; un rappel que vingt-cinq ans auparavant, après la mort de Tally, Clem s'est retrouvé tout seul dans sa propre maison dans les bois, sans même la compagnie d'un cheval prénommé Bouh. Gwen était retournée à l'école après bien des phases d'agonie mélodramatique et d'auto-analyse. Elle n'avait pas l'air d'avoir conscience que son père avait perdu sa femme, encore moins que Miller et Fee avaient, eux aussi, perdu leur mère. Mais Miller et Fee étaient des adultes. Trop jeunes pour perdre un parent, mais néanmoins des adultes. Miller était né adulte et Fee l'était devenue plus ou moins à temps, lors de son entrée à l'université. Tandis que Gwen… Clem a parfois l'impression qu'il attend toujours que Gwen devienne adulte. Quoi qu'il en soit, Miller et Fee étaient retournés à leurs foyers, à leurs partenaires respectifs et à leur vie, pendant que Gwen poursuivait la sienne et se mariait avec un homme qui lui correspondait peu. Et voilà qu'elle était séparée de Karl. Clem avait toujours pensé que la vie romantique pleine de cahots serait plutôt réservée à Fee.

Fee avait fait son coming out juste avant le diagnostic de Tally, ne prenant personne par surprise ; elle vivait toujours avec son premier amour, une instructrice à Mills College. Leur alliance pouvait ressembler au couple formé par Clem et Tally : la conjointe de Fee était significativement plus âgée, et c'était une universitaire. Elles étaient encore ensemble, bien qu'elles aient connu des passages difficiles, se disputant amèrement sur la question d'avoir des enfants. Étonnamment, c'était la conjointe de Fee qui, à presque soixante ans à l'époque, pensait qu'elles devraient adopter un enfant. Les adoptions en Chine étaient relativement nouvelles au moment où la question s'est posée. Mais Fee pensait qu'il était injuste d'avoir un enfant si on n'avait pas de bonnes raisons de croire qu'on pourrait l'accompagner dans toutes les étapes de son existence.

Annabelle poursuivit la narration de l'histoire, comme il savait qu'elle le ferait, permettant ainsi à son esprit d'errer.

– Et ils cuisinaient des gâteaux et des soupes et des biscuits et des beignets et du flan au chocolat…

Clem a eu peur quand Gwen l'a averti de ses plans d'adoption au-delà des mers. Arriverait-il à aimer un enfant qui n'était pas de sa descendance biologique ? Qu'en était-il des retards de développement ? Puis, Annabelle était arrivée, il l'avait regardée… et toutes ses craintes s'étaient évanouies d'un seul coup. Il s'était réjoui de voir que son cœur gardait suffisamment de place pour une nouvelle personne à aimer. Car, durant les vingt-cinq ans suivant la mort de Tally, aucune femme adulte n'y avait trouvé sa place. Beaucoup avaient essayé. Lorsque ses deux aînés lui suggérèrent d'emménager dans une communauté de seniors, ainsi qu'ils l'appellent toujours, leurs arguments de vente incluaient la « compagnie ». Or, c'est exactement cela qui a fait rester Clem chez lui. Il ne voulait pas se retrouver confronté à toutes ces veuves qui cherchaient de la compagnie. Il est heureux ainsi. Certaines femmes continuent d'appeler, de venir le voir. Depuis son accident, il y a eu une seconde vague.

La semaine dernière, même Doris Halloran est venue à sa porte, un ragoût à la main. Ne sachant pas trop où était la bienséance, il a demandé à son aide de jour à domicile de la faire entrer, afin de partager le plat avec elle. Ce qu'elle a fait avec un empressement effrayant. Quel idiot. Doris ne recherchait pas un compagnon. Elle cherchait l'absolution. Elle s'est épanchée et l'a quitté, apparemment heureuse. Ce qu'il avait toujours craint, ce qu'il savait mais qu'il refusait d'admettre, lui avait été jeté au visage : Tim avait tué l'homme dans les bois. Il l'avait dit à Doris avant de mourir. Elle avait défendu le geste de son mari devant Clem, lui disant qu'elle croyait que c'était la bonne chose à faire. « Songez donc aux enfants à qui cet homme aurait pu faire du mal. »

Clem y a pensé. Il y pense constamment. Pourtant, il ne parvient pas à se persuader que l'éventualité de ces crimes autorisait Tim à tuer cet homme. Que Doris soit au courant le rend nerveux. Elle n'était pas là ; son mari est mort. Clem a depuis longtemps perdu la trace de Rick. Doris ne perd pas grand-chose en racontant à d'autres ce qu'il s'est passé. L'existence entière de Clem pourrait lui être retirée rétroactivement. Tout ce qu'il a fait et accompli – sa carrière, ses enfants, ses petits-enfants – serait jeté aux orties, simplement parce qu'il a vu un homme se faire tuer devant lui et qu'il a gardé le silence, parce que ça l'arrangeait. Pourquoi ? Il savait que l'homme dans les bois ne comptait pas, il ne manquerait à personne. Cela avait été le calcul le plus froid, le plus inhumain auquel il se soit livré dans toute son existence. Il ne pourra jamais se le pardonner.

– Et puis je suis montée sur Bouh et il a couru et couru et couru…

– Galopé, la corrige-t-il gentiment. Les chevaux galopent, ou trottent. Mais tu peux dire *courir* également.

– Je veux monter sur un cheval. Papa dit que c'est trop dangereux.

Annabelle vient se blottir contre lui en le regardant avec la confiance toute féminine de Gwen.

– Eh bien, ce sont les papas qui décident de telles choses. Les papas en connaissent beaucoup sur le danger.

Puisqu'il est en train de raconter une histoire, autant sortir le grand jeu.

Chapitre trente et un

Tim est surpris et content lorsque Gwen l'appelle à l'improviste pour lui proposer de déjeuner. C'est comme si elle avait eu l'intuition de son désir de parler du passé et de Go-Go. Il lui propose de se retrouver au Towson Diner, en partie parce qu'il aime l'endroit, mais aussi parce qu'il est lumineux et propre, le genre de lieu où des amis se rencontrent. Il est sensible aux apparences, surtout depuis qu'il songe à se présenter aux prochaines élections au poste de procureur d'État, ou peut-être à poser sa candidature comme juge. Gwen est une femme séduisante ; si Baltimore est une petite ville qui se donne des airs de métropole, alors Towson, le chef-lieu du comté, est encore plus étriqué. Il ne lui arrive jamais d'aller déjeuner ou de faire une course sans tomber sur quelqu'un du tribunal ou du département de police.

Aujourd'hui, dans le Towson Diner, il remarque deux flics chargés des homicides, des braves types, pas comme ces têtes de pioches qui lui ont fourgué sa dernière affaire foireuse. Même si, bien sûr, c'est son patron qui assigne les cas. Il se demande si son ambition est trop voyante. Il n'irait pas se présenter contre le procureur du comté actuel, à moins qu'il n'y ait une grosse foirade à exploiter. Ce serait idiot. Hélas, il aurait dû tenter le coup environ quatre ans auparavant, lorsque son précédent boss a démissionné. Pourquoi n'a-t-il pas foncé à ce moment-là ? Mais l'ambition de Tim lui est venue sur le tard, quand il a vu un type de son envergure faire le boulot. Il sait à présent qu'il peut le faire. Avant cela, il doutait de lui-même.

Tim a souvent douté de lui et, bien qu'il exècre ce courant de pensée qui veut que les parents soient responsables de tout, surtout maintenant qu'il est lui-même père, il ne peut s'empêcher de penser que les choses auraient été plus faciles si ses propres parents avaient été un peu plus enthousiastes à son égard. Un jour qu'il faisait un truc idiot, son père l'avait traité de stupide. Doris, se faisant l'écho d'un conseil glané dans un magazine féminin ou un talk-show de l'après-midi, disait : « Il ne faut jamais traiter ses enfants de stupides. Il faut dire que leurs actions sont stupides. » Tim Senior avait regardé son fils aîné droit dans les yeux et avait dit : « Cet enfant est stupide. »

Évidemment, Tim était un coriace, un bon faire-valoir. Go-Go était si cinglé qu'il aurait pris au sérieux une telle remarque. Tim savait toujours subodorer une blague. Son paternel avait ses sautes d'humeurs, aussi acerbe et déplacé qu'ait pu être son humour. Malgré sa confiance en lui, Sean était une petite fiotte sensible, ne supportant pas qu'on se foute de lui. C'était donc à Tim qu'il revenait d'être le dindon de la plupart des plaisanteries familiales. Tim et Doris, pour être honnête. Ils se liguaient tous contre elle. C'était elle la bonne femme de la famille, le porte-drapeau de la propreté, de la bienséance et du Ne-jouez-pas-à-la-balle-dans-la-maison. Tim adore ses filles, mais un fils ne lui aurait pas déplu, ne serait-ce que pour avoir une personne chez lui qu'il puisse comprendre de manière générale.

Gwen entre en coup de vent et tous, ou peu s'en faut, la suivent du regard, en particulier le plus jeune des flics, un type complètement obsédé. Tim s'est coltiné un paquet d'heures dans les couloirs du tribunal à subir le récit de ses exploits, ainsi que le sergent aime appeler les coups d'un soir du flic. « Raconte-nous un peu tes derniers *exploits*. »

Les histoires étaient plus drôles quand Tim n'avait pas de filles en pleine puberté.

Il y a un moment de gêne lorsque Tim et Gwen s'avancent pour se dire bonjour. Lors de l'enterrement de Go-Go, il avait été normal de s'embrasser, mais ici… Elle commence par lui serrer la main, puis elle manque de l'embrasser sur la joue, avant de reculer et de le laisser embrasser *sa* joue.

– Pas vraiment un menu pour régime, dit-elle en étudiant les sets de table plastifiés.

– Tu n'as pas de souci à te faire à ce niveau, répond Tim.

Au contraire, il pense qu'elle pourrait prendre deux ou trois kilos supplémentaires. Sa maigreur semble un peu excessive, le résultat du stress. Il ne pense pas que Gwen soit vraiment faite pour être mince.

– Je me suis préoccupée de mon poids pendant la majeure partie de ma vie. Si j'arrête maintenant, je ne saurai pas quoi faire de moi-même. Du fromage frais et des poires ? J'adore ça ! Est-ce que je suis entrée dans une machine à remonter le temps ?

Sa voix s'éteint, et Tim n'a pas besoin de lui demander où ses pensées ont erré.

– À quoi bon ? répète-t-il. À quoi bon ce rendez-vous ? Tu m'as promis qu'il ne s'agissait pas de boulot.

– Tu savais qu'un détective privé avait essayé d'entrer en contact avec Go-Go, il y a quelques mois ?

De par sa profession, Tim a l'habitude de mener ses conversations comme des parties de poker. Surpris par l'information de Gwen, il se met automatiquement en mode procureur d'État, gardant pour lui ses émotions. « Où as-tu entendu cela ? » C'est une phrase calculée. Il n'admet pas que Gwen sache quelque chose qu'il ne saurait pas et cherche à en savoir plus avant de se compromettre.

– Je suis tombée sur son ex-femme, qui me l'a dit. C'est la raison pour laquelle elle l'a mis à la porte. Un détective privé n'arrêtait pas d'appeler en disant qu'elle avait besoin de parler à Go-Go, qu'une personne de son passé avait besoin de lui. Il ne voulait pas parler au détective privé et refusait de dire à Lori ce qu'il se passait. Elle s'est persuadée qu'il la trompait et l'a mis dehors.

– C'est sa version.

– Eh bien… En effet.

Tim dispose maintenant d'assez d'informations pour se repérer dans cette histoire. Certains diraient qu'il joue l'avocat du diable, mais de son point de vue, il ne fait que prendre le parti de son frère qui n'est pas là pour se défendre.

– Ça ne t'a jamais traversé l'esprit que Lori essayait de réarranger leur histoire ? Elle l'a foutu dehors, il s'est remis à boire et il est mort. Elle ne veut pas être responsable.

– D'accord, mais pourquoi se serait-elle confiée à moi ?

– Parce que tu es justement ici, à partager ces informations avec son frère. Elle t'a vue à l'enterrement, elle sait qu'on est reliés. Elle essaie de s'attirer les bonnes grâces de ma mère.

– Pourquoi ?

– Hein ?
– Pourquoi ferait-elle une chose pareille ?
– Tout d'abord, parce que ma mère est propriétaire de la maison où elle vit. Elle avait prêté l'argent à Go-Go pour qu'il l'achète. Elle pourrait lui demander de la rembourser.
– Une grand-mère ne ferait pas ça à ses petits-enfants, quels que soient ses sentiments envers sa belle-fille. C'est Lori qui tient le manche dans cette affaire. Elle pourrait très bien vendre la maison et déménager. Elle pourrait empêcher ta mère de voir les filles. D'un autre côté, j'imagine que tu connais mieux ta belle-sœur que moi, même si ça me semble un peu trop tordu pour elle. C'est une fille plutôt franche.
Tim est prêt à la contrer – à lui dire qu'il connaît effectivement mieux Lori qu'elle, pour qui se prend-elle, de lui parler ainsi de sa famille et de sa belle-sœur ? – mais au lieu de cela, il se met à rire.
– Quoi ?
– C'est comme quand on était gamins. On se disputait comme ça à l'époque.
Gwen se met également à rire.
– On est peut-être toujours amis, alors.
– Peut-être.
Il n'irait pas aussi loin. Pour reprendre les paroles de Gwen, c'est comme d'entrer dans une machine à remonter le temps. Ils sont retournés dans le passé pendant un instant. Mais ils ne peuvent pas y rester. Lui ne veut pas y rester.
– Écoute, Tim. Si je t'ai appelé, c'est à cause de… ce détective privé. Et si elle avait été engagée par sa famille ?
L'usage du possessif le trouble.
– Celle de Go-Go ? Tu veux parler de ma mère ?

– Non.

Elle baisse la voix et se penche vers lui. Il aurait aimé qu'elle n'en fasse rien. Sa posture est l'image même du secret. Il recule et croise les bras.

– La sienne. *Lui*. Dans les bois.

Il faut une autre seconde à Tim pour comprendre.

– Il n'avait pas de famille.

– Pas que l'on connaisse. Mais tu te souviens qu'il disparaissait ? Je n'y avais jamais vraiment pensé, mais il y a de fortes chances pour qu'un membre ou l'autre de sa famille soient intervenus de temps en temps, s'il avait eu des problèmes de santé. Pour son propre bien, ils auraient demandé à un juge de le placer à l'hôpital, jusqu'à ce qu'il réussisse à s'en échapper. À l'époque, il était plus facile de placer les gens dans des institutions, mais s'il était déclaré sain d'esprit, on n'aurait pas pu le laisser enfermé contre sa volonté.

– Bon d'accord, il avait peut-être de la famille. Et alors ? Il est tombé dans les bois, s'est cogné la tête, a saigné à mort ou s'est noyé. C'était bel et bien un accident. Mickey n'a pas voulu… Tu sais de quoi je parle. C'était simplement plus facile de ne pas entrer dans les détails, de ne pas dire à nos parents comment nous le connaissions ou comment nous avions provoqué les circonstances qui ont mené à l'agression de Go-Go. Ces omissions ne changent pas les faits sur le fond.

– Je sais, j'étais là. Cela n'aurait rien changé à l'époque si on avait raconté toute l'histoire. Mais si c'était quelqu'un de ta famille qu'on avait trouvé dans les bois sans sa guitare, son unique et plus précieuse possession, un jour ou deux après un horrible ouragan, suite à un appel anonyme… Tu penserais que c'était un accident ?

– Il avait sa guitare.

– Seulement quand nous l'avons vu. Mon père m'a dit qu'il était retourné sur les lieux pour s'assurer que les ambulanciers l'avaient trouvé et qu'il n'y avait pas de corps. Pas de guitare non plus.

– Les légistes l'auront sûrement volée. D'ailleurs, pourquoi auraient-ils attendu trente ans pour la rechercher ? Pourquoi maintenant ?

– Je ne sais pas. Mais qui d'autre dans l'enfance de Go-Go penserait qu'il pouvait lui rendre un service ?

– Tu as dit « besoin », pas service.

– Voyons, un détective privé un peu futé ne va pas dire : « Eh ! J'enquête sur une mort suspecte à propos de laquelle vous pourriez avoir des renseignements. » Il va te tendre un piège, afin que tu croies qu'il s'agit d'une nouvelle positive, avant d'abaisser le couperet.

Leur repas arrive. Mais le sandwich grec que Tim a attendu avec une anticipation quasi pathétique a perdu sa saveur. Si le type a bien de la famille, s'il y a des suspicions… c'en est fini de sa carrière politique. Il pourra s'estimer heureux s'il ne se fait pas virer. Pourquoi irait-on rechercher quelqu'un comme Go-Go ? Quelqu'un d'autre aurait vendu la mèche ? Pas lui. Ni Sean. Ni McKey. Gwen ? Elle est journaliste et, d'après l'expérience de Tim, ils traitent les informations avec un peu trop de liberté. Ils n'y peuvent rien, c'est leur monnaie d'échange.

Puis il pense à Go-Go en pleine cuite. Pas la dernière, mais un an ou deux auparavant, une des dernières fois où il a rechuté. Go-Go ne gardait pas bien les secrets. De plus, on peut comprendre que ses sentiments envers Chicken George aient fini par le jeter dans le trouble. Aucune autre personne ne lui avait témoigné autant de gentillesse. Personne ne l'avait si profondément trahi.

Ivre, Go-Go était capable de dire n'importe quoi à n'importe qui. Et voilà qu'il est mort.

– Qu'est-ce qu'on fait maintenant ? demande-t-il à Gwen.

– C'est bien pour ça que je t'ai appelé. C'est toi le procureur. Ne peux-tu pas forcer le détective privé à te parler ? Moi je n'ai aucun motif, mais tu es son frère, en plus d'être un officier de justice…

Il secoue la tête.

– Gwen, ce serait un terrible manquement de la part de mon département. D'ailleurs, s'ils sont engagés par un cabinet juridique, les détectives privés ont le droit de protéger leurs informations sur leurs clients. Ils jouissent presque du même privilège que les avocats. Enfin, oui, peut-être que si on l'assigne à comparaître… Mais non, hors de question. Même si ce détective acceptait de me parler, je refuse de compromettre mon département dans cette affaire. Est-ce qu'il continue à appeler Lori ? Il t'a appelée ?

– Elle, dit Gwen. Le détective privé est une femme. Et non, il n'y a aucune preuve qu'elle ait essayé d'entrer en contact avec qui que ce soit d'autre.

– Alors laisse tomber.

– Mais…

– Laisse tomber, Gwen. Tu surinterprètes. Je comprends ton intention. Je suis intimement mêlé à toute cette histoire. Tu crains qu'il y ait quelque chose qui se trame et sur lequel tu n'aies aucun contrôle. Tu veux aller au-devant. C'est impossible. Laisse ça de côté. Je vais te dire une chose : de nous tous, les trois frères, personne n'en a jamais parlé. Mes parents non plus. Ils pensaient que c'était ce qu'il y avait de mieux à faire. Ça ne l'était probablement pas, et Go-Go a peut-être fini par en parler à la mauvaise personne. Mais il n'y a rien que l'on puisse faire ; dès l'instant où tu commenceras à mettre ton nez dedans, tu vas finir par remuer des choses et les faire sortir.

– Il y a autre chose. Mon père…

– Comment va-t-il ?

– Dans l'ensemble, ça va. À son âge, ce n'est pas rien de se casser la hanche. Bref. Le jour où il est tombé, il a assuré avoir vu un poulet sur les marches.

Tim ne peut se retenir. Il éclate d'un rire tonitruant. Gwen paraît réellement blessée.

– Navré, Gwen, mais… Tu te crois où ? Dans une espèce de film d'horreur où un parent enclin à la vengeance nous traquerait, nous et nos proches ? Qu'il aurait engagé un détective privé pour mettre la pression sur Go-Go, avant de glisser subrepticement un poulet sous les pas de ton père ? Qu'il aurait forcé Go-Go à foncer dans un mur en béton ? Et toi, Gwen, t'arrive-t-il d'entendre des guitares en métal la nuit ? Voyons, sois sérieuse.

Elle tente de faire comme si elle partageait la plaisanterie, mais il se rend compte qu'elle n'est pas entièrement persuadée.

– Ok. Je suis peut-être un peu parano. D'abord l'accident de Go-Go, puis celui de mon père…

– Gwen, bon sang, c'est l'âge qui veut ça. Les parents meurent. Les *gens* meurent. J'ai perdu mon père il y a quinze ans. Toi tu as perdu ta mère bien avant.

– Elle n'avait même pas cinquante ans, j'étais à l'université. Ça n'a rien à voir avec l'âge.

– Mon père aussi est mort jeune. Ce que j'essaie de dire… On a la quarantaine ; c'est à ce moment-là que toutes les merdes s'accumulent. Quand tu crois avoir réglé toutes tes petites affaires… boum, boum, boum. On se met à perdre nos parents, puis nos amis. Ton père a fait une chute ? Il a quatre-vingts ans. Je suis encore moins étonné que Go-Go soit mort. La surprise, c'est qu'il ait atteint les quarante ans. Écoute, mon frère m'a brisé le cœur. Tu ne crois pas que je me suis demandé encore et encore si une famille plus ouverte, plus câline aurait été mieux armée pour gérer un cas comme le sien ? Tu ne crois pas que j'ai suggéré qu'on fasse appel à des psychiatres, et même offert de les payer si c'était cela dont il avait besoin ? C'est moi qui lui ai trouvé ces réunions aux AA. Sean aussi a essayé. Alors, oui, je suis bourré de culpabilité, mais seulement sur ce point. Pas pour ce monstre qui est mort dans un accident.

Gwen regarde par la fenêtre sur York Street et Tim suit son regard. C'est un de ces endroits qui semblent avoir très peu changé au cours des ans. C'est moche, mais ça l'a toujours été.

– Je vais lui parler.

– À qui ?

– Au détective privé.

Tim secoue la tête.

– Ne fais pas ça. Il s'agit de ma famille, pas de la tienne, Gwen.

– Il s'agit de nous tous. Il n'y a pas de hiérarchie.

– Vraiment ? Est-ce donc toi qui as été sexuellement agressée dans les bois ? Sans ton consentement, je veux dire.

Elle rougit.

– C'est un peu cru, Tim. Même pour toi.

– Désolé, je m'en voudrais de faire faner la fleur de ton premier amour, les tendres souvenirs de frotti-frotta et de pelotage.

Il a été trop spécifique. Elle lui lance un coup d'œil furieux.

– J'ai toujours pensé que tu nous épiais.

– Seulement une fois, admet-il. Et pas là-bas. Dans le sous-sol.

Elle baisse les yeux sur son assiette.

– Cet été-là, quand Chicken… quand il a disparu pour la dernière fois, Sean et moi avons commencé à utiliser sa cabane. Seulement quelques fois. Ça sentait tellement mauvais. Je me sentais sale.

– Pas au bon sens.

– *Tim.*

Bon Dieu, les voilà redevenus enfants, lui s'amusant à embêter Gwen parce qu'il est si atrocement jaloux de son frère, qui a une petite amie consentante alors que lui n'en a pas. Non qu'il ait envie d'elle, ou qu'il l'ait jamais réellement désirée. C'est simplement que son frère lui est passé devant. Plus tard, Go-Go aura plus de minettes que les deux frères réunis. Pas besoin d'être Sigmund Freud pour se rendre compte de ça.

– Y es-tu jamais retourné ? demande-t-elle. Après ?

Elle n'a pas besoin de préciser où.

– Non.

– Mon père, oui. Il y est retourné de nombreuses fois. Il ne sait pas que je suis au courant. Le week-end, il sortait pour de longues promenades auxquelles il ne m'invitait pas, alors qu'il avait l'habitude de le faire. Je suis sûre qu'il se rendait là-bas.

– Il devait sûrement penser que ça ne t'intéressait pas. À l'époque, tu étais adolescente. Fais-moi confiance, les filles à cet âge n'ont pas besoin de leur père. De leur portefeuille, oui, mais pas de leur père.

– Mon père et moi nous entendions bien. Aujourd'hui aussi. Or, on ne peut pas parler de ça.

– Laisse tomber, Gwen. Ça ne te concerne pas.

Gwen balaie la table du regard, comme si elle cherchait quelque chose. Elle s'empare d'une serviette en papier, fouille dans son sac et trouve un stylo. Un stylo complètement mâchouillé, remarque Tim, la seule chose chez elle qui ne soit pas à sa place, impeccable. Elle dessine une étoile de la façon dont on l'enseigne aux élèves de primaire, avec cinq traits droits.

– Ça, c'était nous. Les cinq branches d'une étoile, dit-elle. Tu t'en souviens ? Mickey disait que nous étions comme une étoile de mer.

– Une étoile de mer régénère ses membres. Mon frère ne reviendra pas. *Mon* frère, Gwen.

Il essaie de lui faire comprendre que c'est à lui que revient la décision. Lui et Sean, puisqu'il faut le dire. Mais pas Gwen.

– Maintenant, regarde au milieu. Quand on dessine une étoile de cette façon, on forme un pentagone au centre. Ça, c'était Chicken George. Pas seulement lui, mais les bois et toutes nos aventures là-bas. Lorsqu'il a agressé Go-Go et qu'il est mort… nous avons tous été coupés les uns des autres. Soudain, je ne supportais plus d'être avec Sean. Je ne savais pas pourquoi, mais ça s'est fait comme ça. Je crois même que j'ai été soulagée de ne plus sortir avec lui. Mickey est partie dans une nouvelle école et on ne l'a plus revue, mais elle avait toujours fréquenté une autre école, donc ça ne peut pas avoir été la raison. Tu crois qu'il est dangereux de regarder ça de plus près. Je crois, moi, qu'il est dangereux de regarder ailleurs.

Ils s'étaient donné rendez-vous à midi quarante-cinq, une heure tardive pour ce coin de la ville. Le restaurant s'est vidé, entrant dans la torpeur de l'après-midi. Il aperçoit les policiers chargés des homicides payant chacun leur part à la caisse, défaisant des cure-dents de leur enveloppe. Une avocate de la défense qu'il connaît, une super professionnelle, s'apprête à finir son café au comptoir en lisant les journaux. Elle saisit son regard et lui renvoie un haussement de sourcil. La vieille peau n'en rate pas une.

– Il faut que je retourne travailler.

Dans sa tête, il se passe le film des événements si tout venait à sortir publiquement. Bordel, et si Gwen décidait d'en faire le récit ? Les écrivains ont si peu de limites. N'avait-elle pas écrit un article sur l'adoption de sa propre fille quelques années auparavant, en y ajoutant des détails, dont on aurait pu se passer, sur ses problèmes de fertilité ? Il devrait peut-être en parler à son patron, en toute confidentialité et de manière préventive. Au diable son patron ! Comment allait-il en discuter avec Arlene, pour laquelle il n'avait aucun secret ? *Quand j'étais gamin...* Mais même maintenant, malgré la mort de Go-Go, ce serait comme une trahison. Ils sont censés n'en parler à personne. Durant les semaines qui ont suivi la mort de Go-Go, il a soigneusement évité le sujet avec sa mère. « Tu ne crois pas... », a-t-elle dit le week-end de l'enterrement, lorsque chacun a repris sa vie et qu'ils se sont retrouvés seuls dans leur nouvelle normalité, ce territoire du deuil dont les frontières s'étendent loin au-delà de leur horizon, rendant impossible de savoir pour combien de temps ils y resteront, s'ils en sortent un jour. « Non », a-t-il répondu. Il ne pensait pas que Go-Go s'était suicidé. Il ne pensait pas que cela avait un quelconque rapport avec ce qui s'était passé quand Go-Go avait neuf ans, car alors pourquoi maintenant ? Ça n'avait aucun sens. Il s'était enivré. Il s'était écrasé en voiture. Fin de l'histoire.

Sa conversation avec Gwen n'a pas d'issue, mais ils font comme si de rien n'était. Ils se mettent à parler avec nonchalance de leurs enfants, de l'école, s'ils correspondent à la définition d'« hyper-parents », bien qu'ils soient quasiment sûrs que non. Gwen enroule une mèche de cheveux autour de son doigt, une habitude d'enfance se rappelle-t-il. Elle fera ce qu'elle voudra. C'est ainsi qu'elle a toujours fait. Il y a un instant, quand elle a parlé de sa rupture avec Sean, il a failli lui balancer ce qu'il avait toujours su à propos de son frère : Sean a été soulagé que Gwen ait rompu parce qu'elle le terrifiait, le sexe le terrifiait. Oh ! Sean voulait du sexe, mais pas avec Gwen. C'était effrayant à quel point elle était forte pour obtenir ce qu'elle voulait ; que ce serait-il passé si elle avait voulu qu'il soit son seul petit ami, à tout jamais ? Fraîchement métamorphosée en jolie fille, Gwen était brutale avec son pouvoir et, à sa façon, aussi insouciante que Go-Go. Elle était comme une enfant qui découvre une arme chargée dans la table de nuit de papa. Même s'il n'arrive rien, la vision est suffisamment terrifiante, cette arme qui tremble dans les petites menottes, une infinité de dénouements possibles, presque tous aussi épouvantables les uns que les autres.

Adulte, elle est plus douce, mais pas autant qu'elle aimerait le croire. Elle fera ce qu'elle voudra, sans se soucier des sentiments de quiconque. Elle a toujours été comme ça.

Chapitre trente-deux

Avant même d'ouvrir les yeux, Rita sait que la journée va être mauvaise. Elle le sent dans ses os. Bon, techniquement, elle le sent dans ses *articulations*, ce qui est différent des os, comme elle sait maintenant grâce à tous ces petits malins de docteurs, des hommes plus jeunes qui pourraient très bien être ces mêmes clients qui ne laissaient presque pas de pourboire chez Connolly's. Malgré elle, Rita a beaucoup appris sur le corps, le sien. Elle pourrait sans doute passer les examens requis pour entrer en école de médecine à force d'avoir subi tout ce chiant bla-bla-bla à propos de ses articulations, tendons, ligaments, inflammations. Sa situation se résume à celle-ci : elle a mal. Très mal.

D'ailleurs, Rita n'a aucune envie d'aller à l'école de médecine ; avoir toutes ces informations, là, au bout des doigts – des doigts enflés, gourds et inutiles – équivalait à se familiariser avec l'histoire intime de la personne qui vous a renversé en voiture. À quoi bon connaître une maladie si on ne peut pas la guérir ? Rita en est réduite à *gérer* sa polyarthrite rhumatoïde. Son médecin ne cesse d'essayer divers médicaments en de nouvelles combinaisons. *Un petit peu plus de ça, un petit peu moins de ci. Tiens, ceci interagit mal avec cela.* Il lui rappelle Mickey quand elle était enfant, qui s'activait à disposer des fleurs sauvages maigrichonnes dans un vase, ses manipulations n'ayant d'autre effet que de faire se ployer les tiges de lassitude et s'affaisser mollement les fleurs. Entre-temps, Rita ne parvient pas à trouver un somnifère qui fasse effet. Même en utilisant de l'Ambien, son sommeil est ténu, elle dort à peine.

Elle parie que son docteur a un sommeil béat. Il a probablement un de ces lits spéciaux – celui conçu pour les astronautes, ou celui avec une télécommande individuelle. Aucun lit au monde ne permettrait à Rita de mieux dormir. Elle qui pouvait dormir assise, ou dans une voiture, ou même, une fois, debout sur ses pieds. Après son diagnostic, elle a essayé un lit à eau en pensant que la chaleur lui ferait du bien, mais ça avait été un échec. Elle l'a donné à Joey qui l'a donné à Mickey, ce qui l'a un peu foutu en rogne. « Si je veux donner quelque chose à ta sœur, je le lui donne », a-t-elle dit à Joey. « Mais tu ne veux jamais rien lui donner », avait-il fait remarquer. Pas tout à fait vrai. C'est simplement que ce qu'elle a à offrir, elle l'offre d'abord à Joey.

Et pourquoi pas ? Mickey – Rita n'est pas près d'utiliser ce nom stupide dont elle s'est affublée, les gosses n'ont pas à choisir leur prénom, c'est un droit parental – ne fait rien pour elle. Elle ne lui rend jamais visite, même si c'est sûr qu'elle peut voler gratuitement, ne lui envoie jamais d'argent, même si elle sait que sa mère est sans cesse à court. Dit qu'elle n'en a pas, mais Rita en doute. Cette fille est un écureuil, elle met de côté tout ce qu'elle peut. Enfant, Mickey remplissait les tiroirs de tout un tas de choses qu'elle avait trouvées, des trucs stupides et dégoûtants. Des nids, des pierres, des œufs d'oiseaux. Elle hurlait quand Rita les jetait, mais on ne peut pas garder des choses comme ça dans les tiroirs de la penderie. La saleté attire la saleté.

Rita replie ses jambes sur le côté du lit. Raides, mais c'est pas la mort. En effet, ses jambes ne la dérangent jamais vraiment. La douleur vit dans la partie supérieure de son corps, ses mains, ses poignets, ses coudes et ses épaules. Elle se fraye un chemin jusqu'à la cuisine en se cognant au coin du bureau démodé. Ce léger choc manque faire glisser l'écharpe qu'elle a enroulée autour du miroir. Rita a recouvert tous les miroirs de la maison sauf un, le petit miroir à maquillage dans la salle de bains, qu'elle utilise pour se coiffer et se mettre du rouge à lèvres. Se voir ne lui pose pas de problèmes, mais elle n'aime pas être surprise par son image, refuse que cette face de lune jaillisse sournoisement. Il faut qu'elle soit prête. C'est difficile de se débarrasser de son image. Il s'avère que son bungalow est rempli de surfaces réfléchissantes – les fenêtres la nuit, la porte du four à micro-ondes et même le robinet. Le monde ne cesse de lui jeter son reflet au visage.

Elle met l'eau à bouillir dans la cuisine, extrait une cigarette en secouant le paquet qu'elle laisse là pendant la nuit afin de ne pas être tentée de fumer au lit. Lorsqu'on lui a diagnostiqué sa polyarthrite rhumatoïde – après trois ans passés à pourchasser tellement de démons et de diagnostics – on lui a conseillé d'arrêter de fumer en raison du risque que cela représentait. « J'ai déjà la maladie », avait-elle dit au docteur. « Dur de revenir en arrière, hein ? » Ses doigts sont noueux et raides ; allumer la cigarette au brûleur et la porter à ses lèvres lui demande un effort. Mais ça vaut la peine. La cigarette est un plaisir qui ne s'éteint jamais.

Les douleurs ont commencé environ huit ans auparavant, capricieuses et intermittentes. Rita a supposé qu'elles étaient dues à sa profession, ainsi que les docteurs le pensaient. Elle avait passé des décennies à porter des plateaux et à frotter des tables. Quelque chose devait forcément lâcher, et elle n'aurait jamais hésité à choisir les tendinites de préférence aux varices. Rita prenait soin de ses jambes. Elle rentrait du boulot et les surélevait sur la table basse, puis elle cajolait son mec pour qu'il les lui masse en y mettant de la crème, lui promettant que lui aussi aurait droit à des massages sitôt après. Rita ne faisait pas qu'allumer. Marrant, c'est Rick qui s'y prenait le mieux malgré son épuisement après une journée au garage. Larry le battait au pieu, mais Rick… Eh bien, Rick savait ce qu'une dure journée de boulot représentait, alors que Larry n'en avait pas la moindre idée. Eh ouais, c'était bien Rick le type le mieux. Mais elle ne l'aimait pas, et rester avec lui seulement parce qu'il la traitait bien aurait été mal. Selon Rita, si on n'aimait pas un homme mais qu'on restait quand même avec lui, que ce soit à cause de ses chèques, de son amour ou du toit au-dessus de sa tête, on ne valait pas mieux qu'une putain. Même si Larry n'était pas réapparu, elle aurait fini par tromper Rick.

Non qu'elle compte Larry comme une tromperie. Elle aurait aimé s'y prendre avec plus de tact, que ça n'ait pas fini de manière aussi sordide entre elle et Rick. Mais elle ne regrette pas de l'avoir fait. Rita ne regrette rien.

Rita a emménagé en Floride, la vraie Floride comme elle disait, peu après que Larry s'est révélé être Larry. Impossible de compter sur lui, incapable de garder un boulot, aucune motivation à assumer son rôle de père… Elle ne jetait la faute sur personne d'autre qu'elle-même, et ça ne l'intéressait nullement de le faire. Elle avait tenté le coup avec le vrai père de son fils, l'homme qu'elle aimait. Est-ce que ça n'était pas juste ? Elle s'était installée à Boca Raton avec son petit Joey et un type qui semblait réglo. Elle voulait de nouveau être pragmatique, mais il s'est avéré que le type n'était pas resté. D'autres hommes sont allés et venus dans le petit bungalow. L'un d'eux est resté cinq ans, les autres seulement un court laps de temps. Joey s'en fichait, même s'il préférait quand ils n'étaient que tous les deux. Non, c'était Rick qui avait fait toute une histoire quand elle l'avait quitté. Il avait voulu lui faire retirer la garde de l'enfant et elle avait sorti de sa manche son atout maître, lui assénant que, de toutes façons, il n'était pas le père de Joey. Un juge l'avait clairement expliqué à Rick : il pouvait faire comme si l'enfant était le sien et continuer à lui verser une pension et à le voir. Ou bien il pouvait s'en aller et il s'en tirerait à bon compte. Dans tous les cas, il ne pouvait ni avoir la garde ni forcer Rita à rester à Baltimore. Qu'est-ce que le brave gars a fait ? Il a décidé de payer, afin qu'elle lui envoie Joey au moins une ou deux fois l'an.

Peut-être Rick mérite-t-il un peu de crédit pour la façon dont Joey a tourné. Son fils est resté en Floride, bien qu'il se soit installé à Fort Lauderdale, où il a épousé une gentille fille qui ressemble à Rita du temps de sa jeunesse, et qu'il ait trois gosses. Il vient la voir tous les week-ends, se défonce pour elle, à sa place – c'est lui qui lui a dégotté son allocation d'invalidité, s'est arrangé pour qu'elle paye ses médicaments moins cher et a déniché des agences pour lui venir en aide. Voilà un garçon qui file droit, alors qu'il a toutes les raisons de la détester. C'est Mickey qui décroche à peine son téléphone. Quelle mouche la pique ? Elle n'appelle pas non plus son frère et n'a jamais vu ses nièces et son neveu, excepté en photo. Joey en fait peu de cas.

– On n'est pas si proches, m'man. J'ai dix ans de moins, puis on a déménagé quand j'avais huit ans en la laissant seule à Baltimore.

– Alors pourquoi tu lui as donné le lit à eau ?

Merde, ça la chiffonne.

– De toutes façons, je devais y aller avec un camion de location pour rapporter les trucs de papa. On ne pouvait même pas s'en débarrasser sur Craigslist. Pourquoi pas le donner à Mickey ? Ça m'a fait plaisir de la voir, même si c'était pour l'enterrement de papa.

Rick était mort à l'âge de soixante-dix ans l'année dernière. Une attaque, sortie de nulle part, et sans aucun moyen de la prévenir. Une faiblesse quelque part, tapie là depuis des années peut-être, jusqu'à ce que… *bing*. Monsieur Bien-sous-tous-rapports jusqu'au bout, il avait inclus Joey dans son testament malgré ses deux gosses avec la fille cul-cul qu'il avait épousée. Peut-être parce qu'il s'agissait de deux filles ; Rick a été très précis sur ce qu'il laissait à Joey : des outils et un jet-ski. Il lui a également laissé un peu d'argent. Rita a été toute tourneboulée quand elle a appris la mort de Rick. Triste, moqueuse, pleine de ressentiment. Joey a décidé de conduire un U-Haul jusque là-bas pour récupérer les affaires que son faux père lui avait laissées, bien qu'il n'en ait qu'un usage limité. Il n'est pas très habile de ses mains, serait capable de réparer que dalle. C'est bien le fils de son père.

Rita a soixante-trois ans maintenant mais, bien que son corps soit en ruine et ratatiné, elle ne doute jamais qu'elle vivra pendant très longtemps, même si elle fume. « Il n'y a rien qui cloche chez vous », lui dit tout le temps le docteur. « À part votre polyarthrite rhumatoïde, évidemment. Votre taux de cholestérol est bon, ainsi que votre pression sanguine. » Il le dit avec réticence, comme si Rita ne méritait pas d'être en bonne santé. Voilà le problème avec les docteurs. Secrètement, ils aimeraient avoir un contrôle absolu, décider de qui jouira d'une belle vie ; ça les fait vraiment chier qu'une personne comme Rita ne soit pas dévastée par la maladie.

Rita avance dans la maison en vérifiant chaque recoin, de haut en bas. C'est une maison minuscule, deux chambres donnant sur un espace ouvert qui comprend une cuisine, un coin repas et un salon. L'appartement sur Strawberry Hill était plus grand. Où est passée sa pince ? Encore une fois, tout ce dont elle se souvient est d'avoir pensé : *Tiens, il s'agit d'un curieux endroit où la laisser.* Ah ! Elle la débusque derrière la baie vitrée qui donne sur un minuscule patio, sur la table en fer forgé. C'est ça. Hier la soirée a été plutôt agréable, tiède mais pas chaude, probablement une des dernières nuits à température correcte avant la vague de chaleur de l'été. Rita s'est assise dans son patio et a mangé un bocal entier de noix de cajou, réconfortée par la pensée qu'elle était en droit de se faire plaisir. Il y a longtemps qu'elle ne surveille plus son poids, et bien qu'elle ne soit pas grosse – ses gènes la font rester mince, une autre chose qui fait sans doute chier son médecin – elle a tout de même un ou deux bourrelets.

La serrure de la porte du patio est encrassée et elle a du mal à la manœuvrer, même dans ses meilleurs jours. C'est plus facile de se glisser dehors par la porte principale et de faire le tour, de prendre la pince et de revenir par la porte d'entrée… qui vient de se refermer derrière elle. *Merde.* Ses os, articulations, qu'importe, avaient bien commencé à lui dire à quel point la journée serait pourrie. Étant donné ses rapports avec ses voisins – elle déteste celui qui se trouve à l'est et celui à l'ouest la déteste – elle ne se voit pas frappant à leur porte à sept heures du matin en leur demandant d'utiliser leur téléphone pour appeler Joey. Qui, béni soit-il, accourrait aussi vite qu'il peut avec son double des clés, sans poser la moindre question. Elle pourrait marcher jusqu'au Circle K et utiliser la cabine téléphonique, mais il lui faudrait un temps infini pour parcourir ce long kilomètre poussiéreux. De plus, si sa chemise de nuit évasée à fleurs et ses chaussons conviennent pour rester assise sous son porche, ça n'est pas une tenue qu'une femme saine d'esprit porterait pour arpenter une route très fréquentée. On l'arrêterait pour lui faire passer un examen psychiatrique.

Elle s'assoit sur les marches, ramasse un journal qu'ils ne cessent de lui envoyer malgré ses demandes de désabonnement. Elle a toutes les infos qu'elle veut à la télé, la dernière chose dont elle a besoin est un papier qui entre dans la maison seulement pour se retrouver empilé avant d'être jeté. Ses petits-enfants ne cessent de lui demander de recycler. De recycler, d'arrêter de fumer et de voter. Quand est-ce que les enfants sont devenus si moralisateurs ? N'est-ce pas les parents et les grands-parents qui sont censés faire leur éducation ? C'est ce qu'elle leur a répondu et ils ont dit : « Mais mamie, c'est de notre monde qu'il s'agit. »

Elle n'a pas le cœur à leur dire que le monde s'acquiert en location, et qu'on ne dicte pas ni ne contrôle les termes du marché. Un marché aussi intéressant que celui de la location de meubles et tous ses taux d'intérêts cachés. Rita estime qu'elle a eu le monde pour elle pendant vingt ans, de vingt à quarante ans. Puis ça a été au tour de Joey d'entrer dans la ronde, de mordre sa part à pleines dents. Mais comme c'était Joey, il n'en a pris qu'une petite bouchée polie, du genre : *Oh, merci pour mon emploi comme agent de probation et ma gentille femme et mes trois enfants, mais là, vraiment, je ne pourrais rien avaler de plus.* Il est né gentil, un point c'est tout ; quant à Mickey… pas méchante, mais en colère et agitée, sans cesse mécontente, tellement soucieuse de ce qui était juste, qu'elle a fini avec rien du tout. Le mieux que Rita puisse dire est que Mickey n'a pas eu un seul jour heureux dans sa vie. Ça lui brise le cœur, réellement. Car, malgré ses lamentations – son corps qui tombe en loques, sa solitude, la horde de tracas quotidiens à propos de l'argent et des factures – elle s'est amusée, à chaque fois qu'elle en a eu l'occasion. Comme une folle. Elle se gratte la cheville, une partie de son corps qui n'a pas succombé à la douleur ou aux stéroïdes, en souriant de ses souvenirs.

Une voiture de patrouille passe lentement et elle lui fait signe de s'arrêter, dans l'espoir que les flics viendront l'aider en entrant par effraction chez elle. Elle est quasiment sûre que la fenêtre de la salle de bains est ouverte et qu'une personne pourra s'y glisser. C'est-à-dire, quelqu'un dont le corps ne lui fasse pas défaut. Ce sont des officiers Latinos, très séduisants, mais Rita a suffisamment conscience de son état pour ne pas se mettre à les draguer, même si elle est heureuse quand un des agents aperçoit une photo dans le hall et lui demande si c'est elle. Elle acquiesce et il répond, avec un air de respect : « Je parie qu'il vous a fallu les chasser à coups de bâtons. » Il ajoute rapidement : « Maintenant aussi. »

– Non, dit Rita, maintenant je leur donne des coups de bâtons, *puis* je les traîne jusqu'ici.

Elle brandit sa pince et ils rigolent. Rita ne se fait pas d'illusions sur son vieillissement. L'idée de vieillir la dérange moins que ce qu'elle aurait pu croire, peut-être parce qu'elle a une bonne raison de ressembler à ce à quoi elle ressemble aujourd'hui. Elle sait qu'elle serait encore bien, si ce n'était les stéroïdes. « Par contre j'ai une fille qui ressemble exactement à ça. Mieux, même, si vous voulez tout savoir. »

Ça n'est pas entièrement vrai. Mais elle se sent soudain d'humeur généreuse envers Mickey, elle veut inverser la balance, celle où elle a mis tout le mal qu'elle a dit de sa fille.

– Il faudra nous la présenter quand elle repassera dans le coin.

C'est pas demain la veille, pense Rita en retournant à sa bouilloire et au bocal de Folgers, prête à recommencer sa matinée. *Qu'est-ce que j'ai fait, Mickey ? Je sais que je n'ai pas été parfaite, pas pour un sou, mais si Joey peut me pardonner, pourquoi pas toi ?* La différence, pense-t-elle, est que Joey est père. Il comprend, il sait combien on place d'espoirs et d'aspirations… et connaît le désespoir d'avoir à se confronter au fossé entre le parent qu'on aurait voulu être et celui qu'on est. Peut-être qu'elle n'aurait pas dû avoir d'enfants, mais alors, où serait Mickey ? Préférerait-elle ne pas exister du tout ? Malgré toutes ses peines et ses douleurs et malgré toutes ses erreurs, Rita est persuadée que la vie est une partie de rigolade. Elle recommencerait à zéro et de la même manière, en sachant exactement ce vers quoi elle se dirige.

Un café dans sa main difforme et recroquevillée, elle se glisse dans le salon pour regarder les informations et fumer une cigarette.

Chapitre trente-trois

Gwen a rencontré beaucoup de personnes qui détestent les journalistes – ils l'annoncent joyeusement, fièrement, souvent lors de cocktails où on vient juste de la présenter – mais aucune avec autant de virulence que le détective privé qui a cherché à contacter Go-Go dans les quelques semaines avant sa mort. Tess Monaghan a refusé de prendre les appels de Gwen et n'a même pas répondu aux e-mails que celle-ci a envoyés sur le site Web très sommaire qu'elle administre. Après plusieurs jours, elle a fini par lui renvoyer une note lapidaire :

> Je ne parle pas aux journalistes.

Gwen lui a répondu de son adresse e-mail personnelle :

> Je ne viens pas vers vous en tant que journaliste, mais comme une amie de Gordon Halloran, qui est mort dans ce qui pourrait être un suicide commis après que *vous* avez tenté de le contacter, provoquant un grand chamboulement dans sa vie.

Un jour s'est passé avant qu'elle reçoive l'e-mail suivant :

Mon bureau, 14 heures.

Ledit bureau se trouve à Butchers Hill, à moins d'un kilomètre du siège social du magazine, pourtant, d'un certain point de vue, un monde les sépare. Même si Butchers Hill a profité de l'essor de l'immobilier durant la première décennie de ce siècle, ce n'est rien en comparaison du canyon de verre où les bureaux de Gwen sont situés. Le quartier a su garder une dimension humaine, abritant les nouveaux restaurants et les boutiques dans ses vieilles maisons rangées en accolade. Le bureau de Tess Monaghan, resté pratiquement en l'état, se trouve à deux blocs de Patterson Park.

– C'est ouvert, crie une voix de femme.

Étant donné le quartier, travailler avec la porte déverrouillée semble légèrement imprudent, même pendant la journée. Mais lorsque Gwen entre, elle est accueillie par deux gros chiens, un lévrier et un doberman, ainsi qu'une version miniature du lévrier. Ils lui tournent autour en la reniflant, avec ce qui paraît être un résultat satisfaisant, avant de retourner s'installer sur le canapé où ils s'avachissent l'un sur l'autre. Assise derrière son bureau, Tess Monaghan ne se lève pas et pour cause : elle tient un nourrisson dans ses bras, qui lui bave sur l'épaule.

– On dirait que tu as loupé le torchon, Scout ! dit-elle, manifestement pas dérangée par la fontaine de liquide caillé et blanchâtre qui lui coule le long de la manche.

– Il est adorable, dit Gwen pour faire la conversation.

Elle ne voit pas grand-chose hormis les cheveux sombres. Elle n'a pas vraiment d'expérience avec les nourrissons. Annabelle avait huit mois quand elle leur fut présentée dans un hôtel à Beijing.

Tess Monaghan a une façon de parler qui fait passer les questions pour non seulement accessoires mais également impolies.

– Généralement, je ne l'amène pas au bureau, dit Tess. On a eu un problème de baby-sitting aujourd'hui et je ne voulais pas annuler notre rendez-vous.

– Je connais bien les problèmes de baby-sitting. La plupart de mes employées sont des mamans. Elle est si petite, pourtant…

Gwen s'arrête, ne voulant pas faire de commentaire sur l'apparence de la femme, mais celle-ci semble plutôt bien conservée pour quelqu'un qui aurait eu un bébé récemment.

– Elle est née grande prématurée. Techniquement, elle a presque cinq mois, mais si elle était née à terme, elle en aurait à peine trois.

À nouveau, il est clair qu'il n'y aura pas de questions à suivre.

– Donc, Gordon Halloran. Simplement pour m'assurer qu'on est sur la même longueur d'ondes… Je vous parle officieusement, en privé ; rien de ceci ne devra être consigné ni apparaître dans aucun article.

– Très bien.

– Et quand je dis privé, nous sommes d'accord que rien ne devra être imprimé, ni associé à mon nom ni à quelque source anonyme que ce soit.

– Je ne suis pas ici en tant que journaliste.

– Pourriez-vous signer un document me le confirmant ?

– Bien sûr, dit Gwen. Après que je l'aurai fait lire à mon avocat.

Tess sourit.

– J'ai compris. Il va falloir que je fasse attention à ce que je dis.

– Vous vous êtes fait allumer par un journaliste ?

– Pire. Je l'ai été moi-même. Votre magazine m'a cité un jour dans son numéro sur les célibataires sexy, alors que je n'étais ni célibataire ni particulièrement sexy. Même si je me trouve magnifique quand je revois des photos de moi à cette époque, il y a seulement quelques années.

– Je suis presque sûre que c'était avant que j'y travaille, dit Gwen, avant de rougir.

Elle essayait d'incriminer le magazine et pas l'apparence de Tess Monaghan, laquelle mérite qu'on la décrive du quasi compliment d'« engageante ». Des traits coupés au couteau, les cheveux tirés en une queue-de-cheval, un visage frais.

– Nous continuons à sortir le numéro sur les célibataires – il se vend très bien et nous nous faisons un max d'argent sur la publicité – mais j'ai essayé d'inclure davantage de vrai travail journalistique.

– J'ai remarqué. C'est la raison pour laquelle je ne veux pas vous parler de Gordon Halloran dans le cadre professionnel. D'ailleurs, il n'y a pas grand-chose que je puisse vous dire. J'ai parlé à mon client et il préfère rester dans l'anonymat.

Merde. Voilà qui n'est pas fait pour soulager la conscience de Gwen.

– Pourriez-vous me révéler certaines informations qui ne me permettraient pas de l'identifier ?

– Telles que ?

– Âge, sexe, lieu de résidence. Race.

Si le client n'est pas d'origine afro-américaine, il y a peu de chances pour que ce soit un membre de la famille de Chicken George qui ait engagé Tess Monaghan.

– Je peux lui demander. Mais mon client est assez parano. La mort de Gordon Halloran l'a rendu nerveux. Moi aussi, puisque vous m'avez dit qu'il pourrait s'agir d'un suicide. Ce n'est pas ce que les informations disaient le mois dernier. J'ai pris sur moi de ne pas en informer mon client jusqu'à présent, mais je le ferai. Ça… – elle marque une pause – ça complique un peu la situation et j'ai peur que mon client, qui est une personne très gentille, le vive mal. En êtes-vous sûre ?

– Ce n'est pas très clair, reconnait Gwen avec honnêteté, sans aller jusqu'à avouer qu'elle a joué sur le sentiment de culpabilité du détective privé pour obtenir un rendez-vous. Ça ne sera sans doute jamais très clair. Il s'était remis à boire après plusieurs mois d'abstinence. Il a foncé sur un mur en béton au pied de l'I-70, à l'endroit où l'autoroute se termine en cul-de-sac. Il roulait très vite, mais il a toujours été imprudent et téméraire. Il se peut qu'il ait été en train de jouer à un jeu stupide et qu'il ait mal jugé le bout de l'autoroute.

Tess Monaghan a changé le bébé de place sur son épaule. Annabelle aussi avait été minuscule pour son âge. Elle l'était toujours. Mais Gwen avait oublié combien les nourrissons avaient un aspect particulier, avec leur visage comiquement ratatiné et leurs sourires édentés.

Le détective dit :

– Il allait régulièrement aux Alcooliques Anonymes.

– Allait, oui. Il n'y a pas été cette nuit-là.

– C'est juste.

– Attendez, comment êtes-vous au courant ? J'ai seulement dit qu'il avait eu une période d'abstinence.

– Une de mes employées se rendait aux réunions.

– Mais c'est *horrible*.

Malgré le mensonge dont elle a usé pour obtenir l'entrevue, Gwen est sincèrement choquée.

– Tout le but des douze étapes du programme est de garantir aux personnes un environnement sûr où elles puissent épancher leur cœur. C'est… une violation d'y envoyer un espion.

Elle est surprise par le hochement de tête de Tess.

– Je n'étais pas vraiment chaude pour ça, d'ailleurs je ne suis pas très chaude pour beaucoup de choses que je fais. Il se trouve que mon client… eh bien, c'est une personne honorable qui a le droit de vouloir mettre les choses au clair concernant une affaire qui lui tient particulièrement à cœur. Il y avait une possibilité pour que Gordon Halloran puisse l'aider. J'ai envoyé quelqu'un à ces réunions pour voir s'il parlait de certains événements de son passé, s'il contredisait ce que mon client me racontait.

– Et ?

Gwen est choquée de voir combien elle est nerveuse et espère que Tess ne s'en apercevra pas. C'est comme de conduire sur une route et, repérant un policier dans le rétroviseur, de se mettre à trembler bien qu'on soit dans la limite de vitesse autorisée. En réalité, ça n'est pas vraiment ça, puisque Gwen n'est pas irréprochable.

– Il n'a jamais rien dit, pas pendant les réunions. Il était un peu plus bavard lors des pauses cigarette. – Tess Monaghan se met à rire. – Ma pauvre associée, qui déteste la cigarette, s'est mise aux cigarettes au clou de girofle et s'est prise d'un certain penchant pour ça. Toujours est-il qu'il ne faisait que parler de sa famille, de sa femme et de ses enfants et comment il allait aux réunions pour eux.

– Ce sont vos messages qui lui ont valu de se faire mettre à la porte de chez lui, dit Gwen, brûlant de lui faire endosser sa culpabilité, de la rendre aussi nerveuse et mal à l'aise qu'elle se sent. Raison pour laquelle il s'est probablement remis à boire. Et qu'il est mort.

Tess Monaghan l'observe intensément.

– Vous y croyez réellement ? Ça n'est pas une question rhétorique.

– Pas tout à fait, avoue Gwen.

– Vous avez voulu forcer votre avantage en essayant de me faire porter le chapeau, pour que je vous dise des choses que je ne suis pas autorisée à vous dire. Peut-être que j'agirais de la même façon si j'étais à votre place. Mais il faut que vous compreniez… je travaille avec un avocat très puissant, pas le genre d'exécutant dont j'ai l'habitude. Je dois respecter les souhaits de mon client sinon je serais en violation de l'accord que j'ai signé et alors, cet avocat me tombera dessus comme une tonne de briques. En ce sens, c'est un sacré con.

– Pourquoi donc faites-vous affaire avec lui ?

Le bébé émet comiquement un rot sonore, faisant la joie de sa mère.

– Disons simplement que mon client est une personne, remarquable entre toutes, qui prend la justice à cœur.

Encore une fois, Gwen se sent loin d'être rassurée.

– Ne pouvez-vous rien me dire ?

Tess réfléchit pendant un instant.

– Le client vit très loin, au Nouveau Mexique. Si je vous dis cela, c'est pour que vous compreniez qu'il ne sert à rien de le rechercher.

– À quel moment de sa vie Gordon a-t-il connu cette personne ?

Tess fixe le plafond et pose distraitement ses lèvres sur la tempe de son enfant.

– Je ne crois pas avoir dit que Gordon la connaissait. Ou ne la connaissait pas. Lorsque j'ai fini par parler à Gordon…

– Vous lui avez parlé ? Sa femme pensait…

– Je n'ai pas cessé d'essayer de parler à Gordon après qu'il a déménagé, bien que je ne me sois pas rendu compte que mes appels y étaient pour quelque chose. Il a confirmé ce que je pensais et ce que mon client pense. Mais il est mort à présent et tout ce qu'il me reste, ce sont mes notes de cette brève conversation. Et ça ne suffit pas.

– Ça ne suffit pas ?

– Elles ne prouvent rien du tout. Je ne dirai que ceci : je crois que mon client a eu raison en évaluant la personnalité de Gordon.

– Ce qui veut dire ?

– C'est essentiellement une personne honnête et les secrets qu'il porte lui ont causé beaucoup de mal. Il a voulu faire ce qui était juste. Écoutez, mon enquête suit son cours.

Gwen sent un nouveau vent de panique la parcourir.

– C'est pourquoi je dois me montrer très réservée. Le moindre soupçon des médias, le plus petit coup de projecteur aurait d'horribles répercussions. Vous ne pouvez même pas imaginer.

Gwen imagine.

Chapitre trente-quatre

Mickey n'a jamais eu l'intention de continuer à assister aux réunions des AA à St. Lawrence, et personne ne s'est trop inquiété quand elle a manqué quelques séances après la mort de Go-Go. Elle se sert du prétexte de son planning de travail pour raconter à son parrain qu'elle assiste aux réunions à Minneapolis, où elle fait souvent escale. Heureusement, le parrain ne connaît rien à la vie d'une hôtesse de l'air et n'a aucune idée de la brièveté de tels voyages, la compagnie aérienne faisant faire demi-tour à ses avions aussi vite que la régulation le permet. En même temps, le parrain se fait du souci pour elle. Une mort dans le groupe représente un danger, surtout lorsqu'il s'agit d'une rechute. Il n'arrête pas de vérifier si elle va bien, et McKey s'avise qu'il sera plus facile de retourner aux réunions plutôt que d'endurer les coups de fils insupportablement sincères de Dan. Le type cherche si désespérément à la baiser que c'en est pathétique.

Elle ne parle pas pendant les réunions. Go-Go non plus, du moins pas après qu'elle a commencé à venir. Le métier de McKey l'a cependant aidée à paraître empathique et attentive, et ceux qui parlent la cherchent du regard, en particulier les hommes. Elle est la plus séduisante du lot, pas besoin d'être modeste sur ce point. De plus, l'interdiction de relations amoureuses donne aux interactions mâle-femelle un piquant que McKey n'avait plus ressenti depuis le lycée, et encore. Les hommes la désirent ou s'en persuadent, simplement parce qu'elle leur renvoie leurs coups d'œil et leurs hochements de tête, les y encourageant.

– Nous étions inquiets pour toi, dit Dan quand les autres sortent dehors pour fumer, un vice que McKey n'a jamais connu.

– Parce que je n'étais pas là ?

– Aussi à cause de Gordon.

Elle mesure ses paroles.

– Ça m'a fait un choc.

– Tu le connaissais, n'est-ce pas ? En dehors des AA.

Ne jamais mentir à moins d'être acculée. D'abord contrer.

– Qu'est-ce qui te fait penser une chose pareille ?

– Vous parliez tous les deux de cet endroit qui était une école catholique à l'époque.

Elle se souvient de la réaction de Go-Go la première fois qu'elle est venue et comme il avait été incapable de masquer ses sentiments quand il l'avait aperçue. Elle avait rétabli la situation pour lui – eux – en déversant un tas d'inepties sur St. Lawrence, lui montrant la voie à suivre pour se sortir d'une telle passe. Comme lorsqu'ils étaient enfants.

– Mon petit frère est allé dans cette école, mais il était beaucoup plus jeune que Go-Go.

– Go-Go ?

Merde.

– Quoi ?

– J'ai cru que tu avais dit…

– Une connerie. Gordon, j'ai voulu dire Gordon. J'arrive à peine à me rappeler mon prénom après dix-huit heures de boulot hier. Ma bouche n'est pas connectée à mon cerveau.

Elle sourit, lui laissant voir la bouche en question, pleine et large sous une couche fraîche de rouge à lèvres.

– Gordon, c'est ça.

Joey était allé à St. Lawrence, sous l'insistance de Rick. Lorsqu'ils sortaient ensemble, Rita ne savait même pas qu'il était catholique, mais quand il s'était aperçu qu'elle habitait près de l'école, il avait insisté pour que Rita y envoie Joey et avait payé l'inscription. McKey avait été dans une école publique, elle s'en fichait de toutes façons. Elle ne voulait pas porter un uniforme tous les jours. Maintenant qu'elle en porte un pour son travail, elle se rend compte que ça lui plaît. Une décision de moins à prendre. Joey est allé à St. Lawrence jusqu'en CE2, l'année où McKey est partie du lycée. Sa mère, qui avait rompu avec Larry – quelle surprise, *encore* une relation qui foire –, a décidé qu'elle voulait partir vivre en Floride pour prendre un nouveau départ. Rick s'y est opposé, et c'est à ce moment-là qu'elle avait lâché sa bombe : Joey n'est pas ton gosse. De nos jours, il y a des talk-show spécialement dédiés aux tests de paternité et aux liens père-enfant ; il y a vingt ans, c'était encore assez inédit, le genre de litige qui aurait nécessité d'être tranché par un Salomon. Rick a eu de la chance de tomber sur un juge progressiste, qui lui a dit en gros qu'il avait le choix : il pouvait continuer à payer la pension et endosser le rôle du père, bien qu'il ne puisse empêcher Rita de l'emmener en Floride. Ou il pouvait rompre tous liens.

Pour McKey il n'y avait pas de questions à se poser : s'il ne pouvait empêcher Rita d'emmener le gosse, il devrait définitivement arrêter de payer la pension.

Rick ne voyait pas les choses de cette manière. Après sa rupture avec Rita, il était devenu insupportablement bien sous tous rapports. Rita l'avait trompé et pris pour un imbécile, mais Rick a agi comme si c'était lui qui devait se faire pardonner. Il a commencé à aller à l'église, a inscrit Joey dans une école paroissiale, s'est marié à une béni-oui-oui et a fini par adopter deux gamins quand il s'est avéré que sa femme ne pouvait pas avoir d'enfants. Il est resté en contact avec McKey pendant qu'elle était à la faculté. « Je suis là pour toi », avait-il coutume de dire, et elle voulait toujours lui répondre : Non, c'est faux. Car Rick, aussi gentil et sympa qu'il soit, ne l'a jamais traitée comme si elle était sa propre fille. Elle était la fille de sa petite amie, la sœur de son fils, mais pas sa fille. Ça n'était clairement pas un truc avec le sang, puisque l'absence de lien de sang ne l'avait pas empêché de vouloir être le père de Joey. Au bout d'un moment, elle avait arrêté de s'en soucier.

Que savait-elle des pères avec leurs filles, de toutes façons ? Le seul exemple à portée de main était Gwen et son père, et ça n'avait rien de folichon. D'abord, il était vieux et ça se voyait, même à l'époque. Puis, il passait son temps à – comment Tally disait-elle déjà – épiloguer. Les quelques fois où Mickey avait dîné chez les Robison, les repas étaient comme une extension de la classe, avec des quizz sur les événements du jour, la science, l'histoire et le vocabulaire. Elle n'essayait même pas de participer, sauf lorsqu'il s'agissait de plantes et d'arbres. Même petite fille, Mickey en savait autant sur ces sujets que le Dr Robison. Elle ne connaissait pas toujours les bons mots, mais elle comprenait la nature d'une façon que Gwen ignorait. Elle avait conscience des saisons et des odeurs. C'est Mickey qui avait appris à Go-Go à attraper des salamandres, elle qui piégeait les écrevisses dans le vieux collecteur d'eaux pluviales au coude du ruisseau, elle qui avait trouvé un tout petit fossile, que Rita avait jeté.

« Tu devrais étudier la botanique », lui avait dit un conseiller d'orientation fatigué. Mais ça ne lui convenait pas. Aucun boulot ne lui convenait. Garde-forestier, jardinier – aucun métier ne pourrait la faire revenir à ce qu'elle ressentait enfant quand elle parcourait les collines de Leakin Park. Peut-être aucun boulot ne pourrait jamais lui faire retrouver les sensations qu'elle avait vécues à dix, onze ans. Toutes ces foutaises à la je-fais-ce-que-j'aime – encore une arnaque, selon McKey ; encore un piège qu'on vous tend pour que vous soyez déçu. Elle adore avoir un boulot qu'elle n'aime pas, car les choses sont claires : ça sert uniquement à payer les factures.

La réunion des AA se poursuit et elle reprend sa position d'auditrice attentive, écoutant et hochant la tête, capable d'absorber les histoires tout en suivant le fil de ses pensées. Les histoires d'addiction ne varient jamais vraiment. Les noms changent, mais d'après ce qu'elle entend ici, toucher le fond relève en majorité d'une expérience universelle. Combien de temps devra-t-elle encore assister aux réunions ? Peut-être va-t-elle dire à Dan qu'elle emménage à Minneapolis. Toujours risqué de raconter ce type de mensonge dans une petite ville comme Baltimore, où les gens passent leur temps à se croiser ; si pourtant ça arrivait, elle trouverait bien une excuse valable pour être de retour, non ? Dan est chiant à mourir puis il est trop copain-copain avec elle. Sa sollicitude fait peut-être vraiment partie de son rôle de parrain, mais elle en doute.

Par exemple ce soir et son insistance à la ramener jusqu'à sa voiture, comme si le parking de l'église avait quelque chose de dangereux.

– Je suis content que tu sois de retour, dit-il. Maintenant il faut qu'on s'occupe de Daisy.

– Daisy ?

– La femme plus âgée qui faisait du tricot pendant les réunions. Très Madame Defarge.

Elle le fixe d'un regard vide, se rendant compte qu'elle est censée reconnaître la référence, tout en se fichant qu'il s'aperçoive que ça lui est passé au travers. Comme lors des dîners chez les Robison, toutes ces années auparavant, et cet incessant bavardage qui volait au-dessus de sa tête. Mickey regardait dans le vide, défiant les Robison par son ennui, eux qui se croyaient si intéressants.

– Une femme forte, poursuit Dan, qui portait des robes à fleurs et fumait des cigarettes au clou de girofle.

– Ah, ouais.

McKey ne prête pas beaucoup attention aux femmes, car elles lui sont de peu d'utilité.

– Son parrain a essayé de l'appeler, mais elle ne décroche pas, n'a même pas de messagerie vocale.

– Peut-être qu'elle est morte.

– *McKey !*

Dan réagit comme s'il s'était agi d'un trait d'humour noir, mais elle ne faisait qu'être factuelle. Daisy est une vieille femme, probablement seule. Il se peut qu'elle soit tombée dans son appartement. Elle pourrait être en train d'agoniser, là, maintenant, ou être déjà morte. Dan croit-il que toutes les misères du monde ne sont liées qu'à la boisson ? Sûrement. C'est ce qui définit sa vie.

– Prends soin de toi, dit-il, alors qu'elle s'installe derrière son volant.

– Compte sur moi.

Rentrer chez elle est une galère. D'aller n'importe où de ce coin de Baltimore est une galère ; elle se demande, comme elle s'est souvent demandée, comment sa mère a échoué là. À cause de Rick, bien sûr. Elle l'a rencontré, il travaillait à la station-service Exxon, et voilà. Ou était-ce l'homme avant Rick ? Rita suivait les hommes où qu'ils l'emmènent, or elle vit à présent seule en Floride. Ça doit expliquer son soudain intérêt pour McKey et ses messages sur son répondeur. *Appelle-moi, appelle-moi, appelle-moi.* Non merci. *C'est pas mon problème si t'es seule et que tu t'ennuies. Moi je suis seule et je ne m'ennuie jamais.*

McKey se glisse dans son appartement et se dirige droit vers le réfrigérateur pour se servir un verre de vin blanc. Rien de tel que de faire semblant d'être alcoolique pour avoir envie d'un verre. La boisson agit sur ces gens comme le porno, et après les avoir écoutés en parler non-stop, elle brûle d'envie de boire, bien qu'elle puisse résister si elle voulait. Les querelles d'ivrogne à dix mille mètres du sol vous dégoûtent de l'alcool. C'était stupide d'avouer à Sean qu'elle était aux AA avec Go-Go. Il a sûrement été baver auprès de Tim – les garçons sont les pires commères – et peut-être même Gwen. S'ils venaient à se rencontrer à nouveau, elle ne pourrait pas boire devant lui. Et elle veut le revoir. Ce serait bien tout de même qu'il soit moins bourré cette fois. Impossible de rien en tirer la dernière fois.

Elle s'examine dans le miroir, satisfaite de ce qu'elle voit. Comme celui de sa mère, son corps est naturellement ferme, du moins pour le moment. La fermeté c'est bien. Dans l'ensemble, c'est ce qu'elle recherche. Ferme de corps, de cœur et d'esprit. McKey est une guerrière, une survivante. Elle est prête – pour le crash d'un avion, pour le cas où des terroristes sortent leur couteau, pour la fin du monde, pour ce qui adviendra. Et, de plus en plus, elle a l'impression que quelque chose l'attend mais, pour l'instant, elle a réussi à l'esquiver. Elle est quasiment sûre de l'avoir esquivé.

Pourtant, la nuit, seule dans son lit à eau – le vieux lit de sa mère, un cadeau que McKey a accepté de la part de son demi-frère parce qu'elle pensait que c'était ironique, bien qu'elle ait oublié où résidait l'ironie – la nuit, au bord du sommeil, c'est difficile de rester ferme. Elle finit en pleurs comme elle a pleuré chaque nuit depuis que Go-Go est mort. Même la nuit où Sean gisait écroulé dans son lit, alors qu'elle était si près d'obtenir la seule chose qu'elle avait toujours voulue, elle s'est retrouvée en larmes, à pleurer le petit frère de l'homme qui reposait à ses côtés.

Pitié pour nous

Chapitre trente-cinq

Au moment où son avion touche la piste de l'aéroport international de Baltimore / Washington en ce matin de Vendredi saint, Sean songe à la première fois où il a atterri à cet endroit. Il était à l'université et rentrait chez lui pour une visite surprise à l'occasion de Thanksgiving, profitant de la livraison d'un colis, un arrangement usuel à l'époque. Vingt ans ! Duncan a voyagé en avion au moins vingt fois, peut-être davantage. À cet instant, il se trouve lui aussi dans un avion, en route pour la Nouvelle-Orléans, une ville où Sean n'a jamais mis les pieds. « Ça n'est pas sur ma liste », avait décrété Vivian lorsqu'il avait proposé cette destination pour une escapade romantique à deux, quelques années auparavant. L'aéroport où Sean avait atterri au milieu des années 1980 avait déjà changé de nom, passant de Friendship à Baltimore / Washington International, « Amitié », une dénomination invraisemblable pour n'importe quel aéroport en ces temps hostiles.

Son travail a amené Sean à voyager assez souvent pour être un passager aguerri – les chaussures enlevées, l'ordinateur portable ouvert, le volume autorisé de liquides contenu dans des emballages en plastique de la taille requise. Les seules personnes qui ne l'ennuient pas sont les très vieux passagers, souvent infirmes, que tout semble véritablement dépasser. Il se livre à un calcul – les personnes de plus de quatre-vingts ans sont nées avant la Dépression et ont connu une enfance où les voitures étaient loin d'être courantes. Il pense que les gens ont le droit d'être effrayés par n'importe quelle invention survenue après leur vingt et un ans. Les vols commerciaux sont un phénomène relativement récent. Sa propre mère ne peut pas se débrouiller seule pour faire le trajet jusqu'en Floride. C'est du moins ce qu'elle prétend.

Vingt-sept ans auparavant, quand Sean a effectué son premier vol, il a tenté de le jouer flegmatique. Entre la nouveauté de l'avion, la responsabilité de devoir livrer un colis et la surprise cachée de son apparition inattendue pour Thanksgiving – oh ! comme sa mère allait se réjouir de sa venue – c'était difficile de ne pas être pris de vertige. Il avait fait enregistrer son sac de voyage, une valise rigide sans roues, et gardé le colis sur ses genoux pendant toute la durée du vol, bien que ce ne fût qu'un tas de dossiers juridiques, à déposer à Washington D.C. la veille de Thanksgiving.

Il avait tendu les dossiers à un coursier qui l'attendait à l'aéroport, avant de se rendre compte qu'il n'avait aucune idée de comment arriver à Baltimore sans devoir se payer un taxi, une course de probablement douze voire quinze dollars, à l'époque. Il était le fils de Timothy Halloran et répugnait à débourser autant pour une chose si simple. Il avait erré dans le terminal, trouvé une navette d'hôtel gratuite qui finissait son trajet sur Security Boulevard, puis prit un bus jusqu'à Dickeyville. Deux bus en fait, car il n'avait pas pu traîner sa lourde valise sur le dernier kilomètre. Au total, il lui avait fallu presque trois heures pour faire le trajet de l'aéroport jusque chez lui, alors que le vol avait duré à peine quatre-vingt-dix minutes. Peu importe. Cela ne faisait qu'aviver le plaisir de la surprise, l'anticipation de passer le seuil de la porte en criant à tue-tête : « Je suis là ! »

Mais ce jour-là, la maison de Sekots Lane était vide. Vide, mais il y régnait encore l'impression d'une interruption brutale – sa mère avait visiblement juste commencé à préparer la choucroute de Thanksgiving, une de ces coutumes de Baltimore que Sean n'aurait pas songé à remettre en question jusqu'à ce qu'il s'aventure dans le vaste monde. Le chou reposait sur la planche à découper, un couteau gisait dans l'évier. Des heures plus tard, la voiture familiale – encore une des Buick paternelles – se garait dans l'allée, et, lorgnant à travers le rideau, Sean avait vu ses parents en sortir, encadrant Go-Go, presque comme s'il avait besoin d'être soutenu.

– Oh, Sean…, avait dit sa mère. Je ne t'attendais pas.

– Je sais, avait-il répondu, son joyeux secret parti en fumée, supplanté par l'accident, la tragédie ou la foirade, n'importe, que Go-Go avait provoqué.

– Qu'est-ce qui lui arrive ?

– La perte de sang l'a rendu un peu patraque, avait dit sa mère.

– La perte de sang ?

– Un accident, avait répondu son père. Pas rare à cette époque de l'année, selon l'urgentiste à St. Agnes. Cet endroit est une forêt de pouces et de doigts entaillés.

Le pansement était sur le poignet de Go-Go. Sean l'avait regardé, puis regardé son père, et avait décidé de ne rien dire.

Pendant que ses parents conduisaient leur benjamin à l'étage, Sean était retourné à la cuisine pour y examiner le couteau dans l'évier. Il était propre. On avait peut-être laissé le chou là où il était, mais quelqu'un avait trouvé le temps de rincer le couteau. Peut-être que le couteau était innocent. Peut-être Go-Go avait-il fait déraper un objet traître à travers son poignet simplement pour attirer l'attention.

Go-Go portait des manches longues pour le dîner de Thanksgiving. Sean avait pensé parler à Tim en privé, mais Tim, venu avec sa fiancée, Arlene, était trop accaparé par elle, réticent à la laisser seule plus d'une ou deux minutes avec aucun de ses parents, bien que tous deux aient eu l'air de l'apprécier. Puis soudain, le dimanche était arrivé et c'était l'heure de repartir à St. Louis, sans qu'il trouve jamais le temps, vraiment, de demander à quiconque – sa mère, son père, Go-Go – ce qu'il s'était passé la veille de Thanksgiving. Aujourd'hui, de ce qu'il a vu alors, il devrait être le premier à soutenir que l'accident de voiture de Go-Go était un suicide. Mais il est persuadé qu'il s'agit d'une chose similaire à l'incident de Thanksgiving – une chose pas sérieuse, un brouillon de tentative dont la réussite a pris Go-Go par surprise. Il essayait toujours d'attirer l'attention.

Au moins, pense Sean tandis qu'il entre dans un taxi qui va probablement lui coûter une quarantaine de dollars, *j'ai appris à ne plus faire de surprises à mes parents*. À quoi bon, vraiment ? C'était le rôle de Go-Go dans la famille.

Il arrive dans une maison impeccablement briquée, un gâteau posé sur un plat, la table disposée pour le thé. « Il ne fallait pas te donner tout ce mal pour moi », dit-il à sa mère en embrassant sa joue parcheminée. Il aime se faire rappeler qu'il est son fils préféré, même s'il sait qu'il ne mérite plus cette place. Comment Tim et lui ont-ils fini par échanger leur rôle dans la vie ? Comment Tim est-il devenu celui sur qui on peut compter ?

Cela fait-il de Sean la grande gueule ? Sean pense que cela vient de la différence entre Arlene et Vivian. Une épouse pousse son mari vers sa famille et l'autre l'en éloigne. Il se demande ce que Vivian ressentira si Duncan rencontre une fille aussi désireuse de l'arracher à sa famille qu'elle, aussi persuadée que sa famille fait mieux en toute chose.

Et si ce n'est pas une fille… Encore une fois, le cerveau de Sean se cabre. Il n'a simplement pas idée de comment ça fonctionne.

– Oh ! dit sa mère en rougissant, embarrassée. Ça n'est pas pour toi. Enfin, bien sûr, je serais ravie que tu te joignes à nous, mais un vieil ami vient nous rendre visite. Tu te rappelles le père Andrew de St. Lawrence ?

– Pas vraiment. Il est arrivé quand j'étais déjà à Cardinal Gibbons, tu sais ? Mais je me souviens que tu parlais de lui. Il t'avait offert le vase Waterford que Go-Go a cassé, et il lui arrivait de venir à la maison.

– Une fois, dit sa mère. Juste une fois. Pour le thé.

– Maman…

Soudain, il a envie de la questionner sur ce dîner de Thanksgiving, il y a si longtemps. Il veut tout lui demander, tout ce dont ils ne sont pas censés parler. Pourquoi son père était-il constamment en colère ? Pourquoi est-elle triste ? A-t-elle toujours été triste, ou bien sa tristesse est-elle récente ? Est-il encore son fils préféré ? Mérite-t-il d'être son fils préféré ? Que penserait-elle si son unique petit-fils… Il dit :

– Après avoir pris ma douche, je vais vous laisser tranquilles pour discuter du bon vieux temps.

Moins d'une heure plus tard, il est assis à la taverne Monaghan's à boire une bière en regardant la chaîne ESPN. Il se sent dans la peau d'un marginal – une bière à trois heures de l'après-midi ! Assis dans le bar où son père avait coutume de venir, l'endroit n'a probablement pas beaucoup changé depuis. Il sort son téléphone, consulte ses e-mails – un mot de Vivian lui disant qu'ils sont bien arrivés, même si elle est consternée par l'hôtel que l'association religieuse a choisi et qu'elle essaie d'en réserver un autre ; des broutilles du travail, même s'il s'agit d'un jour férié. Il compose un numéro qu'il a laissé dans son journal d'appels sans toutefois l'avoir jamais enregistré dans son répertoire. Il hésite, pose le téléphone, hésite de nouveau, appuie sur le mauvais bouton et se retrouve à passer l'appel qu'il doutait, honnêtement, de faire jusqu'à cet instant.

McKey n'a pas daigné laisser de message d'accueil sur son répondeur. Au début, le vide total lui fait bizarre. Ce pourrait être la messagerie de n'importe qui, même s'il a composé le numéro que son téléphone lui avait envoyé le mois dernier. Avant d'en conclure que l'absence de message est finalement rassurante. Contrairement à, disons Gwen, McKey ne ressent pas le besoin de mettre partout des mots. On ne l'imaginerait pas avec une page Facebook, ou un blog, ou un compte Twitter. Il parle dans l'espace qu'elle a laissé : « Je suis en ville. Il faudrait qu'on discute. Nous tous – Tim, Gwen et moi – ou simplement toi et moi, comme tu veux. »

Il est quasiment sûr de ce qu'elle voudra.

Chapitre trente-six

Le jour de Vendredi saint rappelle toujours à Gwen combien Baltimore demeure une ville profondément catholique. Bien que les entreprises ne le considèrent pas comme un jour férié, beaucoup d'entre elles en font un jour chômé dans leur calendrier flexible. Et si les écoles ne sont pas déjà fermées pour les vacances de printemps, on garantit aux étudiants un jour de congé. Elle a donc amené Annabelle au bureau, ce qui n'est jamais une très bonne idée. L'endroit exerce une fascination sur Annabelle – pendant environ quarante-cinq minutes. Puis les pleurnicheries commencent. Gwen l'a casée dans une salle de conférences munie d'un lecteur DVD, avec une pile de dessins animés Disney, une agrafeuse et des feuilles de papier en lui demandant de « faire du travail ». Comme beaucoup d'enfants, Annabelle aime se rendre utile. Elle abandonne rapidement le projet, se niche au fond d'une chaise et se met à sucer son pouce tandis qu'elle regarde s'ébattre des princesses.

« Il y a toujours quelque chose », avait dit un autre parent dans le groupe de Gwen quand elle avait souscrit au programme d'adoption en Chine. Cette femme y retournait pour son deuxième enfant, et Gwen avait apprécié au départ ses conseils et son expertise.

« Qu'entendez-vous par "quelque chose" ? » avait-elle demandé. Elles s'étaient donné rendez-vous – ça semble idiot maintenant – dans un restaurant chinois à Towson.

« Eh bien, l'une des petites filles dans notre premier groupe amassait des objets, des énormes tas d'ordures et de nourriture. Elle était plus âgée, presque deux ans. Une autre enfant avait très clairement des problèmes de santé. Toute la question était de savoir s'ils étaient graves. La famille avait dû faire un acte de foi pour la ramener à la maison.

– Et ? »

Gwen avait du mal à croire qu'elle ait été aussi anxieuse dans l'attente de la réponse, combien, en l'espace d'une phrase, elle se sentait impliquée dans les problèmes d'une famille dont elle ignorait tout.

« Elle allait bien.

– Votre fille…

– Lily.

– C'est ça, Lily. A-t-elle ? »

La femme avait regardé dans le vide, sans pouvoir empêcher que ses yeux se remplissent de larmes.

« On a eu un problème de lien. Elle était très attachée à mon mari, mais pendant longtemps elle n'a rien ressenti pour moi. C'était difficile. »

Elle a dégluti, cligné des yeux et souri.

« Mais tout s'est arrangé. Ce sont des enfants tellement géniaux. »

Inévitablement, Gwen s'était mise à fouiller sur Internet. Elle avait enduré un mois de participation à un forum pour futurs parents. C'était trop pour elle, un imbroglio de rêves et de cauchemars.

Au final, il n'y a pas vraiment eu *quelque chose* avec Annabelle, hormis les retards de développement habituels. On l'avait prévenue qu'Annabelle trouverait bizarres l'odeur et l'apparence de ses nouveaux parents et qu'elle fixerait le plafond quand elle se sentirait dépassée par quelque chose. Mais sa fille était dotée d'un esprit indomptable. C'était étrange d'y penser, mais Gwen se demandait souvent ce que sa fille serait devenue si elle n'avait pas été adoptée. Elle est persuadée qu'elle aurait bien tourné. Elle veut croire qu'elle aurait bien tourné n'importe où. Même si Gwen et Karl ont de l'importance pour elle et qu'ils la chérissent, ils ne la modèlent en aucune façon. Tout ce que Gwen peut faire, c'est rester toujours à ses côtés, sans pouvoir faire grand-chose, sauf l'aimer à la folie.

Cette année, Annabelle va passer le week-end de Pâques avec Karl, à la demande de celui-ci, ce qui a surpris Gwen. Karl n'a jamais été religieux et n'avait aucune envie qu'Annabelle soit élevée dans le catholicisme. Ils ont emmené Annabelle à la petite église presbytérienne à Dickeyville, un endroit que Gwen a fréquenté jusqu'à ce qu'elle décrète, à douze ans, qu'elle ne souhaitait plus s'y rendre. Ses parents n'avaient pas objecté. Gwen n'est pas sûre de ce qu'Annabelle en retire, mais aller à l'église puis chez son père pour le déjeuner du dimanche est un rituel agréable.

La sœur de Karl venant d'arriver du Guatemala, ce dernier lui sort le grand jeu, l'emmenant à la messe dans la cathédrale puis à un brunch dans l'un des hôtels du centre-ville. Gwen sera seule. Avec son père, en fait, mais seule. Elle a confié le panier de Pâques d'Annabelle à Karl, en lui donnant des instructions précises sur l'endroit où le cacher cette année. Ça la tue de ne pas pouvoir être présente, elle a été tentée un court instant de lui avouer que le lapin de Pâques n'existait pas, simplement pour avoir une raison de lui apporter son panier la veille. Mais Annabelle n'a que cinq ans. Elle mérite de croire encore pendant quelques années à de jolis mensonges impossibles.

Le bureau, jamais vraiment bruyant, est silencieux aujourd'hui, la plupart des employées de Gwen ayant pris leur journée. Si elle parvenait à écarter ses pensées d'Annabelle, elle pourrait abattre pas mal de boulot. Ce dont elle a néanmoins réellement envie, c'est de rejoindre Annabelle dans la salle de conférences et de se blottir à ses côtés en regardant une princesse Disney, peu importe laquelle, s'activer à l'enchanter. Becca, son assistante, passe la tête dans l'entrebâillement de la porte, mettant Gwen immédiatement en alerte.

– Annabelle va bien ?

– Oh, oui, elle est aux anges. Elle attend midi avec impatience : je lui ai promis qu'on irait au distributeur pour choisir chacune deux choses, du moment que ça n'était pas du chocolat. Non, en fait quelqu'un a essayé de t'appeler sur le standard. Une femme très cavalière qui ne veut pas donner son nom, mais elle a dit qu'elle avait tenté plusieurs fois de te joindre sur ton portable et que tu ne répondais pas. Il se trouve qu'elle connaît réellement ton numéro. Visiblement, elle pense que c'est urgent.

Gwen baisse la tête et s'aperçoit que son portable est en mode silencieux. Quand Annabelle est avec elle, elle n'a pas de raison de guetter les appels. Elle touche l'écran et voit une série de trois appels durant la matinée, tous provenant d'un numéro non identifié. Mais elle croit vaguement le reconnaître. Il s'agit d'un numéro local qu'elle a composé récemment. Le téléphone en mode haut-parleur, elle rappelle ; elle est surprise quand une personne décroche immédiatement, la voix jaillissant du combiné comme un serpent enroulé sur lui-même.

– Bon sang, il était temps, dit la voix qu'elle reconnaît comme étant celle de Tess Monaghan. Vous étiez sur le point de louper une opportunité.

Gwen coupe le haut-parleur et porte le téléphone à son oreille, ne faisant que piquer davantage la curiosité de Becca.

– Une opportunité ?

Une pause, un soupir.

– Mon client est en ville. Et bien que je lui aie fortement déconseillé de le faire, il souhaite vous rencontrer. Mais le créneau est très serré. Il est venu voir son avocat. Il doit retourner chez lui demain, donc la seule ouverture serait en début de soirée.

– Il… je suis donc informée de son sexe, maintenant.

C'est de la provocation, mais Tess Monaghan n'a pas l'air d'apprécier qu'on la provoque. Personne n'aime ça.

– Bientôt, vous serez au courant de tout. Écoutez, il y a un cinéma sur Nursery Road. Vous y êtes attendue, dans le hall.

– Pourquoi à cet endroit ?

– Il peut s'y rendre à pied de son hôtel. Il a déjà rendu sa voiture de location, sa mobilité est plutôt réduite.

– Et comment je saurai…

– Lui vous reconnaîtra. Très honnêtement, j'espère qu'il changera d'avis au dernier moment et qu'il ne viendra pas. Je ne pense pas qu'il ait quoi que ce soit à gagner en vous parlant. Et beaucoup à perdre.

Gwen connaît bien le cinéma sur Nursery Road, qui se trouve à huit kilomètres à peine de sa maison à Relay.

Étonnamment, il n'y a jamais beaucoup de monde, sans doute à cause du multiplexe, quelques kilomètres plus loin vers l'autoroute, qui fait partie d'un énorme centre commercial. Elle, Karl et Annabelle sont venus ici pour voir les films Pixar sortis depuis les deux dernières années. C'est un lieu ridicule pour une conversation, pense-t-elle, surtout que les personnes achetant leurs tickets commencent à la dévisager avec suspicion. Est-ce si inhabituel pour une femme d'attendre dans le hall d'un cinéma ?

Un homme afro-américain d'une soixantaine d'années passe la porte et son estomac se noue. Ça y est. Voici venu le moment où on va lui demander de rendre des comptes et lui annoncer que l'homme qu'ils ont abandonné dans les bois était le père, le grand-père, ou le cousin de quelqu'un. Elle ripostera, bien sûr, lui révèlera l'horrible vérité sur ce qu'il a fait subir à Go-Go, mais c'est difficilement comparable, pas vraiment. À moins que la mort de Go-Go rétablisse l'équilibre. Chicken George est mort en une nuit. Go-Go a passé des années à mourir.

L'homme passe son chemin et s'insère dans la file pour les billets. Elle jette un œil à sa montre. Le client mystère va bel et bien lui poser un lapin. Bizarrement, elle se sent soulagée. Il ne veut pas la voir. Il n'a rien à lui dire. Ceci n'a rien à voir avec Chicken George.

Elle consulte ses e-mails sur son téléphone, ainsi que son répondeur. Rien. Voici qu'elle est en colère. Elle aurait pu passer cette heure avec Annabelle à la maison. Elles pourraient être assises à la cuisine à peindre des œufs et faire des gâteaux. Elle est en train de perdre patience contre ce client fantôme dont elle a subi les décisions en dent de scie. Elle se met à jouer à Angry

Birds sur son téléphone, se sentant elle-même comme un oiseau très en colère.

– Miss Robison ? s'enquiert une voix d'homme.

Elle lève les yeux sur un homme aux cheveux blancs, large d'épaules et plutôt séduisant. Il porte un pull à col roulé sous un manteau en poil de chameau bien coupé.

– Oui.

Elle ne se donne même pas la peine de le corriger, de lui dire que c'est « madame ».

– Veuillez m'excuser pour mon retard. Le trajet jusqu'ici était plus long que je ne l'avais imaginé. Ça avait l'air plus proche sur le plan. J'ai cru que j'allais y laisser ma peau, à marcher comme ça sur la bande d'arrêt d'urgence. Je pensais qu'il y aurait un trottoir.

– Souvent, il n'y en a pas, dit-elle en se sentant bête. Je veux dire… dans les lotissements les plus récents.

Elle ne comprend pas comment cet homme impeccablement mis pourrait avoir un quelconque lien avec Go-Go. Peut-être sent-il sa confusion, car il lui tend la main. C'est le genre d'homme à prendre et à tenir dans ses deux mains celle d'une autre personne, en la regardant droit dans les yeux.

– Je m'appelle Andrew Burke, dit-il. Gordon Halloran me connaissait comme le père Andrew, mais j'ai quitté l'Église il y a plusieurs années. L'automne dernier, j'ai demandé à Tess Monaghan de le retrouver afin qu'il me rende en quelque sorte un service. Puis il a changé d'avis, et maintenant, il est mort. Peut-être un suicide. Je me sens très mal.

Sans doute parce qu'il s'agit d'un homme habitué à donner du réconfort, Gwen éprouve le besoin de le rassurer.

– Personne n'est vraiment certain qu'il s'agit d'un suicide.

– Mais vous semblez le croire.

Elle voudrait lui dire la vérité.

– Parfois, on ne peut pas vraiment savoir.

Il secoue la tête.

– C'est vrai. Mais j'ai peur de lui avoir mis la pression par mégarde. Voyez-vous… Après que Tess l'a retrouvé, nous avons eu une discussion. Je n'étais pas censé l'appeler, or je n'ai pas pu m'en empêcher. Je crains que mon incapacité à suivre ses instructions ne la frustre. Mais je voulais entendre… ce qu'il avait à dire sur le sujet. Il a fini par m'avouer des choses qui, je pense, doivent être racontées à l'un de ses proches. J'ai pensé en parler à sa mère, mais je ne crois pas que Doris pourrait le supporter. Quand Tess m'a parlé de vous, j'ai su que vous étiez cette personne. Une amie, quelqu'un qui se préoccupait suffisamment de Go-Go pour continuer à poser des questions après sa mort. D'ailleurs, vous faites partie de l'histoire, n'est-ce pas ?

Gwen voudrait s'enfuir, courir jusqu'à sa voiture garée sur le parking et rentrer chez elle. Faire marche arrière dans le temps. Mais jusqu'où devra-t-elle revenir en arrière ? Où doit-elle aller pour échapper à ce qu'il s'est passé ? *Vous faites partie de l'histoire*. C'est vrai. Mais Sean aussi, puis Tim, et McKey. Pourquoi ne s'en prend-on qu'à elle ?

Parce qu'elle a refusé de laisser tomber. Parce qu'il a fallu qu'elle aille voir ce détective privé, qu'elle pose des questions. Tim l'avait avertie. Comment pouvait-elle savoir que Tim deviendrait un jour non seulement intelligent, mais avisé ? Quand une chose pareille était-elle arrivée ?

– Y a-t-il un endroit où nous puissions discuter au calme ? Un endroit privé ?

– Il y a un bar à l'aéroport, dans le terminal A, dit Gwen, qui s'est toujours demandé qui pouvait bien boire avant de passer les portes d'embarquement dans un aéroport. – Maintenant elle a au moins une réponse : des gens qui peuvent se permettre de s'asseoir pendant que tout le monde se précipite dans tous les sens ; des gens qui préfèrent rester anonymes. – Allons là-bas.

– Un verre serait le bienvenu, dit le père Andrew – non, juste Andrew Burke, pas un prêtre, plus maintenant.

Il pose doucement une main entre ses épaules. C'est comme s'il avait l'expérience des personnes ayant besoin d'aide pour avancer vers quelque chose de désagréable et d'inévitable.

Chapitre trente-sept

Alors que l'avion de McKey commence sa descente vers Baltimore, elle entend l'habituel bavardage des passagers sur ce qu'ils reconnaissent de la terre ferme. « Voilà les Grands Lotissements. Est-ce que c'est l'autoroute Ritchie ? » « Je distingue le restaurant Applebee's, celui sur la route 175. » La baie de Chesapeake devrait faciliter l'orientation des gens, cependant, d'après ce qu'elle entend, ceux-ci semblent toujours un peu à côté de la plaque, confondant l'est et l'ouest. McKey trouve étrange le rituel tout entier. Qui a besoin de s'orienter dans le ciel ? Le temps d'identifier l'endroit où on est, on est déjà loin.

Elle effectue son dernier passage dans la cabine. Il y a toujours quelqu'un pour ne pas ranger son matériel électronique après l'annonce. Cette fois-ci, il s'agit de l'utilisateur d'un Kindle qui assure que l'interdiction ne s'applique pas aux lecteurs de livres électroniques. *Si, monsieur, elle s'applique également à eux.* Elle est ferme sans être autoritaire.

Il est presque 23 heures. L'aéroport va être désert, les kiosques à journaux et les restaurants fermés pour la nuit. Elle ne pourra même pas prendre un McDonald à emporter. Ça va encore se terminer par une conserve de thon, ou ce qu'elle parviendra à dénicher dans son frigo.

Demain, il faudra qu'elle fasse des courses, qu'elle achète quelque chose de spécial. Non. Ça va lui faire peur. Elle ne prendra que de la bière et du vin – zut, elle lui a dit qu'elle était aux AA. Et puis merde, elle lui dira qu'elle s'est rendu compte qu'elle n'avait pas de problème de boisson. Mais est-ce que ça n'est pas ce que tout le monde dit ? Peut-être lui dira-t-elle la vérité, qu'elle y allait pour surveiller Go-Go. Mais il va lui demander pourquoi. Comme toujours, moins on en dit, mieux on se porte.

Elle avait reçu le message de Sean dans la navette qui l'emmenait à l'aéroport de Detroit Metropolitan. « Pourquoi tu souris ? » lui avait demandé un de ses collègues. Elle ne s'était pas rendu compte qu'elle souriait. Elle savait qu'il l'appellerait. Il avait mis plus de trente ans, mais Sean s'était finalement décidé à être vilain, et c'est elle qu'il avait choisie. Pas Gwen, *elle*. Certaines femmes diraient que c'est parce que Gwen est une fille gentille alors que McKey ne l'est pas, mais celle-ci ne voit pas les choses de cette manière. Tout d'abord, Gwen n'est pas si gentille. Elle s'en donne l'air, Sean veut probablement une liaison d'un soir, sans complications. C'est également ce qu'elle veut. Croit-elle. Elle en est quasiment sûre. Bon sang, quel casse-tête ce serait s'il tombait amoureux d'elle. Il pourrait demander le divorce, ce qu'il ne peut sans doute pas se permettre, puis il y aurait son gosse et plein d'emmerdes. Ce n'est pas du tout ce que recherche McKey. Pourtant, ce serait chouette qu'il tombe un peu amoureux d'elle, qu'il s'amourache réellement pendant un temps, avant de dessaouler et de rentrer à la maison. Un flirt prolongé serait l'idéal.

McKey trouve amusant que les hommes croient contrôler la situation, prendre toutes les décisions. Ça n'est jamais le cas. Si un homme quitte sa femme, c'est parce qu'une autre l'a incité à demander le divorce. Ou bien il se fait mettre à la porte, ce qui n'entrait pas dans ses plans, même s'il trompait sa femme. Rita s'arrangeait toujours pour mettre elle-même un terme à ses liaisons. Elle avait éjecté Rick pour Larry, s'était débarrassée de Larry pour suivre ce beau parleur minable jusqu'en Floride. Elle n'avait peut-être pas fait les meilleurs choix, mais c'étaient ses choix.

McKey pourrait tout stopper là. Il lui suffit que Sean ait appelé, qu'il veuille la voir. Pour *discuter*, disait-il sur son message. C'est ça, oui. Je parie que ta femme ne te comprend pas. Je parie que vous vous êtes éloignés l'un de l'autre. Elle est glaciale. Elle ne fait plus jamais attention à toi, n'a jamais un mot gentil. Cela fait des années que McKey entend ce même discours. Son ex le lui a répété il n'y a pas si longtemps, lorsqu'il est venu renifler à sa porte ; d'accord, elle l'avait laissé entrer pour une nuit. Aucun mal n'avait été causé. Personne n'en sort jamais blessé si on apprend à rester silencieux, discret, et à s'occuper de ses petites affaires.

Tally Robison était une commère, bien qu'elle n'en ait pas eu conscience et ait cru même être le contraire. Quand Mickey était assise dans sa cuisine à attendre le retour de Gwen de l'école, dans le joli petit minibus que prenaient les gamins de l'école privée, Tally discourait sans cesser un instant, et toutes ses histoires disaient combien elle était merveilleuse et combien les autres étaient affreux. Les vêtements banals d'untel, les plats dégoûtants que les autres mères apportaient aux repas organisés par le groupe religieux. Son goût si délicat, son style, son savoir, son esprit… Elle feuilletait les pages des magazines en soupirant. *Quelle tristesse d'avoir autant de goût sans le portefeuille qui va avec*. McKey est désormais convaincue que Tally se surestimait. À l'époque, cependant, elle était éblouie, acquiesçant avec ravissement au-dessus de ses paquets miniatures de Smarties ou de Twizzlers. Oh ! Comme c'était dur d'être si belle, si intelligente et si stylée. Comment supportez-vous d'être vous, Mrs Robison ?

Elle a toujours pensé que les mères étaient la cause de tout. C'est la raison pour laquelle Sean avait choisi Gwen. Parce qu'il croyait en ces fables, en la singularité des Robison. Vrai, il y avait eu en renfort l'épisode théâtral, le jour où il avait sauvé Gwen de la noyade. Il s'agissait néanmoins uniquement du dénouement d'une histoire déjà écrite. Il choisirait Gwen quoi qu'il arrive. Mickey l'avait vu venir longtemps à l'avance, bien avant que quiconque le sache. C'était aussi bien comme ça. Cela lui avait donné le temps de pratiquer l'art de l'indifférence. Un art que, trois décennies plus tard, elle maîtrise parfaitement. Cependant, sa liaison avec Sean effacera tout le reste.

N'est-ce pas ?

On voit le terrain de base-ball. Et là, le petit parc. Voilà les lumières de la piste d'atterrissage. Pourquoi les gens ressentent-ils le besoin de commenter leur vie ? À quoi bon ces incessants bavardages ? Les mots ne rendent pas les choses plus réelles. *Au contraire*, pense McKey. Plus on parle d'une chose et moins elle est réelle. C'était ce qu'elle essayait de faire comprendre à Go-Go avant qu'il meure. Tais-toi, tais-toi, tais-toi, tais-toi, TAIS-TOI.

Il avait fini par se taire.

Chapitre trente-huit

Tim raccroche le téléphone, regarde Arlene et, sans ciller, lui ment avec une facilité qui lui brise le cœur.

– Le travail, dit-il. Il faut que j'aille au bureau.

Elle répond :

– Un samedi ? Mon pauvre…

Puis elle lui frotte l'épaule. C'est le résultat pour avoir été un mari honnête pendant toutes ces années. Il peut mentir à sa femme sans qu'elle suspecte rien. Intéressant, comme les gens scrupuleusement honnêtes et les menteurs pathologiques finissent par partager les mêmes avantages. Les personnes qui ne mentent jamais accumulent tellement de crédit. Celles qui mentent tout le temps excellent dans leur art. Ce sont les pauvres diables du milieu, les menteurs du dimanche, qui sont les moins crédibles.

Il avait toujours cru que Go-Go faisait partie des pauvres diables du milieu. Mais si Gwen a raison… Il secoue la tête. Elle ne peut pas avoir raison.

– Je ferais bien d'y aller tout de suite, pour en finir, dit-il en prenant ses clés de voiture sans se soucier des regards furieux de ses filles.

– Il s'agit du meurtre de la bijouterie ? demande Arlene.

– C'est ça, répond-il.

Il en viendrait presque à souhaiter qu'elle lui dise d'arrêter les conneries et qu'elle lui demande ce qui pourrait bien l'amener à se rendre au travail un samedi, si ce n'est le meurtre d'un policier. Mais elle ne relève pas, et se contente de sourire et de lui frotter à nouveau l'épaule.

Au volant de sa voiture, il essaie de se concentrer sur la route alors qu'il continue à faire le décompte des années. Si Gwen a raison… Si le père Andrew dit la vérité…

Si. Il y a une autre façon de voir les choses. Le vieux prêtre est un menteur. Go-Go mort, il peut raconter l'histoire à sa façon. Mais pourquoi raconter des histoires ? Qu'a-t-il à gagner ? Go-Go mort, il est disculpé, si on préjuge qu'il est celui qui lui a fait subir des attouchements. Seulement, il dit que ça n'est pas lui, qu'il n'a jamais touché à un enfant et qu'il comptait sur Go-Go pour le dire aux gens.

Il raconte également que Chicken George n'a jamais touché à un enfant. Du moins, il n'a jamais touché Go-Go.

Le prêtre était très assuré sur ce point, avait dit Gwen à Tim. *Go-Go soutient qu'il a subi des attouchements de la part de deux lycéens en 1980. La nuit de l'ouragan…*

S'est passée en 1979, pas en 1980. Les gens se trompent sur ces détails tout le temps. Fais-moi confiance, Gwen.

Mais Go-Go a dit qu'il s'agissait de deux lycéens, Tim. Pas Chicken George. Pourquoi aurait-il raconté ça au père Andrew ?

Peut-être qu'il n'a rien dit. Peut-être que le père Andrew se sert de la mort de Go-Go.

Il s'avère que le père Andrew est victime d'un chantage. Un ancien élève menace de révéler au public des histoires sordides concernant des abus sexuels dans la paroisse. La période de prescription étant passée depuis longtemps, il ne peut pas lui intenter de procès ni au civil ni pénal ; il peut néanmoins détruire sa vie. La plainte est sans fondement – prétend le père Andrew – mais, en qualité d'ancien prêtre défroqué, il se sent vulnérable. Il y a tellement de gens qui assimilent clergé et pédophilie. Pour le principe, il refuse cependant de payer cet opportuniste sans morale. Son avocat a commencé à rassembler des témoins, des étudiants qui pourraient témoigner de son comportement. Go-Go était l'un d'eux et avait accepté de faire une déposition.

Go-Go voulait éclaircir les choses. Il voulait savoir si, dans sa déposition, il lui faudrait parler de ses agressions sexuelles. Le père Andrew lui avait promis que non. On allait simplement lui poser des questions sur ses relations avec le père Andrew, et s'il avait jamais été témoin d'une anomalie. Go-Go a dit qu'il acceptait. Puis il a changé d'avis, refusant de parler au détective privé ou au père Andrew.

– Est-ce qu'il lui a dit…

– Quelque chose sur la mort de Chicken George ? Non. Mais il a insisté sur le fait qu'il avait été agressé par deux garçons, puis qu'il avait jeté la faute sur le vieil homme.

Tim arrive chez sa mère. Elle tient un livre à la main, marquant la page à l'aide de son doigt, et paraît surprise – irritée, même – de la visite impromptue de son fils. Il n'était jamais venu à l'idée de Tim qu'elle pourrait ne pas se réjouir de la visite d'un de ses fils.

– Sean a rendez-vous avec toi, dit-elle.

– Où ça ?

– Au terrain de golf. Il a dit que vous alliez jouer ensemble cet après-midi, mais il avait quelques courses à faire avant.

Intéressant. Pourquoi Sean a-t-il créé un mensonge de toutes pièces pour duper leur mère ? Tim prend cependant immédiatement le parti de son frère.

– Notre rendez-vous n'est pas avant quelques heures. Maman, où est-ce que tu ranges l'escabeau maintenant ?

– Pourquoi as-tu besoin de l'escabeau ?

– Parce que.

Elle doit réfléchir – ou faire semblant.

– Dans le garage. Je l'utilise si rarement.

C'est l'escabeau de son enfance, celui qu'on gardait dans le cagibi à l'étage, celui dont il avait eu besoin le mois dernier pour ranger des plats sur l'étagère du haut du vaisselier. En cas d'incendie, ils devaient traîner l'escabeau jusqu'à la chambre de Go-Go, soulever la trappe rectangulaire qui menait au grenier et lancer l'échelle de corde par la fenêtre du grenier pour descendre jusqu'au sol. Le seul problème était que leur père n'avait jamais ancré la corde au rebord de la fenêtre, la rendant inutilisable. Si jamais la maison prenait feu, il aurait été plus sûr de sauter des fenêtres du premier étage que de descendre par l'échelle non-sécurisée du deuxième. Il n'empêche, l'échelle se rangeait dans le cagibi à l'étage. C'était la seule façon d'accéder au grenier. Il était étonné que sa mère l'ait déplacée dans le garage. Maintenant, il croit savoir pourquoi.

Visiblement, cela fait des années que personne n'a ouvert la porte menant à l'espace de stockage sous les combles. Quelqu'un – Go-Go, son père, sa mère ? – a essayé de la maintenir fermée en la clouant, mais on s'y est pris comme un pied. Tim pousse la porte d'un coup d'épaule, et les clous se détachent du bois fin et vermoulu.

Tim n'est pas particulièrement grand, mais une fois dans le grenier, il doit rester courbé pour ne pas cogner sa tête contre le plafond. Il tire sur la chaîne de l'interrupteur avec pour seul résultat de voir l'unique ampoule mourir dans un claquement. Il y a suffisamment de lumière provenant de la fenêtre pour qu'il puisse distinguer alentour. Il se met à faire l'inventaire. Sur une série d'étagères basses, il trouve l'équipement de hockey que portait Go-Go lors de la parade du 4 juillet. N'avait-il pas prétendu l'avoir emprunté ? C'était l'été 1980. Ça n'avait jamais eu de sens, de voir apparaître Go-Go dans cet accoutrement. Tim avait toujours pensé qu'il l'avait volé. Mais si le père Andrew a raison… ça pourrait se tenir. Quelqu'un aurait pu donner à Go-Go le masque, le bâton et le gant rembourré pour s'assurer son silence. Intéressant, certes, mais est-ce une raison suffisante pour bloquer le grenier ? Il fouille encore et pousse quelques cartons remplis d'un nombre incroyable de débris, de vêtements tachés et de jouets cassés. Dans un coin, Tim aperçoit une pile de vieux draps, jaunis par les ans, passés autour de quelque chose. Il se dirige vers le tas en gardant la tête baissée, presque en rampant.

Une guitare en métal.

Il bascule sur ses talons, se disant qu'il existe plus d'une guitare en métal dans le monde, que la présence de la guitare n'explique rien du tout. Mais il s'agit bien de la guitare de Chicken George. Go-Go était retourné la chercher, il était retourné à l'endroit où

Chicken George était tombé et avait emporté la guitare. Pourquoi ?

Parce que Chicken George ne l'a jamais touché. Parce que c'était un mensonge. Et Go-Go voulait qu'on le surprenne à mentir, il voulait qu'on lui pose des questions.

Lorsqu'il redescend, sa mère est assise sur son fauteuil ; mais elle a arrêté de lire.

– Tu savais qu'elle était là-haut, assène-t-il sans se soucier de ses techniques professionnelles, sans prendre la peine de poser les questions qui la forceront à répondre par oui, afin qu'elle ne puisse nier les faits.

Son père n'était peut-être pas très bricoleur, mais il aurait fait un meilleur boulot avec le clouage de la porte. Go-Go aussi, au demeurant. Sa mère a caché la guitare, sa mère a cloué la porte du grenier et changé l'escabeau de place, en espérant que cela dissuaderait quiconque décidait de monter. Combien de temps avait-elle gardé le secret de Go-Go ?

– Oui, répond-elle.

– Pourquoi ?

– Parce que je savais que ça voulait dire quelque chose.

– Quoi ? Qu'est-ce que tu pensais que ça signifiait ?

– Quelque chose de mal.

Chapitre trente-neuf

Clem entend la sonnette de la porte d'entrée, puis une conversation entre Gwen et un homme. Karl ? Karl s'est-il radouci et a-t-il décidé de laisser Annabelle passer le week-end de Pâques ici ?

Clem ne remarque cependant pas tout de suite le désarroi de sa fille cadette lorsqu'elle entre dans sa chambre avec un plateau-repas.

– J'ai cru entendre quelqu'un à la porte, dit-il.

– En effet. C'était Tim Halloran.

– Qu'est-ce que voulait l'empoté ?

– C'est faux.

– Pardon ?

– Ce n'est pas un empoté. Pas vraiment. Il est parfois cru et grossier, et c'est vrai qu'enfant il était sale gosse, mais c'est un homme intelligent et étonnamment… – Elle ne parvient pas à trouver le mot qu'elle cherche. – Plus tard, nous devons sortir. Tim et moi. Nous avons besoin…

Une autre phrase laissée en suspens, et Clem se rend enfin compte que sa fille est agitée, pâle et fatiguée.

– Gwen, j'ai l'impression que tu ne m'as pas tout dit.

– Tout ?

– À propos de Karl. Pourquoi es-tu partie ?

La question la prend au dépourvu. Ses pensées sont très loin de son mari, de sa situation conjugale. Elle paraît presque soulagée de changer de sujet. Elle s'affale sur une chaise près de son lit.

– Il y a eu une infidélité, assène-t-elle.

– Tu as dit que Karl avait insisté sur le fait qu'il ne s'était rien passé, qu'il ne s'était même pas rendu compte de ce que la femme sur Face-machin essayait de faire.

– Non, pas Karl. C'est moi qui l'ai trompé. Juste une fois. Non, c'est un mensonge. Je n'arrive toujours pas à dire la vérité sur ce qu'il s'est passé. Plus d'une fois, mais ça n'était pas ce qu'on pourrait appeler une liaison. Quelque chose de vraiment stupide, mais je ne peux pas revenir en arrière. C'était l'été dernier, avec quelqu'un du bureau. Quelqu'un de beaucoup plus jeune. Je ne sais pas à quoi je pensais. On pourrait me virer pour ça.

– Et Karl t'a mise dehors ?

– Non. Il ne sait rien, ne suspecte rien, même.

– Alors pourquoi es-tu partie ?

– Parce que je ne veux pas lui dire. Mais je n'ai aucune idée de comment continuer si je ne lui dis pas. Toutefois, si je lui disais un jour…

– Il te dirait de partir.

Gwen secoue la tête.

– Pire, il me pardonnerait. Pour le bien d'Annabelle. Mais dans ce cas, je lui serais pour toujours redevable. Ce serait officiel : je serais la méchante et lui le saint.

– Gwen, les maris et les femmes ne dressent pas des bilans. Écoute, je crois qu'il serait aussi bien de ne rien lui dire. Réellement. Cette manie d'être honnête…

Elle reprend son souffle, presque comme si on l'avait frappée par surprise.

– J'essaie simplement de dire que les gens n'ont pas d'obligation à tout se raconter.

– C'est facile pour toi de dire ça, avec ton mariage parfait.

Il lui prend la main.

– Vraiment ? C'est ce que tu as vu ? Un mariage parfait ?

– Oui. Vous ne vous disputiez jamais. Tu l'adorais. Tu la *voyais*, l'encourageais, l'adulais. Mon mari ne peut même pas faire semblant de s'intéresser à ce que je fais. Et peut-être que selon ses standards, il s'agit d'une occupation vaine et triviale, et peut-être que les gens ne devraient pas faire semblant…

Sa voix s'éteint, comme si elle avait perdu son propos.

– Gwen, je ne suis même pas sûr que ta mère m'ait jamais vraiment aimé.

– Comment peux-tu dire une chose pareille ?

– Nous nous sommes mariés parce qu'elle croyait être enceinte.

– Ça n'a aucun sens. Miller est né plus d'un an après votre mariage.

– Je n'ai pas dit qu'elle était enceinte. Elle croyait l'être, mais elle était terrifiée à l'idée de voir un médecin à Boston et pensait qu'il n'y avait aucun autre moyen pour que ses parents ne sachent rien. C'est elle qui m'a demandé de l'épouser.

– Eh bien, tu as fait ce qu'il fallait faire.

– Non, tu ne comprends pas. Elle ne m'a jamais dit qu'elle était enceinte. Elle était fière. Elle ne voulait pas qu'on pense qu'elle avait fait une erreur, qu'elle n'avait pas un contrôle absolu sur sa destinée. Nous nous sommes donc mariés… et elle a vécu avec son erreur tout le restant de sa vie.

– Elle t'aimait.

– Au plus haut de ses capacités, oui. Elle est restée avec moi après s'être rendu compte de son erreur. Elle n'en a jamais parlé. Elle n'avait aucune idée que j'étais au courant. Mais je le savais, et il y a toujours eu un soupçon de doute. Je me demandais si elle m'aimait autant que je l'aimais.

– Elle était si jeune, murmure Gwen.

Des excuses, toujours des excuses. Tally avait formé tout le monde à lui trouver des excuses.

– Karl est plus âgé que moi, c'est soi-disant un adulte. Mais il ne fait que penser à lui.

– Gwen… la plupart des gens ne pensent qu'à eux, et peut-être à leurs enfants. Ta mère aurait marché sur le feu pour toi.

Un silence.

– Tout comme moi. Mais on ne demande pas la même chose à notre conjoint. On peut toujours demander, mais on est sûr d'être déçu.

Gwen secoue la tête.

– Toute ma vie, j'ai cru que ma mère était heureuse, qu'elle s'arrangeait pour que tout soit parfait avant même qu'on puisse s'inquiéter que ce ne soit pas le cas. Et voilà que tu me dis que tout n'était qu'un mensonge.

– Pas un mensonge, pas exactement. Mais je ne crois pas qu'elle ait jamais cessé de se demander ce que sa vie aurait pu être… Ce qui aurait pu se passer. Si elle était allée à Wellesley, comme prévu, si elle avait étudié sérieusement la peinture… eh bien, elle ne savait pas qui elle aurait pu devenir. On a encouragé la génération de femmes qui sont passées derrière elle, des filles d'à peine dix ans de moins, à faire ce qu'elles voulaient. Elle a fini par abandonner la toile qu'elle considérait comme son chef-d'œuvre.

– Celle du jeune couple dans les bois. Qu'est-ce qu'elle est devenue ?

– Elle a peint par-dessus, a laissé tomber.

– Je me pose parfois la question sur ces pots de peinture, leur toxicité, cet atelier mal aéré. Puis il y avait toutes ces boissons light qu'elle buvait. Tu crois que son cancer pourrait venir de là ?

– Je ne sais pas et ça m'est égal, Gwen. Connaître la cause ne signifie rien. C'était l'amour de ma vie, et je n'ai jamais regretté la façon dont notre mariage a évolué. Mais je ne saurai jamais si elle aurait dit la même chose.

– Qu'est-ce qu'il faut que je fasse ? À propos de Karl ? Est-ce que je dois rentrer à la maison et tout lui avouer ? Rentrer et ne rien lui dire du tout ? Pendant le temps qu'on a passé ensemble, j'ai pu trouver un mince réconfort dans le fait d'être une bonne épouse, celle grâce à qui tout marchait. Si je lui avoue ma liaison, je n'aurai même plus ça. Je serai celle qui l'a trompé.

– Je n'ai connu qu'un seul mariage, Gwen. Tu t'es mariée deux fois. C'est peut-être toi qui devrais me donner des conseils.

– Je me sentais vieille, dit-elle. Et moche.

– Gwen, ma chérie, je n'ai pas réponse à tout.

Elle baisse les yeux sur ses mains et Clem suit son regard. Elles tremblent. Les veines sont saillantes, la peau est sèche. Il songe aux mains de Gwen bébé qui entouraient son visage. Aux mains d'Annabelle. Aux mains de Tally, sèches et un peu rugueuses d'avoir été quotidiennement nettoyées de la peinture, et comme elle détestait en laisser des traces. Les mains de sa fille le font se sentir tellement vieux.

– C'est plus facile de parler de Karl et de ce que j'ai fait, que de ce qui me préoccupe réellement. Papa… Est-ce que tu te rappelles la nuit de l'ouragan ?

Le fait qu'elle dise « Papa » et le rappel de cette nuit le frappent doublement.

– Je ne suis pas près de l'oublier.

– Tim et moi… avons appris des choses depuis la mort de Go-Go.

Doris la commère. À qui n'avait-elle rien dit à ce stade ?

– Ce n'était pas vrai, dit-elle. Ça n'est pas arrivé.

– Go-Go n'est pas mort ?

Il nage sincèrement en pleine confusion, ce qui l'effraie, comme toujours. L'incapacité à suivre une conversation… Plutôt que les simples trous de mémoire, voilà un indicateur sérieux d'un esprit défaillant.

– Il n'a pas subi d'attouchements. Pas par l'homme dans les bois. Lui et McKey ont menti.

– Qui ?

Il décide qu'il a du mal à se concentrer à cause de l'angoisse qu'il ressent à l'évocation de l'ouragan.

– Mickey.

– Mais pourquoi…

– Nous ne sommes pas certains. Nous – Tim et moi – allons voir McKey chez elle pour discuter. Peut-être que Go-Go lui a également menti et qu'elle s'est retrouvée prise dans le mensonge. C'est elle qui a poussé l'homme – on ne t'a jamais raconté cette partie de l'histoire parce que McKey nous a suppliés de ne rien dire, elle était terrifiée, et c'était un accident. C'est à ce moment-là qu'il s'est cogné la tête. C'est pour ça qu'il est mort. Mais nous pensions – Tim, Sean et moi –, nous étions persuadés qu'il avait fait du mal à Go-Go. C'était plus facile de raconter uniquement cette partie. Tu comprends, nous le connaissions. Nous allions tout le temps le voir.

Et voici que le moment est venu. Il doit apprendre à sa fille les erreurs qu'il a commises, sa lâcheté. Rien d'étonnant à ce que Go-Go se soit précipité contre ce mur. Sa mère, croyant bien faire, avait dû lui avouer que son père avait tué un homme, uniquement pour lui, sans savoir que cet homme était innocent, sans savoir qu'elle faisait endosser le meurtre à son fils.

On récolte ce qu'on a semé.

– Gwen, commence-t-il. Je peux t'avouer avec certitude que McKey n'est pas responsable de la mort de l'homme dans les bois.

Puis il débute son récit, aussi certainement qu'il avait avancé précautionneusement le long de la raide pente de la colline, voyant le faisceau de lumière décrire un arc, sachant, sans toutefois vouloir l'admettre, qu'il voyait un homme en tuer un autre. C'était arrivé. Seule sa confession pouvait disculper sa fille et les autres enfants. Pour Go-Go, c'était trop tard, mais au moins, il peut épargner les autres et assumer la chape de culpabilité qui est la sienne. À lui seulement. Enfin, il va marcher sur le feu pour sa fille. *Et si c'était votre enfant ?* lui avait demandé Tim Halloran toutes ces années auparavant.

Chapitre quarante

Doris regarde Tim aller et venir jusqu'à près de 14 heures. Il ne lui dit pas ce qu'il est en train de faire. Il lui adresse à peine la parole. Pourquoi ? Pourquoi est-il si fâché contre elle ? Elle a fait ce que toute mère ferait, elle a essayé de protéger son fils. C'est la même chose que de laver ses draps.

Elle avait trouvé la guitare sous son lit une ou deux semaines après la nuit de l'ouragan. Elle savait qu'en aucun cas Go-Go n'avait pu se la procurer par des voies honnêtes. Elle était désemparée. Il avait traversé tant d'épreuves. Elle ne voulait pas lui poser de questions à propos de la guitare. Elle s'en était débarrassée, l'avait rangée dans le grenier. Au fil des ans, elle s'était débrouillée pour que personne n'aille fouiller là-haut. Elle avait déplacé l'escabeau dans le garage et rangé les décorations de Noël au sous-sol. Lorsqu'elle avait fini, les seules choses restantes sous les combles étaient la guitare, le déguisement de hockey, quelques vieux cartons et l'échelle de corde. À sa connaissance, même Go-Go ne se rappelait plus qu'elle y était.

Quelque chose de mal, avait-elle dit à Tim. Elle a toujours su que la guitare représentait quelque chose de très mal. Mais qu'est-ce qu'un petit garçon pouvait faire de mal, surtout Go-Go, qui n'avait pas une once de méchanceté en lui ? Ce n'était cependant que peu de temps après la découverte de la guitare que Go-Go s'était mis à mouiller son lit. Puis il était arrivé avec ce déguisement de hockey, là aussi quelque chose de cher. Elle avait réussi à convaincre Tim Senior qu'elle l'avait acheté en se servant d'un chèque d'anniversaire d'une de ses tantes ; elle avait enduré ses critiques pour son gâchis, quand le foyer avait besoin de chaque centime.

Quelque chose de mal. La seule chose vraiment mal que Doris ait faite avait été de rapporter à Go-Go les paroles de son père, ce qu'il avait fait pour lui. Son but était uniquement d'élever Tim Senior dans l'estime de Go-Go. Elle cherchait également – oh ! quel parent agirait de cette façon – à culpabiliser un tout petit peu Go-Go, qu'il sache les sacrifices qu'on avait faits pour lui. Elle était fatiguée par ses lamentations, ses habituels « pauvre de moi ». Sa maison était une des plus jolies que Doris ait jamais vues, il avait deux petites filles splendides et une épouse correcte.

Elle cherchait simplement à ce qu'il dise merci, ou des paroles approchantes. À ce qu'il reconnaisse que Tim et Doris avaient bien agi avec lui, qu'ils avaient fait du mieux qu'ils pouvaient. Que ça n'était pas la faute de Doris s'il n'avait pu faire quelque chose de sa vie. Qu'est-ce qui était allé de travers ? Elle avait essayé de s'expliquer face au père Andrew la veille, sans lui raconter les détails. Mais le père Andrew n'est plus un bon confident, maintenant qu'il n'est plus prêtre. Elle n'est pas sûre de savoir pourquoi, et peut-être s'agit-il de ses propres préjugés, mais il lui semble moins sage et beaucoup moins sympathique. Il fait partie du monde maintenant. Il a perdu son discernement. Il porte une bague turquoise.

Tim se dirige vers sa voiture en portant la guitare. Bien. Elle aurait dû s'en débarrasser depuis longtemps.

– Tu vas la jeter dans Leakin Park ? lui demande-t-elle.

– La jeter… ? – Il secoue la tête. – Bien sûr. Pourquoi pas ? C'est bien là que finissent tous les cadavres de Baltimore.

– Tu seras là pour le déjeuner demain ?

– C'est Pâques. On est toujours là pour le déjeuner de Pâques.

– Donc tu ne me détestes pas ?

Il met une seconde à répondre, mais quand il le fait, il paraît sincère.

– Non, maman, je ne te déteste pas. Je sais que tu as toujours agi dans l'intérêt de Go-Go.

– Quand je lui ai dit pour ton père… Je croyais que ça le rendrait heureux. Pas heureux, mais fier. Qu'il se sentirait aimé.

– Je sais, maman. – Il l'embrasse sur le front. – Tu as voulu bien faire. Tu as toujours voulu bien faire.

– Vous m'appeliez la rabat-joie.

– Quoi ?

Même Doris est surprise par la résurgence de cette vieille rancune.

– Ton père. Mais vous étiez tous d'accord avec lui, derrière mon dos. Vous ne saviez pas que je savais. Vous pensiez que je n'étais pas drôle.

– Être drôle n'est pas la chose la plus importante du monde.

– Demain, on va s'amuser, dit-elle. Avec les filles et le déjeuner de Pâques. J'ai tout prévu, le jambon et la purée de patates douces.

– Demain, on va s'amuser.

Bien qu'il ne fasse que répéter ses mots, avec moins d'enthousiasme qu'elle aimerait en voir, cela a toute l'apparence d'une promesse. Demain, ils s'amuseront. Ce qui arrive, n'arrive que maintenant, et demain, tout sera oublié. Si on s'y efforce, on peut oublier beaucoup de choses. C'est ce que Doris a toujours fait.

Chapitre quarante et un

Gwen se retrouve presque à rire – presque – quand Tim lui annonce que la guitare est dans le coffre de sa voiture.

– Preuve n° 1, monsieur le procureur ?

– Je sais, dit-il. C'est ridicule. Mais je ne voulais pas qu'elle reste chez ma mère. Elle pense que je devrais la jeter dans Leakin Park. Peut-être que je le ferai.

– Pourquoi l'avoir apportée ?

– Parce qu'elle est concrète, vraie. Rien d'autre ne l'est. Vrai, je veux dire. Nous avons nos souvenirs, mais Mickey est la seule personne qui peut nous raconter ce qu'il s'est réellement passé cette nuit-là, et la raison pour laquelle elle a couvert Go-Go.

– Et mon père ? Il faut qu'elle lui demande. Tim… est-ce qu'il peut être poursuivi en justice ?

– Légalement, oui. Ton père dit qu'il a été témoin d'un homicide et qu'il ne l'a pas signalé. En même temps, il dit également qu'il n'y a pas cru, jusqu'à ce que ma mère lui rende visite il y a quelques semaines. Il a réussi à se persuader qu'il ne pouvait pas savoir, en fait, que mon père avait tué Chicken George. La déclaration que mon père a faite avant sa mort a changé tout ça.

– En tant qu'officier de justice… es-tu obligé de le dire à quelqu'un ? Un responsable officiel ?

– Oui.

Elle voudrait pleurer, lui donner des coups, se jeter hors de la voiture.

– Mais je ne vais pas le faire. *Nous* n'avons rien fait, Gwen. Toi, moi et Sean. Nous nous sommes mis d'accord pour ne pas dire aux adultes que Mickey avait poussé Chicken George, ou que nous le connaissions. Mais nous croyions à tout ce que nous avons dit. Mon père nous a crus. Ton père aussi.

– Et Rick ? Il était là lui aussi.

– Il est mort il y a un an. J'ai trouvé sa rubrique nécrologique sur Internet. J'imagine que c'est un cas où tous les chanceux sont morts.

– On ne peut pas dire que Go-Go ait eu de la chance.

– Non… c'est vrai.

– Si seulement on pouvait trouver Sean, dit Gwen.

Ils ont tous les deux essayé de le joindre à plusieurs reprises, mais son téléphone portable s'enclenche directement sur le répondeur et ils n'ont pas osé lui laisser d'autre message que « Rappelle-moi ». Gwen doit avouer qu'elle est un peu blessée par son manque d'attention.

Tim émet un petit rire qui sonne comme celui qu'elle a fait entendre lorsqu'il lui a dit pour la guitare.

– Mon intuition me dit qu'il nous retrouvera sur place.

L'appartement de McKey est équipé d'un système de sécurité muni d'un interphone. Mais au moment où Gwen s'approche pour sonner, Tim la saisit fougueusement et la prend dans ses bras, la serrant contre le mur et faisant semblant de l'embrasser, bien qu'il ait placé sa main devant sa bouche. Effrayée par son étrange conduite, Gwen s'apprête à lui donner un coup de pied dans le tibia, avant de comprendre son intention. Il compte sur l'embarras de la personne rentrant dans le hall pour ne pas protester quand Tim maintient la porte ouverte et se glisse derrière elle.

– Ce n'est pas un système de sécurité très efficace, surtout si le numéro de l'appartement est accolé au nom, dit-il. Ils devraient utiliser des codes au hasard, ainsi les gens ne pourront pas retrouver quelqu'un s'ils entrent en douce comme nous venons de le faire.

– Bien joué.

– Merci. Je l'ai volé dans un film.

Il cogne sur la porte de McKey en même temps qu'il appuie sur la touche de son téléphone, poussant un soupir lorsqu'il entend distinctement une sonnerie jaillir de l'autre côté de la porte, un air de musique classique.

– Tu as le numéro de McKey ? demande Gwen, confondue.

– Non, répond Tim.

Il frappe encore à la porte et annonce d'une voix ferme :

– C'est Gwen et Tim. Il faut nous laisser entrer !

Il n'y a aucun bruit de l'autre côté. Tim presse à nouveau le bouton de son téléphone, faisant retentir la sonnerie derrière la porte. Qu'est-ce que ça prouve, se demande Gwen. McKey n'est manifestement pas là. Elle a seulement oublié son téléphone chez elle.

Tim se met à parler, collé à la porte.

– J'ai aussi le numéro de Vivian. Je vais le composer maintenant.

Vivian ?

– Son numéro commence bien par 3-1-7, n'est-ce pas ? C'est son portable ou le numéro de la maison ?

McKey ouvre la porte, vêtue d'un long peignoir vaporeux couleur lavande, beaucoup trop joli pour être vraiment utile. Gwen ne parvient pas à déchiffrer l'expression sur son visage. Du triomphe ? De la satisfaction ? De la colère ?

– Pourquoi es-tu venu avec Gwen ? Tu penses que ça te fait paraître moins pathétique ?

– Ce n'est pas moi qui suis pathétique dans l'affaire. Ça n'est pas moi qui invente une histoire de rendez-vous de golf pour tromper ma femme.

Il se dirige vers la table basse. Gwen aperçoit une bouteille de vin, deux verres au fond desquels il reste de la lie.

– Je croyais que tu étais aux AA, dit Gwen stupidement.

C'est plus facile de se concentrer sur les détails plutôt que sur l'ensemble de la situation, le flot de paroles de Tim, les détails qui ne collent pas. Deux verres. Tromper. Rendez-vous de golf. Ce peignoir.

– J'étais, répond McKey. Puis je me suis rendu compte que je n'étais pas alcoolique, j'étais simplement stressée par quelques événements survenus avant les vacances. Je peux boire avec modération.

– Ouais, deux verres, c'est faire preuve de modération, dit Tim. Écoute, on ne va pas tourner indéfiniment autour du pot. Son téléphone est là. Nous l'avons entendu sonner.

– Il est passé plus tôt dans l'après-midi. Je ne savais pas qu'il l'avait oublié. C'est gênant, je ne suis pas seule.

– J'en suis persuadé, dit Tim en tenant son téléphone à bout de bras. Gwen comprend. Il n'arrive pas à distinguer l'écran sans ses lunettes de vue.

– Voici le numéro de Vivian… Je me demande si je peux faire un appel conférence entre nos trois téléphones.

Sean entre dans le salon, vêtu de pied en cap. Gwen voudrait se mettre à rire de l'absurdité de la situation, cet instant cocasse tout droit sorti d'une comédie de mœurs. Sean, propre sur lui et le visage composé, comme si ses vêtements et ses cheveux peignés pouvaient l'innocenter. Elle est toutefois également triste pour lui. *Oh, Sean. J'aurais aimé que tu m'en parles d'abord. Je t'aurais dissuadé de le faire.* Pas seulement parce qu'elle est jalouse, car elle doit admettre qu'elle l'est, elle se sent comme si McKey lui avait dérobé quelque chose qui lui appartenait. Elle est triste essentiellement parce qu'il a fait une chose qu'il ne pourra jamais reprendre. Elle sait qu'il voudra le reprendre, quel que soit le dénouement, même s'il n'y en a pas. Son père a peut-être raison sur la façon d'être honnête des gens. Le problème, quand on trompe son partenaire, est qu'on n'oubliera jamais ce qu'on a fait, qu'on le dise ou non.

– Nous avons oublié notre accessoire principal, dit Gwen à Tim, désireuse d'oublier ce qui se passe ici et maintenant.

– C'est pas grave, on n'en aura pas besoin. En revanche, on pourrait avoir besoin d'un peu d'alcool.

McKey n'ayant aucune intention de jouer les hôtesses, Gwen va dans la cuisine, où elle trouve un stock de bières, du vin et une bouteille de whisky pleine, mais pas de nourriture. Elle en apporte une sélection qu'elle pose sur la table. Elle se verse un bourbon. Elle ne compte pas conduire, dans tous les sens du terme. Elle laisse à Tim le soin de prendre la direction des opérations.

– Pendant les dernières vingt-quatre heures, Gwen et moi avons découvert beaucoup de choses qui changent complètement ce que nous pensions des événements de la nuit de l'ouragan.

Tim est en mode professionnel.

– D'abord – ceci va sûrement être dur à entendre pour Sean – le père de Gwen prétend que Chicken George était vivant lorsqu'ils l'ont rejoint, mais c'est notre père qui l'a tué, en le battant à mort avec sa lampe-torche. C'est lui qui l'a confié à notre mère la nuit de sa mort.

Sean secoue la tête.

– Si c'est vrai, le meurtre aurait été signalé à l'époque. Il n'y a pas tant de corps jetés dans Leakin Park pour qu'une telle chose soit passée inaperçue.

– Ça n'est pas passé inaperçu. Mais le corps est resté dehors pendant très longtemps, plus longtemps qu'on aurait pu croire, et il a été emporté dans une conduite d'eau. Il s'est passé des mois avant qu'on le retrouve, mais il y a un cas non élucidé datant de l'hiver 1980.

Tim regarde McKey.

– Est-ce que ça a été difficile de retourner là-bas et de le voir, ou le ruisseau avait-il déjà emporté son cadavre ?

Gwen comprend que Tim est en train de tester McKey. Il n'y a aucune raison de croire qu'elle a pris la guitare ; l'accusation pourrait cependant la décider à parler.

– Je n'y suis pas retournée.

– Quelqu'un l'a fait. J'ai trouvé la guitare dans le grenier chez ma mère, aujourd'hui. J'imagine mal Go-Go retournant seul la chercher, pour voir le corps de l'homme qui l'avait soi-disant touché.

Gwen voit Sean lever brusquement la tête au mot *soi-disant*. McKey ne réagit pas, et c'est en soi une réaction.

Elle se contente de répondre :

– Je ne sais pas pourquoi Go-Go a fait ça. On ne saura jamais puisqu'il est mort.

– Tu veux connaître quelque chose d'intéressant à propos de la mort de Go-Go, Mickey ? Il y a quelques mois, un vieux prêtre de notre paroisse a demandé à Go-Go de témoigner pour lui. Un ancien élève l'avait contacté en prétendant se souvenir d'abus sexuels et semblait vouloir faire chanter l'archidiocèse ou le prêtre lui-même, qui vient d'une famille aisée et dont les poches sont suffisamment garnies pour intéresser quelqu'un cherchant un règlement rapide à l'amiable. Go-Go avait accepté de témoigner en sa faveur. Puis il s'est rétracté, ne décrochant même pas son téléphone lorsque la personne censée prendre sa déposition l'appelait. Pourquoi faire une chose pareille ?

– Pourquoi tu me poses des questions sur Go-Go et sur ce qu'il a fait ? Ce n'est pas *mon* frère.

Gwen prend conscience que McKey est plus intelligente qu'elle l'aurait jamais imaginé, se gardant bien de dévoiler quoi que ce soit. Jusqu'à maintenant, elle n'a rien dit sauf insister sur le fait qu'elle n'a pas pris la guitare, et il se pourrait qu'elle dise la vérité. Mais elle sait que Chicken George n'a pas touché Go-Go.

– Go-Go a bien dit au père Andrew qu'il lui rendait ce service parce qu'il avait subi des attouchements de la part de deux lycéens, mais il a menti et a rejeté la faute sur quelqu'un d'autre. Cependant, si on se base sur l'histoire du père Andrew, il faut croire qu'il s'est fait agresser par les deux enfants plus âgés en 1980. Que s'est-il donc réellement passé la nuit de l'ouragan ?

Qu'avez-vous vu ? Pourquoi Chicken George vous poursuivait-il et essayait de t'attraper ? Toi, Mickey, pas Go-Go. C'est toi qu'il voulait attraper… et tu l'as poussée.

– Uniquement parce que j'étais la plus proche. Go-Go courait plus vite. Je suis allée à la cabane. J'ai vu Chicken George en train de toucher Go-Go. Il nous a poursuivis.

– Je crois que tu as pris la guitare cette nuit-là et c'est pour ça qu'il te courait après. Ça n'a jamais eu aucun sens qu'il se mette à te poursuivre en brandissant sa guitare, comme tu as dit.

McKey sourit. Pourquoi sourit-elle ?

– Comme tu voudras. Mais rappelle-toi : ton frère et moi nous sommes mis d'accord sur ce qu'il s'était passé. Aucun petit garçon n'irait raconter une telle histoire si elle n'était pas vraie. Quant aux lycéens… Je ne sais pas de quoi tu parles. Peut-être Go-Go pensait-il que c'était plus crédible. Peut-être qu'il aimait coucher avec des garçons.

Sean écoute intensément en essayant de suivre l'histoire. Gwen sait qu'il est mal à l'aise d'être celui qui en sait le moins de tout le groupe. Voilà qu'il fait irruption dans la conversation.

– C'est ridicule, Go-Go n'était pas homosexuel.

– Je ne dis pas qu'il l'était.

Lorsqu'elle s'adresse à Sean, le ton de McKey est sincère et doux. Elle essaie de créer des clans. À quatre seulement, ils peuvent jouer à deux contre deux.

– Je ne fais que reprendre le jeu de Tim. Il invente des choses. Moi aussi j'en invente pour qu'il se rende compte à quel point c'est stupide. Écoutez, je suis vraiment désolée pour vos pères. Ça ne doit pas être drôle d'apprendre que ce sont des meurtriers. C'était plus facile pour tout le monde quand on pensait qu'il s'agissait d'un accident.

– Rick était là, lui aussi, contre Tim, alors que Gwen tente d'analyser la grammaire de McKey, son choix de temps.

C'était plus facile pour tout le monde… Elle était donc déjà au courant. Elle savait ce que Tim Senior avait fait. Pourtant, Go-Go ne l'avait même pas dit à ses frères. Pourquoi se confierait-il à McKey ? Parce qu'elle est responsable de ce qu'il s'est passé.

– Oui. Mais Rick n'était pas mon père. C'est différent. Ils ont quand même fait ce qu'ils ont fait. Ça n'a rien à voir avec moi.

– Go-Go a dit au père Andrew…

– C'est ce que le père Andrew prétend. Qui sait, en plus, ce que Go-Go était capable d'inventer ?

Gwen a vaguement un souvenir qui lui revient en tête. Tim a dit quelque chose à propos de poches garnies. Elle entend un crissement de freins, le rire d'une femme. Elle est debout devant le seuil du bureau d'un détective privé. Non, il ne s'agit pas de cet instant. Cela remonte à plus tôt dans leur conversation, quelque chose qui concernait ses méthodes, qu'elle avait trouvées déplorables.

– Tu es allée aux AA pour espionner Go-Go, comme l'agent du détective privé l'a fait. Pas l'espionner, car vraisemblablement il savait que tu y étais. Tu voulais qu'il te voie, qu'il sache que tu le regardais. Tu voulais t'assurer qu'il ne parle pas pendant les réunions, ainsi qu'il l'avait fait avec le père Andrew. Pourquoi te sentais-tu concernée, McKey ? Quel secret voulais-tu le voir garder ? La mort de Chicken George ? Autre chose ?

McKey baisse les yeux sur ses genoux et se met à jouer avec la broderie sur son peignoir. Celui-ci est joli, féminin, le genre de vêtement que Tally portait. En fait, c'est la copie conforme d'une vieille robe de chambre de Tally qui se trouvait dans le coffre à déguisements de Gwen. Elles jouaient à se déguiser les rares fois où elles passaient la journée à la maison, et McKey, qui vivait en survêtements et shorts en jean, choisissait toujours pour elle-même les habits les plus affriolants et vaporeux.

Gwen pense à la cabane, la nuit de la tempête. Pourquoi McKey et Go-Go y sont-ils allés ensemble ? Ça n'a jamais collé, que McKey soit tombée sur lui par hasard, tous deux aboutissant au même lieu en s'y étant rendu séparément. Personne n'allait seul là-bas – sauf Gwen et Sean, et elle ne voulait plus y aller parce qu'elle pensait que quelqu'un les épiait. Tim avait dit ouvertement qu'il n'avait tenté qu'une seule fois de les regarder, au sous-sol chez les Halloran. Si quelqu'un les épiait bel et bien…

– Est-ce que vous nous espionniez dans les bois ? Toi et Go-Go ? Est-ce que vous nous regardiez ?

L'attitude de McKey est défiante, mais elle refuse de regarder Gwen en face.

– C'était un accident. Nous y étions allés pour jouer et vous étiez… déjà en train de jouer. N'importe qui aurait fait la même chose.

– Mais ça n'était pas la seule fois, n'est-ce pas ? Vous êtes revenus, encore et encore. Vous y êtes retournés la nuit de l'ouragan, mais nous n'étions pas là.

Non, elle et Sean étaient dans sa chambre, à se demander ce qu'ils pourraient faire sans éveiller les soupçons de Tally. Et Gwen, comme toujours, était la plus téméraire des deux. Sean avait une peur bleue de se faire surprendre.

– Vous êtes venus pour nous regarder, mais nous n'étions pas là. Nous n'y étions pas retournés depuis un petit moment. Qu'est-ce que vous avez fait, Mickey ?

Il ne fait aucun doute dans l'esprit de Gwen que Mickey est celle à qui il faut s'adresser, celle qui détient les réponses.

– Qu'est-ce que Chicken George a vu ?

– Rien.

– Mickey…

– Un jeu, seulement un jeu.

– Un jeu sexuel ?

Le regard de Mickey se dérobe, cherchant un lieu sûr où se poser. Elle se décide pour Sean.

– J'imagine qu'on peut appeler ça de cette manière.

– Il avait neuf ans. Tu en avais presque quatorze.

– Il n'existe pas de loi contre ça.

– Maintenant, oui.

Gwen n'a aucune idée de la vérité, et elle cherche le regard de Tim pour en avoir la confirmation. Mais lui et Sean paraissent sidérés, ne sachant trop comment réagir.

– Tu devais savoir que c'était mal, sinon tu l'aurais admis. Chicken George savait que c'était mal. Même Go-Go a dû s'en apercevoir. C'est la raison pour laquelle il a suivi ton mensonge, lorsque tu as prétendu que Chicken George avait abusé de lui.

– C'est Go-Go qui a poussé Chicken George. Par-derrière. Je l'ai protégé pendant toutes ces années.

Pourtant, même McKey ne semble pas convaincue par ses paroles. Tim revient à la vie.

– Ben voyons.

– C'est vrai. Je cherchais à le couvrir. C'est pour ça qu'il a menti, parce qu'il l'avait fait tomber. Nous ne faisions rien de méchant. Nous voulions juste nous donner du plaisir. Où est le mal ?

– Il avait neuf ans, répète Gwen.

– La plupart des garçons de neuf ans seraient ravis qu'une fille accepte de les toucher…

Elle regarde les deux hommes dans la pièce.

– Pas vrai ?

Sean commence à balbutier quelque chose, avant de s'arrêter.

– Ce n'est pas à lui qu'il faut demander, réplique Tim. Il paierait même une pute défoncée au crack pour initier son fils au sexe, si ça pouvait l'empêcher d'être homo.

– Va te faire foutre, Tim. Duncan n'est pas…

– Sorti du bois, Sean. Pas encore. Mais tout le monde sait qu'il est homo. Ses cousines l'ont compris, même la plus jeune. Maman s'en est aperçue. Tout le monde s'en est rendu compte sauf toi. Ça ne t'est jamais venu à l'idée qu'il n'avait pas fait son coming out parce qu'il sent que tu es moins qu'enthousiaste ? Qu'il essaie d'épargner tes sentiments ?

Gwen surprend la lueur dans le regard de Mickey. Elle a réussi à les distraire, à les diviser. Elle est en train de gagner.

– Et les garçons ? lui demande Gwen.

– Quels garçons ?

– Les lycéens. Ceux dont Go-Go a parlé au père Andrew.

– Comme je l'ai déjà dit, peut-être qu'il préférait le sexe avec des garçons.

Elle essaie de faire un haussement d'épaule désinvolte, mais personne n'est dupe.

– Il avait l'air d'aimer ça ?

– Qu'est-ce que tu veux dire ?

– Je pense que tu étais là. C'est à cause de toi que c'est arrivé. S'il ne s'était agi que d'une seule fois, Go-Go aurait pu s'apercevoir un jour qu'il n'avait rien fait de mal, qu'en fait c'était toi. Tu t'es donc assurée qu'il soit gêné et se sente honteux pour d'autres raisons. Tu as inventé de nouveaux jeux, en sachant que Go-Go serait toujours d'accord pour faire ce que des enfants plus âgés faisaient.

Mickey se replie sur elle-même. Elle croise les bras et ramène les pieds sous elle. Elle ressemble aux tortues qu'elle s'amusait à torturer en les piquant avec un bâton pour voir leurs membres se rétracter, même les tortues-alligators. Gwen sait d'avance qu'elle ne parlera pas. Pas à elle. À Tim non plus. Gwen regarde Sean, qui est rouge et furieux. Est-ce à propos des remarques sur son fils, ou son frère ?

Gwen demande :

– Pourquoi as-tu fait une chose pareille ?

Bien que ce soit Gwen qui la presse de parler, Mickey s'adresse à Sean.

– Je ne pensais pas à mal. Je voulais être avec toi, mais tu as choisi Gwen. Alors j'ai choisi Go-Go.

Tim rétorque :

– Si tu voulais t'amuser avec un frère de Sean, je me serais volontiers proposé.

S'il a fait une plaisanterie dans l'espoir de diminuer la tension dans la pièce, c'est raté. Même Tim ne semble pas amusé par le bref retour de son côté empoté.

Sean demande :

– Mickey, Gwen a-t-elle raison ? À propos des garçons ? Tu as fait ça à Go-Go ?

– Le masque de hockey, répond Tim. Lui aussi se trouve dans le grenier.

Sean acquiesce. Gwen n'a pas la moindre idée de quoi ils parlent.

Mickey secoue la tête.

– C'est moi qui lui ai donné. Mon beau-père m'avait donné l'argent. Je lui ai dit qu'il fallait que j'achète des trucs pour l'école.

Assise sur le canapé, elle paraît toute petite. Gwen se rappelle la fille qu'elle a rencontrée presque trente-cinq ans auparavant. Si jolie, si dépenaillée, manquant des choses que tous les autres, y compris les frères Halloran, prenaient pour acquis. Une fille qui pouvait être votre meilleure amie pour un tiroir rempli de bonbons.

– Vous savez quoi ?

Gwen s'adresse aux frères Halloran.

– Go-Go n'a jamais rien dit sur Mickey, même au père Andrew, à qui il avait pourtant parlé des garçons au lycée. Il a menti à propos de Chicken George pour la protéger. Toutes ces années, on ne sait pas pourquoi il l'a couverte.

– Parce qu'ils sont responsables de la mort d'un homme, dit Sean.

Mickey – il ne fait aucun doute pour personne qu'elle est à nouveau Mickey, si jeune et vulnérable qu'elle rappelle à Gwen Annabelle après qu'on l'a surprise à faire une bêtise, se sentant misérable non pas tant à cause de la bêtise mais parce qu'on l'a surprise à être méchante, ce que personne ne veut jamais être – se met à jouer avec la broderie fleurie de son peignoir, qui fourmille de tiges vertes et de fleurs pourpres. *Jolie*, pense Gwen à nouveau de la robe de chambre en soie. Pas un déshabillé de femme fatale mais d'une personne en quête d'amour et de romance. Elle est révoltée par les actions de Mickey, sans toutefois parvenir à vraiment la renier.

C'est néanmoins Tim, le père de trois filles, qui vient s'asseoir à côté d'elle.

– Parle-nous, Mickey. Dis-nous ce qui s'est passé. Nous n'allons pas te tourner le dos.

– C'est pourtant ce que vous avez fait, répond-elle. Vous tous, sauf Go-Go. Vous m'avez abandonnée.

– Maintenant, nous sommes là.

Elle boit une gorgée de bourbon du verre de Gwen.

– Pendant toutes ces années, tellement d'années, nous nous sommes sentis responsables. Chicken George m'a attrapée et je l'ai poussé afin de m'enfuir. Il est tombé. C'était notre faute, même si on n'avait pas voulu en arriver là. Puis ce prêtre débarque, et voilà que Go-Go veut tout lui raconter. *Tout*. Simplement pour se décharger, sans penser à ce que j'allais devenir. Je lui ai dit que c'était trop risqué de parler. Nous étions responsables de la mort de Chicken George et c'est une chose qui ne s'efface jamais.

– Pas légalement, ajoute Tim.

– Pas de n'importe quelle façon, réplique McKey.

– Et les lycéens ? demande Tim. Ceux dont Go-Go a parlé au père Andrew ?

– Je les ai rencontrés quand je suis entrée dans ma nouvelle école. Des grands. Ils voulaient s'amuser avec moi et ça m'allait. Go-Go aussi voulait jouer. Vous savez comme il était. Il voulait toujours faire la même chose que nous. Il voulait donc également participer.

– Non, dit Sean. Je ne te crois pas. Tu l'as forcé.

– Il n'en connaissait pas assez pour savoir qu'il n'était pas censé aimer ça, dit Mickey. Et puis oui, ils lui donnaient parfois de l'argent. Des cadeaux. Ils achetaient son silence, je suppose. Mais ils préféraient nous regarder faire des choses, Go-Go et moi. Ils se moquaient de nous.

– Pourtant, eux aussi ont fait des choses.

Ça n'est pas une question de la part de Tim.

– Rien de… d'intrusif. Vous voyez ce que je veux dire. Puis ils se sont lassés. Ça n'a pas dépassé les trois, quatre fois. Et oui, d'accord, peut-être que ça a un peu fait dérailler Go-Go. Mais il s'en sortait, plus ou moins… Jusqu'à ce que votre mère lui apprenne ce que votre père avait fait. C'est là qu'il est parti en vrille. Oui, j'allais aux AA pour le surveiller, m'assurer qu'il ne s'effondre pas et aille tout avouer. Mr Halloran était mort et n'avait plus rien à perdre. Si Go-Go se mettait à raconter ce qu'il s'était passé… Je ne savais pas où ça pourrait nous mener. Je ne savais pas quoi faire.

– Ici, dit Gwen. Ça nous a menés ici.

Tim passe son bras autour de Mickey, tendre et attentionné. À cet instant, Gwen s'aperçoit d'une chose dont elle parlera plus tard à Tim : *Elle ne t'a pas choisi parce qu'elle te respectait, tu étais plus comme un père pour elle qu'aucun des hommes qui avaient traversé la vie de Rita. Elle avait besoin de quelqu'un qu'elle pouvait contrôler, et ce fut Go-Go. Elle essayait de nous faire du mal à tous en se servant de Go-Go. Elle a réussi… y compris à elle-même.*

Gwen parlera également à Sean, lorsque le moment sera venu. Qu'il ne dise rien à Vivian de ce qui s'est passé aujourd'hui, car, en un sens, ça ne s'est pas passé ce jour-là. C'est arrivé il y a très longtemps. Aujourd'hui n'était que la résolution, une facture survenue avec du retard. Il se pourrait que son père ait raison sur cette manie moderne pour l'honnêteté. Gwen décide que cela n'a rien à voir avec le fait de trop parler ou de parler trop peu. C'est uniquement que les gens choisissent toujours une approche du tout ou rien. Ils parlent de tout, ou ils ne parlent de rien. Nous

nous confessons parce que nous cherchons l'absolution, sans nous soucier de la façon dont cela affectera l'autre.

Gwen décide cependant qu'elle délestera son fardeau sur Karl. Elle lui avouera ce qu'elle a fait, cette liaison stupide… et renoncera pour toujours à son rôle d'épouse parfaite et exploitée. Le mal qu'elle lui a fait efface chaque écart, chaque moment d'inattention et de négligence. Parce qu'il s'agit de Karl, il ne lui en tiendra pas rigueur. Il finira par lui pardonner. Il lui pardonnera, mais il n'oubliera jamais. La tristesse s'installera dans la maison, une sœur invisible pour accompagner Annabelle, une enfant calme et sournoise qui, à l'occasion, fera de terribles caprices, ne serait-ce que pour rappeler à Gwen qu'elle existe. Ce sera dur. Cela en vaudra la peine. Permettre qu'on nous pardonne est aussi difficile que de pardonner. Plus difficile, même. Car, pour être pardonné, il faut d'abord admettre avoir commis une faute.

Mickey a besoin d'eux. Ils ont besoin de Mickey. Ils ne seront plus jamais cinq. Ils ne seront même pas quatre. Mais Gwen ne doute pas un instant que Go-Go aurait aimé qu'ils prennent soin de Mickey, qu'il ne lui souhaite aucun mal. D'eux tous, Go-Go était le plus généreux.

Gwen va fouiller dans la cuisine de Mickey, sachant qu'elle en trouvera quelque part. Oui, voilà les Circus Peanuts, les bonbons Boston Baked Beans, et, en l'honneur de Pâques, des Peeps. Elle les dispose sur une assiette qu'elle place devant Mickey, la pressant d'y goûter, se joignant à elle. Tim et Sean se servent également, sans grand enthousiasme. Étonnamment, avec le bourbon, ça descend tout seul.

Chapitre quarante-deux

Gwen est rentrée chez elle.

Nous sommes tous rentrés chacun chez soi. Gwen avec Karl. Sean avec Vivian. Tim avec Arlene, même s'il n'y avait jamais eu le moindre suspense sur ce point. On ne sait pas qui a dit quoi à qui. Nous avons cessé de tout partager. Mais, en fin de compte… – nous n'avions pas partagé grand-chose depuis longtemps. Il est possible que nous n'ayons jamais rien partagé.

Doris est restée dans sa maison à Sekots Lane, où elle continue à amuser – ou ne pas amuser, selon qu'on change de perspective – tous ses petits-enfants, y compris les filles de Go-Go. Elle reçoit même des visites de Duncan, grâce à l'insistance de Sean, des week-ends de trois jours arrachés à son emploi du temps surchargé. C'est le nouveau talent de Sean : se montrer insistant avec Vivian. Quant à Duncan, il lui reste encore à dévoiler ses préférences universitaires ou sexuelles, mais Sean cherche le moyen de lui faire comprendre qu'il est à l'aise avec ce que Duncan veut, et ce qu'il est.

Clem a quitté la maison de ses rêves pour s'installer dans une pension médicalisée dans la banlieue de Washington, à seulement trente-cinq minutes de route de chez Gwen, aussi proche que la plupart des maisons de retraite que Clem aurait pu choisir au nord de Baltimore. Il est complètement rétabli, bien que sa hanche le fasse souffrir lorsque le temps est froid et sec. La maison des Robison n'a toujours pas été vendue, et Gwen est d'accord avec Karl pour dire qu'elle est farouchement mal adaptée à leurs besoins. Dans le jargon immobilier, c'est une propriété unique, en attente d'un acheteur exceptionnel, une personne qui préfère les arbres à la lumière et apprécie un certain isolement. Un nouveau Clem Robison.

Nous essayons de rester en contact. Sean et Tim ont évidemment toujours été en contact, mais à présent, Gwen se rappelle à eux de temps en temps, chose qu'elle ne faisait pas beaucoup avant. Ils parlent de leurs enfants et de leurs parents. Ce sont des conversations convenues, meublées de silences. Si l'on en vient à parler de Go-Go, seuls les souvenirs les plus prudents sont évoqués. *Tu te rappelles la fois où il a poursuivi le ballon dans cette rue ? Tu te rappelles ses danses ?* On peut difficilement prévoir combien de temps cela durera encore.

McKey a nettement manifesté que les conversations téléphoniques ne l'intéressaient pas. Mais quelques mois après notre dernière rencontre – cette nuit, dans l'appartement, avait marqué la dernière de nos réunions, sans doute pour toujours – elle nous a envoyés à tous une petite lettre pour nous annoncer son mariage avec un homme rencontré lors d'un vol. Un botaniste, avait-elle écrit, en soulignant le mot trois fois. Sean pense qu'elle est excitée d'avoir rencontré quelqu'un dont la profession correspond à ce qu'elle aimait le plus. Tim pense qu'elle aime simplement souligner les choses.

Gwen est persuadée que McKey veut nous faire savoir qu'elle a été récompensée, preuve qu'elle n'avait jamais rien fait de mal. Qui sait ? Peut-être est-ce vrai. Peut-être n'étaient-ils que deux enfants qui jouaient, comme les enfants ont toujours fait et le feront toujours. Peut-être a-t-elle été autant victime des deux lycéens que Go-Go. Peut-être. Il est difficile de ne pas juger les événements passés d'où nous nous trouvons aujourd'hui, avec les règles et les normes du moment présent, mais nous essayons de le faire. Une fille et un garçon jouaient aux adultes. Une autre fille et un garçon jouaient à les imiter. Quelqu'un avait-il raison ? Quelqu'un avait-il tort ?

Nous prenons plus de recul pour observer nos parents. Clem Robison épousant Tally alors qu'elle sortait à peine du lycée. Imaginez comment Tim se sentirait si un homme de trente-deux ans sortait avec sa fille lycéenne. Rita, échangeant un homme pour un autre comme si c'étaient des meubles bon marché, des objets que l'on achetait sans intention de les garder. Était-elle libérée, ou simplement pathétique ? Doris et Tim Senior, laissés sur la touche par une excentricité du temps, trop vieux pour entrer dans la danse, trop jeunes pour la manquer. Tim aura au moins eu l'occasion de participer à une parade.

Chicken George repose dans la fosse commune où il a été enterré plus de trente ans auparavant ; la procédure habituelle pour un mort inconnu sans famille pour l'identifier. Nous sommes sa famille. Nous serions venus le réclamer si nous avions connu son nom, mais nous n'avons jamais pensé à le lui demander. C'est dire si nous manquions de curiosité. Nos parents nous autorisaient à parcourir les collines pentues et boisées de Leakin Park, tout en nous prévenant de ses dangers, petits et grands – la bardane qui s'accrochait aux cheveux, le ruisseau pollué, les baies rouges empoisonnées qui poussaient sur les buissons épineux, les clous rouillés, le verre cassé, la possibilité d'animaux enragés et, après coup, le soi-disant pervers dans la cabane biscornue. Ils ont essayé, vraiment, de nous avertir de tout ce qui pourrait nous blesser. Or, c'était nous, avec toute notre naïveté et notre insouciance, qui étions à craindre. Nous étions le grand danger dans le bois.

Remerciements

Ceci est le roman le plus autobiographique que j'aie écrit, en termes strictement géographiques. Cela fait des années que j'arpente les environs insolites dans lesquels j'ai grandi, déterminée à les décrire mais attendant le moment et l'histoire propices. Les lecteurs très attentifs – qu'on pourrait même qualifier d'obsessionnels – se rendront compte que plusieurs de mes romans tournent autour de ce territoire. La cabane dans les bois, le magasin de loisirs créatifs près du High's Dairy, la taverne Monaghan's, l'autoroute qui finit en cul-de-sac, Leakin Park, les policiers et l'avocate attablés au Towson Diner – tous ont déjà fait une apparition.

Mais, parce que Dickeyville et Leakin Park sont réels, il est important de dire ce qui ne l'est pas. Il n'y a jamais eu de maison telle que celle de Clem Robison, dans ce qui serait le bloc 4700 de Wetheredsville Road. La maison des Halloran sur Sekots Lane est également une pure invention de ma part. St. Lawrence, l'école paroissiale catholique près de Dickeyville, a effectivement fermé, mais, à ma connaissance, aucun prêtre y ayant exercé pendant les années 1980 n'a été l'objet de soupçons. Toutes les familles dans le roman sont entièrement fictives.

Sans doute parce que ce livre est profondément personnel, j'ai requis moins d'aide qu'habituellement. Je suis toutefois reconnaissante au support quotidien de Carrie Feron (et toute l'équipe de William Morrow / HarperCollins) ; Vicky Bijur ; David Simon ; Ethan Simon ; Theo et Madeline Lippman ;

Susan Seegar (ma libraire préférée) ; Dorothy Simon. J'ai volé des plaisanteries à mon beau-frère, Gary Simon, assez souvent pour le remercier ici. Même si, techniquement, Dana Rashidi ne travaille pas pour moi, elle accepte volontiers, avec grâce, que ma vie se fonde dans la sienne. Alison Chaplin est devenue une part vitale de mon processus d'écriture. Elle a pointé quelques erreurs factuelles dans le texte ; s'il devait en rester certaines, c'est parce que je suis persuadée que les romanciers ont droit à une certaine licence. Je remercie aussi mes deux « bureaux » – Spoons à Baltimore et Starbucks à la Nouvelle-Orléans – ainsi que les personnes y travaillant. Un grand merci également à Niki Hannan.

Mais rien n'aurait été accompli cette dernière année sans l'aide de plusieurs merveilleuses jeunes femmes, en particulier Sarah Kiehne. La qualité d'une femme se juge aux personnes à qui elle confie ses enfants. Celle d'un homme aussi, probablement. À l'instar de Tally Robison, je suis consciente que je n'ai désormais qu'un temps limité pour travailler tous les jours et que je dois mettre de côté mon travail avant que le soleil se couche. Contrairement à Tally, je n'en suis que plus heureuse.

RÉALISATION : IGS-CP À L'ISLE-D'ESPAGNAC
IMPRESSION : CPI BRODARD ET TAUPIN À LA FLÈCHE
DÉPÔT LÉGAL : SEPTEMBRE 2014. N° 118514 (3005996)
IMPRIMÉ EN FRANCE